U0124808

唐文选读

中华诗文选读丛书

伍恒山　主编

伍恒山　编著

长江出版传媒 崇文书局

中华诗文选读丛书
编著人员

主　编　　伍恒山

编著者　　（姓氏笔画为序）

　　　　　王滔滔　　伍恒山　　余瑞思

　　　　　姜　焱　徐　全　唐　焱

出版说明

"中华诗文选读丛书"是一套实用的、系统的中国古代文学普及读本,面向初、中等文化程度以上的读者。

丛书所选诗文,从先秦至近代,按文学发展的时代脉络分若干段,每时段中,以诗、文、词、曲、联分列编选并加注释、解读,每一编内大致以作者生年先后为序。

一、选编原则

1.代表性。所选诗文以其思想性与艺术性在中国文学史上有相当代表性为原则。

2.普泛性。所选诗文涵盖古文献经、史、子、集四部,比较系统全面。

3.经典性。所选诗文注重质量,以经典美诗、美文为主,情、词、义并茂,有相当的文采和审美价值。

4.可读性。所选诗文和解读不为艰深,务求简约,雅俗共赏。

本编虽以短小隽永、内涵丰富、个性特出、意境较高的美文(诗、词、曲、联)为重,但仍收有一些篇幅较长的文章。如先秦庄周等人的散文,短章径自选入,长篇则择其重要片段;屈原的诗歌《离骚》,有二千余字,比较长,但因为它在文学史上有极为重要的地位,且其内容非常精彩,所以整篇收入。

又因为文学不是孤立的存在,与中国文化的发展有密不可分的关系,所以选诗选文有意作文化与文学的会通,采取了与以往选本不同的视角,适当选择在中国文化史上有重要作用和地位的篇目,以求尽可能反映中国文学或文化的面貌。如汉代董仲舒《粤有三仁对》,其中"正其谊不谋其利,明其道不计其功"的论点是后代儒者着力之处,并被朱熹列入《白鹿洞书院学规》;宋代周敦颐《太极图说》、张载《西铭》等,都是在文化思想史上具开辟性,产生过重要作用、影响和意义的文章。同时兼顾了艺术上的丰富多彩,收录了一般文学选本很少涉及的书、画以及音乐内容,如先秦的《乐记》、汉蔡邕的《笔论》、唐孙过庭的《书谱》、唐末五代荆浩的《画山水赋》等,这些文章既有精美的文采,又有艺术上的指导作用,对后世影响巨大。还有一些倾向于史论、政论、哲学类的文章,如唐慧能的《坛经·自序品》,刘知幾《答郑惟忠史才论》《直书》,明黄宗羲的《明儒学案序》,顾炎武的《正始论》《论廉耻》,近代陈寅恪的"看花愁近最高楼",等等,这些文章或诗歌要么从史学角度出发,要么从思想角度立论,要么因感时伤世抒情,都有如曹丕《典论·论文》中所说是"经国之大业,不朽之盛事",所以是必须让我们现代的读者约略了解的。这也是本套丛书一个重要的特色。

二、选编依据

1.总集(选集):刘义庆编《世说新语》,萧统编《文选》,洪兴祖《楚辞补注》,郭茂倩编《乐府诗集》,王霆震编《古文集成》,元好问编《中州集》,清高宗敕编《唐宋诗醇》《唐宋文醇》,吴之振编《宋诗钞》,沈德潜编《古诗源》《唐诗别裁集》《明诗别裁集》《清诗别裁集》,许梿编《六朝文絜》,董诰等编《全唐文》,彭定求等编《全唐诗》,阮元校刻《十三经注疏》,吴楚材、吴调侯编《古文观止》,严可均辑《全上古三代秦汉三国六朝文》,姚鼐编《古文辞类纂》,李兆洛编《骈体文钞》，蘅塘退士选编《唐诗三百首》，曾国藩编《经史百家杂钞》，黎庶昌编《续古文辞类纂》，陈衍编《近代诗钞》，卢前编《全元曲》，胡君复编《古今联语汇选》，黄涵林编《古今楹联名作选粹》，逯钦立编《先秦汉魏晋南北朝诗》，唐圭璋编《全宋词》，隋树森编《全元散曲》，钱仲联编《近代诗钞》，龚联寿编《联话丛编》，王重民校辑《敦煌曲子词集》，龙榆生编《唐宋名家词选》，任中敏编《名家散曲》，曾昭岷等编《全唐五代词》，张岱年主编《中国启蒙思想文库》，戴逸主编《近代文史名著选译丛书》，钟叔河主编《走向世界丛书》，以及明、清、近代多种诗文选集等。

2.诸子、史、别集：《老子》《关尹子》《孙子》《列子》《墨子》《庄子》《荀子》《韩非子》《晏子春秋》《吕氏春秋》《国语》《战国策》及《史记》《汉书》《后汉书》《三国志》等，以及各大家如李白、杜甫、王维、苏轼等的别集。

三、选读内容

内文内容包含五项：（一）原文；（二）作者简介；（三）注释；（四）解读；（五）点评。其中，第二项，作者有多篇诗文的，"作者简介"就只放置在第一篇诗文的下面；第五项，"点评"是历代名家精到的"点睛"之语，有的点评较多，择优而选，有的没有点评，只能如孔子所说"君子于其所不知，盖阙如也"。注释和解读中，或释典故，或解词语，或点明主旨，或述其内容，或探讨源流，或普及知识，或介绍人物、背景及时代，有的还纠正通常的错误解读，如《明代散文选读》中高启的《游灵岩记》，解读中就纠正了历来以为作者"清高"、不屑与饶介等人为伍的"暗讽"主旨。

《历代名联选读》在体例上稍有例外，它不依上述五项的格式，因为很多名联的作者是佚名的，同时一联中大多上下联都有两位作者,所以"作者简介"不好固定位置,只得随文释义,将它和注释、解读融会在一起加以处理。又坊间对于名联的注释和解读向以道听途说或穿凿附会、习非成是者居多,本书力求破除牵合附会之习,以征信为原则,有理有据,几于每一联下均列出确切出典,以示体例的严谨。

全编搜罗较广,拣择精严,注释、解读务求精切、客观和通达,旨在令读者更好、更全面地了解中国古代文学和文化,并得到阅读的愉悦、知识的增进和身心的陶冶。

编　者

2022 年 5 月 31 日

前　言

　　二十世纪九十年代，我购买了一套厚厚的中华书局影印出版的《全唐文》，没想到二十余年后，又由我来编选《唐文选读》，这可以算一个不期然的机缘。

　　中国文学，经历了春秋战国、两汉、魏晋南北朝的发展，到唐代，进入了一个全面繁荣，而且势头十分强劲的阶段，尤其唐诗，毋庸置疑，达到了登峰造极的境界。此外，唐词的滥觞，传奇小说的开创，都奠定了后来这两种文体在中国文学史上的重要地位。至于唐代的文章，则在唐诗之外，又异军突起，铸就唐朝文学的另一座壁垒：初则承六朝骈文艳丽之余，推波助澜，将有韵之文发挥到极致；继则高张复古，以古文运动别开生面，用质朴的文辞，文以载道的思想，开启无韵之文的新时代，流风所及，影响宋以后几百年文学的发展。论文学的规模、种类、品质和成就，可以毫不夸张地说，唐朝文学是中国文学自春秋战国以来的一座雄浑、壮阔、至今尚未能企及的高峰。

　　为什么唐朝文学能取得如此辉煌伟大的成就？综合起来分析，是种种机缘融会，并非一蹴而就、率然而至。主要原因有以下几种：

　　一、唐朝建极，结束分崩离析局面，国家一统，人民安定，社会真正走上正轨。《大学》所谓"定而后能静，静而后能安，安而后能虑，虑而后能得"，唐朝文学的收获是建立在人民安居乐业、社会繁荣的基础上的。

二、贞观之政，文治武功臻于极致。唐太宗挺圣神文武之资，"既扫除群窃，统一海内，乃又北殄突厥，西平吐谷浑、高昌，东征高丽，北灭薛延陀，西臣西域，领地被于四陲"（曾毅《中国文学史》下，下同），当此之际，"日与群臣讲论治道，斟酌后王，远揽古制，成一王法。自为秦王时，即潜心论究，开文学馆，延致文学之士"，即位后，复置弘文馆，聚四部二十余万卷书，选杜如晦、房玄龄等十八学士，每日三番轮值，讨论典籍，商略古今，儒雅之士瀚然云兴，其他诸臣，亦皆极一时之隽。上有所好，下必甚焉，上下同心，开启文教昌明之治。后王继轨，先后同风。盛唐之时，"威震四夷，承累世之富，府库充实，长安繁华，宫室之壮丽，衣服之丽都，盖驾于天下。南衢北里，美女如云，千金游侠之子，流连其间。丝竹之声，昼夜不绝，洋洋乎太平之象"，故建筑、音乐、绘画、雕刻诸艺，咸极一时之盛，而诗文亦开未曾有之大观。

三、唐袭隋制，以科举取士。科举，是古代中国选拔人才的一种比较公正的制度，它是富贵利禄之途，关系天下读书人一生的命运。唐朝科举设明经、进士两科。明经科主要考儒家经典，靠的是熟读的功夫，而进士科主要考诗赋和策论，没有一定的才华，单凭死记硬背是没有用的，因此难度更大。但进士科一旦考上，就有了功名，有了授官任职的资格。唐制最重进士，天下读书人以之为进身的阶梯，都殚精竭虑于诗赋文章，雕章琢句，日就月将，文学的繁荣也就在情理之中自然开花，必然结果。所以说，唐以诗赋取士，成为唐朝文学繁盛最为原始和直接的动力。

四、在秦以后的近千年文化进程中，经历了两汉"独尊儒术，罢黜百家"，至于魏晋南北朝的谈玄说空，融会于唐，达成儒道佛三教汇流之时代，思想文化空前发达，加上唐帝王的倡导，除儒教为立国之本外，高祖、太宗、高宗等又皈依佛教，尊崇道教，文化思潮终唐之世，出现空前自由、蔚然鼎盛的三教合流之观，所以奇才异能之士，虽然往往为国家所控驭，但现实空间之大，亦足以任其自然奔放、挥斥八方，所以体现在文学之上，不仅呈现壮美之景，且满溢丰盈之色及波澜壮阔之象。

五、中国文学，经春秋战国《诗经》《尚书》《楚辞》等之奠基，诸子百家之激荡，文学的标的已然树立；而源泉混混，不舍昼夜，此后，历经两汉辞赋的弘敷，魏晋诗文的推毂，六朝音律的研习、骈体文的发展和成熟，到唐朝已然形成了厚积之势，一旦时机成熟，就会郁然喷薄而出。

因此，有国家的稳定和繁盛，有帝王身体力行的倡导，有科举考试的推动，有文化的融合和相对自由的空气，加上千余年文学发展的积累，到了唐朝，中国文学取得前所未有的恢宏浩瀚的壮观成就也就是顺理成章的了。

唐朝的文章，也是唐朝文学一个重要的组成部分，它虽没有唐诗那样繁花照眼、超轶古今，但成就也很高，如韩柳之文，都达到了登峰造极之境，对于后世的影响都十分重大和深远。

唐朝的文章分有韵之文与无韵之文两种。南朝刘勰《文心雕龙·总术》中将文章分为两类："今之常言，有文有笔，以为无韵者笔也，有韵者文也。"有韵之文，简称韵文，它指有一定节奏和韵律的作品，除诗歌外，主要包括辞赋、箴铭、颂赞诔类的文体，六朝的骈文也属于韵文。在唐朝主要以辞赋为主，箴铭、颂赞诔类次之。无韵之文，就是后来所常称的散文，即刘勰所说的"笔"，指没有固定节奏和韵律的作品，不押韵，句法也不刻意工整，使用起来比较容易，更利于思想的自由表达。

唐有天下近三百年，文章无虑三变。唐兴，大乱始平，文章承江左余风，骈四俪六之体，盛行于时，此期以初唐四杰王、杨、卢、骆为代表；至武周时，陈子昂于诗力排浮艳，于文亦变而为雅驯；玄宗嗣位，崇尚经术，文学之士，益超浑厚，至元结、独孤及，大变排偶秾丽之风，结文澶漫矫抗，戛然独造，兆示着唐朝文章骈俪之风大转移的倾向。这是唐朝文章的第一时期，也可称作早期，其时间段大致从唐朝建国，到玄宗天宝十五载(756)，计约一百四十年，经历了唐兴到唐盛的时期。唐朝文章第二期，从唐肃宗至德元载(756)至武宗会昌六年(846)，计九十年，这是唐朝历史由盛而衰的一个阶段，可称作唐朝文章的中期，这一期是求变而大变，由"文起八代之衰"，"非三代两汉之书不敢观"，以古文为天下倡的韩愈主导，称为古文运动时期，其特点步武周秦诸子之风，摒弃六朝浮靡骈俪文风，务去陈言，辞必己出，"洗尽粉黛，扫除榛芜，独以孔孟之道为文，说理明，述事切，言情透，纵其所之，无不如意"，而归于朴实刚健。就形式而言，从讲究对仗用典、崇尚声律藻饰的骈文，变为单行散句、接近口语的"古文"，这是唐代散文文体通俗化的革新。其表达的内容也远较骈文深广得多，世俗化得多。这一时期，同志者有同为"唐宋八大家"的柳宗元、思想家李翱、散文家皇甫湜等人。至其为文，以韩、柳为杰出之代表，"韩如高山之雄峙，如大川之奔放，柳如巉岩之奇峭，如激湍之幽咽；韩如平原旷野，师以正合，柳如间道斜谷，兵以奇接"，两人在散文领域，如唐诗中有李、杜，所以成就唐朝文章的巅峰。

骈俪之文实为唐文的正统。韩愈所倡的古文运动反时俗之所尚，这是对正统的反动，由于韩愈力大招沉，驱雷掣电，辞气浩瀚，当时文风翕然为之一变，但韩文长于说理，短于言情。而人情所至，性情之吟咏自为生活中不可或缺之事，所以在韩、柳古文运动之后，由于后继者乏力，以艳美为主的骈俪之文又卷土重来。这一时期为唐朝文章发展的第三期,称晚唐时期,从宣宗大中元年(847)以后,至唐亡(907),计六十年,代表者有杜牧、李商隐、温庭筠等,其为文好整以暇,依然排偶,骈四俪六,绮丽如旧,但此时期文风在不今不古之间,虽复尚骈俪,却不排斥古文。

这是唐朝文章发展的一个大略过程。在清嘉庆年间官修的一千卷《全唐文》近两万篇文章中,可以清晰地看到唐朝的韵文和散文都有极高的成就。在主要收录唐五代诗文选的宋刻本一千卷《文苑英华》中,除诗歌之外,唐朝的韵文还是占据着极为重要的位置,单就"赋"一类说,就有一百五十卷,篇幅占总量的15%,这当中尚不含以"序"为称而实为韵文的部分,也不含箴铭、颂赞之类的文字。所以在唐朝文学中,韵文为唐朝文章的正统是名副其实的,其分量自然举足轻重,其代表作品,如"初唐四杰"王勃的《滕王阁序》,盛唐时期李华的《吊古战场文》,中唐韩愈的《进学解》、刘禹锡的《陋室铭》《秋声赋》,以及晚唐杜牧的《阿房宫赋》等,都是不世出的文章。韵文之外,散文的成就更是有目共睹,它毋庸置疑要占据唐朝文章中第一的位置。

本编所选主要取自清董诰等人所编《全唐文》,以《文苑英华》或各作者别集等为辅。选文大体以作者生卒年代为序,生平不详者一般放置最后;内容以韵文、散文并举,大体循初、中、晚唐的格局,以中唐选文分量为最重;选文标准以"美而文"为原则,"美"是形质美,"文"是彩色交错,"五色成文",强调内容和形式的多面,并兼顾文化融合的事实。所以,主要选取历来名副其实的名篇,如魏徵《谏太宗十思疏》、骆宾王《代李敬业传檄天下文》、王勃《滕王阁序》、李白《与韩荆州书》《春夜宴从弟桃花园序》、李华《吊古战场文》、韩愈《原道》《原毁》、刘禹锡《秋声赋》《陋室铭》、柳宗元《三戒》《始得西山宴游记》、杜牧《阿房宫赋》、李商隐《李贺小传》……此外，也可以说是本选集中一个重要的特色，即还选取了历来选本一般不涉及的内容，如艺文类，即孙过庭《书谱（节选）》、李阳冰《上李大夫论古篆书》、舒元舆《玉箸篆志》、张彦远《论画六法》、荆浩《画山水赋》等；史论类，即刘知幾《答郑惟忠史才论》《直书》、陆龟蒙《大儒评》等；文化融合类，即玄奘《大唐西域记（节选）》、成玄英《南华真经疏序》、慧能《金刚般若波罗蜜经序》《坛经·自序品（节选）》等。以上都是该类别中有代表性的作品。又有公文类，李翱《判状二则》，足以见唐人治理公事、判断诉讼之富有情趣的一面；此外，还有几篇帝王生活中可以见真性情的作品，如唐太宗《与魏徵手诏三则》《自鉴录》、武则天《织锦回文记》，观其文论其世，唐朝的繁盛岂为无因而致哉？它必然与帝王的格局、为人和志趣存在着不可切割的关系。

伍恒山

2022 年 2 月 16 日

目　　录

2

3

谏太宗十思疏

魏　徵

　　臣闻求木之长者，必固其根本①；欲流之远者，必浚其泉源②；思国之安者，必积其德义。源不深而望流之远，根不固而求木之长，德不厚而望国之治，虽在下愚③，知其不可，而况于明哲乎？人君当神器之重④，居域中之大，将崇极天之峻⑤，永保无疆之休⑥，不念居安思危，戒奢以俭，德不处其厚，情不胜其欲⑦，斯亦伐根以求木茂，塞源而欲流长者也。

　　凡百元首，承天景命⑧，莫不殷忧而道著⑨，功成而德衰。有善始者实繁，能克终者盖寡⑩。岂其取之易而守之难乎？昔取之而有余，今守之而不足，何也？夫在殷忧，必竭诚以待下；既得志，则纵情以傲物⑪。竭诚则胡越为一体⑫，傲物则骨肉为行路⑬。虽董之以严刑⑭，震之以威怒，终苟免而不怀仁⑮，貌恭而不心服。怨不在大⑯，可畏惟人⑰。载舟覆舟⑱，所宜深慎。奔车朽索，其可忽乎？

　　君人者，诚能见可欲⑲，则思知足以自戒；将有作⑳，则思知止以安人㉑；念高危㉒，则思谦冲以自牧㉓；惧满溢，则思江海下百川㉔；乐盘游㉕，则思三驱以为度㉖；忧懈怠，则思慎始而敬终㉗；虑壅蔽㉘，则思虚心以纳下；想谗邪㉙，则思正身以黜恶㉚；恩所加，则思无因喜以谬赏；罚所及，则思无因怒而滥刑。总此十思，弘兹九德㉛。简能而任之㉜，择善而从之，则智者尽其谋，勇者竭其力，仁者播其惠，信者效其忠。文武争驰，君臣无事，可以尽豫游之乐，可以养松乔之寿㉝，鸣琴垂拱㉞，不言而化。何必劳神苦思，代下司职，役聪明之耳目，亏无为之大道哉㉟？

【作者简介】

魏徵(580—643)，字玄成，魏郡馆陶(今属河北)人。唐初政治家、思想家、文学家和史学家，因直言进谏，辅佐唐太宗共同创建"贞观之治"，被后人称为"一代名相"。封郑国公，谥号"文贞"。主编《隋书》，并撰序论以及《梁书》《陈书》《北齐书》的总论等。其言论多见《贞观政要》。

【注释】

①固其根本：使它的根本牢固。本，树根。

②浚(jùn)：疏浚，疏通，深挖。

③在下愚：在下位而见识愚蠢的人。

④人君：众人的君主，泛指帝王。当神器之重：处于皇帝的重要位置。神器，神所授之器，指帝位。古人认为"君权神授"，所以称帝位为"神器"。

⑤崇：增长，增高。峻：高，高峻。

⑥无疆：永远，无穷。休：美。

⑦不胜其欲：不能克制他的欲望。胜，战胜，克制，制服。

⑧承天景命：承受了上天赋予的重大使命。景，大。

⑨殷忧：深忧。道著：治道成效显著。

⑩克终者盖寡：能够坚持到底的大概比较少。克，能。盖，表推测语气。

⑪纵情：放纵情欲。傲物：傲视别人。物，这里指人。

⑫胡越为一体：(只要彼此竭诚相待)虽然一在北方，一在南方，也能结成一家。胡，古代泛称北方和西方各族。越，越国。胡地在北，越国在南，一南一北，其地疏远隔绝，又比喻敌对的双方或对立关系。

⑬骨肉为行路:亲骨肉之间也会变得像陌生人一样。骨肉,有血缘关系的人。行路,路人,比喻毫无关系的人。

⑭董:督责。

⑮苟免而不怀仁:(臣民)只求苟且免于刑罚而不怀念感激国君的仁德。

⑯怨不在大:(臣民)对国君的怨恨不在大小。

⑰可畏惟人:可怕的只是百姓。惟,只。人,当为"民",为避唐太宗李世民讳而改为"人"。

⑱载舟覆舟:这里说明了百姓与统治者的关系,比喻百姓能拥戴皇帝,也能推翻他的统治。出自《荀子·王制》:"君者,舟也;庶人者,水也。水则载舟,水则覆舟。"载,承载。覆,翻倒,颠覆,倾覆。

⑲见可欲:见到能引起(自己)喜好的东西。出自《老子》第三章"不见可欲,使民心不乱"。下文的"知足"(知道满足)、"知止"(知道适可而止),出自《老子》第四十四章"知足不辱""知止不殆"。

⑳将有作:将要兴建某建筑物。作,兴作,建筑。

㉑安人:安民,使百姓安宁。

㉒念高危:想到帝位高高在上。危,高。

㉓则思谦冲以自牧:就想到要谦虚并加强自我修养。冲,虚,空虚。牧,约束。

㉔江海下百川:江海处于众多河流的下游。下,居……之下。

㉕盘游:游乐,这里指打猎取乐。

㉖三驱:古王者田猎(打猎)之制。指田猎时须让开一面,三面驱赶,以示好生之德。一说,田猎一年以三次为度。

㉗慎始:一开始就很慎重。敬终:认真谨慎地把事情做完。

㉘虑壅(yōng)蔽:担心(言路)不通受蒙蔽。壅,堵塞。

㉙想谗邪:考虑到(朝中可能会出现)谗佞奸邪。谗,说人坏话,造谣中伤。邪,不正派。

㉚正身以黜（chù）恶：使自身端正（才能）罢黜奸邪。黜，排斥，罢免。

㉛弘兹九德：弘扬这九种美德。九德，古谓贤人所具备的九种优良品格。九德的内容，说法不一。《尚书·皋陶谟》："皋陶曰：'都，亦行有九德，亦言其人有德，乃言曰：载采采。'禹曰：'何？'皋陶曰：'宽而栗、柔而立、愿而恭、乱而敬、扰而毅、直而温、简而廉、刚而塞、强而义，彰厥有常，吉哉！'"另一说，《逸周书·常训》："忠、信、敬、刚、柔、和、固、贞、顺。"

㉜简能：考核才能。简，选拔，考核。任：任用，委任。

㉝松乔：赤松子和王子乔，传说中的仙人。

㉞垂拱：垂衣拱手。指不亲理事务，后多用于称颂帝王无为而治。

㉟无为：道家主张清静虚无，顺应自然，称为"无为"。儒家主张选能任贤，以德化人，亦称为"无为"。

【解读】

《谏太宗十思疏》是唐朝著名谏议大夫魏徵写给唐太宗的一篇奏疏。唐太宗即位初期，因隋鉴不远，故能励精图治。随着功业日隆，生活渐加奢靡，"喜闻顺旨之说"，"不悦逆耳之言"。魏徵以此为忧，多次上疏劝谏，本文是其中的一篇。

全篇以"思国之安者，必积其德义"为中心展开论述。先从正反两方面进行论述，提出为君必须"居安思危，戒奢以俭"的观点。然后提醒太宗，守成之君易失人心。因在"殷忧"时易"竭诚以待下"；而在"得志"时则会"纵情以傲物"，便有"覆舟"之危。由此提出"积德义"必须"十思"，着重规劝太宗对于物质享受要适度，在自身修养上要"谦冲"，在用人上要"虚心纳下"，在施行法制上要不计个人恩怨。结尾归结出治国方法的关键在于知人善任，选拔人才，达到"垂拱而治"的理想境界。这些主张，为唐太宗所采纳，有助于成就唐王朝的"贞观之治"。全篇以"思"字作为贯穿行文的线索，脉络分明，条理清晰。文中多用比喻，把道理说得生动形象，并采用排比、对仗手法，使句式工整，气理充畅。

【点评】

"此魏公贞观十一年之疏。以'思'字作骨,意谓人君敢于纵情傲物,不积道义以致失人心者,皆坐思耳。思曰:睿睿作圣。故有十思之目。若约言之,总一居安思危而已。十三年五月,复有《十渐不克终》之疏,非魏公不敢为此言,非太宗亦不敢纳而用之。千古君臣,令人神往。文虽平实,当与三代谟训并垂,原不待以奇幻见长也。"([清]林云铭《古文析义》)

"通篇只重一'思'字,却要从德义上看出。世主何尝不劳神苦思,但所思不在德义,则反不如不用思者之为得也。魏公十思之论,剀切深厚,可与三代谟、诰并传。"([清]吴楚材、吴调侯《古文观止》)

负笭者传①

王　绩

昔者文中子讲道于白牛之溪②,弟子捧书北面,环堂成列。讲罢,程生、薛生退省于松下③,语及《周易》,薛收叹曰:"不及伏羲氏乎!何词之多也。"俄而有负笭者旛旛然④,委担而息曰⑤:"吾子何叹也?"薛生曰:"叟何为者,而征吾叹⑥?"负笭者曰:"夫丽朱者丹⑦,附墨者黑,盖累渐而得之也。今吾子所服者道而犹有叹⑧,是六腑五脏不能无受也⑨。吾是以问。"薛生曰:"收闻之师,易者道之蕴也⑩,伏羲氏画八卦而文王系之,不逮省久矣⑪,以为文王病也,吾是以叹。"负笭者曰:"文王焉病?伏羲氏病甚者也。昔者伏羲氏之未画卦也,三才其不立乎⑫?四序其不行乎⑬?百物其不生乎?万象其不森乎?何营营乎而费画也⑭?自伏羲氏泄道之密,漏神之机⑮,分张太和⑯,磔裂元气⑰,使天下之智者诡道进出，曰：'我善言象而识物情。'阴阳相摩，远近相取，作为刚柔同异之说⑱，以骇人志⑲，于是智者不知，而大朴散矣⑳，则伏羲氏始兆乱者也㉑，安得嬴叹而嗟文王乎㉒？"负其笭而行。追而问之居与姓名，不答而去。文中子闻之曰："隐者也。"

【作者简介】

王绩（约589—644），字无功，号东皋子，绛州龙门（今山西河津）人。隋末举孝廉，除秘书正字、扬州六合县丞。唐初以前官待诏门下省，改太乐丞，后弃官还乡，躬耕东皋山，自号东皋子。性简傲，嗜酒，能饮五斗，自作《五斗先生传》。撰《酒经》《酒谱》，注有《老》《庄》。现有《王无功文集》行世。

【注释】

①负笭者：肩扛着笭的人。负，背，扛。笭，笭箵，渔人贮物所用的竹笼。

②文中子：即王通，字仲淹，门人私谥"文中子"。隋末大儒，王绩之兄。聚徒讲学于家乡白牛溪，影响很大。"门人常以百数，唯河南董恒、南阳程元、中山贾琼、河东薛收、太山姚义、太原温彦博、京兆杜淹等十余人为俊颖，而以姚义慷慨，方之仲由；薛收理识，方之庄周"。著有《中说》，亦称《文中子》。

③程生：即程元。退省：反省。语本《论语·为政》："子曰：'吾与回言终日，不违，如愚。退而省其私，亦足以发。'"薛生：即薛收，字伯褒，蒲州汾阴（今山西万荣）人，秦王府十八学士之一，隋内史侍郎薛道衡之子。追随李世民南征北伐，檄文布告大多出自其手。

④皤（pó）皤然：头发花白的样子。

⑤委担：放下担子。委，放弃，放下。息：休息。

⑥征:预兆,这里指猜测到。

⑦丽:附着,依附。

⑧服:从事,致力。

⑨六腑五脏:指人体内全部器官。六腑,大肠、小肠、胃、胆、膀胱、三焦。五脏,心、肺、脾、肝、肾。受:接受,承受。

⑩蕴:积聚,蓄藏。

⑪不逮:比不上,不及。

⑫三才:天、地、人谓之三才。

⑬四序:指春、夏、秋、冬四个时序,即四季。

⑭营营:忙碌的样子。费:耗费,烦劳。

⑮漏神之机:透漏神的机密。机,机密,机要。

⑯分张:分离,离散。太和:天地间冲和之气,亦指人的精神、元气。

⑰礫(zhé)裂:分割,割裂。

⑱刚柔:阴阳。同异:战国时名家惠施提出的名辩论题,认为事物中存在小同异和大同异两种。人们对不同事物的认识有一致的和不一致的,这种认识上的同或异,为小同异;而万物具有完全相同的一面,即都离不开存亡变化,又有完全相异的一面,即各自的变化又不一样,此为大同异。

⑲骇:惊骇,惊扰,扰乱。志:心志,意志,感情。

⑳大朴:指原始质朴的大道。

㉑兆乱:孕育祸乱。兆,萌生。

㉒羸(léi)叹:哀叹。羸,衰病,瘦弱,困惫。嗟:嗟叹,感叹。

【解读】

本文的中心是体现道家自然、无为的思想。文中子是隋末的大儒,他在家乡白牛溪聚徒讲学,培养了大批杰出的人才,他们在隋末到初唐期间发挥了重要作用。本文借文中子王通授课的一个情境,借负

7

笞者之口,指斥伏羲氏画八卦为多事,"泄道之密,漏神之机",导致后来"智者诡道迸出",使天下大乱,阐述万事万物都有其自然运行的规律,无须人故作聪明,纷纷扰扰,从而使其丧失大道朴素的本质。

与魏徵手诏三则^①　　　　　李世民

问魏徵病手诏

不见数日,忧愦甚深。自顾过已多矣,言已失矣,行已亏矣^②。古人云:"无镜无以鉴须眉。"可谓实也。比欲自往,恐劳卿^③,所以使人来去。若有闻知,此后可以信来具报^④。

答魏徵上《群书理要》手诏^⑤

朕少尚威武^⑥,不精学业,先王之道,茫若涉海。览所撰书,博而且要,见所未见,闻所未闻,使朕致治稽古^⑦,临事不惑。其为劳也,不亦大哉!

重问魏徵病手诏

近来疹病何似^⑧,渐得可未^⑨?卿患日久,言面已赊^⑩,理国立家,方知难耳。比日自为,劳思委顿,始验任人则逸,自任则劳,非虚言也。此怀公想知之,可以意得。书何尽心,略而言耳。

【作者简介】
李世民(599—649),即唐太宗,公元 626—649 年在位。杰出的政

8

治家、战略家、军事家、诗人。在位期间,积极听取群臣的意见,对内以文治天下,虚心纳谏,厉行节约,劝课农桑,使百姓能够休养生息,国泰民安,开创了历史上著名的"贞观之治"。对外开疆拓土,攻灭东突厥与薛延陀,征服高昌、龟兹、吐谷浑,重创高句丽,设立安西四镇,各民族融洽相处,被各族人民尊称为"天可汗",为后来唐朝一百多年的盛世奠定了重要基础。

【注释】

①手诏:帝王亲手写的诏书。

②行已亏矣:德行已有欠缺。行,品行,德行。亏,欠缺,不足。

③劳卿:使你疲劳。卿,古代君对臣的称谓。

④具报:备文上报。

⑤《群书理要》:即《群书治要》,因避唐高宗李治讳而改名。它是唐太宗于贞观初年,令谏官魏徵及虞世南等,整理历代帝王治国资政史料,编辑而成。魏徵等大臣自一万四千多部、八万九千多卷古籍中,博采典籍六十五种,将有关修身、齐家、治国、平天下之精要,汇编成书,共五十余万言,实为一部"用之当今,足以鉴览前古;传之来叶,可以贻厥孙谋"的治世宝典。

⑥朕:我。从秦始皇开始,以"朕"作为皇帝第一人称的专称。

⑦稽古:考察古事。

⑧疹病:病名。表现为皮肤上发出红色小点,形如粟米。何似:如何,怎样。

⑨渐得可未:渐渐地能痊愈了不? 可,病好,痊愈。

⑩言面已赊:见面交谈的机会已经很稀少了。赊,渺茫,稀少。

【解读】

《全唐文》卷九中,有唐太宗给魏徵的手诏六封,此录其三。

手诏文字质朴,情词恳切。第一封手诏,虽然标题是问魏徵的病,但行文中,全篇是唐太宗的自责之词以及对魏徵病情的关切之意。手诏中提到"无镜无以鉴须眉",唐太宗是将魏徵作为镜子来观照自己的。第二封手诏,是贞观五年(631),唐太宗在阅览魏徵等人整理的《群书治要》之后,所书写的读后感。谦抑的态度、求治的情怀,跃然纸上。第三封,是重问魏徵的病情。魏徵患病已久,久未上朝,唐太宗顿失倚仗,思念之殷溢于言表。缺了贤臣的辅佐,唐太宗遂感到独自理事的艰难,"比日自为,劳思委顿",所以对于选贤任能,唐太宗是有切身的体会和独到的心得的。

魏徵以直言敢谏著称。贞观元年(627),李世民登上帝位,任命魏徵为尚书左丞。李世民有志建功立业,多次于卧榻召见魏徵询问得失,魏徵直言不讳,前后上谏两百多事,李世民全然接纳。仅从这三封手诏,就可以看出君臣之间情谊的深厚。此外,亦足见唐太宗的待下谦抑、求治殷切之情。正因为李世民如此虚怀若谷、从谏如流,才避免许多失误,使国家行进在正确的道路上,因此造就了"贞观之治",奠定了唐朝盛世的局面。

魏徵去世后,唐太宗临朝曾对侍臣说过这样一段著名的话:"夫以铜为镜,可以正衣冠;以古为镜,可以知兴替;以人为镜,可以明得失。朕常保此三镜,以防己过。今魏徵殂逝,遂亡一镜矣!"(《旧唐书·魏徵传》)

自鉴录①   李世民

古有胎教世子②,朕则不暇,但近自建立太子,遇物必诲谕。见其临食将饭,谓曰:"汝知饭乎?"对曰:"不知。""凡稼穑艰难③,皆出人力,不夺其时④,常有此饭。"见其乘马,又谓曰:"汝知马乎?"对曰:"不知。""能代人劳苦者也。

以时消息⑤,不尽其力,则可以常有马也。"见其乘舟,又谓曰:"汝知舟乎?"对曰:"不知。"曰:"舟所以比人君,水所以比黎庶⑥,水能载舟,亦能覆舟。尔方为人主,可不畏惧?"见其依于曲木之下⑦,又谓曰:"汝知此树乎?"对曰:"不知。"曰:"此木虽曲,得绳则正⑧。为人君虽无道,受谏则圣。此傅说所言⑨,可以自鉴。"

【注释】

①自鉴:自以为戒。

②胎教:古人认为,胎儿在母体中能够容易被孕妇情绪、言行同化,所以孕妇必须谨守礼仪,给胎儿以良好的影响。世子:太子,帝王、诸侯的嫡长子。

③稼穑:耕种和收获,泛指农业劳动。

④不夺其时:不耽误农作物的播种时节。夺,侵占,耽误。

⑤以时消息:按照一定的时间规律休养生息。

⑥黎庶:黎民,指平民大众。

⑦曲木:弯曲的树木。

⑧绳:木工用来测定直线的墨线。

⑨傅说:商代宰相,辅佐殷商高宗武丁安邦治国,形成了著名的"武丁中兴",被尊称为"圣人"。

【解读】

唐太宗是中国历史上有名的君主,他不仅礼贤下士,励精图治,成就著名的"贞观之治",奠定唐朝辉煌的盛世局面,同时对自己的要求也很严格,从本文就可以看出,他对太子的教育也是费尽了心思,下了很大的气力。

在古代,太子是皇位的继承者,对太子的教育如果不正确,就会造成其世界观、价值观、人生观的不正确,当他继承皇位统治天下的时候,其危害就不再是局限于其自身那么简单,而是扩大至对国家、对人民的危害,轻则残害百姓,重则颠覆自己的统治。唐太宗认识到教育太子的重要性,所以在任何场合都随时给予其正确的"诲谕",如将吃饭时教育太子要知农民耕作的艰难,提醒他"不夺农时"。语言很直白,想必太子也是受教很深刻。见到太子乘马,就跟他讲马也要按照其习性规律给予它休养生息的空间,不要用尽马的气力;见到太子乘船,就跟他讲船与水的道理,这就是著名的"水能载舟,亦能覆舟"之论,要太子懂得尊重、善待老百姓。见到太子倚靠在弯曲的树木之下,就跟他讲树木弯曲也是可以作正直的用途的,那就是用木工所用的绳尺加以斧正,类比到作为一国的国君虽然有时也会犯错误,但要勇敢地接受他人的劝谏,从而避免错误的再次发生。只要改正错误,这样的国君也是圣明的。

本文没有什么深刻的言辞,都是很平淡常见的话题,但道理就在其中,因物见喻,自以为戒,这是唐太宗的高明之处。

论书法 李世民

笔法论

初书之时,收视反听①,绝虑怡神,心正气和,则契于元妙②。心神不正,字则欹斜;志气不和,字则颠仆③,如鲁庙之器也④。又云:为点必收⑤,贵紧而重;为画必勒⑥,贵涩而迟;为撇必掠⑦,贵险而劲;为竖必怒⑧,贵战而雄;为戈必润⑨,贵迟凝而右顾;为环必郁⑩,贵蹙锋而总转⑪;为波必磔⑫,贵三折而遣毫。

指法论

夫字以神为精魄，神若不和，则字无态度也；以心毫为筋骨⑬，心若不坚，则字无劲健也；以副毛为皮肤⑭，副若不圆，则字无温润也。所资心副相参⑮，用神气冲和为妙。今比重明轻⑯，用指腕不如锋芒⑰，用锋芒不如冲和之气⑱。自然手腕虚，则锋含沈静。夫心合于气，气合于心，神心之用也，心必静而已矣。虞安吉云⑲："未解书意者，一点一画，皆求象本⑳，乃转自取拙㉑，岂是书耶？"纵仿类本㉒，体样夺真，可图其字形，未可称解笔意。此乃类乎效颦㉓，未入西施之奥室也㉔。故其始学，得其粗，未得其精。太缓者滞而无筋，太急者病而无骨。横毫侧管，则钝慢而肉多；竖笔直锋，则干枯而露骨。及其悟也，心动而手均：圆者中规，方者中矩，粗而能锐，细而能壮，长者不为有余，短者不为不足。思与神会，同乎自然，不知所以然而然矣。

笔意论

夫学书者，先须知有王右军绝妙得意处㉕，真书《乐毅论》、行书《兰亭》、草书《十七帖》。勿令有死点画，书之道也。学书之难，神彩为上㉖，形质次之㉗，兼之者便到古人。以斯言之，岂易多得。必使心忘于笔，手忘于书，心手遗情㉘，书不妄想，要在求之不见，考之即彰。

【注释】

①收视反听：不视不听，指不为外物所惊扰，形容专心致志，心无

旁骛。收视,收束视觉。反听,回归听觉,即不再以耳受声。

②契:契合,投合。元妙:即玄妙。

③颠仆:跌倒,跌落。

④鲁庙之器:指鲁国宗庙的宥坐之器,亦即欹器。古时国君置于座右,以为不要过或不及之劝诫。《荀子·宥坐》:"孔子观于鲁桓公之庙,有欹器焉。孔子问于守庙者曰:'此为何器?'守庙者曰:'此盖为宥坐之器。'孔子曰:'吾闻宥坐之器者,虚则欹,中则正,满则覆。'"

⑤为点必收:书法中写一"点"时,笔法一定要收紧。

⑥为画必勒:书法中写一"横"时,笔法一定要收束住。

⑦为擎必掠:书法中写一"挑(提)"时,由下斜着向上,笔法在最后要轻轻带过。

⑧为竖必怒:书法中写一"竖"时,笔法一定要用力,表现强壮的形状。

⑨为戈必润:书法中写右下斜钩时一定要笔法圆润。

⑩为环必郁:书法中写半包围或全包围结构的字时,笔法一定要有所顿挫。

⑪蹙锋而总转:笔锋要紧蹙,到了最后与其他笔画会合时再转向。

⑫为波必磔:书法中写右下捺笔时,一定要三折再张开。波,指捺的折波。

⑬心毫:中心的毛,毛笔的主锋。

⑭副毛:副毫,毛笔主锋四周的部分。

⑮所资:所凭借,所依靠。相参:相互参错,间杂。

⑯比重明轻:比较主锋与副毫在书法中的轻重位置。

⑰指腕:手指与手腕。锋芒:指事物的尖端或突起部分,指书画的笔锋。

⑱冲和之气:淡泊平和之气,亦指真气、元气。

⑲虞安吉:晋朝书法家,与王羲之为朋友。王羲之写有《虞安吉

帖》。

⑳象本:临帖时临摹得跟原帖一样。

㉑转自取拙:反而自取笨拙。

㉒纵仿类本:纵然模仿得跟原样一样逼真。

㉓效颦:同"效矉"。语出《庄子·天运》:"故西施病心而矉其里,其里之丑人见之而美之,归亦捧心而矉其里。其里之富人见之,坚闭门而不出;贫人见之,挈妻子而走。彼知矉美,而不知矉之所以美。"后以"效矉"为不善模仿、弄巧成拙的典故。

㉔奥室:内室,深宅。此取"登堂入室"之义。

㉕王右军:即王羲之,字逸少,东晋时期著名书法家,有"书圣"之称。琅邪临沂(今山东临沂)人,后迁会稽山阴(今浙江绍兴),晚年隐居剡县金庭。官至会稽内史、右军将军,故称"王右军"。其书法兼善隶、草、楷、行各体,自成一家,影响深远。代表作《兰亭序》被誉为"天下第一行书"。

㉖神彩:同"神采",精神和风貌。此指艺术作品的神韵风采。

㉗形质:指字的形体,由点画的长短、高下、多寡等构成。

㉘遗情:遗弃俗情。

【解读】

唐代初期,社会安定,经济日益繁荣,书法亦蓬勃发展。朝廷定书法为国子监六学之一,设书学博士,以书法取士。唐太宗李世民喜好书法,倡导书学,并竭力推崇王羲之的书法,这对唐代书法的发展和繁荣起到了重要的作用。

唐太宗在书法艺术方面有高超的造诣,不仅擅长书法,同时对书法理论也有较深刻的体会。本文收录了他的三则关于书法理论的文章,分别是"笔法""指法""笔意"三个部分。这三个部分,从书法的基础到最高的境界都有精彩的论述。

第一则,讲"笔法",强调的是要端正书法的态度。首先要求凝精会神，心无旁骛，只有"心正气和"，才能到达书法的妙境。其次论述点画撇捺等书法基本笔法所需注意的要件和细节，这是书法的粗浅功夫，熟练了就会妙入毫端，自然成就。

第二则，论"指法"。首先，强调字的"神韵"在书法中占有最高的位置，没有神，或者"神若不和"，那书写出来的字也会受影响。其次，论述笔的结构及其重要性，他将笔当作人体来分析，笔的主锋是字的筋骨，要劲健；副毫是字的皮肤，要温润。主锋和副毫相互参用，最终达到"神气冲和"的效果。再次，论述用指腕以及用气之间的关系，用指腕不如用锋芒，用锋芒不如用"冲和之气"，强调书法的最高境界不是点画撇捺等形式结构的完美，而是整个书法气韵的高妙。书写时心必静，"心"与"气"合，书法就会神入化。这其实是将书法提到了文化修养的高度，书法不单纯是"指法"、不单纯是书写技巧的艺术，而是修养的艺术。当然，对于初学者而言，技巧也是必需的，最后论及怎样用笔才能避免犯各种错误。

第三则，论"笔意"。唐太宗为学书的人提供了一个样本，就是王羲之的真、行、草三种书法帖子，这些代表着书法的最高境界，学书者要悟到书法中不能有"死点画"。他认为，在书法中，"神彩"是排第一位的，形体结构是第二位的。好的书法，要合神采与形体结构而为一。

大唐西域记（节选）　　　玄奘

（跋禄迦）国西北行三百余里①，度石碛②，至凌山③。此则葱岭北原，水多东流矣。山谷积雪，春夏合冻，虽时消泮，寻复结冰。经途险阻，寒风惨烈，多暴龙，难凌犯。行人由此路者，不得赭衣持瓠大声叫唤④。微有违犯，灾祸目睹。暴风奋发，飞沙雨石，遇者丧没，难以全生。

山行四百余里，至大清池（或名热海，又谓咸海）⑤，周千余里，东西长，南北狭。四面负山，众流交凑，色带青黑，味兼咸苦，洪涛浩汗，惊波汩淴⑥。龙鱼杂处，灵怪间起，所以往来行旅，祷以祈福，水族虽多，莫敢渔捕。

清池西北行五百余里，至素叶水城⑦。城周六七里，诸国商胡杂居也⑧。土宜穈、麦、蒲萄⑨，林树稀疏。气序风寒⑩，人衣毡褐⑪。

素叶已西数十孤城，城皆立长⑫，虽不相禀命⑬，然皆役属突厥⑭。

自素叶水城，至羯霜那国⑮，地名窣利⑯，人亦谓焉。文字语言，即随称矣。字源简略，本二十余言，转而相生，其流浸广⑰。粗有书记，竖读其文，递相传授，师资无替。服毡褐，衣皮氎⑱，裳服褊急⑲。齐发露顶⑳，或总剪剃㉑，缯彩络额㉒。形容伟大㉓，志性恇㤼㉔。风俗浇讹㉕，多行诡诈，大抵贪求，父子计利，财多为贵，良贱无差。虽富巨万，服食粗弊，力田逐利者杂半矣㉖。

素叶城西行四百余里，至千泉㉗。千泉者，地方二百余里，南面雪山，三陲平陆㉘。水土沃润㉙，林树扶疏㉚，暮春之月，杂花若绮㉛，泉池千所，故以名焉。突厥可汗每来避暑㉜。中有群鹿，多饰铃环㉝，驯狎于人㉞，不甚惊走㉟。可汗爱赏，下命群属㊱："敢加杀害，有诛无赦。"此群鹿得终其寿。

千泉西行百四十五里，至呾逻私城㊲。城周八九里，诸国商胡杂居也。土宜气序，大同素叶㊳。

南行十余里有小孤城，三百余户，本中国人也，昔为突厥所掠，后遂鸠集同国㊴，共保此城，于中宅居。衣裳去就㊵，遂同突厥；言辞仪范㊶，犹存本国。

【作者简介】

玄奘（602—664），唐代著名高僧，唯识宗创始人。洛州缑氏（今河南偃师缑氏镇）人。俗姓陈，名祎，法名"玄奘"，被尊称为"三藏法师"，后世俗称"唐僧"，与鸠摩罗什、真谛并称为中国佛教三大翻译家。贞观三年（629），玄奘出发前往西域取经，历经艰辛，西行五万里，最终到达天竺佛教中心那烂陀寺。前后十七年学遍当时的大小乘各种学说，共带回佛教经论六百五十七部。玄奘回国后，长期从事翻译佛经的工作，与其弟子共译出佛典七十五部、一千三百三十五卷，其主要译著有《大般若经》《心经》《解深密经》《瑜伽师地论》《成唯识论》等，撰成《大唐西域记》，后人辑成《玄奘法师译撰全集》。

【注释】

①西北行：向西北方向走。

②石碛（qì）：多石的沙滩，引申为沙漠。

③凌山：即冰山，在今伊犁、温宿之间。一说为温宿之西的勃达岭。

④赭（zhě）：红褐色。

⑤大清池：或名热海，即今吉尔吉斯斯坦的伊塞克湖。

⑥汩淴（yù hū）：水急流的样子。

⑦素叶水城：又称碎叶城、素叶城，在今吉尔吉斯斯坦托克马克城西南。当时是东西交通要道。

⑧胡：古代泛称北方和西方各族。

⑨土宜:土性,不同的土性对于不同的人和物各有所宜,所以叫土宜。穈(méi):也叫穄(jì)、穈子,一年生草本植物,形状跟黍相似,但籽实不黏,可以做饭。蒲萄:即葡萄。

⑩气序:气候时序。

⑪衣(yì)毡褐:穿着毛毡布衣。衣,作动词用,穿着。褐,指粗布或粗布衣,古时贫贱者所服,最早用葛、兽毛,后通常指大麻、兽毛的粗加工品。

⑫城皆立长:每座城都立一个首领。

⑬不相禀命:不相互承受命令,意为彼此平列。禀,承受。

⑭役属:指使隶属于己而役使之。突厥:古族名,国名。广义包括铁勒、突厥各部落,狭义指突厥汗国。六世纪初兴起于金山(今阿尔泰山)西南麓,为一游牧部落。552年,建政权于今鄂尔浑河流域。创文字、立官制,与中原交流频繁。隋开皇二年(582),分裂为东、西二部。这里指的是西突厥。

⑮羯霜那国:古国名。西域古国昭武九姓之一,故址在今乌兹别克斯坦撒马尔罕之南,又为粟特国活动地,一度属唐管理。

⑯窣(sū)利:即粟特。通常指锡尔河与阿姆河之间,以泽拉夫善河为中心的一片地区。玄奘所述窣利地区,边界推得更广阔,或许当时粟特人控制的范围较后世大一些。

⑰浸广:日益扩大。浸,逐渐,引申为日益、更加。

⑱皮氎(dié):皮制的衣及细毛布、细棉布做的大衣类披衣。

⑲裳服:泛指衣服。裳,古代称下身穿的衣裙,男女皆服。褊(biǎn)急:衣裳小而紧。

⑳齐发露顶:剪齐头发,露出头顶。

㉑或总剪剃:有的全部剃光头发。

㉒缯彩络额:用彩色丝带缠在额头上。

㉓形容:指人的外貌、身材。

㉔志性:性情。恇(kuāng)怯:懦弱,胆怯。

㉕浇讹：浮薄诈伪。

㉖力田逐利：种田与经商的人。力田，用力于田（指耕作）。逐利，追逐利益。

㉗千泉：古地名。又名屏聿，故址在今吉尔吉斯斯坦北部吉尔吉斯山脉北麓。因其地泉眼众多，故名。

㉘陲（chuí）：边缘，边境，边疆。平陆：平地。

㉙沃润：肥沃滋润。

㉚扶疏：枝叶茂盛而疏密有致。

㉛绮（qǐ）：有花纹的丝织品。

㉜可汗（kè hán）：古代鲜卑、柔然、突厥、回纥、蒙古等民族中最高统治者的称号。

㉝环：指环圈状的装饰物。

㉞驯：顺服。狎（xiá）：接近，亲近。

㉟惊走：惊吓奔跑。

㊱群属：所有下属。

㊲呾逻私城：故址在今哈萨克斯坦南部江布尔附近。

㊳大同：大体相同。

㊴遂：于是，就。鸠集：搜集，聚集。同国：指一同从内地来的人。

㊵衣裳去就：服饰行止，指服饰等生活习惯。

㊶仪范：仪容，风范。

【解读】

本文节选自玄奘《大唐西域记》卷一。玄奘是唐朝著名高僧。《大唐西域记》共十二卷，是奉唐太宗敕命而撰，由玄奘口述，辩机撰文，贞观二十年（646）成书。书中综叙了贞观元年（627）至贞观十九年（645）玄奘西行见闻，记述了玄奘所亲历一百一十国及得之传闻的二十八国的概况，有疆域、气候、山川、风土、人情、语言、宗教、佛寺以及大量的历史传说、神话故事等，是研究中古时期中国西北地区以及中亚等诸国的历史、地理、宗教、文化和中西交通的珍贵资料,也是研究佛教史学、佛教遗迹的重要文献。

本文一共写了七个地方:凌山、大清池、素叶水城、羯霜那国、千泉、呾逻私城和小孤城。从跋禄迦国向西北行走三百多里,经过戈壁,就到了凌山。这里是葱岭北端,河水向北流去。作者重点描写凌山的风寒气候及其险恶的地性,提醒行旅注意,"暴风奋发",会有生命危险。离凌山四百多里,就是大清池,有人称作热海,又称咸海,周围一千多里,其形状是东西长、南北窄,本文着重讲述了大清池海水的颜色、味道和波涛的浩瀚惊险。介绍羯霜那国,主要是从文化和生活习性、风俗习惯等方面着手。至于千泉,则是一个非常美丽的地方:水源充足,土地肥沃,树木茂密,林荫匝地,群鹿聚居。暮春时分,繁花似锦,泉水形成池沼达千处。其风景为西域所罕见。这里是避暑胜地,突厥可汗每年都要来这里避暑。

文中写到的素叶水城,也叫碎叶城,就是我国唐朝大诗人李白的出生地。在素叶水城西几百里的地方,还有一座小孤城,是三百多户内地人民转居至此而建立的城邑,他们的言语仪表,还保持着内地的样子。这些事实,表明当时有不少内地人民定居在巴尔喀什湖以东以南的中亚地区,劳动生息于其地,其时间之早,远在莫斯科大公国形成以前好多个世纪。

《大唐西域记》文笔很优美,在散文中用了较多整齐的四字句,语言朴素,文辞雅致,叙述简净而生动,描写严谨而流畅,表现出了唐朝佛教译著文字的特点。

南华真经疏序①   成玄英

夫《庄子》者,所以申道德之深根②,述重玄之妙旨③,畅无为之恬淡④,明独化之窅冥⑤,钳揵九流⑥,括囊百氏⑦,谅区中之至教⑧，实象外之微言者也⑨。其人姓庄名周，字子休，生宋国睢阳蒙县⑩，师长桑公子，受号"南华仙人"。当战国之初，降衰周之末，叹苍生之业薄⑪，伤道德之陵夷⑫，乃慷慨发愤⑬，爰著斯论⑭。其言大而博，其旨深而远，非下士之所闻，岂浅识之能究！

所言子者，是有德之嘉号。古人称师曰"子"，亦言"子"是书名。非但三篇之总名，亦是百家之通题。所言《内篇》者⑮，内以待外立名，篇以编简为义。古者杀青为简⑯，以韦为编。编简成篇，犹今连纸成卷也。故元恺云⑰："大事书之于策，小事简牍而已⑱。"内则谈于理本⑲，外则语其事迹⑳。事虽彰著，非理不通；理既幽微，非事莫显。欲先明妙理，故前标《内篇》。《内篇》理深，故每于文外别立篇目。郭象仍于题下即注解之，《逍遥》《齐物》之类是也。自《外篇》以下，则取篇首二字为其题目，《骈拇》《马蹄》之类是也。

所言《逍遥游》者，古今解释不同。今泛举纮纲㉑，略为三释。所言三者：

第一，顾桐柏云㉒："道者，销也。遥者，远也。销尽有为累，远见无为理。以斯而游，故曰逍遥。"

第二，支道林云㉓："物物而不物于物㉔，故逍然不我待；玄感不疾而速㉕，故遥然靡所不为㉖。以斯而游天下，故曰逍遥游。"

第三，穆夜云："逍遥者，盖是放狂自得之名也。至德内充，无时不适；忘怀应物，何往不通。以斯而游天下，故曰逍遥游。”

《内篇》明于理本,《外篇》语其事迹,《杂篇》杂明于理事。《内篇》虽明理本,不无事迹;《外篇》虽明事迹,甚有妙理。但立教分篇,据多论耳。

所以《逍遥》建初者㉗,言达道之士,智德明敏,所造皆适㉘,遇物逍遥,故以逍遥命物㉙。夫无待圣人,照机若镜㉚,既明权实之二智,故能大齐于万境㉛,故以《齐物》次之。既指马蹄天地㉜,混同庶物㉝,心灵凝澹㉞,可以摄卫养生㉟,故以《养生主》次之。既善恶两忘,境智俱妙,随变任化,可以处涉人间,故以《人间世》次之。内德圆满,故能支离其德㊱,外以接物㊲,既而随物升降,内外冥契㊳,故以《德充符》次之。止水流鉴,接物无心,忘德忘形,契外会内之极㊴,可以匠成庶品㊵,故以《大宗师》次之。古之真圣,知天知人,与造化同功㊶,即寂即应,既而驱驭群品㊷,故以《应帝王》次之。《骈拇》以下,皆以篇首二字为题,既无别义,今不复次篇也。

而自古高士,晋汉逸人,皆莫不耽玩㊸,为之义训㊹。虽注述无可间,然并有美辞,咸能索隐㊺。玄英不揆庸昧㊻,少而习焉,研精覃思㊼,三十年矣。依子玄所注三十三篇㊽,辄为疏解㊾,总三十三卷。虽复词情疏拙㊿,亦颇有心迹指归(51)。不敢贻厥后人,聊自记其遗忘耳。

【作者简介】

成玄英(608—669),字子实。陕州(今河南三门峡陕州区)人。杰出的道家学者,道家理论家。不仅精通老庄,同时深谙《周易》、儒学、佛学等,更精通梵文。曾隐居东海。贞观五年(631),唐太宗召其至京师,赐号"西华法师"。著有《周易流演》《度人经注疏》《老子道德经注》等书。

【注释】

①南华真经:即《庄子》,战国时庄周撰。唐玄宗于天宝元年(742)诏封庄子为"南华真人",尊其书为《南华真经》。疏:指阐释经书及其旧注的文字。

②深根:深入地下的根。

③重玄:又称双玄,语出《老子》第一章"玄之又玄,众妙之门"。《说文》:"玄,幽远也,黑而有赤色者为玄,象幽而入覆之也。""玄之又玄"形容"道"体的幽深神妙以及创生万物过程的深奥难测。

④无为:道家主张清静虚无,顺应自然,称为"无为"。主要是指君主不与民争,顺应民众,不妄为的意思。

⑤独化:指事物不假外力,亦无内因,自行存在、变化。窅(yǎo)冥:幽暗的样子。

⑥钳揵九流:约束众多学术流派。钳,古刑具,束颈的铁圈,引申为威慑、控制。揵,同"楗",门闩,堵塞、关闭的意思。九流:先秦的九个学术流派,即儒、道、阴阳、法、名、墨、纵横、杂、农,后泛指各学术流派。

⑦括囊:囊括,本义是将袋口打结,引申为包括、包罗。括,打结。囊,装物件的袋子。百氏:春秋战国时各派学者,统称"诸子百家"。

⑧谅:确实。区中:人世间。

⑨象外:物象之外,尘世之外。微言:精深微妙的言辞。

⑩宋国:周朝的一个诸侯国,国都睢阳(今河南商丘)。蒙县:故址位于宋国国都东北,今商丘梁园区。

⑪业:佛教语,人的一切善恶思想行为,都叫作"业",如好的思想、行为叫作"善业",坏的思想、行为就叫作"恶业"。

⑫陵夷:由盛到衰,衰颓,衰落。

⑬慷慨:情绪激昂。

⑭爰:于是,就。

⑮《内篇》:《庄子》一书分《内篇》《外篇》《杂篇》三个部分。

⑯杀青:古代制竹简程序之一。将竹火炙去汁后,刮去青色表皮,以便书写和防蠹。

⑰元恺:即杜预,字元恺,京兆杜陵(今陕西西安东南)人。西晋时期著名的政治家、军事家和学者。

⑱简牍:古代书写用的竹木片。在纸发明以前,是中国书籍的主要形式。将竹(木)削制成狭长的竹片(木片),统称为"简(牍)",稍宽的长方形木片叫"方"。若干简编缀在一起叫"策"(册),又称为"简策",编缀用的皮条或绳子叫"编"。

⑲内则谈于理本:《庄子·内篇》谈论的就是道理的根本。

⑳外则语其事迹:《庄子·外篇》讲述的就是庄子本人的事迹。

㉑纮纲:大纲。纮,通"宏",大。

㉒顾桐柏:与后面的穆夜都是注释《庄子》的作者,唐以前人。

㉓支道林:即支遁,字道林,世称支公。陈留(今河南开封)人。东晋高僧、佛学家、文学家。

㉔物物:以物为物,指人对于万物的役使、支配,前一个"物"字为动词,表支配、役使的意思。

㉕玄感:冥冥中的感应、感觉。

㉖靡所不为:无所不为。

㉗建初:放置开端。

㉘所造皆适:所到之处都能适应。

㉙命物:给物命名。命,同"名",命名。

㉚照机:观照天机。机,事物变化之所由,天机。

㉛大齐:大同,使完全齐同。

㉜马蹄天地:以天地为马蹄,其意即以天地为自然。庄子以"伯乐

善治马”为残害“马之真性”等比喻，抨击儒家提倡仁义礼乐为桎梏“民性”，要求回到自然状态。后遂以指听其自然。

㉝庶物：众物，万物。

㉞凝澹：淡泊，静止。

㉟摄卫：指摄护、保养身体。

㊱支离：指残缺而不中用。

㊲接物：接触外物。

㊳冥契：默契，暗相投合。

㊴契外会内：契合外境，会融内心。

㊵匠成：培养造就。庶品：众物，万物。

㊶造化：自然界的创造者。

㊷群品：万事万物。

㊸耽玩：专心研习，深切玩赏。

㊹义训：对字义、词义的解释。别于“音训”“形训”而言。

㊺索隐：探求隐微奥秘的道理。

㊻不揆：自谦之辞，不自度量。庸昧：平庸愚昧。

㊼研精：精研。覃思：深思。

㊽子玄：即郭象，字子玄，河南洛阳人。西晋玄学家。少有才理，好老、庄，力倡“独化论”，主张名教即自然。并注《庄子》，本文作者即在郭象注的基础上，加以疏解。

㊾辄：立即，就。疏解：阐释，解释。

㊿疏拙：粗疏笨拙。

(51)指归：主旨，意向。

【解读】

这是成玄英为《庄子》所作的疏写的序。序也作“叙”或称“引”，有如今日的“引言”“前言”，是古代一种常见的文体，是说明书籍著作或出版意旨、编次体例和作者情况的文章，也可包括对作家作品的评论和对有关问题的研究阐发。本文是对《庄子》其内容篇目进行"疏解"的说明文。

第一段首先介绍《庄子》一书的性质，是"畅无为之恬淡，明独化之窅冥"，能够包罗九流、百家的"区中之至教"；其次介绍作者庄子本人及其著述的目的。全段层次分明。第二段对书名及其内容进行解释，连类而及对古代著作书籍作简要的叙述，含有知识普及的意义。第三段以下是对《庄子》中《内篇》篇目进行的解读。首先对第一篇《逍遥游》作了重点详细的介绍，旁征博引，而仍归之于独断；然后依次对《齐物论》《养生主》《人间世》《德充符》《大宗师》《应帝王》篇目进行解释。全段脉络清楚。《庄子》的《内篇》共七篇文章，《内篇》而外，就是《外篇》和《杂篇》，其篇目"皆以篇首二字为题，既无别义"，所以不再给予详细解读。最后一段，是作者的总结，阐述了其"疏解"《庄子》的背景、原因及结果。

本文由主到次，叙述清楚，知识丰富，说理深刻，文采斐然，是一篇典型的说明文式的序言。

代李敬业传檄天下文　　骆宾王

伪临朝武氏者①，性非和顺，地实寒微②。昔充太宗下陈③，曾以更衣入侍④。泊乎晚节⑤，秽乱春宫⑥。密隐先帝之私⑦，阴图后庭之嬖⑧。入门见嫉⑨，蛾眉不肯让人⑩；掩袖工谗⑪，狐媚偏能惑主⑫。践元后于翚翟⑬，陷吾君于聚麀⑭。加以虺蜴为心⑮，豺狼成性。近狎邪僻⑯，残害忠良⑰；杀姊屠兄⑱，弑君鸩母⑲。神人之所共疾，天地之所不容。犹复包藏祸心，窥窃神器⑳。君之爱子，幽之于别宫㉑；贼之宗盟，委之以重任㉒。呜呼！霍子孟之不作，朱虚侯之已亡㉓。燕啄皇孙,知汉祚之将尽㉔;龙漦帝后,识夏庭之遽衰㉕。

敬业皇唐旧臣㉖,公侯冢子㉗。奉先君之成业㉘,荷本朝之厚恩。宋微子之兴悲㉙,良有以也㉚;袁君山之流涕㉛,岂徒然哉?是用气愤风云,志安社稷㉝。因天下之失望,顺宇内之推心㉞。爰举义旗㉟,以清妖孽。

南连百越㊱,北尽三河㊲。铁骑成群,玉轴相接㊳。海陵红粟㊴,仓储之积靡穷㊵;江浦黄旗㊶,匡复之功何远!班声动而北风起㊷,剑气冲而南斗平㊸。暗鸣则山岳崩颓,叱咤则风云变色㊹。以此制敌,何敌不摧!以此攻城,何城不克!

公等或居汉地㊺,或叶周亲㊻,或膺重寄于话言㊼,或受顾命于宣室㊽。言犹在耳,忠岂忘心?一抔之土未干㊾,六尺之孤安在㊿?倘能转祸为福,送往事居㈤,共立勤王之勋㈥,无废大君之命㈦,凡诸爵赏,同指山河㈧。若其眷恋穷城㈨,徘徊歧路,坐昧先几之兆㈩,必贻后至之诛㈪。请看今日之域中,竟是谁家之天下!移檄州郡,咸使知闻。

【作者简介】

骆宾王(约638—684),字观光。婺州义乌(今浙江义乌)人。高宗永徽中,历武功、长安主簿。仪凤三年(678),入为侍御史,因事下狱,次年遇赦。调露二年(680),除临海丞,不得志,辞官。徐敬业(即李敬业)起兵讨伐武则天时,骆宾王为其代作《代李敬业传檄天下文》。兵败后,骆宾王下落不明。与王勃、杨炯、卢照邻合称"初唐四杰"。有《骆宾王文集》。

【注释】

①临朝:莅临朝廷掌握政权。

②地:指门第、出身。

③下陈:古代殿堂下陈放礼品、站列婢妾的地方,借指后宫中地位低下的姬侍。这里指武则天曾当过唐太宗的才人。

④更衣:换衣服。古人在宴会中常以此作为离席休息或如厕的托言。

⑤洎(jì):及,到。晚节:晚年,这里指年纪稍大之后。

⑥春宫:亦称东宫,古时太子居住的宫室,也借指太子。当时高宗李治为太子。

⑦先帝之私:武则天原为先帝太宗的妃子,太宗死后削发为尼,又入宫成为高宗的妃子。这里指隐瞒了其曾为太宗妃子的事实。

⑧嬖(bì):宠爱。

⑨入门见嫉:选进后宫的嫔妃,都遭到她的嫉妒。见,表示被动。

⑩蛾眉:眉细长,如蚕蛾之眉,形容女子的美貌。这里借指美女。

⑪掩袖工谗(chán):善于进谗害人。这里是说武则天杀死亲生女婴而陷害王皇后,致使王皇后失宠。工谗,擅长进谗言。

⑫狐媚:唐代迷信狐仙,认为狐狸能迷惑害人,所以称用狡猾手段迷惑人为狐媚。

⑬践元后于翚翟(huī dí):指登上皇后之位。元后,正宫皇后。翚、翟,五色野鸡。唐代皇后的礼服饰以翚、翟图形,这里指皇后的礼服。

⑭聚麀(yōu):原指多匹公鹿共有一匹母鹿,后指两代人的乱伦行为。麀,母鹿。《礼记·曲礼上》:"夫惟禽兽无礼,故父子聚麀。"这里代指高宗和太宗都曾以武氏为嫔妃。

⑮虺蜴(huǐ yì):指毒物。虺,毒蛇。蜴,蜥蜴,俗称四脚蛇,古人以为有毒。

⑯狎:亲近。邪僻:邪恶的人,这里指许敬宗、李义府。许、李曾帮

高宗立武则天为皇后,并助武则天驱逐褚遂良,逼杀长孙无忌、上官仪等大臣。

⑰忠良:忠诚善良的人,这里指因反对武后而先后被杀的长孙无忌、上官仪等大臣。

⑱杀姊:实指杀姐姐之女。据说武则天的姐姐韩国夫人,有女贺兰氏在宫中受宠,武则天用毒药将她毒死。屠兄:武则天为皇后后,其异母兄元庆、元爽分别为宗正少卿、少府少监,武则天受她生母荣国夫人的指使,将元庆调出京城,任龙州刺史,元庆到任后便死去;又将元爽调出京城,任濠州刺史,不久又将其发配振州(今海南三亚),元爽最后死在那里。

⑲弑(shì)君鸩(zhèn)母:谋杀君王、毒死母亲。这里将高宗和武则天母亲杨氏的死都算作武后的罪过。其实,二人都是病死,并非被害。弑,古代子杀父、臣杀君称为弑。鸩,传说中的一种鸟,羽毛有毒,浸酒能毒死人。

⑳窥窃神器:阴谋取得帝位。神器,指皇位。

㉑"君之爱子"二句:指唐高宗死后,中宗李显继位,旋被武后废为庐陵王,改立睿宗李旦为帝,但实际上是被幽禁起来(事见《新唐书·后妃传》)。二句为下文"六尺之孤安在"张本。

㉒"贼之宗盟"二句:武则天称帝,封武承嗣等多人为王,并委以重任。贼,指武则天。宗盟,指同姓宗族及党羽。

㉓"霍子孟"二句:霍光,字子孟,受汉武帝遗诏,立幼主汉昭帝,以大司马大将军辅政;昭帝死,昌邑王刘贺继位,刘贺荒嬉无道,霍光又废刘贺,更立宣帝刘询,是安定西汉王朝的重臣。作,兴起。朱虚侯,汉高祖之孙刘章,封朱虚侯。高祖死后,吕后专政,重用吕氏,危及刘氏天下,刘章与丞相陈平、太尉周勃等合谋,诛灭吕氏,拥立文帝,稳定了西汉王朝。这里暗指朝中没有辅佐李家王朝的大臣。

㉔"燕啄皇孙"二句:《汉书·五行志》记载:汉成帝皇后赵飞燕妒

30

杀了许多皇子,当时有童谣说"燕飞来,啄皇孙,皇孙死,燕啄矢"。这里借汉朝故事,指斥武则天先后废杀太子李忠、李弘、李贤,致使唐室倾危。祚(zuò),指皇位、国统。这里将武则天比作赵飞燕。

㉕"龙漦(lí)帝后"二句:据《史记·周本纪》记载:当夏王朝衰落时,有二龙落于王庭。夏后把龙的唾涎用木盒藏起来。到周厉王时,木盒开启,龙漦溢出,化为玄鼋流入后宫,一宫女感而有孕,生褒姒。后幽王为其所惑,废申后及太子,申后父亲申侯引犬戎入侵,杀幽王于骊山,西周终于灭亡。这里把武则天比作褒姒。漦,涎沫。遽(jù),急速。

㉖皇唐:大唐。

㉗冢子:嫡长子。李敬业是英国公李勣的长房长孙,故有此语。

㉘先君:指李敬业的祖父李勣、父李震。李勣本姓徐,因辅佐唐太宗建立唐朝有功,封为曹国公,并赐姓李。后封英国公,子孙世袭。

㉙宋微子之兴悲:微子名启,商纣王的庶兄。商亡后,受周武王封,建国于宋(今河南商丘),所以称"宋微子"。宋微子朝周,路过商故都,见一片荒草蓬蒿,触景伤情,作《麦秀歌》来寄托自己亡国的悲哀(事见《尚书大传》)。这里是李敬业的自喻。

㉚良:确实,真的。有以:有根据,有道理。

㉛袁君山:应作"桓君山"。东汉时人桓谭,字君山,汉光武帝时为议郎、给事中,因反对当时盛行的谶纬神学,被贬为六安郡丞,忧郁而死。

㉜是用:用是,因此。

㉝社稷:原为帝王所祭祀的土地神和谷神,后借指国家。

㉞宇内:天下。推心:指人心所推重,人心所向。

㉟爰:于是,就。

㊱百越:古代越地部落众多,故有"百越"之称。这里泛指今南方及东南方一带。

㊲三河:洛阳附近河东、河内、河南三郡,地域相当于今河南及山

西一带,是古代帝王相继建都的地方。李敬业起兵于扬州,三河在其北,所以说"北尽三河"。

㊳玉轴:指战车。

㊴海陵:古县名,治所在今江苏泰州,唐属扬州,汉吴王刘濞曾置粮仓积粟于此。红粟:陈粟,粟米堆积年久而变成红色。

㊵靡:无,不。

㊶江浦:长江沿岸。浦,水边的平地。黄旗:指王者之旗。

㊷班声:马嘶鸣声。

㊸南斗:即斗宿,二十八宿之一。

㊹叱咤(zhà):发怒时的呼喝声。

㊺公等:诸位,指朝廷和地方的文武官员。汉地:汉朝的封地,这里借指唐朝的封地。

㊻或叶(xié)周亲:指身份地位都是皇家的宗室或姻亲。叶,相配,相合。周亲,至亲。

㊼膺(yīng):承受,接受。

㊽顾命:君王临终时的嘱托。宣室:汉代宫殿名,这里指受顾命的地方。

㊾一抔(póu)之土:一小捧土。抔,用手捧东西。语出《史记·张释之传》:"假令愚民取长陵(汉高祖陵)一抔土,陛下何以加其法乎?"这里借指皇帝的陵墓。

㊿六尺之孤:指继承皇位的新君,这里指李显。

51送往事居:送走死去的,侍奉在生的。往,死者,指高宗。居,生者,指中宗。

52勤王:古代天子有难,臣子起兵救助,称为勤王。

53大君:即天子,指高宗。

54"凡诸爵赏"二句:语出《史记》,汉初大封功臣,誓词云:"使河如带,泰山若厉。国以永宁,爰及苗裔。"这里意谓有功者授予爵位,子孙永享,可以指山河为誓。

⑤穷城:指孤立无援的城邑。

⑥坐:白白地,徒然。昧:看不分明。先几(jī)之兆:指事前的预兆。几,迹象。

⑤贻:遗下,留下,这里有招致之义。后至之诛:意思说迟疑不响应,一定要加以惩治。《周礼·大司马》:"比军众,诛后至者。"

【解读】

嗣圣元年(684),武则天废中宗李显,另立李旦为帝,自己临朝称制,为自己登位称帝做准备。李敬业在扬州起兵反对武氏,骆宾王为徐府属,任艺文令,撰写军中书檄,此文即作于此时。

姚鼐《古文辞类纂》把文章分为论辨、序跋、奏议、书说、赠序、诏令、传状、碑志、杂记、箴铭、颂赞、辞赋、哀祭十三类。檄是诏令类的一个附类,它是中国古代官府往来文书的下行文种名称之一。原是文书载体名称,指比较长的竹木简,用于书写比较重要的文书。后来指主要用以声讨、征召或晓谕的文告。本文正是声讨类型的文告。

檄文特点在先声夺人,先要有足够气势,一下子能够震慑住对方。刘勰《文心雕龙》论析檄文说:"震雷始于曜电,出师先乎威声。"必须"事昭而理辨,气盛而辞断"。本文语言犀利,笔力雄健,立论严正,气势磅礴,充分地体现了檄文的特点。

全文分三个层次。

本文一开始以一"伪"字将武则天置于被告席,以示武氏君临朝政的非法,接着列数其罪。从私生活到政治面貌,对武氏进行猛烈的攻击。尤其抓住武后先后侍奉太宗父子,致使李唐皇室背上乱伦之名一事,将武后置于不仁不义的境地,并揭露武后在后宫中的种种恶行,将之比作祸国的赵飞燕和褒姒。

次写李敬业讨武是势在必行、民心所向之举。以振奋人心之语、发人深省之言,刺武氏之痛处、壮义军之声望。"班声动而北风起,剑气冲而南斗平。喑呜则山岳崩颓，叱咤则风云变色。以此制敌，何敌不摧！以此攻城，何城不克！"这四句声势夺人，用雄健的辞采、夸张的形容，表现了义师的声威和必胜信念。

第三层申明大义，对王公大臣动之以情，发出号召。"一抔之土未干，六尺之孤安在？"先让百官自惭自励，再谕之以理，从正反两面痛陈利害得失。"共立勤王之勋，无废大君之命"，则封赏晋爵，否则，"徘徊歧路，坐昧先几之兆，必贻后至之诛"。文章最后以"请看今日之域中，竟是谁家之天下"震人心弦的警语作结，显示出巨大的威慑力量。

此檄文是千百年来檄文中的上乘之作。文中先抑后扬，使武后的劣行与李敬业的正义之举形成鲜明的对照，而且声泪俱下，具有极大的煽动力。据《新唐书》记载，武则天读到"一抔之土未干，六尺之孤安在"时，惊问是谁写的，继而感叹说："宰相安得失此人！"这也从另一个侧面证明了此檄文的锋芒犀利，足以震动人心。

【点评】

"凡檄文体，申明大义，历数其罪而讨之。"（［清］李扶九《古文笔法百篇》）

"前半妩媚奸雄处，字字足令彼心折；中幅为义旗设色，写得声光奕奕，山岳震动。"（［清］过珙《古文评注》）

织锦回文记①　　　　武则天

前秦苻坚时②，秦州刺史扶风窦滔妻苏氏③，陈留令武功道质第三女也④，名蕙，字若兰。识知精明⑤，仪容秀丽，谦默自守⑥，不求显扬⑦。行年十六⑧，归于窦氏⑨，滔甚敬之。然苏性近于急，颇伤嫉妒。

滔字连波，右将军子真之孙，朗之第二子也。风神秀伟[10]，该通经史[11]，允文允武[12]，时论高之[13]。苻坚委以心膂之任[14]，备历显职[15]，皆有政闻[16]。迁秦州刺史[17]，以忤旨谪戍燉煌[18]。会坚寇晋[19]，襄阳虑有危逼[20]，藉滔才略[21]，乃拜安南将军[22]，留镇襄阳焉[23]。

初，滔有宠姬赵阳台，歌舞之妙，无出其右[24]，滔置之别所[25]。苏氏知之，求而获焉[26]，苦加捶辱[27]，滔深以为憾。阳台又专形苏氏之短[28]，谗毁交至[29]，滔益忿焉[30]。苏氏时年二十一，及滔将镇襄阳，邀其同往，苏氏忿之，不与偕行[31]。滔遂携阳台之任[32]，断其音问[33]。苏氏悔恨自伤，因织锦回文，五彩相宣[34]，莹心耀目。其锦纵横八寸[35]，题诗二百余首，计八百余言[37]，纵横反覆[38]，皆成章句[39]。其文点画无缺，才情之妙，超今迈古[40]，名曰《璇玑图》[41]。然读者不能尽通。苏氏笑而谓人曰："徘徊宛转[42]，自成文章，非我佳人[43]，莫之能解[44]。"遂发苍头[45]，赍致襄阳焉[46]。滔省览锦字[47]，感其妙绝，因送阳台之关中，而具车徒盛礼[48]，邀迎苏氏，归于汉南[49]，恩好愈重[50]。

苏氏著文词五千余言，属隋季丧乱[51]，文字散落，追求不获[52]。而锦字回文，盛见传写[53]，是近代闺怨之宗[54]，旨属文士，咸龟镜焉[55]。朕听政之暇[56]，留心坟典[57]，散帙之次[58]，偶见斯图，因述若兰之才，复美连波之悔过[59]，遂制此记[60]，聊以示将来也[61]。如意元年五月一日[62]，大周天册金轮皇帝御制[63]。

【作者简介】

武则天(624—705)，并州文水(今山西文水东)人。唐高宗皇后、武周皇帝。十四岁入宫,为唐太宗才人。唐高宗永徽六年(655)被立为皇后,尊号"天后",与高宗并称"二圣"。高宗驾崩,以皇太后临朝称制。载初元年(690),废睿宗李旦,自立为帝,改国号为周,定都洛阳。在位前后,大肆杀害唐朝宗室,兴起"酷吏政治"。但"明察善断",多权略,能用人;改革吏治,重视选拔人才,使得贤才辈出;又劝农桑,薄赋敛,息干戈,增殖人口。神龙元年(705)病笃,宰相张柬之等发动"神龙革命",拥唐中宗复辟,迫使其退位。中宗复辟后,尊其号"则天大圣皇帝",史称"武则天"。武氏智略过人,实际掌握政权四十多年,在唐朝历史上起了承前启后的作用,为唐玄宗"开元盛世"打下了基础。有《垂拱集》《金轮集》,今已佚。

【注释】

①织锦回文:用五色丝织成的回文诗图。《晋书·列女传·窦滔妻苏氏》:"窦滔妻苏氏,始平人也,名蕙,字若兰,善属文。滔,苻坚时为秦州刺史,被徙流沙,苏氏思之,织锦为回文旋图诗以赠滔。宛转循环以读之,词甚凄惋。"相传其锦纵横八寸,题诗二百余首,计八百余言,纵横反复,皆成章句。后遂以"织锦回文"借指妻子的书信诗简,亦用以赞扬绝妙才思。回文,一种顺读、倒读都可诵读的文体。诗、词、曲都有,这里指的是回文诗。例如:"仁智怀德圣虞唐,真志笃终誓穹苍。钦所感想忘淫荒,心忧增慕怀惨伤。"倒过来读:"伤惨怀慕增忧心,荒淫忘想感所钦。苍穹誓终笃志真,唐虞圣德怀智仁。"

②前秦苻坚:晋朝氐族酋长苻健占据关中,352年称帝,国号秦,史称前秦。355年苻健死,357年苻坚杀苻健子苻生,自立为秦帝。前秦是当时割据中原的各国中最强大的一个。

③秦州:今甘肃省天水、秦安、两当、成县一带。刺史:州的行政长官。扶风:扶风郡,当时所管辖的地方在今陕西省境。

④陈留令:陈留县令。陈留,今河南开封。武功:武功县,今属陕西咸阳。道质:苏道质,苏蕙父亲。

⑤识知:见识智慧。

⑥谦默自守:谦抑静默,安分守己。

⑦显扬:显耀。

⑧行年:经历的年岁,指当时年龄。

⑨归于窦氏:嫁给窦氏。古代谓女子出嫁为归。

⑩风神:风度神态。

⑪该通:博通儒家经典和历史书籍。该,充足,广博。

⑫允文允武:指文事与武功兼备。

⑬时论高之:当时的议论都很推崇他。高之,以之为高,推崇他。

⑭委以心膂(lǚ)之任:把心腹重任托付给他。膂,脊骨。

⑮备历显职:经历了所有显要的职位。备,皆,尽。

⑯政闻:政治上的名声。

⑰迁:晋升或调动。

⑱以忤旨谪戍燉煌:因为违背皇帝旨意被贬谪戍守敦煌。燉煌,同"敦煌",敦煌郡在今甘肃酒泉,位于河西走廊最西端。

⑲会坚寇晋:恰逢苻坚侵犯东晋。

⑳襄阳虑有危逼:考虑襄阳有危险逼迫。襄阳,在今湖北省。

㉑藉滔才略:借重窦滔的才略。藉,同"借"。才略,才能和谋略。

㉒拜:授予官职。

㉓留镇:留下来镇守。

㉔无出其右:没有人能胜过她。右,古代崇右,以右为上,为高。

㉕置之别所:把她安置到别的处所。

㉖求而获焉:搜寻并找到了她(指赵阳台)。

㉗苦加捶辱:狠狠地加以捶打并侮辱。苦,甚,很。捶,用棍棒或拳头等敲打。

㉘专形苏氏之短:专门揭露苏蕙的缺点。形,显示,揭露。短,缺点,过失。

㉙谗(chán)毁交至：谗言和毁谤就交替来到窦滔的耳朵。谗，说别人坏话。

㉚益忿：更加对她怨恨。忿，怨恨，愤怒。

㉛不与偕行：不和他们一起走。

㉜之任：赴任，上任。

㉝断其音问：断绝了和苏蕙的通信。

㉞五彩相宣：各种颜色相互映衬显现。五彩，指青、黄、赤、白、黑五种颜色，又泛指各种颜色。

㉟莹心耀目：照耀得人心眼明亮。莹，使光洁透明。

㊱纵横八寸：长、宽各八寸。

㊲计八百余言：总计八百多字。

㊳纵横反覆：顺读和倒读，回环往复。

㊴章句：诗文的章节和句子，这里指成篇的诗歌。

㊵超今迈古：超越当今，胜过古代。

㊶《璇玑图》：即回文诗图，因形状像北斗前四星位置图样，故称。

㊷徘徊宛转：回环往复。徘徊，往返回旋，来回走动。宛转，回旋，曲折。

㊸佳人：妻子称自己的丈夫，指窦滔。

㊹莫之能解：没有人能读懂它。

㊺发：派遣。苍头：头戴青色帽子的仆人，指奴仆。

㊻赍致：送到。致，送达，使达到。

㊼省(xǐng)览：察看阅读。锦字：彩色丝织品上的文字。

㊽具：备办。车徒：车辆和奴仆。盛礼：盛大的礼仪。

㊾汉南：汉水之南，指襄阳。

㊿恩好：夫妻恩爱的感情。

(51)属(zhǔ)隋季丧乱：适逢隋朝末年时局动乱。丧乱，死亡祸乱，后多以形容时势或政局动乱。

㊾追求不获：尽力寻找，没有得到。追求，尽力寻找。

㊽盛见传写：大量地被辗转抄写。盛，众多。见，被。

㊾闺怨之宗：闺怨诗的宗主。古代妇女因忆远、伤别或被遗弃而产生的怨情。抒写这类题材的诗称闺怨诗，也省称闺怨。

㊿"旨属文士"二句：意思是撰写文章的人，都拿来作为对照学习的榜样。属，连缀。龟镜，龟可卜吉凶，镜能别美丑，因以比喻可供人对照学习的榜样或引以为戒的教训。

㊀听政之暇：坐朝处理政务空闲的时候。

㊁坟典：三坟、五典的并称，后成为古代典籍的通称。

㊂散帙(zhì)：打开书帙，亦借指读书。帙，古代竹帛书籍的套子，多以布帛制成，后世亦指线装书之函套。

㊃复美：又赞美。

㊄制：造作，创作。

㊅聊以示将来：且借它告示将来的人。

㊆如意元年：公元 692 年。如意，武则天周国年号。

㊇天册金轮皇帝：武则天称帝时的尊号。天册，上天册封。金轮，喻太阳。御制：皇帝所写。

【解读】

回文这种特殊的文体，充分运用了汉语词单音多义、词序灵活的特点，用不多的字排列组合，回环往复地组织出许多首诗。苏蕙《璇玑图》可以说是回文诗中重要的代表作，体现了作者的巧思。武则天读了苏蕙的回文诗，赞叹她的才华，也同情她的遭遇，并赞赏窦滔能悔过改善，所以写了这篇文章来记述苏蕙制作织锦回文诗的经过。

武则天是一位女性，所以对苏蕙遭遗弃抱有天然的同情；她又是一位才女，对同是才女的苏蕙自然也是惺惺相惜。苏蕙丈夫窦滔因《璇玑图》而与其重新和好，武则天的赞美是发自内心的，具有教化劝勉的作用，她所谓的"以示将来"，主要是让后来的人学习窦滔悔过改善的精神，这与武则天女性皇帝的身份是相称的。

文章条理清楚，叙事明白，语言晓畅，描写亦复生动，在唐代记叙文中堪称佳构。

金刚般若波罗蜜经序①　　　慧　能

夫《金刚经》者，无相为宗②，无住为体③，妙有为用④。自从达摩西来⑤，为传此经之意，令人悟理见性⑥。祇为世人不见自性⑦，是以立见性之法。世人若了见真如本体⑧，即不假立法⑨。此经读诵者无数，称赞者无边，造疏及注解者凡八百余家。所说道理，各随所见。见虽不同，法即无二。宿植上根者⑩，一闻便了。若无宿慧⑪，读诵虽多，不悟佛意。是以解释圣义，断除学者疑心。若于此经，得旨无疑⑫，不假解说。从上如来所说善法，为除凡夫不善之心。经是圣人之语，教人闻之，从凡悟圣，永息迷心。

此一卷经，众人性中，本有不见⑬。见者但读诵文字，若悟本心，始知此经不在文字。若能明了自性，方信一切诸佛，从此经出。今恐世人身外觅佛，向外求经，不发内心，不持内经，故造此诀，令诸学者持内心经，了然自见清净佛心，过于数量，不可思议。后之学者，读经有疑，见此解义，疑心释然，更不用诀。所冀学者同见矿中金性，以智慧火熔炼，矿去金存。

我释迦本师说《金刚经》⑭，在舍卫国⑮。因须菩提起问⑯，佛大悲为说⑰。须菩提闻法得悟，请佛与法安名⑱，令后人依而受持。故经云："佛告须菩提，是经名为《金刚般若波罗蜜》。以是名字，汝当奉持⑲。"如来所说"金刚般若波罗蜜"，与法为名，其意谓何？以金刚世界之宝，其性猛利，能坏诸物。金虽至坚，羚羊角能坏。金刚喻佛性，羚羊角喻烦恼。金虽坚刚，羚羊角能碎。佛性虽坚，烦恼能乱。烦恼虽坚，般若智能破。羚羊角虽坚，宾铁能坏⑳。悟此理者，了然见性。《涅槃经》云㉑："见佛性者，不名众生㉒。不见佛性，是名众生。"如来所说金刚喻者，祗为世人性无坚固，口虽诵经，光明不生。外诵内行，光明齐等，内无坚固，定慧即亡㉓。口诵心行，定慧均等，是名究竟㉔。金在山中，山不知是宝，宝亦不知是山。何以故？为无性故㉕。人则有性，取其宝用，得遇金师㉖，錾凿山破㉗，取矿烹炼，遂成精金㉘。随意使用，得免贫苦。四大身中㉙，佛性亦尔㉚。身喻世界，人我喻山，烦恼喻矿，佛性喻金，智慧喻工匠，精进猛勇喻錾凿㉛。身世界中，有人我山㉜；人我山中，有烦恼矿；烦恼矿中，有佛性宝；佛性宝中，有智慧工匠。用智慧工匠，凿破人我山，见烦恼矿，以觉悟火烹炼，见自金刚佛性，了然明净。是故以"金刚"为喻，因为之名也。空解不行㉝，有名无体，解义修行，名体俱备。不修即凡夫，修即同圣智㉞，故名"金刚"也。何名"般若"？是梵语，唐言"智慧"。智者不起愚心，慧者有其方便。慧是智体，智是慧用。体若有慧，用智不愚；体若无慧，用愚无智。祗为愚痴未悟，故修智慧以除之也。何名"波罗蜜"？唐言"到彼岸"。到彼岸者，离生灭义。祗缘世人性无坚固，于一切法上，有生灭相，流浪诸趣㉟，未到真如之地，并是此岸。要具大智慧,于一切法圆满,离生灭相,即是到彼岸。亦云心迷则此岸,心悟则彼岸;心邪则此岸,心正则彼岸。口说心行,即是法身有波罗蜜。口说心不行,即无波罗蜜也。何名为"经"? 经者径也,是成佛之道路。凡人欲臻斯路⑥,当内修般若行,以至究竟。如或但能诵说,心不依行,自心则无经。实见实行,自心则有经。故此经如来号为《金刚般若波罗蜜经》。

【作者简介】

慧能(638—713),唐僧人,禅宗南宗创始人,被推为禅宗六祖。俗姓卢。南海(今广东广州)新兴人。得到黄梅五祖弘忍传授衣钵,继承东山法脉,开创曹溪禅,并建立南宗,弘扬"直指人心,见性成佛"的顿悟法门。其说教在死后由弟子汇编成书,称《六祖坛经》。

【注释】

①金刚般若波罗蜜经:简称《金刚经》,是大乘佛教重要经典之一。金刚,即金刚石,古人认为金刚石是最坚硬的,可用于研磨一切其他的矿石,而不损己身。般若,梵语,意译为智慧。波罗蜜,梵语,意译为到彼岸。经,路径,道路。本句意谓一种至高无上、无坚不摧的大智慧,带领众生渡往彼岸的路径。

②无相:佛教名词,与"有相"相对。相即一切事物的外观形状。佛教称造作之相或虚假之相为有相。无相即摆脱世俗之有相认识所得之真如实相。

③无住:佛教名词,实相之异名,为万有之本。法无自性,无自性故,无所住着,随缘而生。

④妙有:佛教名词,表面像是有,实际却是空,也就是非有之有。

⑤达摩:原名菩提多罗,后改名菩提达摩,略称达摩或达磨,意译

为觉法。天竺(印度)人,通彻大乘佛法。南朝梁时入中国,传授禅学,被推崇为中国禅宗初祖。著有《少室六门》等。

⑥见性:洞见自心的佛性。

⑦衹:只。自性:指自己的本性,亦即人人本来具有的佛性。

⑧真如:真是真实不虚,如是如常不变,合真实不虚和如常不变二义,谓之"真如"。又真是真相,如是如此,真相如此,故名"真如"。

⑨法:佛教中的"法",梵语是"达磨"。佛教对这个字的解释是:"任持自性、轨生物解。"这就是说,每一事物必然保持它自己特有的性质和相状,有它一定轨则,使人看到便可以了解是何物。例如水,它保持着它的湿性,它有水的一定轨则,使人一见便生起对水的了解;反过来说,如果一件东西没有湿性,它的轨则不同于水的轨则,便不能生起对水的了解。所以佛教把一切事物都叫作"法"。佛经中常见到的"一切法""诸法"字样,就是"一切事物"或"宇宙万有"的意思。照佛教的解释,佛根据自己对一切法如实的了解而宣示出来的言教,它本身也同样具有"任持自性、轨生物解"的作用,所以也叫作"法"。

⑩宿植:过去世所植下的善根。上根:上等的根器,指根性很敏锐。

⑪宿慧:从前世而来的智慧。

⑫得旨:得其主旨。

⑬本有:本来就有的意思,这是指人人固有的性德而言。

⑭本师:根本的教师。佛教以释迦牟尼佛为根本的教师,其余为受业之师。

⑮舍卫国:中印度古王国名,在今印度北部。本名拘萨罗,舍卫是都城,今以首都代国名。

⑯须菩提:古印度拘萨罗国舍卫城长者鸠留之子,释迦牟尼十大弟子之一,以"恒乐安定、善解空义、志在空寂"著称,号称"解空第一"。

⑰佛大悲为说:佛陀抱持宏大的悲心为须菩提讲经。此处"佛"专

指释迦牟尼佛,又称佛陀。大悲,救他人苦之心谓之悲。佛陀之悲心广大,故曰大悲。

⑱安名:取名字。

⑲奉持:相当于"保持""奉行"。

⑳宾铁:即镔铁,精炼之铁。

㉑《涅槃经》:佛教经典的重要部类之一,有大乘与小乘之分。在中国佛教史上,主要通行大乘《涅槃经》。其蕴含的一切众生皆有佛性、一阐提皆得成佛等主张,成为禅宗思想的灵性源头。

㉒众生:又名"有情",即一切有情识的生命形态。

㉓定慧:禅定和智慧。收摄散乱的心意为"定";观察照了一切的事理为"慧"。

㉔究竟:事理之至极,即事理之最高境界。

㉕无性:一切诸法无实体,谓之无性。

㉖金师:锻冶金属的师傅。

㉗錾(zàn)凿:凿,刻。錾,小凿,雕凿金石的工具。

㉘精金:精炼的金属,也指纯金。

㉙四大身:由四大所构成的身体。四大,指构成色法的地、水、火、风四大要素。

㉚佛性:佛是觉悟,一切众生皆有觉悟之性,名为佛性。

㉛精进:锐意求进。佛教又称作"勤",即努力勇猛向善、向上。

㉜人我山:指的是有人相、我相分别的执着之见,犹如大山横亘在前。

㉝空解:执着于空的见解,亦即空见。

㉞圣智:谓之比觉悟、智慧更终极的存在,无所不通,无上可上的智慧。

㉟诸趣:佛教六道轮回的别称。佛教的轮回说认为人死后神识进入轮回各道。根据自我善恶业力的不同,在六道中升降浮沉。

㊱臻(zhēn):到,达到。

《金刚般若波罗蜜经》(简称《金刚经》)主张让人明心见性,是在中国文化中影响非常大的一部佛经。千余年来,有许许多多的人去研究它,念诵它,因它而得到智慧。本文作者慧能也因着《金刚经》"应无所住而生其心"一语而顿悟。

文中,慧能对《金刚经》主旨及名词给予了阐述和解释。第一、二段,阐述《金刚经》的主旨思想,是"无相为宗,无住为体,妙有为用"。"无相"是不虚妄的,它要求我们的心不要滞留在一切的物质和现象上,而是要透过现象看到本质;"无住",就是不论于何处,心都不可存有丝毫执着;"妙有",就是要求我们体悟到万事万物都由缘而起,缘尽而灭,而非实有,所以对待和处理事物,就不至于偏执。说到底,"无相""无住""妙有"这三者实质是同一的。这个认识,建立在"悟理见性"的基础之上。悟理见性,不是在"身外觅佛",而是要从"内"、从"心"上去解悟,"以智慧火熔炼",然后"自见清净佛心"。最后一段是对名词的解释,即对本文标题"金刚般若波罗蜜经"中"金刚""般若""波罗蜜""经"四个词语逐一进行详细的解读。解读词语的同时,也是在对《金刚经》的主旨思想进行详细的阐述。

坛经·自序品(节选)　　慧能

惠能安置母毕①,即便辞违②。不经三十余日,便至黄梅,礼拜五祖③。

祖问曰:"汝何方人,欲求何物?"

惠能对曰:"弟子是岭南新州百姓④。远来礼师⑤,惟求作佛,不求余物。"

祖言:"汝是岭南人,又是獦獠⑥,若为堪作佛⑦?"

惠能曰:"人虽有南北,佛性本无南北。獦獠身与和尚不同,佛性有何差别?"

五祖更欲与语,且见徒众总在左右,乃令随众作务⑧。

惠能曰:"惠能启和尚⑨,弟子自心常生智慧,不离自性⑩,即是福田⑪。未审和尚教作何务⑫?"

祖云:"这獦獠根性大利⑬。汝更勿言,着槽厂去⑭。"

惠能退至后院,有一行者⑮,差惠能破柴踏碓⑯。经八月余,祖一日忽见惠能,曰:"吾思汝之见可用,恐有恶人害汝,遂不与汝言,汝知之否?"惠能曰:"弟子亦知师意,不敢行至堂前,令人不觉。"

祖一日唤诸门人总来⑰:"吾向汝说:世人生死事大。汝等终日只求福田,不求出离生死苦海⑱。自性若迷,福何可救? 汝等各去自看智慧,取自本心般若之性,各作一偈⑲,来呈吾看。若悟大意,付汝衣法⑳,为第六代祖㉑。火急速去,不得迟滞。思量即不中用㉒,见性之人㉓,言下须见。若如此者,轮刀上阵㉔,亦得见之。"

众得处分,退而递相谓曰㉕:"我等众人,不须澄心用意作偈㉖,将呈和尚㉗,有何所益? 神秀上座㉘,现为教授师㉙,必是他得。我辈谩作偈颂㉚,枉用心力。"诸人闻语,总皆息心㉛,咸言我等已后㉜,依止秀师㉝,何烦作偈㉞。

神秀思惟㉟:"诸人不呈偈者,为我与他为教授师,我须作偈,将呈和尚。若不呈偈,和尚如何知我心中见解深浅。我呈偈意,求法即善,觅祖即恶,却同凡心夺其圣位奚别㊱? 若不呈偈,终不得法,大难大难!"

五祖堂前，有步廊三间[37]，拟请供奉卢珍画《楞伽经》变相[38]，及五祖血脉图，流传供养。

神秀作偈成已，数度欲呈，行至堂前，心中恍惚，遍身汗流，拟呈不得。前后经四日，一十三度呈偈不得。

秀乃思惟："不如向廊下书著[39]，从他和尚看见，忽若道好，即出礼拜，云是秀作；若道不堪，枉向山中数年[40]，受人礼拜，更修何道。"是夜三更，不使人知，自执灯，书偈于南廊壁间，呈心所见。偈曰：

身是菩提树[41]，心如明镜台。时时勤拂拭，勿使惹尘埃。

秀书偈了，便却归房，人总不知。秀复思惟："五祖明日见偈欢喜，即我与法有缘；若言不堪，自是我迷，宿业障重[42]，不合得法，圣意难测。"房中思想，坐卧不安，直至五更。

祖已知神秀入门未得，不见自性。天明，祖唤卢供奉来，向南廊壁间绘画图相[43]，忽见其偈。报言："供奉却不用画，劳尔远来。经云：'凡所有相，皆是虚妄。'但留此偈，与人诵持。依此偈修，免堕恶道[44]。依此偈修，有大利益。"令门人炷香礼敬[45]，尽诵此偈，即得见性。门人诵偈，皆叹善哉。

祖三更唤秀入堂，问曰："偈是汝作否？"

秀言："实是秀作，不敢妄求祖位。望和尚慈悲，看弟子有少智慧否？"

祖曰："汝作此偈，未见本性，只到门外，未入门内。如此见解，觅无上菩提(46)，了不可得。无上菩提，须得言下识自本心，见自本性。不生不灭，于一切时中，念念自见(47)，万法无滞(48)。一真一切真(49)，万境自如如(50)。如如之心，即是真实。若如是见，即是无上菩提之自性也。汝且去一两日思惟，更作一偈，将来吾看(51)。汝偈若入得门，付汝衣法。”

神秀作礼而出。又经数日，作偈不成，心中恍惚，神思不安，犹如梦中，行坐不乐。

复两日，有一童子于碓坊过(52)，唱诵其偈。惠能一闻，便知此偈未见本性，虽未蒙教授，早识大意。遂问童子曰：“诵者何偈？”

童子曰：“尔这獦獠不知。大师言，世人生死事大，欲得传付衣法，令门人作偈来看。若悟大意，即付衣法，为第六祖。神秀上座，于南廊壁上，书无相偈。大师令人皆诵，依此偈修，免堕恶道。依此偈修，有大利益。”

惠能曰：“我亦要诵此，结来生缘。上人(53)，我此踏碓，八个余月，未曾行到堂前。望上人引至偈前礼拜。”

童子引至偈前礼拜。惠能曰：“惠能不识字，请上人为读。”

时有江州别驾(54)，姓张，名日用，便高声读。惠能闻已，遂言：“亦有一偈，望别驾为书。”

别驾言：“汝亦作偈，其事希有(55)！”

惠能向别驾言：“欲学无上菩提，不得轻于初学。下下人有上上智，上上人有没意智(56)。若轻人(57)，即有无量无边罪。”

别驾言："汝但诵偈，吾为汝书。汝若得法，先须度吾⑤，勿忘此言。"

惠能偈曰：

菩提本无树，明镜亦非台。本来无一物，何处惹尘埃。

书此偈已，徒众总惊⑤，无不嗟讶⑥，各相谓言："奇哉！不得以貌取人。何得多时使他肉身菩萨⑥！"

祖见众人惊怪，恐人损害，遂将鞋擦了偈，曰："亦未见性。"众以为然。

次日，祖潜至碓坊，见能腰石春米⑥，语曰："求道之人，为法忘躯，当如是乎？"乃问曰："米熟也未？"

惠能曰："米熟久矣，犹欠筛在⑥。"

祖以杖击碓三下而去。惠能即会祖意，三鼓入室⑥。

祖以袈裟遮围⑥，不令人见。为说《金刚经》，至"应无所住而生其心⑥"，惠能言下大悟，一切万法，不离自性。遂启祖言："何期自性⑥，本自清净；何期自性，本不生灭；何期自性，本自具足⑥；何期自性，本无动摇；何期自性，能生万法。"

祖知悟本性，谓惠能曰："不识本心，学法无益。若识自本心，见自本性，即名丈夫、天人师、佛⑥。"

三更受法，人尽不知，便传顿教⑦，及衣钵⑦。云："汝为第六代祖。善自护念⑦。广度有情⑦，流布将来，无令断绝。"

【注释】

①惠能：即慧能。

②辞违：辞别。

③五祖：弘忍，俗姓周，唐代高僧，蕲州黄梅（今湖北黄梅）人。东山法门开创者，被尊为禅宗五祖。

④岭南：指五岭以南的地区，即广东、广西一带。新州：今广东新兴。

⑤礼师：礼拜师父。

⑥獦獠：古代对南方少数民族的称呼，也用以泛指南方人。

⑦若为：怎样，如何。

⑧作务：劳作，服役。

⑨启：启奏，禀告。

⑩自性：自己的本性，亦即人人本来具有之佛性。

⑪福田：福慧之田。田以生长为义，人若行善修慧，犹如农夫于田中下种，必能获得福慧之善报，故名。

⑫未审：不明白，不清楚。何务：何种事情，何种工作。

⑬根性：佛教认为气力之本曰根，善恶之习曰性。人性有生善恶作业之力，故称"根性"。大利：非常锋利，非常锐利。

⑭着槽厂去：到槽厂干活去。

⑮行者：方丈的侍者，及在寺院服杂役尚未剃发的出家者。

⑯差：指派，派遣。破柴：劈柴。踏碓（duì）：踩踏杵杆一端使杵头起落舂米。碓，舂米用具，用柱子架起一根木杠，杠的一端装一块圆形石头，用脚连续踏另一端，石头就连续起落，去掉下面石臼中的糙米的皮。

⑰门人：弟子。总来：一起来，全部来。

⑱出离：走出，离开。苦海：佛教指尘世间的烦恼和苦难，有如无边无际的大海。

⑲偈（jì）：又称"偈颂"，梵语"偈佗"的简称，即佛经中的唱颂词。通常以四句为一偈。

⑳衣法:衣指出家人的袈裟,法指正法。内传法以印证宗门的佛心宗旨,外传衣以表示师承的信实无虚。

㉑第六代祖:禅宗自菩提达摩祖师起,即建立起了师法传承世系。创始人菩提达摩为初祖,下传慧可、僧璨、道信,至弘忍为第五祖,弘忍下传慧能为第六祖。

㉒思量:思考。禅宗主张顿悟,"直指人心,见性成佛"。对觉悟的要求是能直觉心性本源,不假思索。它考验的是人天赋根性的利钝,学问、思考很可能会成为顿悟的障碍。

㉓见性:见到清净佛性,指悟彻佛性。

㉔轮刀:抡刀,举刀。

㉕递相谓:相互传言。

㉖澄心:静心,使心清净。

㉗将呈:奉持呈送。

㉘神秀:禅宗五祖弘忍大弟子,北宗禅创始人。上座:僧寺的职位名,位在住持之下,除了住持以外,更无人高出其上,故名。

㉙教授师:亦称"威仪师""威仪阿阇梨"。佛教授具足戒仪式中"三师"(传戒师、羯磨师、教授师)之一,即对受戒者教授坐、作、进、退等威仪规矩的僧人。一般在授戒时,教授师领传戒师之命,下坛向受戒者宣讲衣钵名相,然后依次询问十三重难及十六轻遮。

㉚谩(màn):通"漫",徒然。

㉛总皆息心:全都不再想望。

㉜咸言:都说。已后:同"以后"。

㉝依止:依存而止住,依托,依附。

㉞何烦:何须。

㉟思惟:同"思维",思考,思量。

㊱奚别:有什么分别。奚,何。

㊲步廊:走廊。

㊳供奉:指以某种技艺侍奉帝王(佛祖)的人。《楞伽经》:佛经的一种,全称《楞伽阿跋多罗宝经》,亦称《入楞伽经》《大乘入楞伽经》,是禅宗初祖菩提达摩传灯印心的经典,为历来禅者修习如来禅、明心见性的最主要的依据之一。变相:敷演佛经的内容而绘成的具体图相。一般绘制在石窟、寺院的墙壁上或纸帛上,多用几幅连续的画面表现故事的情节,是广泛传播教义的佛教通俗艺术。

㊴书著(zhe):写着。著,同"着"。

㊵枉向:枉在。枉,徒然,白费。

㊶菩提:意译为"觉",是指能觉知法性的智慧,也就是断尽烦恼的人的大智慧。旧译为"道",是通往真理的道路的意思。

㊷宿业:前世的善恶因缘。佛教相信众生有三世因果,认为过去世所作的善恶业因,可以产生今生的乐苦果报。障:烦恼的别名,因烦恼能障碍圣道。

㊸相:表现于外而又能想象于心的各种事物的相状,一切事物的现象。

㊹堕恶道:掉入恶道。佛教有六道轮回之说,谓众生死后,各依其业而去往之世界。六道为天道、人道、阿修罗道、畜生道、饿鬼道、地狱道,其中,天道、人道、阿修罗道为三善道,畜生道、饿鬼道、地狱道为三恶道。行善者往善道,行恶者堕恶道。堕,落,落下。

㊺炷香:点香,烧香。

㊻无上:最高,至上,无出其上。

㊼念念:一个心念接一个心念,每一个心念。

㊽万法无滞:一切法都不要拘执。滞,拘执,滞涩。

㊾一真:唯一真实的意思,与"真如"同义。

㊿万境:一切境界。如如:万事万物的真实相平等不二,是不动、寂默、平等不二、不起颠倒分别的自性境界。因是如理智所证得的真如,故说"如如"。如,理的异名。

(51)将来吾看：拿来给我看。

(52)碓坊：舂米作坊。

(53)上人：上德之人，对和尚的尊称，因其内涵德智，外有胜行，在人之上。

(54)江州：唐朝的行政区划之一，治所在德化（今江西九江）。别驾：官名，全称为别驾从事史，亦称别驾从事。汉置，为州刺史的佐吏。因其地位较高，刺史出巡辖境时，别乘驿车随行，故名。

(55)希有：稀有，少有。希，同“稀”。

(56)没意智：指不存思量分别等作用的智慧，为上上之人所特有的智慧。

(57)轻人：轻视人。

(58)先须度吾：一定要先度我。度，与“渡”同义，如舟子渡人过海的意思。本句大意：如果你得了道成了佛，一定要先渡我脱离生死苦海。

(59)总惊：都很震惊。

(60)嗟讶：嗟叹惊讶。

(61)“何得”句：究竟再过多长时间，能使他成为一个肉身的活菩萨呀！何得，怎么得，怎样能。肉身菩萨，又名生身菩萨，即以父母所生之身修成的菩萨。

(62)见能腰石舂米：看见慧能腰上绑了石头在舂米。

(63)犹欠筛在：就还差没有筛。筛，就是竹编的用具，筛一筛，不好的筛掉，好的留下来。本句言外之意是说：就差您师父来印证我有没有悟道。

(64)三鼓：第三次击鼓，即三更。鼓，时间单位，古人夜里击鼓报时，一鼓表示一个时辰。

(65)袈裟：佛教僧尼的法衣，意为“不正色”。因其所穿的法衣，都要染成浊色，故袈裟是依染色而立名的。

(66)应无所住而生其心：语出《金刚经》，意即不论处于何境，此心皆能无所执着,而自然生起。

⑥何期:岂料,怎么料到,表示没有想到。

⑧具足:具备满足,完备。

⑨丈夫、天人师、佛:佛有十种称号,调御丈夫、天人师、佛是其中三种。诸佛如来能够调御一切众生,所以称为调御丈夫。又因天与人均以佛为教师(或导师),故称天人师。佛,"佛陀"的简称,意译为"觉者""知者""觉"。觉有三义:自觉、觉他(使众生觉悟)、觉行圆满,是佛教修行的最高果位。

⑩顿教:不历阶梯渐次,直指本源,顿时开悟的教法。

⑪衣钵:佛教僧尼的袈裟与饭盂,这里指以衣钵为师徒传授的法器。

⑫善自护念:自己好好地保护、爱念。

⑬广度有情:即广度众生之意。广度,普度,指普遍渡人于彼岸。有情,旧译为"众生",指人和一切有情识的生物。

【解读】

《坛经》,亦称《六祖坛经》,由佛教禅宗六祖慧能口述,弟子法海集录而成。它记载慧能一生得法传宗的事迹和启导门徒的言教,内容丰富,文字通俗,是研究禅宗思想渊源的重要依据。

《坛经》的中心思想是"见性成佛"。性,指众生本具之成佛可能性,即"菩提自性,本来清净,但用此心,直了成佛"及"人虽有南北,佛性本无南北"。这种思想在修行和证悟方式上的不同,直接形成了"顿悟"和"渐悟"两派的区别。慧能以"顿悟"开南宗一脉,它是佛教完成中国化进程的一个重要标志。

本文按现在的作文分类法,是典型的以记人、记事为主的记叙文。这一种类型的文章,在中国古代的散文里是比较少见的。这是本文入选的一个重要的理由。

此外,本文最重要的部分,是其文化的内涵。在中国几千年的历史中,到唐这一代,文化结构已经基本定型,儒、释、道三教鼎立和融合的局面已经形成,尤其在武则天时期,佛教得到空前发展。特别是以"顿悟"为宗的南宗一系真正实现了印度佛教中国化,其思想深入人心,影响异常深远,它事实上已经成为中国文化的有机组成部分。我们要全面了解、研习中国文化,禅宗文化是必不可少的内容,这也是本文入选的一个重要考量。

本文记述了六祖慧能去黄梅山拜谒五祖弘忍,由此开始学佛生涯的经历。其时弘忍年事已高,急于传付衣法,遂命弟子作偈以呈,以检验他们的修炼水平。神秀上座呈偈曰:"身是菩提树,心如明镜台。时时勤拂拭,勿使惹尘埃。"弘忍以为未见本性,未传衣法。慧能听后亦诵一偈,请人代劳题于壁上:"菩提本无树,明镜亦非台。本来无一物,何处惹尘埃。"弘忍见后,招慧能登堂入室为其宣讲《金刚经》,并传衣钵,定为传人。本文故事完整,情节生动,人物心理活动描写细腻、到位,充分展现了人物的个性,是一篇成功的记叙文。

书谱（节选）   孙过庭

余志学之年①,留心翰墨②,味钟张之余烈③,挹羲献之前规④,极虑专精⑤,时逾二纪⑥,有乖入木之术⑦,无间临池之志⑧。观夫悬针垂露之异⑨,奔雷坠石之奇⑩,鸿飞兽骇之姿⑪,鸾舞蛇惊之态⑫,绝岸颓峰之势⑬,临危据槁之形⑭,或重若崩云⑮,或轻如蝉翼⑯,导之则泉注,顿之则山安⑰,纤纤乎似初月之出天涯⑱,落落乎犹众星之列河汉⑲,同自然之妙有,非力运之能成⑳,信可谓智巧兼优㉑,心手双畅,翰不虚动,下必有由。一画之间,变起伏于锋杪㉒;一点之内,殊衄挫于毫芒㉓。况云积其点画㉔,乃成其字,曾不傍窥尺牍㉕，俯习寸阴㉖。引班超以为辞㉗，援项籍而自满㉘，任笔为体，聚墨成形，心昏拟效之方㉙，手迷挥运之理㉚，求其妍妙㉛，不亦谬哉㉜？

然君子立身，务修其本，扬雄谓诗赋小道㉝，壮夫不为㉞。况复溺思豪厘㉟，沦精翰墨者也。夫潜神对弈㊲，犹标坐隐之名㊳；乐志垂纶㊴，尚体行藏之趣㊵。讵若功定礼乐㊶，妙拟神仙，犹埏埴之罔穷㊷，与工炉而并运㊸。好异尚奇之士，玩体势之多方㊹；穷微测妙之夫㊺，得推移之奥赜㊻。著述者假其糟粕㊼，藻鉴者挹其菁华㊽，固义理之会归㊾，信贤达之兼善者矣㊿。存精寓赏㊿，岂徒然与？而东晋士人互相陶染㊾，至于王谢之族㊿，郗庾之伦㊿，纵不尽其神奇，咸亦挹其风味。去之滋永㊿，斯道逾微㊿。方复闻疑称疑㊿，得末行末，古今阻绝，无所质问㊿，设有所会，缄秘已深㊿，遂令学者茫然莫知领要，徒见成功之美，不悟所致之由。或乃就分布于累年㊿，向规矩而犹远㊿，图真不悟㊿，习草将迷㊿。假令薄解草书㊿，粗传隶法，则好溺偏固㊿，自阙通规㊿。讵知心手会归，若同源而异派㊿；转用之术，犹共树而分条者乎㊿！加以趋事适时㊿，行书为要；题勒方畐㊿，真乃居先。草不兼真，殆于专谨㊿；真不通草，殊非翰札㊿。真以点画为形质，使转为情性；草以点画为情性，使转为形质。草乖使转㊿，不能成字；真亏点画㊿，犹可记文。回互虽殊㊿，大体相涉㊿，故亦傍通二篆㊿，俯贯八分㊿，包括篇章，涵泳飞白㊿。若豪厘不察，则胡越殊风者焉㊿。至如钟繇隶奇㊿，张芝草圣㊿，此乃专精一体，以致绝伦。伯英不真，而

56

点画狼藉；元常不草，而使转纵横。自兹已降，不能兼善者，有所不逮，非专精也。虽篆隶草章㉞，工用多变㉟，济成厥美㊱，各有攸宜。篆尚婉而通，隶欲精而密，草贵流而畅，章务检而便，然后凛之以风神㊲，温之以妍润，鼓之以枯劲，和之以闲雅，故可达其情性，形其哀乐。验燥湿之殊节㊳，千古依然；体老壮之异时，百龄俄顷㊴。嗟乎！不入其门，讵窥其奥者也？

【作者简介】

孙过庭（646—691），名虔礼，以字行。吴郡（治今江苏苏州）人。唐代书法家、书学理论家。曾任率府录事参军。胸怀大志，博雅好古。擅楷书、行书、草书，尤长于草书，师承王羲之、王献之，笔势坚劲，直逼二王。有墨迹《书谱》传世。

【注释】

①余：我。志学之年：有志于学的时候，借指十五岁。《论语·为政》："吾十有五而志于学。"

②翰墨：笔墨，借指文章书画。翰，鸟的羽毛，这里指毛笔。

③味钟张之余烈：体味书法家钟繇、张芝留下来的成绩。余烈，留下来的功绩。

④挹羲献之前规：吸取前人书法家王羲之、王献之父子的规矩。挹，舀，把液体盛出来。前规，前人的规矩、规范、法理。

⑤极虑：竭尽思虑。专精：专心一志，聚精凝神。

⑥逾：超过。二纪：二十四年。古代称十二年为一纪。

⑦乖：背离，违背。入木之术：比喻书法内功深厚。唐张怀瓘《书断》："王羲之书祝版。工人削之，笔入木三分。"

⑧间：间断，改变。临池：对着水池，指学习书法。语出《晋书·卫

恒传》:"临池学书,池水尽黑。"

⑨悬针:书写汉字竖画的一种笔法。凡竖画下端出锋的,其锋如针之悬,故称"悬针"。垂露:书写汉字竖画的一种笔法。收笔时向上提出,如檐水下滴,余水上缩。

⑩奔雷坠石:迅猛奔走的雷,高处掉下的石块。

⑪鸿飞:大雁飞。兽骇:猛兽惊散。

⑫鸾舞:鸾鸟起舞。鸾,传说凤凰一类的鸟。

⑬颓峰:崩塌的山峰。

⑭据槁:倚靠在枯槁的树枝上。

⑮崩云:飘散的云彩。

⑯蝉翼:蝉的翅膀,比喻极轻极薄的事物。

⑰"导之"二句:书法畅达时像泉水奔涌,停顿时像大山安稳。导,引导,畅达。顿,停顿。

⑱纤纤:细巧的样子。

⑲落落:磊落的样子。河汉:银河。

⑳力运:人力安排、布置。

㉑信:确实。智巧:智慧和技巧。

㉒锋杪(miǎo):笔锋尖端处。杪,树木的末端。这里是说变化微妙源于笔尖的运用。

㉓殊衄(nǜ)挫于毫芒:在极细微之处可以见到衄锋和挫锋的区别。殊,区分,区别。衄挫,指书法用笔中的衄锋和挫锋,均为运笔之法,衄锋乃笔往下行至末端逆笔上收。挫锋亦作挫笔,即在运笔时突然停止以改变方向,一般在运笔至转角或趯处时用。毫芒,毫毛的细尖,比喻极细微。

㉔况云:何况说。

㉕曾不:竟不。傍窥:在旁边观看。窥,暗中偷看,又泛指观看。尺牍:古代用以书写的长一尺的木简,书法中指墨迹、字帖。

㉖俯习寸阴:低下头来练习一会时间。寸阴,短暂的光阴。

㉗引班超以为辞:借用班超学书的态度来为自己找借口。《后汉书·班超传》:"(班超)家贫,常为官佣书以供养。久劳苦,尝辍业投笔叹曰:'大丈夫无它志略,犹当效傅介子、张骞立功异域,以取封侯,安能久事笔研间乎?'后立功西域,封定远侯。"

㉘援项籍而自满:不肯学书或书法不佳者,援引项籍不肯学书的故事来聊以自慰,自我满足。《史记·项羽本纪》载,项籍少时学书不成,去学剑,又不成。项梁怒之,籍曰:"书,足以记名姓而已。剑,一人敌,不足学,学万人敌。"

㉙拟效:仿效。拟,仿照。效,模仿。

㉚挥运:挥动。挥,指挥毫书写。运,运腕用笔,也指书写。

㉛妍妙:美好,美妙。妍,美丽。

㉜谬:谬误,错误。

㉝扬雄:字子云,蜀郡成都(今四川成都)人。西汉哲学家、文学家、语言学家。小道:礼乐政教以外的学说,不登大雅之堂的技艺。

㉞壮夫:壮健之士,又指豪杰。

㉟况复:何况,况且。溺思豪厘:沉溺于思考怎样用笔。

㊱沦精翰墨:将精力陷没在笔墨之中。沦,陷入,沉沦。

㊲潜神对弈:沉下精神专心下棋。潜,沉。对弈,两人相向下棋。

㊳标:标显,显扬。坐隐:下围棋的别称。南朝宋刘义庆《世说新语·巧艺》:"王中郎以围棋是坐隐,支公以围棋为手谈。"

㊴乐志:愉悦心志。垂纶:垂钓。

㊵体:体验,体悟。行藏:出处或行止。《论语·述而》:"用之则行,舍之则藏。"

㊶讵(jù)若:岂若。讵,表反诘,岂,难道。

㊷埏埴(shān zhí):和泥制作陶器。《老子》第十一章:"埏埴以为器,当其无,有器之用。"河上公注:"埏,和也;埴,土也。谓和土以为器

也。"罔穷:无穷。

㊸工炉:手艺工人和冶炼的炉具。

㊹玩:玩赏。体势:指诗文字画的形体结构、气势风格。

㊺穷微:探究精微的道理。

㊻推移:变化、移动或发展。奥赜(zé):指精微的意蕴。赜,深奥,玄妙。

㊼假:借用。糟粕:喻粗劣而没有价值的东西。

㊽藻鉴:品藻和鉴别,引申为担任品评鉴别人才的职务。藻,文采,华丽的文辞。菁华:精华。

㊾义理:言辞、文章的含义和观点,犹言思想内容。会归:会合,归结。

㊿贤达:贤明通达,有才德有声望的人。

51存精寓赏:把最好的见解存录下来,让有识之士来鉴赏。

52陶染:熏陶感染。

53王谢:六朝望族王氏、谢氏家族的并称。

54郗庾之伦:指东晋书法家郗氏家族和庾氏家族。伦,类。

55去之滋永:离开他们时间越久。去,离开。滋,更,越。永,久。

56斯道逾微:这个(书法研究的)技术越来越衰微。微,衰微。

57方:却,反而。复:再。

58质问:询问以正其是非。

59设有所会:假使有所领悟。设,假使,倘若。会,领会,领悟。

60缄秘:指封闭隐秘。

61或乃:或者。就:逢着,碰上。分布:分间布白,指字的点画结构布置及字与字、行与行之间关系的安排,即所谓结字或整体布局、构图。累年:历年,接连多年。

62向:趋向,朝向,引申为迎合、遵照。

63图真:图写真书。真书,汉字主要书体之一,亦称今隶、楷书、正书。产生于汉末,系汉隶省改波磔、增加钩趯而成,至魏钟繇、晋王羲之改变体势、创制法则,隶、楷遂完全分流,别为两体。

㉔习草:练习草书。

㉕薄解:略微了解。

㉖好溺偏固:喜好沉溺(于旧习)偏于固守。偏固,偏执。

㉗阙:同"缺"。通规:通则。

㉘派:水的支流。

㉙条:植物的细长枝。

㉚趋事:办事。适时:适应时势。

㉛题勒:书写。题,书写,题署。勒,刻。方冨(fú):同"方幅",方形笺册。古代典诰、诏命、表奏等皆用方形笺册,故亦借指此类重要文书。

㉜殆:大概,几乎。专谨:专一慎重。

㉝殊非:极为不是。殊,甚,极。翰札:书札,翰牍,书信。

㉞乖:背离,违背。

㉟亏:缺损。

㊱回互:回环交错。虽殊:即使不同。

㊲相涉:相关联。涉,牵连,关联。

㊳二篆:大篆和小篆。

㊴八分:即八分书。八分书是隶书的一种,通常把带有明显波磔特征的隶书称为"八分书",亦称"分书"或"分隶"。

㊵涵泳:浸润,沉浸,引申为深入领会。飞白:一种特殊的书法。相传东汉灵帝时修饰鸿都门,匠人用刷白粉的帚写字,蔡邕见后,归作"飞白书"。这种书法,笔画中丝丝露白,像枯笔所写。

㊶胡越殊风:胡地和越地不同风俗。胡地在北,越地在南,指像胡、越一样疏远。

㊷钟繇(yáo):字元常。豫州颍川郡(今河南许昌)人。汉末至三

国曹魏时著名书法家、政治家。擅篆、隶、真、行、草多种书体,在书法上颇有造诣,推动了楷书(小楷)的发展,被后世尊为"楷书鼻祖"。

㉝张芝:字伯英。敦煌渊泉(今甘肃瓜州东)人,东汉著名书法家,被誉为"草圣""草书之祖",其书法被誉为"一笔书"。

㉞篆隶草章:篆书、隶书、草书、章草。章,章草的省称,传统书体之一,始于秦汉年间,是由草写的隶书演变而成的一种字体。章草是"今草"的前身,区别主要是保留隶书笔法的形迹,上下字独立而基本不连写。

㉟工用:技艺和作用。

㊱济成厥美:成就它们的美好。厥,它,它们。

㊲凛:可敬,畏惧。

㊳燥湿:指书法里用墨的浓淡枯湿。

㊴俄顷:片刻,一会儿。

【解读】

孙过庭《书谱》二卷,是我国书法史上著名的书学论著,其墨迹至今犹存。因文末有"今撰为六篇,分成两卷,第其工用,名曰《书谱》"之句,引起历代学者对《书谱》的不同看法。或以为另有正文,此仅序言,故有题作《书谱序》者。或以为此即正文,分裱两卷,故有《书谱》卷上、卷下之称者。《书谱》主要内容为作者书学体验、书谱撰写要旨及学习书法的一些基本原则,分溯源流、辨书体、评名迹、述笔法、诫学者、伤知音六部分,文思缜密,言简意深,它奠定了书法理论的基本框架,在古代书法理论史上占有重要地位。本文是《书谱》原文的部分节选。

本文首先叙述其少年时代学书法的体验,然后着重论述书法中"点""画"的重要性。他认为,点、画是组成书法艺术的基本元素,书家必须对此十分精熟,才能通过点、画体现"形质",用挥写来表达"性情"。尽管正、草书体有动静之别,技巧表现也各有侧重,但"形质"和"性情"总是显示书法生命活力的基本要求。为了更好地充实书法的活力，还必须从其他各种书体中去吸取新的营养。比如学习楷书与草书，应该"傍通二篆，俯贯八分，包括篇章，涵泳飞白"，兼收博采。当然，书法创作的成功与否，除了书法家的功力是否深厚外，人的情绪，工具、材料的优劣等都会对其产生影响。书写者应在最佳状态下挥毫，才能使书法艺术达到理想的境界。

其次，融诸体之长，触类而旁通之，是书家成功的重要因素，历代书家概莫能外。为了阐明这个问题，孙过庭分析了篆、隶、草、章的特点和长处，他说："篆尚婉而通，隶欲精而密，草贵流而畅，章务检而便。"这是历来对诸书体最为简明精辟的论述。

再次，孙过庭在《书谱》中谈了书法创作中的核心问题——运笔（所以有人也称《书谱》为《运笔论》）。他告诫学者要在"执、使、转、用"的技巧上下功夫。

《书谱》行文采用六朝盛行的骈赋体，为文渊雅深秀，恣肆宏美，且眼界宏远，所论精辟入微，远过同时诸家所论，真正做到了"宏既往之风规，导将来之器识"（《书谱》）。

滕王阁序①

王　勃

豫章故郡，洪都新府②。星分翼轸③，地接衡庐④。襟三江而带五湖⑤，控蛮荆而引瓯越⑥。物华天宝，龙光射牛斗之墟⑦；人杰地灵，徐孺下陈蕃之榻⑧。雄州雾列⑨，俊彩星驰⑩。台隍枕夷夏之交⑪，宾主尽东南之美⑫。都督阎公之雅望，棨戟遥临；宇文新州之懿范，襜帷暂驻⑬。十旬休暇⑭，胜友如云；千里逢迎⑮，高朋满座。腾蛟起凤，孟学士之词宗⑯；紫电青霜，王将军之武库⑰。家君作宰，路出名区;童子何知,躬逢胜饯⑱。

时维九月,序属三秋⑲。潦水尽而寒潭清⑳,烟光凝而暮山紫。俨骖騑于上路㉑,访风景于崇阿㉒。临帝子之长洲㉓,得仙人之旧馆。层峦耸翠,上出重霄;飞阁流丹,下临无地㉔。鹤汀凫渚,穷岛屿之萦回;桂殿兰宫,即冈峦之体势㉕。

披绣闼,俯雕甍㉖。山原旷其盈视,川泽纡其骇瞩㉗。闾阎扑地,钟鸣鼎食之家;舸舰迷津,青雀黄龙之轴㉘。虹销雨霁,彩彻区明㉙。落霞与孤鹜齐飞㉚,秋水共长天一色。渔舟唱晚,响穷彭蠡之滨㉛;雁阵惊寒,声断衡阳之浦㉜。

遥襟甫畅,逸兴遄飞㉝。爽籁发而清风生,纤歌凝而白云遏㉞。睢园绿竹,气凌彭泽之樽㉟;邺水朱华,光照临川之笔㊱。四美具㊲,二难并㊳。穷睇眄于中天㊴,极娱游于暇日。天高地迥㊵,觉宇宙之无穷;兴尽悲来,识盈虚之有数㊶。望长安于日下,指吴会于云间㊷。地势极而南溟深,天柱高而北辰远㊸。关山难越,谁悲失路之人;萍水相逢,尽是他乡之客。怀帝阍而不见㊹,奉宣室以何年㊺?

嗟乎!时运不齐㊻,命途多舛㊼。冯唐易老㊽,李广难封㊾。屈贾谊于长沙,非无圣主㊿;窜梁鸿于海曲,岂乏明时51?所赖君子安贫,达人知命52。老当益壮,宁移白首之心53;穷且益坚,不坠青云之志54。酌贪泉而觉爽55,处涸辙而犹欢56。北海虽赊,扶摇可接57;东隅已逝,桑榆非晚58。孟尝高洁,空怀报国之情59;阮籍猖狂,岂效穷途之哭60。

勃三尺微命61,一介书生62。无路请缨,等终军之弱冠㊌;有怀投笔㊍,慕宗悫之长风㊎。舍簪笏于百龄,奉晨昏于万里㊏。非谢家之宝树,接孟氏之芳邻㊐。他日趋庭,叨陪鲤对㊑;今晨捧袂㊒,喜托龙门㊓。杨意不逢,抚凌云而自惜㊔;钟期既遇,奏流水以何惭㊕?

呜呼! 胜地不常,盛筵难再㊖。兰亭已矣㊗,梓泽丘墟㊘。临别赠言,幸承恩于伟饯;登高作赋,是所望于群公。敢竭鄙诚,恭疏短引㊙。一言均赋,四韵俱成㊚。请洒潘江,各倾陆海云尔㊛。

滕王高阁临江渚,佩玉鸣鸾罢歌舞㊜。
画栋朝飞南浦云,珠帘暮卷西山雨。
闲云潭影日悠悠,物换星移几度秋。
阁中帝子今何在? 槛外长江空自流!

【作者简介】

王勃(约 650—676),字子安。绛州龙门(今山西河津)人。出身儒学世家,与杨炯、卢照邻、骆宾王并称"王杨卢骆""初唐四杰"。王勃自幼聪敏好学,六岁即能写文章,被赞为"神童"。九岁时,读颜师古注《汉书》,作《指瑕》十卷以纠正其错。十六岁时,应举及第,授职朝散郎。后补虢州参军。唐高宗上元三年(676)八月,自交趾探望父亲返回时渡海溺水,惊悸而死。有《王子安集》十六卷等。

【注释】

①滕王阁:在今江西南昌赣江东岸,始建于唐高宗永徽四年(653),因唐太宗弟滕王李元婴始建而得名。

②"豫章"二句:豫章郡是西汉时所设置,治所在南昌(今市),所以说"故郡"。唐高祖武德五年(622)把豫章郡改为洪州,所以说"新府"。

③星分翼轸(zhěn)：洪州属于翼、轸二星宿所对应的区域。翼轸，二十八宿中的翼宿和轸宿，古为楚之分野。洪州古属楚地。

④衡庐：指湖南的衡山和江西的庐山，这里指两山所在的衡州和江州。

⑤襟三江而带五湖：以三江为衣襟，以五湖为衣带。三江，泛指长江中下游。旧说古时长江流过彭蠡(今鄱阳湖)，分成三道入海，故称"三江"。五湖，泛指太湖区域的湖泊。一说指太湖、鄱阳湖、青草湖、丹阳湖、洞庭湖，南昌在五湖之间。

⑥控蛮荆而引瓯(ōu)越：控制楚地，连接瓯越。蛮荆，古代称长江流域中部荆州地区，即春秋时楚地。蛮，野蛮。瓯越，今浙江永嘉一带。因古为越国，境内有瓯江，故称。

⑦"物华"二句：物的精华焕发为天上的珍宝，宝剑的光芒直射(天上)牛、斗二星所在的区域。龙光，指宝剑的光芒。牛斗，二星宿名，指牛宿和斗宿。《晋书·张华传》载，晋初，牛斗之间常有紫气。雷焕精通天象，称是宝剑之气冲上了天，宝剑在丰城。于是，尚书张华派其寻剑。雷焕寻得两剑，一名龙泉，一名太阿。后剑入水化为两龙。

⑧"人杰"二句：杰出的人物生于灵秀之地，徐孺子(竟然能够)在太守陈蕃家中下榻。徐穉(zhì)，字孺子，豫章南昌名士。桓帝时，陈蕃为豫章太守，仰慕其德行，为了接待他，特专设一榻，徐离开后，即将榻吊起。榻，狭长而低矮的坐卧用具。

⑨雄州雾列：雄伟的大州如云雾排列，形容洪州的繁盛。雄州，占重要地位的大州。

⑩俊彩星驰：杰出的人才像流星飞驰，形容人才之多。

⑪台隍枕夷夏之交：南昌城处在瓯越与中原接壤的地方。这是说洪州处于要地。台隍，城墙上的亭台和城池，这里指南昌城。枕，以头枕物，引申为临近、靠近。夷，古代称少数民族为夷，这里指上文所说的蛮荆、瓯越之地。夏，古代汉族自称夏，这里指中原地区。交，交会，

会合。

⑫宾主尽东南之美:(来赴这次宴会的)客人和主人,都是东南一带最优秀的人。主,指洪州都督阎公。美,俊杰,优秀的人。

⑬"都督"四句:有崇高声望的都督阎公远道而来,有美好德范的新州刺史宇文氏在此地暂时停留。雅望,清高的名望,崇高的声望。棨(qǐ)戟,有缯衣或油漆的木戟。古代官吏所用的仪仗,出行时作为前导,后亦列于门庭。都督的仪仗到了,也就是说阎公光临。新州,州名,今广东新兴。懿范,美好的道德风范。襜(chān)帷,车上四周的帷帐,这里借指宇文刺史的车驾。

⑭十旬休暇:指恰好赶上十日休假的日子。当时官员十天休息一天,叫作"旬休"。休暇,休假。

⑮千里逢迎:指迎接远道而来的客人。逢迎,迎接,接待。

⑯"腾蛟"二句:文坛上众望所归的孟学士,文章的辞采有如腾空的蛟龙,飞起的凤凰。孟学士,名字不详。学士,官名。南北朝以后,以学士为司文学撰述之官。唐代翰林学士亦本为文学侍从之臣,因接近皇帝,往往参预机要。词宗,词章为众所宗仰的人,词坛泰斗。

⑰"紫电"二句:王将军的兵器库里藏有锋利的宝剑,这里意在显示王将军的勇武和韬略。紫电,古宝剑名。晋崔豹《古今注·舆服》:"吴大皇帝有宝刀三,宝剑六:一曰白虹,二曰紫电。"青霜,古宝剑名。剑光青凛若霜色,故称。王将军,名字不详。

⑱"家君"四句:家父作交趾县的县令,自己因探望父亲路过这个有名的地方(指洪州);年幼无知,(却有幸)亲自参加这场盛大的宴会。宰,县令,这里指交趾县的县令。名区,指有名之地,名胜之地。童子,王勃自称。何知,宾语前置,应为"知何",懂得什么。胜饯,盛大的饯行宴会。

⑲"时维九月"二句:指当时正是深秋九月。维,乃,是。序,时序,时节。三秋,秋季九月。

67

⑳潦(lǎo)水:雨后的积水。

㉑俨(yǎn)骖騑(cān fēi)于上路:驾着车在高高的道路上(前行)。俨,整理,使整齐。骖騑,驾车的马。上路,大路,通衢。

㉒崇阿:高大的山陵。

㉓帝子:指滕王。长洲:指滕王阁前的沙洲。

㉔"层峦"四句:(在这里可以望见)重叠的峰峦耸起一片苍翠,上达重霄;腾空架起的高阁,涂饰的油彩泛出红光,从高阁往下看,都看不见陆地。飞阁,腾空架起的高阁。流丹,泛出红光,因阁用红色油漆所涂绘。下临无地,因为滕王阁建立在江边上,登阁下望江面,不见陆地。

㉕"鹤汀(tīng)"四句:鹤、野鸭止息的水边平地和小洲,极尽岛屿曲折回环的景致;用桂木、木兰修筑的宫殿,(高低起伏)依着山峦的形势而建。汀,水边或水中平地。凫,野鸭。渚,小洲。穷,极尽。萦回,盘旋回绕的样子。即,依着。体势,形势。

㉖"披绣闼(tà)"二句:打开精美的阁门,俯瞰雕饰的屋脊。披,开。绣,指雕刻得精美细致。

㉗"山原"二句:放眼远望,辽阔的山岭、平原充满人们的视野,迂回的河流、湖泽使人看了感到吃惊。盈视,全部映入眼帘。纡,屈曲,曲折。骇瞩,使人对所见的景物感到惊异。

㉘"闾阎"四句:房屋遍地,有不少官宦人家;船只停满渡口,尽是装饰着青雀、黄龙头形的大船。闾阎,里门,这里代指房屋。钟鸣鼎食之家,指大家世族。舸(gě)舰,指大船。迷津,塞满渡口。青雀黄龙之轴,船头作鸟头形、龙头形。轴,通"舳",船后安舵的地方,这里泛指船。

㉙"虹销"二句:彩虹消失雨停止,阳光普照,天空明朗。霁,雨止天晴。彩,指日光。区,指天空。

㉚孤鹜(wù):单飞的野鸭。鹜,本指家鸭,晋以后亦指野鸭。

㉛彭蠡(lǐ):古代大泽,即今鄱阳湖。

㉜声断衡阳之浦:鸣声到衡阳之浦而止。断,止。浦,水边。相传

68

衡阳有回雁峰,雁至此就不再南飞,待春而回。

㉝"遥襟"二句:登高望远胸怀大为舒畅,飘逸脱俗的兴致顿时产生。遥襟,远怀。甫,大,广大。遄(chuán),急速。

㉞"爽籁(lài)"二句:宴会上,排箫响起,好像清风拂来;柔美的歌声缭绕不散,使白云都停住不动。爽籁,参差不齐的箫管声,一说清风激物之声。纤歌,柔细的歌声。凝,余音袅袅不绝。遏,止,不动。

㉟"睢(suī)园"二句:今日的宴会,好比当年睢园竹林的聚会,在座的文人雅士,豪爽善饮的气概超过了陶渊明。睢园,西汉梁孝王刘武在睢水旁修建的竹园,梁孝王常和一些文人在此聚会。彭泽,指东晋末著名诗人陶渊明,好饮酒,曾任彭泽令。樽,酒杯。

㊱"邺(yè)水"二句:这是借诗人曹植、谢灵运来比拟参加宴会的文人。邺,古地名,在今河北临漳,是曹魏兴起的地方。曹植曾在此作过《公宴诗》,诗中有"朱华冒绿池"句。朱华,指荷花。临川,指谢灵运,曾任临川(今属江西)内史。王勃借用"临川之笔"来比喻宾客中文士的才华。

㊲四美:指良辰、美景、赏心、乐事。

㊳二难:指贤主人和嘉宾。因二者难以并得,故称。

㊴穷:尽,极力。睇眄(dì miǎn):斜视,指目光上下左右观览、远望。中天:长天。

㊵迥(jiǒng):遥远。

㊶识盈虚之有数:知道事物的兴衰成败是有定数的。盈虚,盈满或虚空,指事物发展变化,多指事物的盛衰、成败。数,命运。

㊷"望长安"二句:远望长安,遥看吴会。长安,唐朝的国都。吴会,吴地的古称。秦汉会稽郡治在吴县,郡县连称为吴会。东汉分会稽郡为吴、会稽二郡,并称吴会。后亦泛称此两郡故地为吴会。唐以后,俗亦称平江府(今江苏苏州)为吴会。

㊸"地势"二句:地势偏远,南海深邃;天柱高耸,北极星远悬。南溟,

南海。天柱,古代神话中的支天之柱。北辰,北极星,这里暗指国君。

㊹帝阍(hūn):原指天帝的守门者,这里指皇帝的宫门。

㊺宣室:汉未央宫前殿正室叫宣室。汉文帝曾坐宣室接见贾谊,坐谈到深夜。

㊻时运不齐:命运不好。

㊼舛(chuǎn):错乱,不顺。

㊽冯唐:西汉人,有才干却一直不受重用。汉武帝时选求贤良,有人举荐冯唐,可他已九十多岁,难再做官了。

㊾李广:汉武帝时的名将,多年抗击匈奴,军功很大,却终身没有封侯。

㊿"屈贾谊"二句:使贾谊屈居于长沙,并非当时没有圣明的君主。贾谊,西汉文帝时人,曾受排挤被贬为长沙王太傅。圣主,指汉文帝。

51"窜梁鸿"二句:使梁鸿逃到海边(隐居),难道不是在政治昌明的时代吗?窜,使动用法,使……逃窜。梁鸿,东汉人,因作诗讽刺君王,得罪了汉章帝,被迫逃到齐鲁一带躲避。海曲,海隅,指齐鲁一带临海的地方。明时,政治昌明的时代。

52达人知命:通达事理的人,知道命运。

53宁移白首之心:岂能在白发满头的年龄改变心志?

54青云之志:比喻远大崇高的志向。

55酌贪泉而觉爽:喝下贪泉的水,仍觉得心境清爽。古代传说有水名贪泉,人喝了就会变得贪婪。这句是说有德行的人在污浊的环境中也能保持纯正,不被污染。

56涸辙:干涸的车辙,比喻穷困的境遇。《庄子·外物》:"周昨来,有中道而呼者。周顾视车辙中,有鲋鱼焉。"

57"北海"二句:北海虽然遥远,乘着旋风还可以到达。北海,就是《庄子·逍遥游》中说的"北冥"。赊,远。扶摇,盘旋而上的巨风。

58"东隅"二句:早年的时光虽然已经逝去,珍惜将来的岁月,为时

70

还不晚。东隅，东方日出的地方，指早晨。桑榆，日落时，余光照在桑树、榆树的顶端，因用以喻黄昏，也用来表示人的晚年。

(59)“孟尝”二句：孟尝品行高洁，却空留下一腔报国热情。这是作者借孟尝以自比，带有怨意。孟尝，字伯周，东汉人，为官清正贤能，但不被重用。

(60)“阮籍”二句：怎能效法阮籍放肆无礼，在驾车无路可走时恸哭而还呢？意思是说，虽然怀才不遇，但也不放任自流。阮籍，晋代名士。他有时独自驾车出行，到无路处便恸哭而返，借此宣泄不满于现实的苦闷心情。猖狂，指狂放、不拘礼法。

(61)三尺微命：指地位低下。

(62)一介：一个。

(63)“无路”二句：和终军的年龄相同，都刚刚满二十岁，却没有请缨报国的机会。请缨，请求皇帝赐给长缨（长绳），意谓要求杀敌报国立功。《汉书·终军传》记载，汉武帝想让南越王归顺，终军自请给他长缨，必缚住南越王，带回到皇宫门前。后来用“请缨”指主动担当重任，建功报国。弱冠，古时以男子二十岁为成人，初加冠，因体犹未壮，故称弱冠。

(64)投笔：指投笔从军。这里用班超投笔从戎的典故。《后汉书·班超传》载，班超早年家贫，为官府抄写文书度日。他曾投笔于地，说大丈夫应该“立功异域，以取封侯”。后来，班超随窦固出击北匈奴，并奉命出使西域，官至西域都护，封定远侯。

(65)宗悫（què）：南朝宋人，少年时很有抱负，说“愿乘长风破万里浪”。

(66)“舍簪笏”二句：自己宁愿舍弃一生的功名富贵，到万里以外去朝夕侍奉父亲。簪笏，这里代指官职、俸禄。簪，是古人束发戴冠用来固定冠的长针。笏，是旧时官吏朝见皇帝所捧的用来记事的手版。百龄，百年，一生。

(67)“非谢家”二句：自己并不是像谢玄那样出色的人才，却能在今日的宴会上结识各位名士。谢家之宝树，东晋谢安曾称赞其侄谢玄为“吾家之宝树”，意谓家族里出类拔萃的人才。孟氏之芳邻，据说孟子的母亲为了教育好孟子而多次搬迁。

(68)“他日”二句：过些时候自己将到父亲那里陪侍和聆听教诲。趋庭，指接受父亲教诲。鲤，孔鲤，孔子之子。《论语·季氏》记载孔鲤曾“趋而过庭”，接受孔子的教诲。

(69)捧袂(mèi)：捧着衣袖(作揖)，形容恭敬的样子，指谒见阎公。

(70)喜托龙门：(受到阎公的接待)十分高兴，好像置身于龙门一样。托，寄托。龙门，借喻声望高的人的府第。

(71)“杨意”二句：没有遇到杨得意那样引荐的人，虽有文才也(只能)独自叹惋。这里是以司马相如自比，又叹惜遇不到引荐的人。杨意，即蜀人杨得意，汉武帝时为狗监，曾向汉武帝推荐司马相如。凌云，这里指司马相如的赋。《史记·司马相如传》说，相如献《大人赋》，“天子大悦，飘飘有凌云之气，似游天地之间意”。

(72)“钟期”二句：既然遇到钟子期那样的知音，演奏一曲又有什么羞惭呢？意思是说，遇到阎公这样的知音，自己愿意在宴会上赋诗作文。钟期，即钟子期。《列子·汤问》说，俞伯牙弹琴，钟子期能听出他是“志在高山”还是“志在流水”，遂成知音。

(73)难再：难以第二次遇到。

(74)兰亭已矣：当年兰亭宴饮集会的盛况已成为陈迹了。兰亭，故址在今浙江绍兴，晋王羲之等曾在此宴饮集会。

(75)梓(zǐ)泽丘墟：繁华的金谷园也已变为荒丘废墟。梓泽，金谷园的别称，为西晋石崇所建，故址在今河南洛阳西北。

(76)恭疏短引：恭敬地撰写此短序。

(77)一言：指诗一首。均赋：指每人作诗一首。

(78)“请洒”二句：潘江、陆海，指潘岳、陆机，二人都是晋朝人。南朝梁钟嵘《诗品》：“陆才如海，潘才如江。”这里用以形容宾客的文采。云尔,语气助词,用在句尾,表示述说结束。

⑲鸣鸾:车上鸾铃的声音。罢:指宴罢客散,歌舞停歇。

【解读】

本文是唐高宗咸亨二年(671),王勃约二十二岁时所作。《古文观止》的注释对王勃作序的背景及经过作了生动叙述:"唐高祖子元婴,为洪州刺史,建此阁。后封滕王,故曰滕王阁。咸亨二年,阎伯屿为洪州牧,重修。九月九日,宴宾僚于阁,欲夸其婿吴子章才,令宿构序。时王勃省父,次马当,去南昌七百里,梦水神告曰:'助风一帆。'达旦,遂抵南昌与宴。阎请众宾序,至勃,不辞。阎恚甚,密令吏得句即报。至'落霞'二句,叹曰:'此天才也。'想其当日对客挥毫,珍词绣句,层见叠出,洵是奇才。"

文章由洪州的地势、人才写到宴会,写滕王阁的壮丽,眺望的广远,扣紧秋日,景色鲜明;再从宴会娱游写到人生遇合,抒发身世之感;接着写作者的遭遇并表白要自励志节,最后以应命赋诗和自谦之辞作结。全文表露了作者的抱负和怀才不遇的愤懑心情。

全文第一个特点是写景、抒情自然融合。情由景生,写景是为抒情,景、情相互渗透,水乳交融,行文自然流畅,浑然天成。

第二个特点是在文中充分运用对比铺叙,使得文章色彩鲜明。作者无论是状绘洪州胜景、滕王阁盛况,还是抒写人物的遭际情绪,都能洋洋洒洒,辗转生发,极成功地运用了铺叙渲染的方法。譬如在说明洪州的"人杰地灵"时,一气铺排了十四句,从历史人物到现实人物,从文臣到武将,不厌其多;写登临滕王阁远望的景象,则沙洲岛屿、山岭原野、河泽舟舸、宫殿屋舍、眼底之物,一一叙来,不一而足。而这种铺叙,又是在对比之中进行的。这就使文章一波三折,跳跃起伏,回环往复。

第三个特点是对仗工整,用典恰切。本文是典型的骈体文,句法以四字句、六字句为多,相间为距,"骈四俪六",句式错综多变,读来节奏明快,整齐和谐,铿锵有力。同时用大量典故来叙事抒情,手法明暗互用,正反叠出,增强了文章的表达效果。

序后四韵八句诗,对序文作进一步的总结,这也是《滕王阁序》的一个重点。吴楚材有很精彩的批注:"宴罢而佩玉鸣鸾之歌舞亦罢。朝看画栋,俨若飞南浦之云;暮收朱帘,宛若卷西山之雨。云映深潭,日悠悠而自在。物象之改换,星宿之推移,此阁至今,凡几度秋。伤今思古,伤其物是而人非也。序词藻丽,诗意淡远,非是诗不能称是序。"(《古文观止》卷七)信然。

《滕王阁序》拓展了骈文的艺术境界。在艺术形式上,它接受了六朝抒情小赋的传统,又在骈文的形式上加以散文化,达到了内容美与形式美的统一。

【点评】

"此序一起极有力量,而于洪波汹涌中,随结随却,尤为超特。前半曲描婉写,璧缀珠联,奇丽极矣。后半独能别开生路,以悠扬怀抱,写出磊落事情,抚今思古,吊往追来。盖前半以景胜,后半以情胜。非情无以显景,非景无以寓情。而前半写景,景中有情;后半写情,情中有景。"([清]唐德宜《古文翼》卷八引曹德培语)

"唐代骈文也出现了一些新的变化,自初唐四杰始,不少作品已于工整的对偶、华丽的辞藻之外,展示出流走活泼的生气和注重骨力的刚健风格,如王勃的《滕王阁序》。"(袁行霈《中国文学史》)

喜遇冀侍御珪、崔司议泰之二使序①　陈子昂

昂独坐一隅②,孤愤五蠹③。虽身在江海,而心驰魏阙④。岁时仲春⑤,幽卧未起⑥。忽闻二星入井⑦,四牡临亭⑧。邀使者之车,乃故人之驾⑨。隐几一笑⑩,把臂入林⑪。既闻朝廷之乐,复此琴樽之事⑫。山林幽寂⑬,钟鼎

旧游⑭,语默谭咏⑮,今复一得。况北堂夜永⑯,西轩月微⑰,巴山有望别之嗟⑱,洛阳无寄载之客⑲。江关离会⑳,三千余里;名位宠辱㉑,一百年中。欢娱如何,日月其迈㉒。不为目前之赏,以增别后之思。蟋蟀笑人㉓,夫子何叹。

【作者简介】

陈子昂(659—700),字伯玉。梓州射洪(今四川射洪)人。唐代诗人,初唐诗文革新人物之一。以上书论政,为武则天所赞赏,授麟台正字,转右拾遗。直言敢谏。曾两次从军边塞。后因父老解官回乡,居父丧期间,权臣武三思指使射洪县令段简罗织罪名,加以迫害,冤死狱中。有《陈伯玉集》。

【注释】

①冀侍御、崔司议:作者的朋友,也是奉朝命出使的使者。从诗题《喜遇冀侍御珪、崔司议泰之二使》可知,冀侍御为冀珪、崔司议为崔泰之。唐代称殿中侍御史、监察御史为侍御;司议为司议郎简称,司议郎是太子门下的官员,秩正六品,掌侍从规谏,驳正启奏。

②昂:陈子昂,指作者本人。一隅:一角。

③孤愤五蠹:《孤愤》《五蠹》是战国时法家韩非子著作中的两篇文章。孤愤,《史记·老子韩非列传》:"(韩非)悲廉直不容于邪枉之臣,观往者得失之变,故作《孤愤》。"司马贞索隐:"孤愤,愤孤直不容于时也。"后以"孤愤"谓因孤高嫉俗而产生的愤慨之情。五蠹,韩非子认为学者(儒家)、言谈者(纵横家)、带剑者(游侠)、患御者(逃避公役的人)、商工之民等五种人无益于耕战,就像蛀虫那样有害于社会。这里是指作者所怀有如韩非子那样的愤世嫉俗的情绪。

④魏阙:古代宫门外两边高耸的楼观。楼观下常为悬布法令之所。亦借指朝廷。《庄子·让王》:"身在江海之上,心居乎魏阙之下。"

⑤岁时仲春:一年正是仲春的时候。仲春,春季的第二个月,即农历二月。

⑥幽卧:深卧。

⑦二星入井:皇帝派来的两位使者到了我家里。井,相传古制八家为井,引申为人口聚居地,乡里,家宅。星,即星使,古时认为天节八星主使臣事,因称帝王的使者为星使。

⑧四牡临亭:使者的车驾停在亭子里。四牡,四匹公马,指使者的车驾。

⑨故人:旧交,老友。驾:车驾,马车。

⑩隐几:靠着几案,伏在几案上。

⑪把臂:握持手臂。表示亲密。

⑫琴樽:琴和酒杯,指弹琴喝酒。樽,酒樽,酒杯。

⑬幽寂:幽静,清静。

⑭钟鼎旧游:过去交游的富贵的朋友。钟鼎,钟和鼎,同"钟鸣鼎食"(击钟列鼎而食),形容富贵豪华。旧游,昔日交游的友人。

⑮语默:指说话或沉默。谭咏:指谈笑或歌唱。谭,同"谈",话语。咏,歌唱,曼声长吟。

⑯北堂:指北屋。夜永:夜深,夜长。

⑰西轩:西边的亭子。

⑱巴山:即大巴山,位于中国西部,简称巴山。望别:看着朋友或客人远去。嗟:感叹。

⑲寄载:指附乘别人的交通工具。

⑳江关离会:在江头举行的饯别宴会。

㉑名位:名誉与地位。宠辱:荣宠与耻辱。

㉒日月其迈:指时光流逝。

㉓蟋蟀笑人:夜已深,朋友聚会,乐极生悲,而蟋蟀却在欢快鸣叫,仿佛在嘲笑人的多愁善感。

【解读】

本文是骈文的结构。文字不多，却短小精悍，情词率真，富于文采，在极短的篇幅中将作者的失意与得意之情尽情地挥写出来，作者的功力是非同小可的。

陈子昂生平有过从政机会，二十四岁中进士后，以上书论政得到女皇武则天重视，授麟台正字，不久升右拾遗。但为人生性耿直，直言敢谏，其文"历抵群公"，得罪权贵，一度遭到当权者的排斥和打击，甚至被株连入狱。自此后一直抑郁不得志，解职回四川梓洪老家后，远离政治中心，内心的苦闷和孤独是可想而知的。所以文章开头两句，非常直白，就将其郁闷"孤愤"的情绪表露无遗。"虽身在江海，而心驰魏阙"，他的心一直关怀着国家，关怀着天下。由于信息隔绝，不免焦虑颓废。这时忽然从京城来了两位老朋友探访自己，其激动、喜悦之情自然不用言说。因此欣然一笑，"把臂入林"，摆开琴酒，"畅叙幽情"。然而作者见面首先提到的话题则是"朝廷之事"，可见作者渴望重返政治舞台的心是多么迫切。但事与愿违，老朋友只是纯粹的过访、一叙契阔，并无其他目的。这对热望中的作者多少是有些打击的。所以聚宴欢娱，即使有聊不尽的话头，但毕竟别后相隔数千里终难相见，伤感始终缭绕心中。功名事业是自己一生的追求，而如今"日月其迈"，一事无成，心境之黯淡无以复加。虽然结尾以"蟋蟀笑人"自嘲，但郁郁不得志的慨叹仍跃然纸上。

答郑惟忠史才论① 刘知幾

史才须有三长，世无其人，故史才少也。三长，谓才也，学也，识也②。夫有学而无才，亦犹有良田百顷，黄金满籯③，而使愚者营生④，终不能致于货殖者矣⑤；如有才而无学,亦犹思兼匠石⑥,巧若公输⑦,而家无楩柟斧斤⑧,终不果成其宫室者矣⑨;犹须好是正直⑩,善恶必书,使骄主贼臣,所以知惧,此则为虎傅翼⑪,善无可加,所向无敌者矣。脱苟非其才⑫,不可叨居史任⑬。自复古以来⑭,能应斯目者⑮,罕见其人。

【作者简介】

刘知幾(661—721),字子玄。彭城(今江苏徐州)人。唐代史学家。唐高宗永隆元年(680)进士。武则天长安二年(702)担任史官,撰起居注,历任著作佐郎、秘书少监、左散骑常侍等职。长安三年(703)与朱敬则等撰《唐书》八十卷,神龙时撰《则天皇后实录》。玄宗先天元年(712),与史学家柳冲等改修《氏族志》,至开元二年(714)撰成《姓族系录》二百卷。开元四年(716)撰成《睿宗实录》二十卷,重修《则天皇后实录》三十卷、《中宗实录》二十卷。有史学理论专著《史通》二十卷传世。

【注释】

①郑惟忠:唐大臣。与刘知幾同时,曾任礼部尚书、太子宾客。史才:修史的才能。

②识:见识,眼光。

③籯(yíng):箱、笼等类盛放东西的器具。

④营生:特指经商,做生意。

⑤货殖:财物繁殖,指经商营利。

⑥匠石:古代名"石"的巧匠。《庄子·徐无鬼》:"郢人垩慢其鼻端,若蝇翼,使匠石斫之。匠石运斤成风,听而斫之,尽垩而鼻不伤,郢人立不失容。"后亦用以泛称能工巧匠或擅长写作的人。

⑦公输:复姓。春秋时有公输班,或称鲁班,为鲁国巧匠。

⑧梗枏(pián nán)：黄梗木与楠木，都是重要的木材。斧斤：泛指各种斧子。

⑨果成：完成。

⑩好是正直：爱好这正直的品德。《诗经·小雅·小明》："嗟尔君子，无恒安息。靖共尔位，好是正直。神之听之，介尔景福。"

⑪傅翼：安上翅膀。

⑫脱苟：假如，假使。脱，假使，万一。苟，假如。

⑬叨居：忝居。叨，表示承受之意，常用作谦辞。

⑭复（xiòng）古：远古。复，远，久远。

⑮能应斯目：能符合这个题目或条件。

【解读】

刘知幾是历史上著名的史学家，他认为史学家须兼备才、学、识"三长"。这一论说是在他给朋友礼部尚书郑惟忠的复信中发表出来的，是他修史多年的深刻体会，也是对以往史学的总结，对后世的影响很大。

本文首先标举"三长"的论点。其次具体表述了"有学而无才"达不到修史的效果，"有才而无学"也终不能完成修史的任务。其中，他最看重的是"史识"，看重修史人的品德，因为修史时必须客观记述历史，"善恶必书"，即美的恶的、好的坏的都要记下来，所以只有具有正直品德才不会惧怕"骄主贼臣"的淫威，才能照实直书，达成修好一部客观历史著作的目标。而"史识"，即"三长"中作者最看重的"识"，为什么与"好是正直"的品德相连呢？作者并没有明白交代，这是留给读者所要思考的问题。

本文短小精悍，言简意深。刘知幾在文中提出的史学三长论影响深远，被后来的学界普遍认可接受，甚至成为史官选任的标准，对史学家自身素养的培养和史学的进步起到了积极的作用，具有重要的理论价值。

直　书

刘知幾

夫人禀五常①，士兼百行②，邪正有别③，曲直不同④。若邪曲者，人之所贱，而小人之道也；正直者，人之所贵，而君子之德也。然世多趋邪而弃正，不践君子之迹，而行由小人者，何哉？语曰："直如弦，死道边；曲如钩，反封侯⑤。"故宁顺从以保吉，不违忤以受害也⑥。况史之为务，申以劝诫，树之风声⑦。其有贼臣逆子⑧，淫君乱主，苟直书其事，不掩其瑕⑨，则秽迹彰于一朝⑩，恶名被于千载⑪。言之若是，吁⑫，可畏乎！

夫为于可为之时则从，为于不可为之时则凶。如董狐之书法不隐⑬，赵盾之为法受屈，彼我无忤，行之不疑，然后能成其良直⑭，擅名今古。至若齐史之书崔弑⑮，马迁之述汉非⑯，韦昭仗正于吴朝⑰，崔浩犯讳于魏国⑱，或身膏斧钺⑲，取笑当时；或书填坑窖，无闻后代。夫世事如此，而责史臣不能申其强项之风⑳，励其匪躬之节㉑，盖亦难矣。是以张俨发愤㉒，私存《嘿记》之文；孙盛不平㉓，窃撰辽东之本㉔。以兹避祸，幸而获全。足以验世途之多隘，知实录之难遇耳。

然则历考前史，征诸直词㉕，虽古人糟粕，真伪相乱，而披沙拣金，有时获宝。案金行在历㉖，史氏尤多。当宣、景开基之始㉗，曹、马构纷之际㉘，或列营渭曲㉙，见屈武侯㉚，或发仗云台，取伤成济㉛。陈寿、王隐㉜，咸杜口而无言㉝，陆机、虞预㉞，各栖毫而靡述㉟。至习凿齿㊱，乃申以死葛走达之说⑰，抽戈犯跸之言㊳。历代厚诬㊴，一朝如雪。考斯人之书事，盖近古之遗直欤㊵？次有宋孝王《风俗传》、王劭《齐志》㊶，其叙述当时，亦务在审实。案于时河朔王公㊷，箕裘未陨㊸；邺城将相㊹，薪构仍存㊺。而二子书其所讳，曾无惮色。刚亦不吐㊻，其斯人欤？

盖列士徇名㊼，壮夫重气，宁为兰摧玉折，不作瓦砾长存。若南、董之仗气直书㊽，不避强御；韦、崔之肆情奋笔，无所阿容㊾。虽周身之防有所不足，而遗芳余烈，人到于今称之。与夫王沈《魏书》，假回邪以窃位㊿，董统《燕史》[51]，持谄媚以偷荣[52]，贯三光而洞九泉[53]，曾未足喻其高下也。

【注释】

①禀：领受。五常：指仁、义、礼、智、信五种为人之道。

②兼：同时具有。百行：各种品行。

③邪正：邪恶与正直。

④曲直：弯曲和正直，是非。

⑤"直如弦"四句：出自《后汉书·五行志》，是顺帝之末，京都童谣。大意是说，性格如弓弦般正直的人，最后不免沦落天涯，曝尸路旁；而不正直的谄佞奸徒，趋炎附势，阿世盗名，反倒封侯拜相，极尽荣华。

⑥违忤：违背，不顺从。忤，违逆，触犯。

⑦风声：教化，好的风气。

⑧贼臣：指乱臣、奸臣。逆子：指忤逆不孝的儿子。

⑨瑕：玉上的斑点或裂痕，引申为人身上的缺点或过失。

⑩秽迹：污浊的行迹。彰：彰显，昭显，揭示。

⑪被：及，延及。

⑫吁(xū)：叹词，表示惊怪、不然、感慨等。

⑬董狐之书法不隐：董狐书写历史的方法是不掩盖恶的事实。董狐，春秋时晋国史官，不屈从权贵，敢于秉笔直书，如实记载，被孔子赞为良史。

⑭良直：贤良正直。

⑮齐史之书崔弑：齐大夫崔杼杀死齐庄公，太史写上"崔杼弑其君"，崔杼把太史杀掉了。太史的两个弟弟继续这样写，又被杀掉。剩下的幼弟继续这样写，崔杼不敢再杀。

⑯马迁：即司马迁，字子长，西汉著名史学家，著有《史记》。

⑰韦昭：字弘嗣，三国时期吴国著名史学家，著有《吴书》。仗正：执持正义。

⑱崔浩：字伯渊，南北朝时期北魏著名的政治家。因国史之狱被灭九族。犯讳：触犯忌讳。

⑲身膏斧钺(yuè)：让身体的脂膏灌抹在斧钺上，意即被处死。斧钺，古代军法用以杀人的斧子，亦泛指刑戮。

⑳强项：指性格刚强，不肯低头。项，颈后部。

㉑匪躬：指忠心耿耿，不顾自身。《易·蹇》："王臣蹇蹇，匪躬之故。"孔颖达疏："尽忠于君，匪以私身之故而不往济君，故曰：匪躬之故。"

㉒张俨：三国时期吴国学者，博学多识，著有《嘿记》等。

㉓孙盛：东晋史学家，著有《魏氏春秋》《晋阳秋》等。

㉔窃撰辽东之本：私下撰写关于辽东战事的书（即《晋阳秋》）。辽东战事，即桓温攻打前燕，在枋头战败之事。孙盛将桓温败绩如实记载于《晋阳秋》。桓温得知此事大怒，以杀身灭族相威胁，但孙盛拒不屈服。

㉕征：质询，求取，搜索。

㉖案：通"按"，查考。金行：指西晋。按五行的说法，晋朝以金德

王天下。

㉗宣、景:宣,指晋宣帝司马懿。景,指晋景帝司马师。二人都是晋王朝的奠基者。

㉘曹、马构纷:指曹氏和司马氏发生矛盾。曹,指三国时魏国,系曹氏所建立。马,指司马懿、司马师父子等人,他们为魏国大臣,但跟魏国曹氏统治者结怨相争,最终取代魏国,建立西晋。

㉙列营渭曲:在渭曲排列阵营,意指作战。渭曲,在今陕西大荔东南。

㉚见屈武侯:被诸葛亮所击败。见屈,被屈服。武侯,指诸葛亮,三国蜀汉丞相,生前封武乡侯,死后又谥忠武侯。后人常称诸葛亮为武侯。

㉛"或发仗"二句:指高贵乡公曹髦在陵云台发兵讨伐司马昭,反被司马氏亲信中护军贾充部将成济杀死(并非杀伤)。

㉜陈寿:西晋时期历史学家,著《三国志》。王隐:东晋著名历史学家,著《晋书》。

㉝杜口:闭口。

㉞陆机:西晋著名文学家。虞预:东晋著名历史学家,著《晋书》。

㉟栖毫:停笔。靡述:不去讲述。

㊱习凿齿:字彦威,东晋著名文学家、历史学家,著《汉晋春秋》《襄阳耆旧记》等。

㊲死葛走达:即死了的诸葛亮和吓跑了活着的司马懿。达,指司马懿,字仲达。

㊳抽戈犯跸:抽长戈,冲犯皇帝的车驾。指贾充部将成济刺杀高贵乡公曹髦。跸,帝王的车驾。

㊴厚诬:深加欺骗、蒙蔽。

㊵遗直:指直道而行、有古人遗风的人。

㊶宋孝王:北朝齐、周时人,好臧否人物,著《关东风俗传》。王劭:

83

隋朝历史学家，著《隋书》《齐志》《齐书》等。

㊷河朔王公：北魏的王公贵族。河朔，古代泛指黄河以北地区，此指北魏。

㊸箕裘未陨：祖上的产业尚未丧尽。箕裘，比喻祖上的事业。

㊹邺城将相：北齐时期的将相。邺城，城址在今河北临漳漳水之滨。后赵、前燕、东魏、北齐等朝代都先后定都于此。

㊺薪构仍存：先人的德业仍存。薪构，指柴虽烧尽，火种仍可留传。薪，指薪传。构，指堂构，意谓立堂基，盖房屋。

㊻刚亦不吐：意指不畏强暴。《诗经·大雅·烝民》："人亦有言：柔则茹之，刚则吐之。维仲山甫，柔亦不茹，刚亦不吐，不侮矜寡，不畏强御。"

㊼徇名：舍身以求名。徇，通"殉"。

㊽南、董：南史和董狐。南史，春秋时齐国史官。《左传·襄公二十五年》记载，崔杼杀史官后，"南史氏闻太史尽死，执简以往；闻既书矣，乃还"。后因以为直书史实的良史典型。

㊾阿容：阿附宽容。

㊿回邪：枉曲，不正。窃位：才德不称，窃取名位。

(51)董统：后燕建兴元年(386)，董统受诏草《后燕书》，著本纪并佐命功臣、王公列传，共三十卷。已佚。

(52)偷荣：窃取荣禄。

(53)贯三光：贯通三光，指上天。三光，指日、月、星。洞九泉：打通九泉，指下地。九泉，指地下最深处。

【解读】

《史通》是我国现存第一部史学理论著作，全书二十卷，包括内篇三十六篇、外篇十三篇，内容主要评论史书体例与编撰方法，以及论述史籍源流与前人修史之得失。它是中国及全世界首部系统性的史学理论专著，对中国唐初以前的史学编纂作了概括和总结。

本文所提出的秉笔"直书",既是一个历史问题,也是一个非常现实的问题,所以刘知幾作为专章论述,具有其历史的和现实的考虑。

在中国历史的发展过程中,由于历来统治的性质都属于封建专制的范畴,所以记录历史的学者不管他身处什么位置,都必须面对这样一个问题:是如实记载,还是有所容隐。在人治的制度下,人们往往动辄得咎,轻则受罚,重则杀身,甚至诛灭九族,所以对于真实的历史,特别是帝王作恶的历史,史家能够记录、书写的东西并不多,留给他抒发的空间更不大。在这样一个环境里,能够秉笔直书,是需要有绝大的勇气的。好在春秋时晋国的太史董狐、齐国的太史兄弟树立了典范,所以"直书"这样一个史书撰写的标杆才得以建立,这既是中国史学界的幸运,也可说是中国史学界的悲哀。因为记言记事照实直书,这是史书撰写的基本标准,但唐朝的史学家刘知幾竟在《史通》里将它专列一章,可见现实的严酷远超我们的想象。

本文是以"直书"为题的一篇论文,重点讨论如实地记载、如实地书写历史的祸福利害,以及历史中敢于秉笔直书的史官留下宝贵史实之不易,让我们能从尘封扭曲的历史叙述中"披沙拣金"得见历史的本来面目,那样的历史记录者是不朽的,是与日月同光的。作者面对现实,虽心存对不畏强暴、"直书无隐"以取祸的担忧,但他还是始终坚持历史学者应当做一个有品德的、诚实的、勇敢的"仗气直书"的人,他们以自己的生命和矢忠不渝的事业,保持史家的自我尊严,实现其所追求的人生价值,而不是去做一个"假回邪以窃位""持谄媚以偷荣"的人。这两者之间一则留芳,一则遗臭,有着"天壤之别"。

本篇所提出的"直书"问题,就其精神实质而言,对史家的事业和史学的发展具有普遍的意义。推而广之,就是对于从事其他的学术研究和社会事业,这种独立不倚、实事求是和勇于为真理献身的精神也必不可少。

与韩荆州书 李 白

　　白闻天下谈士相聚而言曰①:"生不用封万户侯②,但愿一识韩荆州!"何令人之景慕③,一至于此耶!岂不以有周公之风④,躬吐握之事⑤,使海内豪俊奔走而归之,一登龙门,则声誉十倍。所以龙盘凤逸之士⑥,皆欲收名定价于君侯⑦。愿君侯不以富贵而骄之⑧,寒贱而忽之,则三千宾中有毛遂⑨,使白得颖脱而出⑩,即其人焉。

　　白陇西布衣⑪,流落楚汉⑫。十五好剑术,遍干诸侯⑬;三十成文章,历抵卿相⑭。虽长不满七尺,而心雄万夫。王公大人,许与气义。此畴曩心迹⑮,安敢不尽于君侯哉?

　　君侯制作侔神明⑯,德行动天地,笔参造化⑰,学究天人⑱。幸愿开张心颜⑲,不以长揖见拒⑳。必若接之以高宴,纵之以清谈㉑,请日试万言,倚马可待!今天下以君侯为文章之司命㉒,人物之权衡㉔,一经品题㉕,便作佳士。而君侯何惜阶前盈尺之地,不使白扬眉吐气,激昂青云耶?

　　昔王子师为豫州㉖,未下车㉗,即辟荀慈明㉘;既下车,又辟孔文举㉙。山涛作冀州㉚,甄拔三十余人㉛,或为侍中、尚书㉜,先代所美。而君侯亦一荐严协律㉝,入为秘书郎㉞。中间崔宗之、房习祖、黎昕、许莹之徒㉟,或以才名见知,或以清白见赏。白每观其衔恩抚躬㊱,忠义奋发,以此感激,知君侯推赤心于诸贤腹中㊲,所以不归他人,而愿委身国士㊳。傥急难有用㊴,敢效微躯!且人非尧、舜,谁能尽善?白谟猷筹画㊵,安能自矜。至于制作,积成卷轴㊶,则欲尘秽

86

视听㊷,恐雕虫小技,不合大人。若赐观刍荛㊸,请给纸墨,兼之书人,然后退扫闲轩㊹,缮写呈上㊺。庶青萍、结绿㊻,长价于薛、卞之门㊼。幸推下流㊽,大开奖饰㊾,惟君侯图之㊿。

【作者简介】

李白(701—762),字太白。祖籍陇西成纪(今甘肃静宁西南),生于碎叶(唐时属安西都护府,在今吉尔吉斯斯坦托克马克附近)。五岁时随父迁居绵州昌隆(今四川江油)青莲乡,自号青莲居士。生性豪放,轻财重施,喜纵横书,击剑为任侠。十岁通诗书,二十五岁时始出四川漫游各地,行迹近半个中国。唐玄宗天宝初至长安,被贺知章许为"谪仙人"。曾因诗名供奉翰林,不久赐金放还。"安史之乱"中,因入永王李璘幕府,被流放夜郎,途中遇赦东还。晚年漂泊困苦,病逝于安徽当涂。诗风豪放,想象奇伟,情感炽热,语言真率自然,具有浓厚的浪漫主义色彩。有"诗仙"之称,是伟大的浪漫主义诗人。有《李太白集》传世。

【注释】

①谈士:游说之士,辩士。《史记·日者列传》:"公见夫谈士辩人乎?虑事定计,必是人也,然不能以一言说人主意,故言必称先王,语必道上古。"

②万户侯:汉代侯爵最高的一级,食邑万户以上。后来泛指高官贵爵。

③景慕:景仰,仰慕。

④周公:即姬旦,周文王子,周武王弟。因采邑在周(今陕西岐山北),故称周公。

⑤吐握:吐哺(吐出口中所含食物),握发(握住头发)。周公自称

"我一沐(洗头)三握发,一饭三吐哺,起以待士,犹恐失天下之贤人"(见《史记·鲁周公世家》)。后世因以"吐握"喻求贤心切。

⑥龙盘凤逸:喻贤人在野或屈居下位。龙盘,如龙之盘卧状,喻豪杰之士隐伏待时。凤逸,如凤之闲逸,喻才士之闲散。

⑦收名定价:收取名声,定下身价。

⑧君侯:秦汉时称列侯而为丞相者。汉以后,用为对达官贵人的敬称。此指韩朝宗。

⑨毛遂:战国赵平原君门下食客。赵孝成王九年(前257),秦围邯郸,王命平原君赵胜赴楚求救,毛遂自荐随同前往。平原君与楚王谈判不决。毛遂按剑上阶,直陈利害,说服楚王与赵联合抗秦。

⑩颖(yǐng)脱而出:喻才士若获得机会,必能充分显示其才能。颖,指锥芒。颖脱,指锋芒全部露出,比喻才能充分显示出来。

⑪陇西:古郡名,始置于秦,在陇山之西,故名陇西,治所在狄道(今甘肃临洮)。李白自称十六国时凉武昭王李暠之后,李暠为陇西人。布衣:布制的衣服,借指平民。古代平民不能衣锦绣,故称。

⑫楚汉:当时李白安家于安陆(今湖北安陆),往来于襄阳、江夏等地。

⑬干:干谒,对人有所求而请见。诸侯:此指地方长官。

⑭历:逐一,普遍。抵:拜谒,进见。卿相:指中央朝廷高级官员。

⑮畴曩(chóu nǎng):往日。心迹:心志与行事。

⑯制作:指文章著述。侔(móu):相等,齐同。

⑰参:参与。造化:自然的创造化育。

⑱天人:天和人。

⑲开张:开扩,舒展。

⑳长揖:相见时拱手高举自上而下以为礼,是一种平等的礼节。

㉑清谈:汉末魏晋以来,士人喜高谈阔论,或评议人物,或探究玄理,称为清谈。

㉒倚马可待：喻文思敏捷。东晋时袁虎随同桓温北征，受命作露布文(檄文、捷报之类)，他倚马前而作，手不辍笔，顷刻便成，而文极佳妙。

㉓司命：神名，掌管生命的神。此指判定文章优劣的权威。

㉔权衡：称量物体轻重的器具。权，秤锤。衡，秤杆。此指品评人物的权威。

㉕品题：品评，题名。指评论人物，定其高下。

㉖王子师：王允，字子师，东汉末年大臣。豫州：古州名，东汉时治所在今安徽亳州。王子师曾任豫州刺史。

㉗下车：指新官到任。

㉘辟：征聘，帝王或官员召见并授予官职。荀慈明：荀爽，字慈明，汉末大儒。

㉙孔文举：孔融，字文举，汉末名士，"建安七子"之一。

㉚山涛：字巨源，三国至西晋时期名士、政治家，"竹林七贤"之一。为冀州(今河北高邑西南)刺史时，搜访贤才，甄拔隐屈。

㉛甄拔：甄别选拔。

㉜侍中：古代职官名。秦始置，两汉沿置，为正规官职外的加官之一。因侍从皇帝左右，出入宫廷，与闻朝政，逐渐变为亲信贵重之职。晋以后，曾相当于宰相。尚书：始于战国时，或称掌书，尚即执掌之义。秦为少府的属官，掌文书及群臣章奏。东汉时成为协助皇帝处理政务的首脑。魏晋以后，事实上即为宰相之任。

㉝严协律：名不详。协律，协律郎，属太常寺，掌校正律吕。

㉞秘书郎：属秘书省，掌管经籍图书。

㉟崔宗之：李白好友，开元中入仕，与孟浩然、杜甫亦曾有交往。房习祖：事迹不详。黎昕：曾为拾遗官，与王维有交往。许莹：事迹不详。

㊱抚躬：抚摩或捶拍身体，表示感恩，犹言抚膺、抚髀。

㊲推赤心于诸贤腹中：即"推心置腹"，指以至诚待人。《后汉书·光武帝纪》："萧王推赤心置人腹中，安得不投死！"

㊳国士：一国中才能最优秀的人物。

㊴傥：同"倘"，倘若，假如。

㊵谟猷(mó yóu)：谋划，谋略。

㊶卷轴：古代帛书或纸书以轴卷束，这里指装订成册。

㊷尘秽视听：玷污了对方的眼睛和听力。请对方观看自己作品的谦语。尘秽，脏东西，此作动词用，指污染、玷污。

㊸刍荛(chú ráo)：浅陋的见解。多用作向人陈述见解的自谦之辞。

㊹闲轩：闲静之室。

㊺缮写：誊写，编录。

㊻青萍：宝剑名。陈琳《答东阿王笺》："君侯体高世之才，秉青萍、干将之器。"结绿：美玉名。《战国策·秦策三》："臣闻周有砥厄，宋有结绿，梁有悬黎，楚有和璞。此四宝者，工之所失也，而为天下名器。"

㊼薛：薛烛，春秋时越国人，善相剑。卞：卞和，古代善识玉者。此处喻指韩朝宗。

㊽幸推：希望推举。下流：指地位低的人。

㊾奖饰：奖励修饰。

㊿惟：希望，愿。图：考虑，谋划，计议。

【解读】

本文是作者漫游荆襄时写给荆州长史韩朝宗的一封信。约作于开元二十二年(734)。韩荆州，即韩朝宗，时任荆州长史兼襄州刺史、山南东道采访处置使。韩朝宗好荐拔后进之士，曾推荐过崔宗之、严武等人，所以很多人才都归附于他门下。李白抱负宏大，自称"愿为辅弼，使寰区大定，海县清一"(《代寿山答孟少府移文书》)，所以一直寻找机会，广事干谒，投赠诗文，企图一朝蒙帝王赏识，获得重用。本文其实就是一封自荐书，希望获得韩朝宗的接见和帮助。

虽然是自荐书，文章却写得极其光明磊落，充分地表现了李白天姿飘逸的个性。信中盛赞韩朝宗的人品及其举贤任能的事实，却不像通常有求于人时所应表现出来的谦抑态度，而是将自己完全放在与对方平等的地位上，毫无掩饰地表白自己的才智与雄心，希望韩朝宗能赏识自己。这跟李白素来以才自负、天真无邪的性格相吻合，所以这封恳求他人的信不仅写得不卑不亢，还有一股赤心报国、"忠义奋发"、咄咄逼人的气势。文章用典自如，言辞绚丽，音节铿锵，跌宕起伏，气势恢宏，历来广为传颂。

【点评】

"本是欲以文章求知于荆州，却先将荆州人品极力抬高，以见国士之出不偶、知己之遇当急。至于自述处，文气骚逸，词调豪雄，到底不作寒酸求乞态，自是青莲本色。"（[清]吴楚材、吴调侯《古文观止》）

夏日诸从弟登汝州龙兴阁序① 李 白

夫槿荣芳园②，蝉啸珍木，盖纪乎南火之月也③。可以处台榭，居高明④。吾之友于⑤，顺此意也，遂卜精胜⑥，得乎龙兴。留宝马于门外，步金梯于阁上。渐出轩户⑦，遐瞻云天⑧，晴山翠远而四合，暮江碧流而一色。屈指乡路⑨，还疑梦中；开襟危栏⑩，宛若空外⑪。呜呼！屈、宋长逝⑫，无堪与言。起予者谁⑬？得我二季⑭。当挥尔凤藻⑮，挹予霞觞⑯，与白云老兄，俱莫负古人也。

【注释】

①从弟：堂弟。

②槿(jǐn)：木槿。木本植物，其花朝开暮闭，为时短暂。

③南火：大火星，在仲夏黄昏时正当南方。

④高明：高敞明亮，指楼观。

⑤友于：《尚书·君陈》："惟孝友于兄弟。"后即以"友于"为兄弟友爱之义。此借指兄弟。

⑥精胜：精美的胜地，清朗优美的地方。

⑦轩户：门窗。轩，窗子。户，门。

⑧遐瞻：远瞻，远望，远眺。

⑨屈指：弯着指头计数。乡路：回家乡的路。

⑩开襟：敞开胸怀。危栏：高栏。

⑪空外：天空之外，天外。

⑫屈、宋：屈原和宋玉。二人均是战国时楚国的大辞赋家。

⑬起予：启发我。《论语·八佾》："子曰：'起予者，商也，始可与言《诗》已矣。'"何晏集解引包咸曰："孔子言子夏能发明我意，可与共言《诗》。"

⑭二季：两位小兄弟。季，指兄弟姊妹排行最小的，也泛指排行较小的，不限最小。

⑮凤藻：华美的辞藻。

⑯挹予霞觞：给酒杯斟满美酒。挹，酌，以瓢舀取。霞觞，即霞杯，盛满美酒的酒杯。

【解读】

这是一篇与诸从弟登高宴赏的诗序。约作于开元二十二年(734)。汝州，据詹锳《李白全集校注汇释集评》考证，文中"晴山翠远而四合，暮江碧流而一色"，其景状非汝州所有，当为"沔州"之误。沔州，在今湖北汉阳，唐时属江南西道。这里是屈子旧乡，所以后文首先想起屈、宋等文人，因地怀人，固人情之常理。

本文首先叙述登高宴赏正值槿荣蝉鸣仲夏之月：木槿花在芳园中

92

开放,蝉在树林里长啸。此时可坐在台榭玩赏,也可登高欣赏美景。接着写"二季"顺乎作者心意,选胜登临,而后叙作者登上龙兴阁所见所想。所见者翠山碧流,长空云天;所想者乡关之思,心荡神飞。最后写"二季"是屈、宋一般的高才,共引觞赋诗,以畅情怀。其言内意外,萧然出尘,回味无尽。

全篇以游览为主,寓状景、记事、抒情于一炉,按选胜、登临、赏景、感怀四个层次展开,环环相扣,节奏分明。行文骈散结合,情景相融,辞藻华美,境界飘逸。

春夜宴从弟桃花园序 　　　　李 白

夫天地者,万物之逆旅[①];光阴者,百代之过客[②]。而浮生若梦[③],为欢几何? 古人秉烛夜游[④],良有以也[⑤]。况阳春召我以烟景[⑥],大块假我以文章[⑦]。会桃花之芳园,序天伦之乐事。群季俊秀[⑧],皆为惠连[⑨]。吾人咏歌[⑩],独惭康乐[⑪]。幽赏未已,高谈转清[⑫]。开琼筵以坐花,飞羽觞而醉月[⑬]。不有佳作,何伸雅怀? 如诗不成,罚依金谷酒数[⑭]。

【注释】

①逆旅:客舍,旅馆。

②过客:过往客人。

③浮生若梦:人生如梦一般短暂。

④秉烛夜游:持烛夜游,指须及时行乐。《古诗十九首》:"生年不满百,常怀千岁忧。昼短苦夜长,何不秉烛游? 为乐当及时,何能待来兹。"

⑤有以:有原因,有道理。

⑥阳春：和煦的春光。召：召唤，引申为吸引。烟景：春天的美景，指春天云烟缭绕的景色。此句是说，阳春给我们带来了烟花美景。

⑦大块：指大地、大自然。文章：错杂的色彩或花纹。此句是说，大地给我们提供了锦绣风光。

⑧群季：诸弟。

⑨惠连：谢惠连，南朝宋文学家，幼聪敏，深得族兄谢灵运赏识。《诗品》引《谢氏家录》云："康乐（指谢灵运）每对惠连辄得佳语。后在永嘉西堂，思诗竟日不就，寤寐间忽见惠连，即成'池塘生春草'。故常云：'此语有神助，非我语也。'"

⑩吾人：指自己。咏歌：吟诗。

⑪独惭康乐：惭愧不如谢康乐。康乐，南朝宋文学家谢灵运，为谢玄之孙，袭封康乐公，故又称谢康乐。

⑫"幽赏"二句：一边细细地欣赏着美景，一边谈论着清雅的话题。幽赏，深赏，细细地欣赏。高谈，高尚之言谈。转清，转入清雅之谈。

⑬"开琼筵"二句：酒筵就摆设在桃花丛中，酒杯在月下频频飞举。琼筵，精美的筵席。坐花，坐在花丛中。羽觞，插着羽毛的酒杯，或雀形酒杯。

⑭罚依金谷酒数：按照金谷诗会定下的规矩，罚酒三斗。晋石崇《金谷诗序》："遂各赋诗，以叙中怀。或不能者，罚酒三斗。"后成为宴会上罚酒三杯的常例。金谷，晋石崇在洛阳有金谷园，常在园中与朋友饮酒赋诗。

【解读】

本文约于开元二十一年（733）前后作于湖北安陆，作者与堂弟们在春夜宴饮赋诗，并为之作此序文。

全文生动地记述了作者和众兄弟在春夜聚会、饮酒赋诗的情景。作者感叹天地广大，光阴易逝，人生短暂，欢乐甚少，而且还以古人"秉烛夜游"加以佐证，抒发了作者热爱生活、热爱自然的欢快心情，也显示了作者俯仰古今的广阔胸襟。文章写得潇洒自然，音调铿锵，骈偶句式令文章更加生色。

【点评】

"大意谓人生短景，行乐犹恐不及，况值佳辰，岂容错过？寄情诗酒，所以为行乐之具也。青莲全集，强半是此段襟怀。"（[清]林云铭《古文析义》）

"通篇着意在一'夜'字。开首从天地光阴迅速及人生至短说起，见及时行乐者，不妨夜游，发论极其高旷，却已紧照题中'夜宴'意，是无时不可夜宴矣。下紧以'况'字转出'春'来，而春有烟景之召，大块之假，夜宴更何容已耶？于是叙地叙人叙宴之乐，而以诗酒作结。妙无一字不细贴，无一字不新隽，自是锦心绣口之文。"（[清]余诚《重订古文释义新编》）

"发端数语，已见潇洒风尘之外。而转落层次，语无泛设；幽怀逸趣，辞短韵长。读之增人许多情思。"（[清]吴楚材、吴调侯《古文观止》）

"一句一转，一转一意，尺幅中具有排山倒海之势。短文之妙，无逾此篇。"（[清]李扶九《古文笔法百篇》）

山中与裴秀才迪书①　　　　王　维

近腊月下②，景气和畅③，故山殊可过④。足下方温经⑤，猥不敢相烦⑥，辄便往山中，憩感配寺⑦，与山僧饭讫而去⑧。比涉玄灞⑨，清月映郭⑩，夜登华子冈，辋水沦涟⑪，与月上下；寒山远火，明灭林外；深巷寒犬，吠声如豹；村墟夜舂⑫，复与疏钟相间⑬。此时独坐，僮仆静默⑭，多思曩昔⑮，携手赋诗，步仄迳⑯，临清流也。当待春中，草木蔓发^⑰，春山可望，轻鯈出水^⑱，白鸥矫翼^⑲，露湿青皋^⑳，麦陇朝雊^㉑。斯之不远^㉒，倘能从我游乎^㉓？非子天机清妙者^㉔，岂能以此不急之务相邀^㉕！然是中有深趣矣^㉖。无忽^㉗。因驮黄檗人往^㉘，不一^㉙。山中人王维白。

【作者简介】

王维（701？—761），字摩诘，号摩诘居士。河东蒲州（今山西永济）人，祖籍太原祁县（今山西祁县）。唐朝著名诗人、画家。唐玄宗开元十九年（731）状元及第。安禄山攻陷长安时，王维被迫受伪职。长安收复后，降为太子中允。唐肃宗乾元年间任尚书右丞，故世称王右丞。精通诗、书、画、音乐等，以诗名盛于开元、天宝间，尤长五言，多咏山水田园，与孟浩然合称"王孟"，有"诗佛"之称。书画特臻其妙，后人推其为南宗山水画之祖。苏轼评价其："味摩诘之诗，诗中有画；观摩诘之画，画中有诗。"有《王右丞集》《画学秘诀》。

【注释】

①山中：蓝田山中，辋川别业所在地。裴秀才迪：裴迪，盛唐著名的山水田园诗人之一。天宝中与王维俱隐居终南山，常泛舟往来，弹琴赋诗。

②腊月：农历十二月。古代在农历十二月举行"腊祭"，故称。

③景气：景色，气候。

④故山殊可过：蓝田山很值得一游。殊，很。过，过访，游览。

⑤足下：古代下称上或同辈相称的敬辞，义同"您"。温经：温习经书。

⑥猥（wěi）：鄙陋。自称的谦辞。烦：打扰。

⑦憩感配寺：在感配寺休息。

⑧饭讫（qì）：吃完饭。饭，吃饭。讫，完。

⑨比涉玄灞(bà)：等到渡过灞水。涉，渡。玄，黑色，指水深绿发黑。灞，灞水，水出蓝田县蓝田谷，北入渭。

⑩郭：外城，古代在城的外围加筑的一道城墙。

⑪辋(wǎng)水：即辋川，在蓝田南，北流入灞水。沦涟：指水起微波。

⑫村墟：村庄。夜舂(chōng)：晚上用白杵捣谷(的声音)。舂，把谷物放在石臼里捣去外壳，这里指捣米。

⑬疏钟：稀疏的钟声。相间：相互交错。

⑭静默：指已入睡。

⑮曩(nǎng)昔：从前。

⑯仄迳：狭窄的小路。迳，同"径"，小路，狭窄的道路。

⑰蔓发：蔓延生长。

⑱轻鲦(tiáo)：轻快的白鲦。鲦，一种生于淡水的小白鱼，身体狭长，游动轻捷。《庄子·秋水》："鲦鱼出游从容。"

⑲矫翼：张开翅膀。矫，举。

⑳青皋：青草地。皋，水边高地。

㉑麦陇：麦田里。朝雊(gòu)：早晨野鸡鸣叫。雊，野鸡鸣叫。

㉒斯之不远：这不太远了。斯，这，指春天的景色。

㉓傥：同"倘"，假使，如果。

㉔天机：天性。清妙：清高美妙，指超尘拔俗，与众不同。

㉕不急之务：不急的事，这里指游山玩水。

㉖是中：这中间。有深趣：有深长的趣味。

㉗无忽：不要忽视。忽，轻视，怠慢。

㉘因驮黄檗(bò)人往：借驮黄檗的人前往之便(带这封信)。因，凭借。黄檗，一种落叶乔木，果实和茎内皮可入药。茎内皮为黄色，也可做染料。

㉙不一：古人书信结尾常用的套语，不一一详述之意。

王维于开元二十年(732)前后曾在辋川隐居。在隐居生活中他经常和野老共话桑麻,同朋友饮酒赋诗,与山僧谈经论道。在这些人中,道友裴迪是他最好的朋伴,他们经常"浮舟往来,弹琴赋诗,啸咏终日"。

本文作于天宝三载(744)之后,"安史之乱"以前。王维四十余岁。天宝三载之后某一年的冬天他在山中给好朋友裴迪写信,邀裴迪第二年春天到山中共游。全文描绘了辋川的冬景和春色,月光下的夜景、隐约的城郭、沦涟的水波、落寞的寒山、明灭的灯火,以及深巷的犬吠、村墟的夜舂、山寺的疏钟,静中有动,动中有静,写出了冬夜的幽深和春日的欢快。文字简洁优美,意境高远,是一幅绝妙的画,也是一首极美的散文诗,表现了王维朴素隽永的风格,是山水小品中的杰作。

吊古战场文 　　　　李　华

浩浩乎平沙无垠①,敻不见人②,河水萦带③,群山纠纷④。黯兮惨悴⑤,风悲日曛⑥。蓬断草枯⑦,凛若霜晨。鸟飞不下,兽铤亡群⑧。亭长告予曰⑨:"此古战场也,尝覆三军⑩。往往鬼哭,天阴则闻。"伤心哉!秦欤?汉欤?将近代欤⑪?

吾闻夫齐、魏徭戍⑫,荆、韩召募⑬。万里奔走,连年暴露。沙草晨牧,河冰夜渡;地阔天长,不知归路。寄身锋刃,腷臆谁诉⑭?秦、汉而还,多事四夷⑮;中州耗斁⑯,无世无之。古称戎夏⑰,不抗王师⑱。文教失宣⑲,武臣用奇⑳。奇兵有异于仁义㉑,王道迂阔而莫为㉒。

呜呼噫嘻㉓!吾想夫北风振漠㉔,胡兵伺便㉕。主将骄敌,期门受战㉖。野竖旄旗㉗,川回组练㉘。法重心骇,威尊命贱。利镞穿骨㉙,惊沙入面。主客相搏,山川震眩㉚。声析江河㉛,势崩雷电。至若穷阴凝闭㉜,凛洌海隅㉝。积雪没胫㉞,坚冰在须㉟。鸷鸟休巢㊱,征马踟蹰,缯纩无温㊲,堕指裂肤。当此苦寒,天假强胡。凭陵杀气㊳,以相剪屠㊴。径截辎重㊵,横攻士卒;都尉新降㊶,将军覆没。尸填巨港之岸,血满长城之窟。无贵无贱,同为枯骨,可胜言哉㊷!

鼓衰兮力竭,矢尽兮弦绝。白刃交兮宝刀折,两军蹙兮生死决㊸。降矣哉,终身夷狄。战矣哉,骨暴沙砾。鸟无声兮山寂寂,夜正长兮风淅淅。魂魄结兮天沉沉,鬼神聚兮云幂幂㊹。日光寒兮草短,月色苦兮霜白。伤心惨目,有如是耶?

吾闻之,牧用赵卒㊺,大破林胡。开地千里,遁逃匈奴。汉倾天下,财殚力痛㊻。任人而已,其在多乎?周逐猃狁㊼,北至太原,既城朔方㊽,全师而还。饮至策勋㊾,和乐且闲。穆穆棣棣㊿,君臣之间。秦起长城,竟海为关(51),荼毒生灵(52),万里朱殷(53)。汉击匈奴,虽得阴山(54)。枕骸遍野,功不补患。

苍苍蒸民(55),谁无父母?提携捧负,畏其不寿。谁无兄弟?如足如手。谁无夫妇?如宾如友。生也何恩?杀之何咎?其存其殁,家莫闻知。人或有言,将信将疑。悁悁心目(56),寤寐见之(57)。布奠倾觞(58),哭望天涯。天地为愁,草木凄悲。吊祭不至,精魂何依(59)?必有凶年(60),人其流离(61)。呜呼噫嘻!时耶命耶?从古如斯。为之奈何?守在四夷(62)。

【作者简介】

李华(715—766),字遐叔。赵郡赞皇(今河北赞皇)人。开元二十三年(735)进士及第。官监察御史、右补阙。安禄山陷长安时,被迫任凤阁舍人官职。"安史之乱"平,被贬为杭州司户参军。后隐居大别山南麓。擅文章,与萧颖士齐名,世称"萧李"。有《李遐叔文集》。

【注释】

①浩浩:辽阔的样子。垠(yín):边际。

②敻(xiòng):辽远。

③萦带:弯弯曲曲如带子一样,环绕。

④纠纷:重叠交错的样子。

⑤黯:深黑,昏黑。惨悴:忧伤憔悴。

⑥日曛(xūn):形容日色昏黄,指天色已晚。

⑦蓬:草名。叶形似柳叶,边缘有锯齿,花外围白色,中心黄色。秋枯根拔,遇风飞旋,故又名"飞蓬"。

⑧铤(tǐng):疾走的样子。

⑨亭长:战国时,国与国之间为防御敌人,在边境上设亭,置亭长。秦汉时在乡村每十里设一亭,置亭长,掌治安,捕盗贼,理民事,兼管停留旅客。这里指地方小吏。

⑩覆:覆没,倾覆。三军:周制,诸侯大国三军。中军最尊,上军次之,下军又次之。一军一万二千五百人,三军合三万七千五百人。这里泛指军队。

⑪将:抑或。

⑫齐、魏:齐国和魏国。下文"荆、韩"指楚国和韩国。是战国七雄中的四个国家。徭戍:徭役征戍,指服劳役与戍守边疆。

⑬召募:招募,募集。这里指招募兵员。

⑭膈(bì)臆:因愤怒或哀伤而情绪郁结。膈,郁结。

100

⑮事：事故，变故。四夷：四方边境的少数民族。

⑯中州：古豫州（今河南省一带）地处九州之中，称为中州。这里指中原地区。耗致(dù)：损耗败坏。

⑰戎：古代称西方少数民族为"戎"，这里泛指少数民族。夏：华夏。

⑱王师：帝王的军队。古称帝王之师是应天顺人、吊民伐罪的仁义之师。

⑲文教：指礼乐法度，文章教化。失宣：不再宣传提倡。

⑳用奇：使用奇兵诡计，指军事上运用出人意料的策略。

㉑奇兵：出乎敌人意料而突然袭击的军队。

㉒王道：指礼乐仁义等治理天下的准则。迂阔：迂腐空疏。

㉓呜呼噫嘻：叹词，表感慨。

㉔振漠：震动沙漠。振，通"震"，震动。

㉕胡兵：指北方少数民族的军队。伺便：等待合适的时机，乘机。

㉖期门：军营大门。

㉗旄旗：旗帜的总称。旄，用旄牛尾和彩色鸟羽作杆饰的旗。

㉘川回：在平川上来回奔跑。组练：组甲、被练，皆是将士的衣甲服装，借指精锐的部队。

㉙利镞：锐利的箭头。

㉚震眩：震惊眩惑。

㉛析：分离，劈开。

㉜穷阴：指极其阴沉的天气。凝闭：凝结闭合，犹言天寒地冻。

㉝海隅(yú)：指西北僻远的地方。

㉞没(mò)：陷没，漫过。胫(jìng)：人的小腿。

㉟须：胡须，胡子。

㊱鸷鸟：凶猛的鸟，如鹰鹯之类。

㊲缯纩(zēng kuàng)：缯帛与丝绵，这里指用缯帛丝绵制作的寒衣。

㊳凭陵：侵犯，欺侮。

㊴剪屠：剪灭屠杀，泛指杀戮。

㊵径截：直接截击。辎（zī）重：军用物资的总称。

㊶都尉：官名，是职位比将军略低的武官。

㊷胜：尽。

㊸蹙（cù）：迫近，接近。

㊹幂（mì）幂：浓密阴暗的样子。

㊺牧：李牧，战国末赵国良将，大破匈奴的入侵，击败东胡，降服林胡。其后十余年，匈奴不敢靠近赵国边境。

㊻殚（dān）：尽。痡（pū）：疲倦，劳苦。

㊼周：指周朝。猃狁（xiǎn yǔn）：古代北方的少数民族，即匈奴前身。周宣王时，猃狁南侵，宣王命尹吉甫统军抗击，逐至太原（今宁夏固原北），不再穷追。句出自《诗经·小雅·六月》："薄伐猃狁，至于太原。"

㊽城：筑城。朔方：北方。一说即今宁夏灵武市一带。句出《诗经·小雅·出车》："天子命我，城彼朔方。"

㊾饮至：古代盟会、征伐归来后，告祭于宗庙，举行宴饮，称为"饮至"。策勋：把功勋记载在简策上。

㊿穆穆：端庄恭敬，多用以形容天子的仪表。棣（dài）棣：形容帝王雍容闲雅的样子。

(51)竟海：一直到海边。竟，尽，终。关：指山海关。

(52)荼（tú）毒：残害。

(53)朱殷（yān）：指鲜血。朱，红色。殷，赤黑色。

(54)阴山：在今内蒙古中部，原为匈奴南部屏障，匈奴常由此以侵汉。汉武帝时，为卫青、霍去病统军夺取，汉军损失亦惨重。

(55)苍苍：苍天。蒸民：百姓。

(56)悁（yuān）悁：忧愁郁闷的样子。

(57)寤寐：睡梦。

(58)布奠倾觞（shāng）：把酒倒在地上以祭奠死者。布奠，指陈列祭品。布,陈列。奠,设酒食以祭祀。

⑤精魂:精气灵魂。

⑥凶年:荒年。语出《老子》第三十章:"大军之后,必有凶年。"

⑥其:将。

⑥守在四夷:这是说要用仁德来使四方归服,都来为天子守卫国土,即可免于战争。《左传·昭公二十三年》:"古者天子,守在四夷。"

【解读】

《吊古战场文》名为"吊古",实是"讽今",是作者"极思研摧"的力作。文章以凭吊古战场起兴,中心是主张实行王道,以仁德礼义悦服远人,达到天下一统。此文有感于玄宗后期内政不修,滥事征伐而发。据《资治通鉴·唐纪》载,天宝十载(751)夏,剑南节度使鲜于仲通讨伐南诏,"军大败,士卒死者六万人"。天宝八载(749),哥舒翰以兵六万三千攻吐蕃石堡城,士卒死亡数万。这些由唐王朝君臣的骄恣、昏暴所发动的"开边"战争,给各族人民带来了深重的灾难。有鉴于此,作者通过本文提出对唐王朝黩武政策的质疑和拷问,表达了作者渴望和平的愿望以及对人民尤其是对战士的无限同情。

本文中,作者围绕古战场,抒写所见、所想、所感,虚实相生,时空交变,在所想中,又紧扣"尝覆三军"四字,描写了三军戍边之苦、初战之烈、结战之惨、战后之寂,叙事层次井然,描写意象生动,抒情真切动人,议论纵横排宕,事、景、情、理达到了高度的有机融合。在对待战争的观点上,作者主张兴仁义之师,有征无战,反对侵略战争。文中把战争描绘得十分残酷凄惨,旨在唤起各阶层人士的反战情绪,以求做到"守在四夷",安定边防,具有强烈的针对性。文章骈散结合,句式整齐,文字流畅,情景交融,主题鲜明,寄意深切,不愧为古今传诵的名篇。

【点评】

"人但惊其字句组练,不知其只是极写亭长口中'尝覆三军'一句。

先写未覆时，次补写欲覆未覆时，次写已覆之后。"（[清]金圣叹《天下才子必读书》）

"通篇主意在守不在战，守则以仁义，乃孔孟之旨也。但用赋体为文，段段用韵，感慨悲凉之中，自饶风韵，故尔人人乐诵，且可为穷兵者炯戒，可为战场死者吐气，读者无不叹息，真古今至文也。"（[清]李扶九《古文笔法百篇》）

右溪记①　　　　　元　结

　　道州城西百余步有小溪，南流数十步②，合营溪③。水抵两岸，悉皆怪石④，欹嵌盘屈⑤，不可名状⑥。清流触石，洄悬激注⑦，佳木异竹⑧，垂阴相荫⑨。此溪若在山野，则宜逸民退士之所游处⑩；在人间⑪，可为都邑之胜境、静者之林亭⑫。而置州已来⑬，无人赏爱，徘徊溪上，为之怅然⑭。乃疏凿芜秽⑮，俾为亭宇⑯，植松与桂，兼之香草，以裨形胜⑰。为溪在州右，遂命之曰右溪⑱。刻铭石上⑲，彰示来者⑳。

【作者简介】

　　元结（719—772），字次山，号漫郎。河南（治今河南洛阳）人。唐玄宗天宝十二载（753）进士及第。安禄山反，曾率族人避难猗玗洞（今湖北大冶境内），因号猗玗子。曾招募义兵，抗击史思明叛军，保全十五城。代宗时，任道州刺史、容管经略使。为诗注重反映政治现实和人民疾苦，所作《春陵行》《贼退示官吏》等，曾受杜甫推崇。散文亦多涉及时政，风格古朴。有《元次山文集》。

【注释】

　　①右溪：唐代道州城西的一条小溪，元结任道州刺史时曾进行修

104

茸,并刻石铭文,取名"右溪"。道州在唐代时属江南西道,治所在今湖南道县。古以东为左,西为右,此溪在城西,所以作者取名"右溪"。

②南:向南。

③合:汇合。营溪:即营水,源出今湖南宁远,西北流经道县,北至零陵入湘水,是湘江上游的较大支流。

④悉皆:都是。悉,全。

⑤欹(qī)嵌:石块错综嵌插溪岸的样子。欹,通"攲",倾斜。盘屈:盘曲。

⑥名状:名称与形状。这里为动词,指形容、描述。

⑦洄(huí)悬:水流受阻腾空回旋。洄,水流回旋。悬,悬空,挂于空中。激:水流因受阻而腾涌、飞溅。注:流入,灌入。

⑧佳木:美丽的树木。

⑨相荫:相互遮蔽荫护。

⑩逸民退士:遁世隐居之人。

⑪人间:与前文"山野"相对,指世俗社会。

⑫都邑:城市。都,古称建有宗庙的城邑。邑,指古代无先君宗庙的都城。《左传·庄公二十八年》:"凡邑有宗庙先君之主曰都,无曰邑。"胜境:风景优美的地方。静者:喜欢安静的人,指仁者。《论语·雍也》载:"孔子曰:'知(智)者乐水,仁者乐山。知者动,仁者静。'"林亭:设在树林间的亭子。

⑬置州:指唐朝设置道州。道州,本营州,唐高祖武德五年(622)改为南营州,太宗贞观八年(634)改为道州。已来:同"以来"。

⑭怅然:失意不乐的样子。

⑮乃:于是。疏凿芜秽:疏通水道,开凿乱石,去除荒草。

⑯俾(bǐ):使。亭宇:泛指亭台楼阁。

⑰裨:增补,补益。形胜:山川壮美。

⑱命:命名。

⑲刻铭：在金、石等器物上镂刻文字。

⑳彰示来者：告诉来这里的人（指游人）。

【解读】

本文作于唐代宗广德、永泰年间（763—766），当时作者正在道州（今湖南道县）刺史任上。

本文短小精悍，文笔简练，寥寥百余字，即将右溪的方位、环境、形状、特点、用处、感慨和开凿、修建的经过、目的都一一刻画出来，状物记事，层次分明，行文流畅，风味隽永，确实举重若轻，是大家的手笔。

从结构上说，本文分三个层次叙写。第一层描写右溪的环境及自然情趣，用了多种表达方式。写溪，突出其小；写石，突出其怪；写水，突出其湍急、清激；写木竹，突出其"垂阴"。正面写溪、写水，又通过写石、写树竹从侧面烘托溪水。这一层重在描写。第二层写由小溪引起的感慨，以议论为主，兼以抒情，将作者隐士的襟怀与怀才不遇的身世之感表现俱足，使写景的志趣得以体现。第三层写对小溪的修葺和美化，用的是记叙手法，而命名和刻石的来由则用诠释说明的方法。全文各种表达手法综合运用，达到了高度统一。

【点评】

"次山放恣山水，实开子厚先声，文字幽眇芳洁，亦能自成境趣。"（高步瀛《唐宋文举要》甲编卷一引吴汝纶语）

上李大夫论古篆书 　　　李阳冰

阳冰志在古篆①，殆三十年②。见前人遗迹③，美则美矣，惜其未有点画，但偏傍模刻而已④。缅想圣达立制造书之意⑤，乃复仰观俯察六合之际焉⑥：于天地山川，得方圆流崾之形⑦；于日月星辰，得经纬昭回之度⑧；于云霞草木，得霏布滋蔓之容⑨；于衣冠文物，得揖让周旋之体⑩；于鬓眉口鼻，得喜怒惨舒之分⑪；于虫鱼禽兽⑫，得屈伸飞动之理；于骨角齿牙，得摆拉咀嚼之势⑬。随手万变，任心所成，可谓通三才之气象，备万物之情状者矣。常痛孔壁遗文⑭，汲冢旧简⑮，年代浸远⑯，谬误滋多⑰。蔡中郎以豐同豊⑱，李丞相将束为宋⑲，鱼鲁一惑，泾渭同流⑳，学者相承，靡所迁复㉑。每一念至，未尝不废食雪泣㉒，揽笔长叹焉。天将未丧斯文也㉓，故小子得篆籀之宗旨㉔。

皇唐圣运㉕，逮兹八叶㉖，天生克复之主㉗，人乐惟新之令㉘。以淳古为务㉙，以文明为理，钦若典谟㉚，畴兹故实㉛。诚愿刻石作篆，备书六经，立于明堂㉜，为不刊之典㉝，号曰大唐石经。使百代之后，无所损益，仰明朝之洪烈㉞，法高代之盛事㉟，死无恨矣。阳冰年垂五十，去国万里，家无宿舂之储㊱，出无代步之乘㊲。仰望紫极㊳，远接丹霄㊴，若溘先犬马㊵，此志不就，必将负于圣朝，是长埋于古学矣㊶。大夫衔命北阙㊷，抚宁南方㊸，苟利国家，专之可也㊹。伏望处分㊺，令题简牍，及到主人㊻，寒天已暮，暗烛之下，应命书之。霜深笔冷，未穷体势，傥归奏之日㊼，一使闻天㊽，非小人之已务㊾，是大夫之功业。可否之事，伏惟去就之㊿，阳冰再拜。

【作者简介】

李阳冰（生卒年不详），字少温。赵郡（治今河北赵县）人。唐代文学家、书法家，李白族叔。初为缙云、当涂令，后官至将作少监。善词章,工书法,尤精小篆。初师李斯《峄山碑》,以瘦劲取胜,自诩"斯翁之后,直至小生,曹喜、蔡邕不足言也"(李肇《国史补》)。

【注释】

①古篆:指篆书。有大篆、小篆,通行于春秋战国及秦代,故称古篆。

②殆:大概,几乎。

③遗迹:这里指古代留下来的书法墨迹。

④偏傍:偏于接近。模刻:照原样摹写镌刻。

⑤缅想:遥想。圣达:圣贤达士,指才德达到极致或见识高超、不同于流俗的人。立制:建立法则。造书:创造文字。

⑥乃复:于是又。仰观俯察:仰观天文,俯察地理。《易·系辞上》:"仰以观于天文,俯以察于地理,是故知幽明之故。"六合:天地四方,整个宇宙的巨大空间。

⑦流峙:流动静止。峙,耸立,站立,这里指静止(不流动)之意。

⑧经纬:织物的纵线和横线,比喻条理、秩序。昭回:指星辰光耀回转。《诗经·大雅·云汉》:"倬彼云汉,昭回于天。"朱熹集传:"昭,光也。回,转也。言其光随天而转也。"度:日月星辰运行的度数。古人把周天分为三百六十度,划为若干区域,以辨别日月星辰的方位。

⑨霏布:云气弥漫分布。滋蔓:滋长蔓延。

⑩揖让:宾主相见的礼仪。揖,拱手行礼。让,举手与心齐平。周旋:古代行礼时进退揖让的动作。

⑪惨舒:指情绪上的忧愁和舒畅。惨,忧愁,悲惨。舒,安详,宽舒,舒畅。分:区分,区别。

⑫虫鱼禽兽:指除人类之外的一切动物。

⑬摆拉:摆动。咀嚼:咬嚼。

⑭孔壁遗文:指孔子故宅墙壁中遗留下来的古文经书。据《汉书·艺文志》载,汉武帝时期,鲁恭王刘余坏孔子旧宅,于壁中得《古文

尚书》《礼记》《论语》《孝经》等数十篇用古文(隶书以前的文字)书写的经传。

⑮汲冢旧简：在汲郡古墓中发掘出来的竹简古书。西晋武帝时，在汲郡(今河南卫辉)的一座战国古墓中发现并出土了一批竹简古书，有数十车之多，全用蝌蚪文书写，称"汲冢古文"或"汲冢书"。

⑯浸：日益，更加。

⑰滋：愈益，更加。

⑱蔡中郎：指蔡邕(yōng)，字伯喈，曾任左中郎将等职，世称"蔡中郎"。精于书法，擅篆、隶书。

⑲李丞相：指李斯，秦始皇时任丞相。秦始皇接受李斯"书同文字"的建议，命令禁用各诸侯国留下的古文字，一律以秦篆为统一标准。

⑳"鱼鲁"二句：将鱼误写成鲁，如同泾水和渭水混流在一处，致使错误无从区分。

㉑靡所迁复：无从恢复原样。

㉒废食雪泣：中止吃饭，揩拭眼泪。废，停止，中止。

㉓未丧斯文：不消灭这种文化。语出《论语·子罕》："子畏于匡，曰：'文王既没，文不在兹乎？天之将丧斯文也，后死者不得与于斯文也；天之未丧斯文也，匡人其如予何！'"斯文，原指礼乐典章制度，这里指文化、文字。

㉔小子：作者自称谦辞。篆籀：篆文和籀文。篆文，是大篆、小篆的统称。大篆、金文、籀文、六国文字，它们保存着古代象形文字的明显特点。小篆也称"秦篆"，是秦国的通用文字，大篆的简化字体，其特点是形体匀称齐整、字体较籀文容易书写。籀文，又叫大篆。《说文解字》保存了 220 多个籀文。近代学者王国维认为这些文字"左右均一，稍涉繁复，象形象事之意少，规旋矩折之意多"。籀文的代表为今存的石鼓文，以周宣王时的太史籀所书而得名。其在原有文字的基础上进

109

行了改革,因刻于石鼓上而得名,是流传至今最早的刻石文字,为石刻之祖。

㉕皇唐:大唐。圣运:旧称在位皇帝或本朝的运数。

㉖逮兹八叶:到现在已经八代。叶,世,代。

㉗克复:攻克恢复。

㉘惟新:同"维新",更新。语出《诗经·大雅·文王》:"周虽旧邦,其命维新。"

㉙淳古:淳厚古朴。

㉚钦若:敬顺。典谟:《尚书》中《尧典》《舜典》和《大禹谟》《皋陶谟》等篇的并称,泛指儒家经典。

㉛畴兹:访问,访求。故实:有参考或借鉴意义的旧事。

㉜明堂:古代帝王宣明政教的地方。凡朝会、祭祀、庆赏、选士、养老、教学等大典,都在此举行。

㉝不刊:古代文书书于竹简,有误,即削除,谓之刊。不刊谓不容更动和改变。

㉞明朝:盛明之朝,指作者所处之朝。洪烈:伟大的功业。

㉟高代:高明时代。

㊱宿舂:本指隔夜舂米备粮,后指少量的粮食。

㊲代步之乘:代步的车子。

㊳紫极:星名,借指帝王的宫殿。

㊴丹霄:绚丽的天空,借指帝王居处、朝廷、京都。

㊵溘(kè)先犬马:比狗和马先死。

㊶古学:研究古文经、古文字之学。

㊷大夫:古职官名。周代在国君之下有卿、大夫、士三等;各等中又分上、中、下三级。后因以大夫为一般任官职者之称。衔命北阙:遵奉皇帝的命令。衔,遵奉,领受。北阙,古代宫殿北面的门楼,是臣子等候朝见或上书奏事之处。

㊸抚宁：安抚平定。

㊹专之可也：可以擅作决断。专，专断，专擅。

㊺伏望：表希望的敬辞。多用于下对上。处分：处理，处置，吩咐。

㊻及到主人：待到达房东主人那里。主人，特指留宿客人的房东。

㊼傥：倘若，假如。归奏：回去奏报。

㊽一使闻天：一旦让它被皇帝听到。一，一旦，一经。天，这里指皇帝。

㊾已务：已经完成的工作。

㊿伏惟：表示希望。去就：取舍。

【解读】

李阳冰在唐代以篆学名世，精工小篆。小篆又称秦篆，是秦统一后经过丞相李斯整理的一种通行书体。秦统一前由于长期地域割据，"言语异声，文字异形"，书写形式很不一致，一字多形现象十分严重。如"羊"就有二十多种写法，给发展经济和文化交流带来极大不便。故在统一货币、车轨和度量衡制度的同时，又着力推行"书同文字"政策。《说文解字·叙》记"丞相李斯乃奏同之，罢其不与秦文合者。斯作《仓颉篇》，中车府令赵高作《爰历篇》，太史令胡毋敬作《博学篇》，皆取史籀大篆，或颇省改，所谓小篆者也"。可见小篆系由籀文大篆沿革演变而成。李斯在籀文的基础上删繁就简，废除异体，而创秦篆，统一了全国的文字。这种书体更趋简化，线条圆匀，字呈竖势，是我国汉字的一大进步，也是汉字发展史上一块重要的里程碑，为后来楷、隶、行、草诸书的变革开辟了广阔的道路。

此后，历两汉、魏、晋至隋、唐，逾千载，楷、隶、行、草盛行，小篆渐趋式微。到了唐代，直到李阳冰出，情况才有了改观。李阳冰以篆书为己任，始学李斯《峄山碑》，承玉箸笔法，然在体势上变其法。线条上变平整为蜿曲流动，显得婀娜多姿。《金壶记》称"阳冰尤精书学，毫骏墨劲，当时人谓之曰笔虎"。张旭的笔法也曾得到李阳冰的传授。当时，真、草流行，篆学中废，李阳冰见状，不禁叹曰："天将未丧斯文也，故小子得篆籀之宗旨。"所以，在对小篆近三十年的研究和巨大的愿力之下，通过努力，他不仅重振了小篆书体，又因成就突出，被后人誉为"李斯之后的千古一人"。

这封呈给李大夫的信，就是作者直陈自己近三十年对古篆的研究心得以及为古篆改错纠谬、正本清源、传承下去的宏大志愿。文章写得文雅畅达，气势磅礴。第一段，不仅详细阐述了篆书创作的象形意味，并由单纯的象形进一步升华到由事物运动而领悟出来的运笔走势，更加抽象，融入了创作者的思想情感，更具有意象的美感、思辨的深致。第二段，写作者的担当，因为他是抱着大愿、衔着神圣使命而来，一定要为古篆改错纠谬、正本清源，为大唐做一件大事，将近三十年的研究、领悟的篆书心得、体势，上呈皇帝，"刻石作篆，备书六经，立于明堂，为不刊之典"。因此，"暗烛之下"，"霜深笔冷"，作者仍是认真完成这一任务。本文的最终目的是求得李大夫的帮助，借以上奏朝廷，但因志愿正大，信不仅写得不卑不亢，而且深沉慷慨，气势不减，从中显然可见作者才情的飘逸、志趣的高远和人格的力量。

欹器赋①

张　鼎

（以君子用之诚盈为韵）

闻夫日中则昃②，鼎折则倾；月容守缺而忌满，神道福谦而害盈③。圣人察两曜之度④，观万物之情。知务进者危于不止，拟贪取者败于几成⑤。爰制座右，与人作程⑥；开其可诫之迹，加以必覆之名。然而不增不减，能正能平；考低昂而必应⑦，亦有效于权衡⑧。尔其颠沛是虞⑨，包藏自纵⑩。或益之而损，故至其满成覆𫗧之凶⑪；或损之而益，故当其无为有器之用⑫。且圣人云：其脆乃破，其安易持⑬。则何不避祸于将盈之日，图全于未兆之时⑭？力小任重，鲜不克败⑮，满而既溢⑯，倾必从之。亦犹富不与侈会，贵不与骄期⑰；若以马而喻马⑱，则念兹而在兹⑲。又曰：积德不积财，无为故无败；贪禄者致祸，增高者致坏。是以古人作则，为今人之师；前车覆轨⑳，诚后车之诫。借如乃武乃文㉑，岩廊之君㉒；一生一死，繁华之子。故当观其所由，察其所以。嗟乎！福兮祸所伏，祸兮福所倚㉓，既祸福之无门，信吉凶之由已。且丧道则贪邪㉔，贪邪至于丧生；知足则不辱㉕，不辱在于知止。苟欲图安以远害，又宜去彼而取此，则知欹器之器大哉，吾将以为教始。

【作者简介】

张鼎（生卒年、生平均不详），官至司勋员外郎。

【注释】

①欹器：古代一种倾斜易覆的盛水器。水少则倾，中则正，满则覆。人君可置于座右以为戒。《荀子·宥坐》："孔子观于鲁桓公之庙，有欹器焉。孔子问于守庙者曰：'此为何器？'守庙者曰：'此盖为宥坐之器。'"

②昃(zè)：日西斜。

③神道：神明之道，指鬼神赐福降灾神妙莫测之道。福谦而害盈：给谦虚者降福，给骄傲自满者带来灾害。

④两曜(yào)：指日、月。

⑤拟：打算，准备。

⑥作程：作楷模、典范。

⑦低昂：起伏，升降。

⑧有效于权衡:在权衡(秤锤、秤杆)上得到验证。效,证明,验证。

⑨尔其:连词,表承接。辞赋中常用作更端之词,犹言"至于""至如"。颠沛:倒仆,困顿挫折。虞:忧虑,忧患。

⑩包藏:包容,包涵。自纵:放纵自己。

⑪覆悚:倾覆鼎中的珍馐,比喻力不胜任而败事。悚,鼎中的食物。《易·鼎卦》:"鼎折足,覆公悚。"

⑫当其无为有器之用:语出《老子》第十一章:"埏埴以为器,当其无,有器之用。"意即和泥制作陶器,有了器具中空的地方,才有器皿的作用。

⑬"其脆"二句:语出《老子》第六十四章:"其安易持,其未兆易谋。其脆易泮,其微易散。"意即器具质地脆薄就容易破损,人心安定就容易把持。

⑭图全:图谋保全自身。未兆:尚未显出迹象。

⑮鲜不克败:少有不损伤失败的。

⑯溢:水满而流出。

⑰期:会合。

⑱以马而喻马:语出《庄子·齐物论》:"以指喻指之非指,不若以非指喻指之非指也;以马喻马之非马,不若以非马喻马之非马也。"据陈鼓应《庄子今注今译》的解释:用组成事物的要素来说明要素不是事物本身,不如用非事物的要素来说明事物的要素并非事物本身;用白马来说明白马不是马,不如用非马来说明白马不是马。

⑲念兹而在兹:泛指念念不忘某一件事情。兹,此。

⑳覆轨:犹覆辙,翻车的轨迹。

㉑乃武乃文:既有武功,又有文德。《尚书·大禹谟》:"帝德广运,乃圣乃神,乃武乃文。"

㉒岩廊:高峻的廊庑,借指朝廷。

㉓"福兮"二句:指福与祸相互依存,互相转化。比喻坏事可以引

发出好结果,好事也可以引发出坏结果。《老子》第五十八章:"祸兮,福之所倚;福兮,祸之所伏。"

㉔丧道:失去道。

㉕知足则不辱:自知满足就不会招致羞辱。《老子》第四十四章:"知足不辱,知止不殆,可以长久。"

【解读】

在中国古代的文献中,很早就有关于欹器的记载。这种装水的器物设计很是巧妙,当其不装水的时候,整个器物呈倾斜状态,若水装得适中,就是端正的,但当里面的水装满时就会倾倒。《孔子家语·三恕》及《荀子》中,就记载了孔子和欹器的故事。根据其特性,孔子告诫他的学生要牢记"谦受益,满招损"这一人生诚训,要时刻保持谦虚谨慎、戒骄戒躁。也正是欹器具有"虚而欹,中则正,满则覆"的特点,人君才把它作为警戒之器,恭敬地放置在御座旁,时刻提醒自己的为人准则,人们现在所说的"座右铭"就是由此而来。

本文是作者对"欹器"作的一篇主要以讲述道理为主的"赋"。赋是我国古代的一种文体,它讲究文采、韵律,兼具诗歌和散文的性质。其特点是"铺采摛文,体物写志",侧重于写景,借景抒情。赋的发展经历了几个阶段:最早出现于诸子散文中,叫"短赋";以屈原为代表的"骚体"是诗向赋的过渡,叫"骚赋";汉代正式确立了赋的体例,称为"辞赋";魏晋以后,日益向骈对方向发展,叫作"骈赋";唐代又由骈体转入律体叫"律赋";宋代以散文形式写赋,称为"文赋"。本文骈散结合,但不以写景抒情为主,而是整篇出之以议论,以"天道忌盈"这一论点展开,借"欹器"所呈现的特点,阐述福谦害盈、祸福倚伏的道理,要求我们时刻以"欹器"警示自己,持盈戒满,好运才得以长久。

《全唐文》中留下来五篇《欹器赋》,作者分别是许敬宗、张鼎、韦肇、李德裕、张元览,大多都是应制而作,或者内心确有感触,发之于言论。这五篇赋的内容所讲述的道理都是相同的,都是贵损忌盈,文体也一样，都是议论文。伴君如伴虎，这应当跟他们所处位置的危险性相关，必须时刻警示自己，也借以对皇帝进行一定程度的约束性劝诫。

黄鹤楼记

阎伯瑾

　　州城西南隅有黄鹤楼者①，《图经》云②："费祎登仙③，尝驾黄鹤返憩于此④，遂以名楼。"事列神仙之传，迹存述异之志。观其耸构巍峨⑤，高标巃嵸⑥。上倚河汉⑦，下临江流，重檐翼馆⑧，四闼霞敞⑨，坐窥井邑⑩，俯拍云烟⑪，亦荆吴形胜之最也⑫。何必赖乡九柱、东阳八咏⑬，乃可赏观时物⑭，会集灵仙者哉⑮！

　　刺史兼侍御史、淮西租庸使、鄂岳沔等州都团练使河南穆公名宁，下车而乱绳皆理⑯，发号而庶政其凝⑰。或逶迤退公⑱，或登车远游，必于是极长川之浩浩⑲，见众山之垒垒⑳。王室载怀，思仲宣之能赋㉑；仙踪可揖㉒，嘉叔伟之芳尘㉓。乃喟然曰："黄鹤来时，歌城郭之并是；浮云一去，惜人世之俱非㉔。"有命抽毫㉕，纪兹贞石㉖。时皇唐永泰元年岁次大荒落月孟夏日庚寅也㉗。

【作者简介】

阎伯瑾（生卒年、生平均不详），生活在唐代宗永泰年间（765—766）前后。

【注释】

①州：指鄂州，治所在今湖北省武汉市武昌。
②《图经》：附有图画、地图的书籍或地理志。

③费祎:字文伟,三国时蜀汉大将军。登仙:成仙。

④尝:曾经。驾:乘,骑。

⑤耸构:耸立的建筑。构,架木造屋,泛指房屋、建筑。

⑥高标:高耸,矗立,泛指高耸特立之物。茏苁(lóng zōng):山势高峻的样子。

⑦河汉:指银河。

⑧重檐翼馆:有两层飞檐的华丽的房屋。翼,古代建筑的飞檐。

⑨闼(tà):内门,小门。霞敞:美丽宽敞。霞,这里指色彩美丽。

⑩井邑:城镇,乡村。

⑪俯拍:低头拍打。

⑫荆吴:楚国和吴国,这里泛指长江中下游地区。

⑬赖乡九柱:赖乡,即濑乡,老子祠所在地,故址在今河南省鹿邑县。九,泛指多数。柱,屋柱,代指屋宇。东阳八咏:八咏楼原名玄畅楼,系南朝齐沈约任东阳(今浙江金华)太守时建造。沈约写有《登台望秋月》等诗八首,称《八咏诗》,传为绝唱,后因此改名为八咏楼。

⑭时物:时节景物。

⑮灵仙:神仙。

⑯下车:到任。乱绳皆理:乱民都得到治理。乱绳,凌乱的绳子,借喻乱民。《汉书·龚遂传》:"臣闻治乱民犹治乱绳,不可急也;唯缓之,然后可治。"

⑰发号:发出号令。庶政:各种政务。凝:成功,巩固。

⑱逶迤:顺应自得的样子。退公:指公余休息。

⑲于是:在这里(黄鹤楼)。极长川之浩浩:望尽浩浩的长江。

⑳垒垒:重叠堆积的样子。

㉑仲宣:即王粲,字仲宣,东汉末年文学家,"建安七子"之一。写有《登楼赋》。

㉒仙踪可揖:神仙的踪迹可拱手得到。

㉓叔伟：荀叔伟，曾于黄鹤楼上见到仙人驾鹤而至。南朝梁任昉《述异记》："荀瓌，字叔伟，潜栖即妆。尝东游，憩江夏黄鹤楼上，望西南有物飘然降自霄汉，俄顷已至，乃驾鹤之宾也。鹤止户侧，仙者就席，羽衣虹裳，宾主欢对。已而辞去，跨鹤腾空，眇然而灭。"芳尘：指名贤的踪迹。

㉔"乃喟然曰"五句：用汉丁令威事。晋陶潜《搜神后记》载，丁令威学道成仙，化鹤归来，落于城门华表柱上，有少年欲射之，鹤乃飞空中言曰："有鸟有鸟丁令威，去家千年今始归。城郭如故人民非，何不学仙冢垒垒。"喟然，叹息。

㉕抽毫：抽笔出套，借指写作。

㉖贞石：坚石，碑石的美称。

㉗永泰元年：公元765年。永泰，唐代宗年号。大荒落：太岁运行到地支"巳"的方位，这一年称大荒落。孟夏：四月。庚寅：二十七日。

【解读】

本文是阎伯瑾为黄鹤楼所作的一篇记。它介绍了黄鹤楼雄伟高大的外观和建筑结构的特点，描述了登临黄鹤楼的所见所感，凸显了黄鹤楼这座名楼的地位和价值，表现了作者热爱山川胜迹的思想感情和对仙人的仰慕之情。

本文分两段。第一段，开头点出黄鹤楼所在，接着阐明取名由来，并旁征博引，证明事实非虚，给楼涂上一层神秘的色彩。接下来描写楼的结构及整体形象。其间，用了夸张手法铺陈楼的高大及气势的雄伟。"坐窥井邑，俯拍云烟"，寥寥两句，使读者如临仙境。"亦荆吴形胜之最也"则对其重要性作了扼要而有分量的概括。以上几句描写，有上有下，有远有近，有内有外，有实有虚，行笔变化多端。

第二段，着重介绍鄂州刺史穆宁，一是颂扬他的政绩，二是指出黄鹤楼在当地所起的作用。远望河山，触景生情，追念仲宣，遥想仙踪，物是人非，感慨良多。最后两句将作记并刻石的由来点出，文章戛然而止,十分坚劲有力。

全文不到三百字,内容丰富,有掌故,有景物,有事实,有议论,也有感慨,更具文采,语言精练,条理井然,组合严密,情词并茂,为短文中的佳品。

送朱拾遗序

顾 况

楚天暮秋,衰草多霜。我送朱兄,置酒寒塘。他方有遗名之人①,语出世之事②。昔我大师居毗耶离方丈之室③,以虚空量④,纳诸群有⑤,为法而来,难于酬对⑥。兄辩才者,精于语默。雪山有草,可生醍醐⑦。上贤不自丰⑧,故贫也;上智不任数⑨,故乐也;言出以机⑩,在心为咎⑪,故慎也。和平发中⑫,金玉铿锵⑬,如秋水之溢塘⑭。殊不知长松倚空⑮,远鹤孤唳⑯,如兄也。将刀画水,水中不断;以道亲人,人何有别? 何山不可以为家,何水不可以泛舟? 我送朱兄,浮于乱流。主明不在谏⑰,故谏臣在澜漫之游⑱。

【作者简介】

顾况(约730—806后),字逋翁,号华阳山人。苏州海盐(今属浙江)人。肃宗至德二载(757)进士,官至著作佐郎。因得罪权贵,贬饶州司户。晚年隐居茅山。有《华阳集》。

【注释】

①遗名:指遗弃名位。

②出世:出离世间,指舍弃世间俗事,趋入佛门以修净行,即"出家"或"出尘"。

③毗耶离：梵语译音。古印度城名，为释迦牟尼时代著名的大城市，佛陀在此城预言自己即将入灭。

④虚空：虚与空都是无的别名。虚无形质，空无障碍，故名虚空。量：容量。

⑤群有：众生，万物。

⑥酬对：应对，对答。

⑦醍醐：从酥酪中提制出的油。《涅槃经》卷三："醍醐者，名世间第一上味。"又："诸药中醍醐第一，善治众生热恼乱心。"卷八："雪山有草，名曰肥腻，牛若食者，纯得醍醐。"

⑧上贤：德才超著的人。自丰：使自己丰裕。

⑨上智：上等智慧的人。任数：用权谋，使心计。

⑩言出以机：说话都用心机表达。机，心机，计谋。

⑪在心为咎：于心来讲这是不幸的事。咎，灾祸，不幸之事。

⑫和平发中：和平的情绪或态度发自于中正的内心。

⑬铿锵：形容金玉的声音清脆、洪亮。

⑭溢塘：水满而流出池塘。

⑮殊不知：竟然不知。

⑯远鹤孤唳：鹤独自在遥远的天空中鸣叫。

⑰主明不在谏：君主英明，就不需要规劝。

⑱谏臣：掌谏诤的官员。澜漫：分散、杂乱的样子。《淮南子·览冥训》："主暗晦而不明，道澜漫而不修。"

【解读】

这是作者送别朱兄的赠序。朱兄任职"拾遗"，在唐代为谏官，现在要回朝廷述职，所以作者在寒塘边摆酒饯别。临别依依，却不作扭捏态，更多的是对朱兄的担忧。因为谏官虽级别不高，但易招致杀身之祸。本文作为赠序，主要是对朱兄的规劝。作者以为，时势混乱，就没有必要再回朝廷去了。文章一开始，就远远地说起，释迦牟尼大师有无边无际的度量方能容纳万物，一般人没有这个度量，所以很难容得下直言规谏，俗话说，伴君如伴虎，作为谏官是很难"酬对"凶险的局面的。虽然知道朱兄辩才无碍，"精于语默"，但前途也是吉凶难料。但朱兄去意已决，中间"上贤不自丰"四句引用朱兄的话，朱兄说，自己的为人准则是不自满、不要计谋、言语真诚，追求的是智者的智慧、仁者的境界，这跟孔子《论语·雍也》"知（智）者乐，仁者寿"的意思大体相同，目的是让朋友放心，他会应对自如的。朱兄有此等和平的情绪或态度，令作者深为感动。他知道，朱兄所述是金玉之言，发自内心，自然流出的。但是，作为道义之交，不得不仍要劝谏几句：在这样的乱世，何处没有你容身的地方？为什么非要到朝廷那个是非之地去呢？真正英明的君主是不需要谏官的（言下之意，昏君才需要谏官，其危险性不言而喻）。

文章很短，造语精练，词采飘逸，意象丰富。前面四句十六字直接交代时间、地点、人物、事件的起因、经过，占了记叙文六要素中五个要素，可说言简义丰，笔力惊人。接着引佛陀虚空能容万物，带入朱兄道德诸论，语言衔接、运思意象有如诗歌跳跃性发展，天马行空，跌宕多姿。最后以"乱流"喻时势，以"主明不在谏"句，喻谏官之不可为，神龙见首，意在象外，有余韵不尽之意。

原　道①

韩　愈

博爱之谓仁②，行而宜之之谓义③，由是而之焉之谓道④，足乎己无待于外之谓德。仁与义为定名⑤，道与德为虚位⑥。故道有君子小人，而德有凶有吉。老子之小仁义⑦，非毁之也⑧，其见者小也⑨。坐井而观天，曰天小者，非天小也。彼以煦煦为仁⑩，孑孑为义⑪，其小之也则宜。

其所谓道，道其所道，非吾所谓道也。其所谓德，德其所德，非吾所谓德也。凡吾所谓道德云者，合仁与义言之也，天下之公言也。老子之所谓道德云者，去仁与义言之也，一人之私言也。

周道衰，孔子没⑫。火于秦⑬，黄老于汉⑭，佛于晋、魏、梁、隋之间。其言道德仁义者，不入于杨⑮，则入于墨⑯；不入于老，则入于佛。入于彼，必出于此。入者主之，出者奴之；入者附之⑰，出者污之⑱。噫！后之人其欲闻仁义道德之说，孰从而听之？老者曰："孔子，吾师之弟子也。"佛者曰："孔子，吾师之弟子也。"为孔子者，习闻其说，乐其诞而自小也⑲，亦曰："吾师亦尝师之云尔⑳。"不惟举之于其口，而又笔之于其书。噫！后之人，虽欲闻仁义道德之说，其孰从而求之？甚矣！人之好怪也，不求其端，不讯其末，惟怪之欲闻。

古之为民者四㉑，今之为民者六㉒；古之教者处其一，今之教者处其三。农之家一，而食粟之家六；工之家一，而用器之家六；贾之家一㉓，而资焉之家六㉔。奈之何民不穷且盗也！

古之时，人之害多矣。有圣人者立，然后教之以相生养之道。为之君，为之师，驱其虫蛇禽兽而处之中土。寒，然后为之衣；饥，然后为之食。木处而颠㉕，土处而病也㉖，然后为之宫室㉗。为之工，以赡其器用㉘；为之贾，以通其有无；为之医药，以济其夭死；为之葬埋祭祀，以长其恩爱；为之礼，以次其先后；为之乐，以宣其湮郁㉙；为之政，以率其怠倦㉚;为之刑,以锄其强梗㉛。相欺也,为之符玺斗斛权衡以信之㉜;相夺也,为之城郭甲兵以守之。害至而为之备,患生而为之防。今其言曰㉝:"圣人不死,大盗不止。剖斗折衡㉞,而民不争。"呜呼!其亦不思而已矣!如古之无圣人,人之类灭久矣。何也?无羽毛鳞介以居寒热也㉟,无爪牙以争食也。是故君者,出令者也;臣者,行君之令而致之民者也;民者,出粟米麻丝,作器皿,通货财,以事其上者也。君不出令,则失其所以为君;臣不行君之令而致之民,则失其所以为臣;民不出粟米麻丝,作器皿,通货财,以事其上,则诛。今其法曰:"必弃而君臣㊱,去而父子㊲,禁而相生养之道,以求其所谓清净寂灭者㊳。"呜呼!其亦幸而出于三代之后㊴,不见黜于禹、汤、文、武、周公、孔子也㊵;其亦不幸而不出于三代之前,不见正于禹、汤、文、武、周公、孔子也㊶。

帝之与王,其号名殊,其所以为圣一也。夏葛而冬裘㊷,渴饮而饥食,其事殊,其所以为智一也。今其言曰:"曷不为太古之无事?"是亦责冬之裘者曰:"曷不为葛之之易也?"责饥之食者曰:"曷不为饮之之易也。"传曰㊸:"古之欲明明德于天下者,先治其国。欲治其国者,先齐其家㊹。欲齐其家者,先修其身。欲修其身者,先正其心。欲正其心者,先诚其意。"然则古之所谓正心而诚意者,将以有为也。今也欲治其心而外天下国家,灭其天常㊺,子焉而不父其父,臣焉而不君其君,民焉而不事其事。孔子之作《春秋》也㊻,诸侯用夷礼则夷之㊼,进于中国则中国之㊽。经曰⁴⁹："夷狄之有君，不如诸夏之亡⁵⁰！"《诗》曰⁵¹："戎狄是膺⁵²，荆舒是惩⁵³。"今也举夷狄之法而加之先王之教之上，几何其不胥而为夷也⁵⁴！

夫所谓先王之教者，何也？博爱之谓仁，行而宜之之谓义，由是而之焉之谓道，足乎己无待于外之谓德。其文《诗》《书》《易》《春秋》，其法礼、乐、刑、政，其民士、农、工、贾，其位君臣、父子、师友、宾主、昆弟、夫妇，其服丝、麻，其居宫室，其食粟米、果蔬、鱼肉。其为道易明，而其为教易行也。是故以之为己，则顺而祥；以之为人，则爱而公；以之为心，则和而平；以之为天下国家，无所处而不当。是故生则得其情，死则尽其常；郊焉而天神假⁵⁵，庙焉而人鬼飨⁵⁶。曰："斯道也，何道也？"曰："斯吾所谓道也，非向所谓老与佛之道也⁵⁷。"尧以是传之舜⁵⁸，舜以是传之禹，禹以是传之汤，汤以是传之文、武、周公，文、武、周公传之孔子，孔子传之孟轲⁵⁹，轲之死，不得其传焉。荀与扬也⁶⁰，择焉而不精，语焉而不详。由周公而上，上而为君，故其事行；由周公而下，下而为臣，故其说长。然则如之何而可也？曰："不塞不流，不止不行。人其人⁶¹，火其书⁶²，庐其居⁶³，明先王之道以道之，鳏寡孤独废疾者有养也⁶⁴，其亦庶乎其可也⁶⁵。"

【作者简介】

韩愈(768—824)，字退之。河南河阳(今河南孟州南)人，郡望昌黎。贞元八年(792)进士，两任节度推官，累官监察御史。后因论事被贬阳山令。元和十二年(817)，任宰相裴度行军司马，参与讨平"淮西之乱"。其后因谏迎佛骨事被贬为潮州刺史。晚年官至吏部侍郎,人称"韩吏部"。长庆四年(824)病逝,年五十七,谥号"文",故又称"韩文公"。力反六朝以来的骈俪文风,提倡散体,主张"文以载道",是唐代古文运动的倡导者,被列为"唐宋八大家"之首,与柳宗元并称"韩柳",有"文章巨公"和"百代文宗"之誉。有《韩昌黎集》。

【注释】

①原道:推究道的本原。原,推究,考究,研究。道,中国哲学名词。在中国哲学史上,"道"这一概念最早由道家提出,后被各家使用,其内涵各家并不相同。此处指儒家之道,即孔、孟的社会政治伦理。

②博爱:广泛地爱一切人。

③行而宜之:行为合乎社会客观需要。宜,合宜。

④由是而之焉:从这里到达仁义。之,至,到达。

⑤定名:有确定内容的名称、概念。

⑥虚位:指需要仁和义来充实、填充。

⑦老子:老子,姓李名耳,字聃,一字伯阳。春秋时期思想家、哲学家、文学家和史学家,道家学派创始人和主要代表人物。著有《老子》。小仁义:以仁义为小。小,轻视。

⑧毁:诋毁,毁谤。

⑨见者小:所看到的小,指视野狭小。

⑩煦(xù)煦:惠爱的样子,指小恩小惠。

⑪孑(jié)孑:小节,小惠。

⑫孔子:名丘,字仲尼,春秋末期思想家、政治家、教育家,儒家学派创始人。没:通"殁",死。

⑬火于秦:指秦始皇焚书。

⑭黄老:指黄老学派,战国、汉初尊传说中的黄帝和老子为创始人的道家学派。其思想特点是"无为而治"。西汉初期,统治者总结秦亡的教训,推崇"清静无为"之术。

⑮杨：杨朱，字子居，战国时哲学家，主张"轻物重生""为我"。

⑯墨：墨翟，宋国人，战国初年思想家，墨家学派的创始人，主张"兼爱""节葬"。《孟子·滕文公下》："天下之言不归杨则归墨。"

⑰附：依附。

⑱污：污蔑，诋毁。

⑲诞：荒诞。自小：自己轻视自己。

⑳云尔：语助词，相当于"等等"。

㉑古之为民者四：古时称作民的有四种，指士、农、工、贾四类。作者认为，"士"是施行教化的人，故下文说"处其一"。

㉒今之为民者六：现在称作民的有六种，即四民之外，加和尚、道士。作者认为，和尚、道士也是施行教化的人，所以下文说"处其三"。

㉓贾（gǔ）：做买卖，经商。

㉔资：依赖。焉：于此。

㉕木处而颠：住在树上容易掉下来。颠，倒仆，坠落。

㉖土处而病：住在洞穴里容易生病。

㉗宫室：泛指房屋。

㉘赡：供给，供养，满足。

㉙宣：宣泄，排解。湮（yān）郁：谓心情抑郁不畅快。

㉚率（shuài）其怠倦：劝导那些怠慢松懈的人。

㉛强梗：骄横跋扈、胡作非为的人。

㉜符：古代一种凭证，以竹、木、玉、铜等制成，刻有文字，双方各执一半，合以验真伪。玺（xǐ）：印。斗斛（hú）：斗与斛，两种量器，亦泛指量器。权衡：秤锤及秤杆。信之：以之为信，作为凭证。信，符契，凭证。

㉝今其言曰：现在他们的言论却说。以下引文四句出自《庄子·胠箧》。

㉞剖斗折衡：把斗砸破，把秤杆折断。

㉟鳞介:泛指有鳞和甲的水生动物。介,甲。

㊱弃而君臣:抛弃你们的君臣。而,你,你们。

㊲去而父子:消除你们的父子关系。

㊳清净寂灭:指道教的清静无为与佛家的涅槃寂灭之说。寂灭,涅槃的意译,指本体寂静,离一切诸相(现实世界)。

㊴三代:指夏、商、周三朝。

㊵见黜(chù):被贬斥,被摈弃,被放逐。汤:商王朝建立者。文:周文王姬昌,商末周族的领袖。武:周武王姬发,周文王之子,灭商,建立周朝。周公:姬旦,西周初年政治家,周武王之弟,协助武王灭商。武王死后,又辅佐年幼的成王,建立了周朝的典章制度。

㊶见正:被纠正。正,纠正,修正。

㊷夏葛而冬裘:夏天穿葛布衣,冬天穿皮裘。葛,草本植物,茎纤维可制葛布,古时作夏衣。

㊸传(zhuàn):解释儒家经典的书称"传"。这里的引文出自《礼记·大学》。

㊹齐其家:整治家庭。

㊺天常:指天伦,即君臣、父子伦理关系。

㊻《春秋》:春秋时鲁国史官所编的史书,相传孔子曾整理编辑。

㊼诸侯用夷礼则夷之:诸侯用夷人的礼仪,就把他当作夷人。夷,我国古代对东方各族的总称,亦泛称中原以外的各族。

㊽进:进入,靠近。

㊾经:指儒家经典。

㊿诸夏:古代指中原各诸侯国。亡:通"无"。

51《诗》:指《诗经》,西周及春秋前期的诗歌总集。引文见《诗经·鲁颂·闷宫》。

52戎狄:古代西方和北方的少数民族。膺:攻伐。

53荆舒:指春秋时的楚国和其属国舒国,泛指东南方的少数民族。

惩:惩罚。

(54)几何:几乎,差不多。胥:跟从,相随。

(55)郊:郊祀,祭天。假:通“格”,到。

(56)庙:祭祖。飨:通“享”,享用。

(57)非向所谓:不是刚才所说。向,从前,原来,刚才。

(58)尧:号陶唐氏,名放勋,中国上古时期部落联盟首领,“五帝”之一。舜:姚姓,号有虞氏,名重华,中国上古时期部落联盟首领,“五帝”之一,尧去世后继位。

(59)孟轲:即孟子,字子舆。孔子再传弟子,被后来的儒家称为“亚圣”。

(60)荀:即荀子,名况,时人尊而号为“卿”,故又称荀卿。战国末年思想家、教育家。扬:即扬雄,字子云,西汉末年文学家、思想家。

(61)人其人:以其人为人,把佛教、道教的信徒变为百姓。

(62)火其书:把他们的书籍烧掉。

(63)庐其居:以其居为庐,把他们的寺庙、道观变为民房。

(64)鳏(guān)寡孤独:泛指没有劳动力而独居无依靠的人。语本《孟子·梁惠王下》:“老而无妻曰鳏,老而无夫曰寡,老而无子曰独,幼而无父曰孤。此四者,天下之穷民而无告者。”废疾:指有残疾而不能做事。《礼记·礼运》:“矜、寡、孤、独、废疾者皆有所养。”

(65)庶乎:差不多,大概。

【解读】

《原道》是韩文复古崇儒、攘斥佛老的代表作。隋唐时佛教盛行,儒学在思想学术界影响日渐衰微。韩愈在政治上排斥佛教的同时,又作此文,以维护儒学的基本观念,扫除佛教的思想影响。文中观点鲜明,有破有立,引证今古,从历史发展、社会生活等方面,层层剖析,驳斥佛老之非,论述儒学之是,归结到恢复古道、尊崇儒学的宗旨。

在《原道》中,韩愈开宗明义地提出了他对儒道的理解:“博爱之谓仁,行而宜之之谓义,由是而之焉之谓道,足乎己无待于外之谓德。仁与义为定名,道与德为虚位。"以此为据,他批评了道家舍仁义而空谈道德的"道德"观。他回顾了先秦以来杨墨、佛老等异端思想侵害儒道,使仁义道德之说趋于混乱的历史,对儒道衰坏、佛老横行的现实深表忧虑。文章以上古以来社会历史的发展为证,表彰了圣人及其开创的儒道在历史发展中的巨大功绩,论证了儒家社会伦理学说的历史合理性,并以儒家正心诚意、修身齐家、治国平天下的人生理想为对比,批评了佛老二家置天下国家于不顾的心性修养论的自私和悖理,揭示了它们对社会生产生活和纲常伦理的破坏作用,提出了"人其人,火其书,庐其居,明先王之道以道之,鳏寡孤独废疾者有养也"的具体措施。

《原道》最引人注目之处,在于提出了一个"道统"的授受体系。韩愈在重申了儒家的社会伦理学说后,总结说:"'斯道也,何道也?'曰:'斯吾所谓道也,非向所谓老与佛之道也。'尧以是传之舜,舜以是传之禹,禹以是传之汤,汤以是传之文、武、周公,文、武、周公传之孔子,孔子传之孟轲,轲之死,不得其传焉。"宋儒所乐道的"道统"的形态即由此而来。关于韩愈的"道统"说,《原道》最直接的打击对象是佛老,韩愈所要诛的"民",也是士、农、工、贾四民之外的佛、老二民,这已是人所共知的事实。《原道》的指责显然是不合适的。

【点评】

"韩愈亦近世豪杰之士,如《原道》中言语虽有病,然自孟子而后,能将许大见识寻求者,才见此人。至如断曰:孟氏醇乎醇。又曰:荀与扬,择焉而不精,语焉而不详。若不是他见得,岂千余年后,便能断得如此分明也。"([宋]程颢、程颐《二程语录》)

"《昌黎集》此为开宗第一篇文字也。《淮南子》以《原道》首篇,许氏笺云:'原,本也。'公所作《原道》《原性》诸篇,史氏谓其奥衍宏深,与孟轲、扬雄相表里而佐佑六经。诚哉是言。黄山谷曰:文章必谨布置,每见后学多告以《原道》命意曲折,后以此概求古人法度。如老杜《赠韦见素》诗，布置最得正体。如官府甲第，厅堂房室，各有定处，不可乱也。韩文公《原道》，与《书》之《尧典》盖如此。"（[清]蔡铸《蔡氏古文评注补正全集》）

"韩愈《原道》，理瘠而文则豪。王阳明言：'《原道》一篇，中间以数个古字今字，一正一反，错综震荡，翻出许多议论波澜。其议论笔力，足以陵厉千古。'其实只以《孟子》之排调，而运《论语》之偶句，奥舒宏深，气机鼓荡。而刘海峰谓：'老苏称："韩文如长江大河，浑灏流转，鱼鼋蛟龙，万怪惶惑。"惟此文足以当之。'其实转换无迹，只是以提折作推勘，看似横转突接，其实文从字顺。亦正无他谬巧，只是文入妙来无过熟，自然意到笔随，行乎所不得不行，止乎所不得不止。"（钱基博《韩愈志》）

原　毁[①]

韩　愈

古之君子[②]，其责己也重以周[③]，其待人也轻以约[④]。重以周，故不怠；轻以约，故人乐为善。闻古之人有舜者，其为人也，仁义人也。求其所以为舜者，责于己曰："彼人也，予人也[⑤]；彼能是，而我乃不能是。"早夜以思，去其不如舜者[⑥]，就其如舜者[⑦]。闻古之人有周公者，其为人也，多才与艺人也[⑧]。求其所以为周公者，责于己曰："彼人也，予人也；彼能是，而我乃不能是。"早夜以思，去其不如周公者，就其如周公者。舜，大圣人也，后世无及焉；周公，大圣人也，后世无及焉。是人也，乃曰："不如舜，不如周公，吾之病也。"是不亦责于身者重以周乎！其于人也，曰："彼人也，能有是，是足为良人矣[⑨]；能善是，是足为艺人矣。"取其一,不责其二;即其新⑩,不究其旧;恐恐然惟惧其人之不得为善之利⑪。一善易修也⑫,一艺易能也⑬。其于人也,乃曰:"能有是,是亦足矣。"曰:"能善是,是亦足矣。"不亦待于人者轻以约乎!

今之君子则不然。其责人也详⑭,其待己也廉⑮。详,故人难于为善。廉,故自取也少⑯。己未有善,曰:"我善是,是亦足矣。"己未有能,曰:"我能是,是亦足矣。"外以欺于人,内以欺于心,未少有得而止矣⑰,不亦待其身者已廉乎⑱?其于人也,曰:"彼虽能是,其人不足称也。彼虽善是,其用不足称也。"举其一,不计其十;究其旧,不图其新;恐恐然惟惧其人之有闻也,是不亦责于人者已详乎?夫是之谓不以众人待其身,而以圣人望于人,吾未见其尊己也。

虽然,为是者有本有原,怠与忌之谓也⑲。怠者不能修,而忌者畏人修。吾常试之矣,尝试语于众曰:"某良士,某良士。"其应者,必其人之与也⑳;不然,则其所疏远不与同其利者也;不然,则其畏也。不若是,强者必怒于言㉑,懦者必怒于色矣㉒。又尝语于众曰:"某非良士,某非良士。"其不应者,必其人之与也;不然,则其所疏远不与同其利者也;不然,则其畏也。不若是,强者必说于言㉓,懦者必说于色矣。是故事修而谤兴,德高而毁来。

呜呼!士之处此世,而望名誉之光、道德之行,难已㉔!将有作于上者㉕,得吾说而存之,其国家可几而理欤㉖!

【注释】

①原毁：推究当时士大夫之间之所以要毁谤别人的缘故。

②君子：对统治者和贵族男子的通称，这里指士大夫阶层。

③责己也重以周：要求自己极为严格并且很周密。责，要求，期望。重，分量重，引申为极严格。周，周密，严密。

④待人也轻以约：对待他人则比较宽容而且简约。

⑤"彼人也"二句：舜是人，我也是人。予，我。

⑥去其不如舜者：舍弃那些不如舜的地方。去，抛弃，舍弃。

⑦就其如舜者：靠近那些与舜相同的地方。就，趋向，靠近，靠拢。

⑧多才与艺人：富于才智和技艺的人。艺人，有技艺的人。

⑨良人：贤者，贤良的人。

⑩即其新：就他新的方面看，就他现在的表现看。

⑪恐恐然：诚惶诚恐的样子。为善之利：做好事的利益。为善，行善，做好事。

⑫一善易修：一件善事容易实行。修，实行，从事某种活动。

⑬一艺易能：一种技艺容易做到。能，胜任，能做到。

⑭详：周备，全面，苛刻。

⑮廉：少。

⑯自取：自己取得的收获。

⑰未少有得：未稍有所得，没有多少收获。少，稍微。

⑱已廉：太少，太低。已，太，过分。

⑲怠与忌：懒惰与嫉妒。

⑳必其人之与也：一定是那个人的朋友。与，朋友，同党。

㉑强者：强悍的人，强横的人。

㉒懦者：懦弱的人。

㉓必说于言：一定在言语上表露高兴的样子。说，同"悦"，喜悦，高兴。

㉔难已：很困难。已，同"矣"。

㉕有作于上：在高位上有所作为的人。

㉖可几而理：差不多可以得到治理了。几，庶几，差不多。

【解读】

本文以古之士大夫和当时的士大夫作对比。韩愈理想中的"古之君子"对自己要求很严格，对别人则宽大不苛刻，"今之君子"恰恰相反，对自己极宽恕，而对别人则百般挑剔非难。通过对古、今"君子"的对比，指出他们一定要打击别人的原因是"怠"和"忌"两个字。随即举出亲见亲闻的两个例子，作为证明，最后则呼吁当权有力者来转移这种坏风气，是作文的本意。全文既有对当时社会风气的谴责，又抒发了对自己仕途坎坷、怀才不遇的感慨。

本文组织布局很巧妙。第一、二段，先是正面开导，写"古之君子"严以律己，宽以待人，所以人人都乐于为善，暗扣古之时"毁"不兴的缘由。接着，论述"今之君子"则宽以律己，而严以待人，与古之君子作鲜明对照，造成的后果是使他人"难于为善"，自己也得不到别人的尊重。从行文看，这一段文字，并未涉及"毁"，但在对他们言论的描写上，字字句句都扣在"原毁"的轨迹上。

前两段作铺垫，"毁"之一字呼之欲出，到第三段，直接点题，指出"毁"之产生"有本有原，怠与忌之谓"，水到渠成，却是"横空盘硬语"，一击破的。"怠者不能修"，所以待己廉；"忌者畏人修"，因而责人详。既有理论概括，又有"试语"说明，顺理成章得出"事修而谤兴，德高而毁来"这一根本结论。行文开合自如，简捷有力。

最后三句，作者交代此文的写作目的，呼吁当权有力者能纠正这股毁谤歪风，只有这样，国家才有治理好的希望。

文章说理透辟，逻辑严密，语言生动形象。作者很注重句式的设计，极善于交错运用各种重复句、排比句、对仗句、反问句，小结前文，加强语气，且句式相似可以形成呼应，使论证更加有力，文章更加严谨。

【点评】

"全用重周、轻约、详廉、怠忌八字立说。然其中只以一'忌'字,原出毁者之情,局法亦奇。若他人作此,则不免露爪张牙,多作仇愤语矣。"([清]吴楚材、吴调侯《古文观止》)

"此文文气疏宕,而化偶为排,又以排作偶。通篇以古之君子、今之君子对开作两大比,每一大比又以责己待人、责人待己互勘,各劈分两小比,实开明以来制举文八比之格。《原道》力辟佛、老,《原性》铺说三品,而于性、道之大原,俱欠发挥,只是说道说性,而未探原,独此《原毁》入后说'有本有原',顶门一针,乃于题义为不漏。"(钱基博《韩愈文读》)

获麟解①

韩　愈

麟之为灵②,昭昭也③。咏于《诗》④,书于《春秋》⑤,杂出于传记百家之书⑥,虽妇人小子,皆知其为祥也⑦。然麟之为物,不畜于家⑧,不恒有于天下⑨。其为形也不类⑩,非若马牛犬豕豺狼麋鹿然⑪。然则⑫,虽有麟,不可知其为麟也。角者吾知其为牛,鬣者吾知其为马⑬,犬豕豺狼麋鹿,吾知其为犬豕豺狼麋鹿,惟麟也不可知。不可知,则其谓之不祥也亦宜。虽然,麟之出,必有圣人在乎位,麟为圣人出也。圣人者,必知麟,麟之果不为不祥也⑭。又曰:麟之所以为麟者,以德不以形。若麟之出不待圣人,则谓之不祥也亦宜。

【注释】

①麟:麒麟,古代传说中的一种动物,状如鹿,牛尾,狼额,马蹄,五

彩腹。其性柔和,古人把它当作仁兽,作为吉祥的象征。

②灵:灵异,神奇之物。《礼记·礼运》:"麟、凤、龟、龙,谓之四灵。"

③昭昭:明白,显著。

④咏于《诗》:在《诗经》中有歌咏。《诗经·周南·麟之趾》就是赞美麟的。

⑤书于《春秋》:在《春秋》中有记载。《春秋》,我国最早的编年体断代史。《春秋》记载鲁哀公十四年(前481)"西狩获麟"。

⑥"杂出"句:《荀子》《大戴礼记》《史记》《汉书》等古籍中,都有关于麟的记载。杂出,混杂出现,间杂出现。

⑦祥:善,吉利,吉祥。

⑧畜(xù):饲养。

⑨恒有:常出现。

⑩类:相似。

⑪麋(mí):麋鹿,雄的有角,角像鹿,尾像驴,蹄像牛,颈像骆驼,是我国的珍稀动物。

⑫然则:如此,那么。

⑬鬣(liè):马颈上的长毛。

⑭果:确实,果然。

【解读】

本文是韩愈读《春秋》时对鲁哀公十四年"西狩获麟"的记载有感而发的议论。据《春秋》:"春,西狩获麟。"《左传》记载得更详细:"十四年春,西狩于大野,叔孙氏之车子钼商获麟,以为不祥,以赐虞人。仲尼观之,曰:'麟也。'然后取之。"这故事是说,叔孙氏狩猎时,他的车夫捕获了一头怪兽,认为是不祥之物,就赏给了掌管狩猎的小吏。孔子见到以后,告诉他们这是麒麟。孔子因此联想到周朝的衰败,十分伤感。他认为,麒麟是仁义的动物、吉祥的象征,可是没有圣王在位,所以一旦出现就被捕获,可见它生不逢时。孔子因之"伤周道之不兴,感嘉瑞之无应",因著《春秋》至"西狩获麟"而绝笔。

韩愈跟孔子的感慨相同,所谓"伤心人别有怀抱"。中唐政治腐败,自己的才华不为当权有力者所知,因此借题发挥,以抒发自己生不逢时的感慨。文章很短,不足二百字,却正反立论,抑扬开合,曲折反复,寓意深远。

【点评】

"此解与论龙论马,皆退之自喻。有为之言,非有所指实也。文仅一百八十余字,凡五转,如游龙,如辘轳,变化不穷,真奇文也。"([清]吴楚材、吴调侯《古文观止》)

"今按此文有激而作,著意在一'知'字。愈贞元八年第进士,九年、十年、十一年,三试博学鸿辞,不售;十一年正月至三月,以前进士三上宰相书求仕,不报。疑《获麟解》于此时作,意盖以麟自况,而伤知者之无人也。"(钱基博《韩愈文读》)

"《获麟解》,盖以自况也;结穴于'以德不以形'一语。'德'与'形'本只两意,而剪裁五段。前三段,就'形'作翻腾;后二段,就'德'为勘论。'德'难知而'形'易见;麟之所以为'德',惟圣人能知之。所以麟必待圣人而出,乃归咎'麟之出,不待圣人',意若自怼,其实愤世。唐荆川言:'以"祥""不祥"翻腾作眼目。'其实以'知''不知'转换见用意。文凡四转,而笔妙如环,转换无迹。篇幅不大,而极浑灏流转之势,此所以为大手笔也。"(钱基博《韩愈志》)

杂说(一)①

韩 愈

龙嘘气成云②,云固弗灵于龙也③。然龙乘是气,茫洋穷乎玄间④,薄日月⑤,伏光景⑥,感震电⑦,神变化⑧,水下土⑨,汩陵谷⑩,云亦灵怪矣哉⑪！云,龙之所能使为灵也。若龙之灵,则非云之所能使为灵也。然龙弗得云,无以神其灵矣。失其所凭依⑫,信不可欤⑬！异哉！其所凭依,乃其所自为也。《易》曰:"云从龙。"既曰龙,云从之矣。

【注释】

①杂说:"说"是议论文的一体。不拘一题,不限于某一系统题材,心有所感,便抒发一些意见,把它写下来,因此叫作杂说。它主要是通过发表议论或记述事物来说明某个道理,是杂文最早的形态。

②嘘气:吹气,吐气。

③固:原来,本来。

④茫洋:遨游驰骋、行动自如的样子。穷:极尽。乎:同"于",在。玄间:天空之间。

⑤薄日月:迫近日月,极言高远。

⑥伏光景:日月的光辉被云遮起来了。伏,遮盖,掩蔽。光景,日月的光辉,光影。

⑦感:通"撼",摇动,震动。震电:雷电。

⑧神变化:使其变化如神而难测。

⑨水:用水浸润,下雨。下土:天下面的土地,大地。《诗经·邶风·日月》:"日居月诸,照临下土。"

⑩汩(gǔ):淹没,湮灭。陵谷:丘陵和山谷。

⑪矣哉:表示终了和感叹的语气。矣,语气助词,表已然、肯定或判断。哉,语气助词,表感叹或肯定。

⑫凭依:凭借,依托。

⑬信:实在,真的。欤:语气助词,表感叹。

【解读】

韩愈的《杂说》有四篇,分别为《龙说》《医说》《崔山君传》《马说》。

本文是第一篇。

本文写作目的在于提醒君主重用贤臣。作者用意很明显,以龙喻圣君,以云喻贤臣,说明圣君与贤臣之间的关系,即圣君要依靠贤臣建功立业,贤臣又要仰仗圣君的识拔才能荷重行远,如此才能相得益彰。但圣君和贤臣是主从关系,云的"灵",是龙"能使为灵",龙是根本,是主宰,而云则是使龙的"灵"能够外在显现的"凭依"。没有这个"凭依",龙的"灵"就无从表现,所以两者之间又是依存关系,说明君臣一体,不可分离,也缺一不可。最后形象地点明,既然是龙,贤臣自然会跟着他。这表明两层意思,一是表明臣子的附属关系,不能僭越这个关系;二是希望国君真的是圣君,能主动有所作为。主圣臣贤,国家就有希望治理好。

文章很短,通篇只从一个"灵"字着眼,无一句点明本旨,但处处扣着题目。描写生动,叙述含蓄,行文波澜起伏,富于变化,读来意味深长。

【点评】

"此篇以龙喻圣君,云喻贤臣。言贤臣固不可无圣君,而圣君尤不可无贤臣。写得婉委曲折,作六节转换。一句一转,一转一意。若无而又有,若绝而又生,变变奇奇,可谓笔端有神。"([清]吴楚材、吴调侯《古文观止》)

"古人多以云龙喻君臣,而韩愈《杂说》云龙,却别有解。龙喻英雄,云喻时势。'云,龙之所能使为灵,若龙之灵,则非云之所能使为灵',喻英雄能造时势,而时势不造英雄。无英雄,则无时势;无龙,则无云也。结穴于'其所凭依,乃其所自为也',以策励英雄之自造时势。尺幅甚狭,而议论极伟,波澜极阔,层波叠浪,浑灏流转,如大海汪洋之烟波无际,此所谓'缩须弥于芥子'也。"(钱基博《韩愈志》)

杂说(四)   韩　愈

世有伯乐①,然后有千里马。千里马常有,而伯乐不常有。故虽有名马,祇辱于奴隶人之手②,骈死于槽枥之间③,不以千里称也。马之千里者④,一食或尽粟一石⑤。食马者⑥,不知其能千里而食也。是马也,虽有千里之能,食不饱,力不足,才美不外见⑦,且欲与常马等不可得⑧,安求其能千里也⑨。策之不以其道⑩,食之不能尽其材⑪,鸣之而不能通其意⑫,执策而临之曰⑬:"天下无马。"呜呼⑭!其真无马邪⑮?其真不知马也⑯!

【注释】

①伯乐:春秋秦穆公时人,姓孙,名阳,以善相马著称。现指有眼力,善于发现、选拔、使用出色人才者。

②祇:只是。辱:屈辱,委屈。奴隶人:这里指牧马或驾驭马匹的人。

③骈(pián)死:相比连而死,形容死者之多。骈,两马并驾,引申为并联、合并。槽枥(cáo lì):喂牲口用的食器。枥,马槽,马厩,马饮食和宿歇的处所。

④马之千里者:马(当中)能行千里的。

⑤一食(shí):吃一次食物。或:有时。尽粟(sù)一石(dàn):吃尽一石粟。尽,吃尽。石,十斗为一石,一石约为一百二十斤。

⑥食(sì)马者:饲养马的人。食,通"饲",喂养。以下除"食不饱"的"食"读 shí 外,其余均读 sì。

⑦才美不外见(xiàn):才能和长处不能在外面表现出来。见,同"现",表露。

⑧且欲与常马等不可得：况且想跟普通的马相当都不可能做到。且，尚且，况且。等，相当。不可得，不可能。

⑨安求其能千里也：怎么能要求它日行千里呢！安，怎么，岂。

⑩策之不以其道：鞭策它，却不按照正确的方法。策，鞭打。以其道，用（对待）它的办法。

⑪食之不能尽其材：喂养它又不能将它的才能完全发挥出来。

⑫鸣之而不能通其意：千里马嘶鸣，牧马的人不能跟它的心意相通，也就是不懂得千里马的意思。

⑬执策而临之：拿着马鞭，俯视着它。策，赶马的鞭子。临，由上看下，居高面低。

⑭呜呼：叹词，表示悲伤。

⑮其真无马邪(yé)：难道是真没有千里马吗？其，岂，难道。邪，相当于"吗"。

⑯其真不知马也：他是真的不懂马啊！其，指代第三人称，他（她、它）或他（她、它）们。

【解读】

本文是一篇寓言式的说理文，以马为喻，谈的是人才问题。通过叙述千里马的遭遇，说明伯乐的稀有和可贵，并抒发作者怀才不遇的愤慨。文中，伯乐借喻能够识拔人才的执政大臣，千里马借喻有才能的人。封建时代，执政大臣不肯爱惜、搜罗真正的人才，有才之人穷困潦倒，郁郁不得志，骈死于"槽枥"间，这是那种社会政治制度的必然现象。"食不饱"几句，是替有才能的人鸣不平，很愤激。"策之不以其道"三句，写那时代对人才，一是安排不适当，二是不能分别具体情况而做适当对待，三是不采纳所陈的意见，把当时执政大臣昏愦庸碌的情状揭露了出来。它给人们一个重要的启示：人才到处都有，关键在于识别，并给予与之相当的条件，才能使他们发挥出较大的作用。

在当时的历史条件下，作者将希望寄托在执政大臣的身上，这种认识有其局限性。它只在缺乏公正的竞争机制的社会里才有其合理性，倘若社会选拔人才自有一套完善的、合理的、公正的机制，那人才的脱颖而出就是必然的，对"伯乐"的需求也就成了非必要的选项。

【点评】

"此篇以马取喻，谓英雄豪杰，必遇知己者，尊之以高爵，养之以厚禄，任之以重权，斯可展布其材，否则英雄豪杰亦已埋没多矣，而但谓之天下无才，然耶？否耶？甚矣，知遇之难其人也。"（［清］吴楚材、吴调侯《古文观止》）

"《杂说》说马，与《获麟解》同一自况。说马语壮，言外尚希有知；获麟意怼，心中别无余望。而咸归宿于'不知'。惟获麟以'祥''不祥'伴说'知''不知'作烟波，说马以'有'与'无'逼出'不知'作洄澜，虽限尺幅，而卷舒有千里之势。"（钱基博《韩愈志》）

师 说　　　　韩 愈

古之学者必有师①。师者，所以传道受业解惑也②。人非生而知之者③，孰能无惑？惑而不从师，其为惑也④，终不解矣。

生乎吾前，其闻道也，固先乎吾，吾从而师之⑤；生乎吾后，其闻道也，亦先乎吾，吾从而师之。吾师道也⑥，夫庸知其年之先后生于吾乎⑦？是故无贵、无贱、无长、无少⑧，道之所存，师之所存也⑨。

嗟乎！师道之不传也久矣⑩！欲人之无惑也难矣！古之圣人，其出人也远矣⑪，犹且从师而问焉⑫；今之众人⑬，其下圣人也亦远矣⑭，而耻学于师⑮。是故圣益圣，愚益愚⑯。圣人之所以为圣，愚人之所以为愚，其皆出于此乎？

爱其子，择师而教之，于其身也⑰，则耻师焉，惑矣⑱！彼童子之师⑲，授之书而习其句读者⑳，非吾所谓传其道，解其惑者也。句读之不知，惑之不解，或师焉，或不焉㉑，小学而大遗㉒，吾未见其明也。

巫医、乐师、百工之人㉓，不耻相师㉔。士大夫之族㉕，曰师、曰弟子云者㉖，则群聚而笑之㉗。问之，则曰："彼与彼年相若也㉘，道相似也㉙。"位卑则足羞，官盛则近谀㉚。呜呼！师道之不复可知矣㉛。巫医、乐师、百工之人，君子不齿㉜，今其智乃反不能及㉝，其可怪也欤㉞！

圣人无常师㉟，孔子师郯子、苌弘、师襄、老聃㊱。郯子之徒㊲，其贤不及孔子。孔子曰："三人行，则必有我师㊳。"是故弟子不必不如师，师不必贤于弟子。闻道有先后，术业有专攻㊴，如是而已。

李氏子蟠㊵，年十七，好古文，六艺经传㊶，皆通习之。不拘于时㊷，学于余。余嘉其能行古道㊸，作《师说》以贻之㊹。

【注释】

①学者：求学的人。

②"师者"二句：老师，是用来传授道理、教授学业、解释疑难问题的人。所以，用来……的。道，指儒家之道。受，通"授"，传授。业，泛指儒家经典等。惑，疑惑，疑难问题。

③人非生而知之者：人不是生下来就懂得道理。之，指知识和道理。

④其为惑也：他所存在的疑惑。

⑤从而师之：跟从（他），以他为老师。师，以……为师。

⑥吾师道也：我（是向他）学习道理。

⑦"夫庸知"句：用得着知道他是生在我前还是生在我后吗？夫，句首助词。庸，用。

⑧是故：因此，所以。无：无论，不分。

⑨"道之所存"二句：道存在的地方，也就是老师存在的地方。

⑩师道：为师之道，从师之道。和上文"师道"不同，这里是名词。可分两方面来解说：一、从老师方面讲，指如何循循善诱，使得学生在学业和品德上得以不断进步；二、从学生方面说，是指要不耻学于师和服侍老师的礼节以及如何来努力接受老师的教诲等。此文的本意，是侧重后一方面。

⑪出人：超出于众人之上。

⑫犹且：尚且。

⑬众人：普通人，一般人。

⑭下：低，矮，不如。

⑮耻学于师：以向老师学习为耻。耻，以……为耻。

⑯"是故"二句：因此圣人更加圣明，愚人更加愚昧。益，更加，越发。

⑰于其身：对于他自己。身，自身，自己。

⑱惑矣：（真是）糊涂啊！

⑲彼童子之师：那些教小孩子的（启蒙）老师。童子，儿童，未成年的男子。

⑳句读：也叫句逗，古人指文辞休止和停顿处。文辞语意已尽处为句，未尽而须停顿处为读。古籍书中文字都无标点，一般用圈（。）、点（、）来标记。

㉑"或师焉"二句：有的从师，有的不从师。不，通"否"。

㉒小学而大遗：学了小的（指"句读之不知"），却丢了大的（指"惑之不解"）。遗，丢弃，放弃。

㉓巫医：古时巫、医不分，指以看病和降神祈祷为职业的人。乐师：以音乐为职业的人，音乐工作者。百工：各种手艺。

㉔不耻相师：不以相互学习为耻。相师，相互之间拜师。

㉕士大夫之族：士大夫这一类人。族，类。

㉖曰师、曰弟子云者：说起老师、弟子的时候。云者，助词，用于句末，表提顿，以引起下文。

㉗群聚：成群聚在一起。

㉘年相若：年纪相同。若，等同，一致。

㉙道相似：道德学问都相似。

㉚"位卑"二句：以地位低的人为师就感到羞耻，以官职大的人为师就近乎谄媚。足，可，够得上。盛，大。谀，谄媚，奉承。

㉛师道之不复：师道的不能恢复。

㉜君子不齿：士大夫看不起。君子，即上文的"士大夫之族"。不齿，不与同列，表鄙视。

㉝今其智乃反不能及：现在他们的智慧（见识）竟然反而赶不上这些人。

㉞其可怪也欤：他们可真是令人感到奇怪啊！

㉟圣人无常师：圣人没有固定的老师。常，固定的。

㊱郯（tán）子：春秋时郯国国君，相传孔子曾向他请教官职。苌（cháng）弘：周敬王时的大夫，相传孔子曾向他请教古乐。师襄：春秋时鲁国的乐官，相传孔子曾向他学琴。老聃（dān）：即老子，姓李，名耳，道家创始人，相传孔子曾向他学习周礼。

㊲郯子之徒：郯子这类人。徒，同类的人。

㊳"三人行"二句：三人同行，其中必定有我的老师。《论语·述而》："子曰：'三人行，必有我师焉。择其善者而从之，其不善者而

改之。'"

㊴术业有专攻:学业都各有自己专攻的方向。术业,学术技艺,学业。专攻,专门研究。

㊵李氏子蟠(pán):李家的孩子名蟠。李蟠,韩愈的弟子,唐德宗贞元十九年(803)进士。

㊶六艺经传(zhuàn):六艺的经文和阐释文字。六艺,指六经,即《诗》《书》《礼》《乐》《易》《春秋》六部儒家经典。《乐》已失传。经传,儒家典籍经与传的统称。传,阐释经文的著作。

㊷不拘于时:指不受当时以求师为耻的不良风气的束缚。时,时俗,指当时士大夫中耻于从师的不良风气。

㊸嘉:赞许,嘉奖。古道:指古人从师学习的风尚。

㊹贻:赠送,赠予。

【解读】

本文论述从师求学的道理。作者针对当时士大夫耻于从师的风气,反复阐述了从师的重要性,提出"无贵、无贱、无长、无少",只要"道之所存",人人都可以为师的观点。

文章表达清通简要,无一冗言赘语。开头使用韩文习见的先声夺人笔法,开门见山提出"古之学者必有师",树立论点,作为前提。然后条分缕析论述师的作用、从师的必要、谁人可为师、师道的现状等,再用古今对比做转换,提出爱子择师、巫医等不耻相师、圣人无常师三个观点并加以具体发挥,最后点题,说明写作缘起。短短四百余字,结构谨严,波澜起伏,有尺幅千里之势。此外,作为提倡"古道"的具体体现,文中多处引用经典,但点化如己出,不露痕迹,显示了使典用事的高度技巧。

【点评】

"前起后收,中排三节,皆以轻重相形。初以圣与愚相形,圣且从师,况愚乎?次以子与身相形,子且择师,况身乎?次以巫医、乐师、百工与士大夫相形,巫、乐、百工且从师,况士大夫乎?公之提诲后学,亦可谓深切著明矣。而文法则自然而成者也。"([宋]黄震《黄氏日抄》)

"通篇只是'吾师道也'一语,言触处皆师,无论长幼贵贱,惟人自择。因借时人不肯从师,历引童子、巫医、孔子喻之,总是欲李氏子能自得师,不必谓公慨然以师道自任,而作此以倡后学也。"([清]吴楚材、吴调侯《古文观止》)

进学解

韩 愈

国子先生[①],晨入太学[②],招诸生立馆下,诲之曰[③]:"业精于勤,荒于嬉[④];行成于思[⑤],毁于随[⑥]。方今圣贤相逢[⑦],治具毕张[⑧],拔去凶邪,登崇俊良[⑨]。占小善者率以录[⑩],名一艺者无不庸[⑪]。爬罗剔抉[⑫],刮垢磨光[⑬]。盖有幸而获选,孰云多而不扬[⑭]?诸生业患不能精[⑮],无患有司之不明[⑯];行患不能成,无患有司之不公。"

言未既[⑰],有笑于列者曰[⑱]:"先生欺余哉!弟子事先生,于兹有年矣[⑲]。先生口不绝吟于六艺之文[⑳],手不停披于百家之编[㉑]。记事者必提其要[㉒],纂言者必钩其玄[㉓]。贪多务得[㉔],细大不捐[㉕]。焚膏油以继晷[㉖],恒兀兀以穷年[㉗]。先生之业,可谓勤矣。抵排异端[㉘],攘斥佛老[㉙]。补苴罅漏[㉚],张皇幽眇[㉛]。寻坠绪之茫茫[㉜],独旁搜而远绍[㉝]。障百川而东之[㉞],回狂澜于既倒[㉟]。先生之于儒,可谓有劳矣。沉浸醲郁[㊱],含英咀华[㊲]。作为文章,其书满家[㊳]。上规姚、姒[㊴],浑浑无涯[㊵]。周《诰》、殷《盘》[㊶],佶屈聱牙[㊷]。《春秋》

146

谨严㊸，《左氏》浮夸㊹。《易》奇而法㊺，《诗》正而葩㊻。下逮《庄》《骚》㊼，太史所录㊽。子云、相如㊾，同工异曲㊿。先生之于文，可谓闳其中而肆其外矣(51)！少始知学，勇于敢为。长通于方，左右具宜(52)。先生之于为人，可谓成矣。然而公不见信于人(53)，私不见助于友(54)。跋前踬后(55)，动辄得咎(56)。暂为御史，遂窜南夷(57)。三年博士(58)，冗不见治(59)。命与仇谋，取败几时！冬暖而儿号寒，年丰而妻啼饥。头童齿豁(60)，竟死何裨(61)？不知虑此，而反教人为(62)！”

先生曰：“吁！子来前。夫大木为杗(63)，细木为桷(64)；欂栌侏儒(65)，椳闑扂楔(66)，各得其宜。施以成室者，匠氏之工也。玉札、丹砂，赤箭、青芝，牛溲、马勃，败鼓之皮(67)，俱收并蓄，待用无遗者，医师之良也。登明选公(68)，杂进巧拙(69)，纡余为妍(70)，卓荦为杰(71)，校短量长，惟器是适者，宰相之方也。昔者孟轲好辩，孔道以明。辙环天下，卒老于行(72)。荀卿守正(73)，大论是弘(74)。逃谗于楚，废死兰陵(75)。是二儒者，吐辞为经，举足为法。绝类离伦，优入圣域(76)，其遇于世何如也？今先生学虽勤而不繇其统(77)，言虽多而不要其中(78)，文虽奇而不济于用(79)，行虽修而不显于众，犹且月费俸钱，岁靡廪粟(80)，子不知耕，妇不知织，乘马从徒，安坐而食，踵常途之促促(81)，窥陈编以盗窃(82)，然而圣主不加诛，宰臣不见斥，兹非其幸欤？动而得谤，名亦随之。投闲置散(83)，乃分之宜。若夫商财贿之有亡(84)，计班资之崇庳(85)，忘己量之所称(86)，指前人之瑕疵(87)，是所谓诘匠氏之不以杙为楹(88)，而訾医师以昌阳引年，欲进其豨苓也(89)。”

【注释】

①国子先生:韩愈自称。国子,国子监,是中国古代国家的教育管理机关和最高学府。唐宪宗元和七年(812),韩愈任国子博士。

②太学:这里指国子监。

③诲:教导。

④"业精于勤"二句:学业精深来自勤奋,荒废是由于玩乐。嬉,游戏,玩乐。

⑤行:品行,德行。

⑥毁:毁坏,破坏。随:听任,听凭。

⑦圣贤:圣君贤臣。

⑧治具:治理工具,治国的措施,主要指法令。《史记·酷吏列传》:"法令者,治之具。"毕:全部。张:张设,陈设,指法令的建立、确立。

⑨登崇俊良:提拔任用优秀人才。登崇,举用推尊。俊良,贤能优良之士。

⑩占:具有。小善:小的长处,小的优点。率:都。录:采用,录用。

⑪名:独擅,专注。庸:用。

⑫爬罗剔抉:搜罗发掘,挑拣选择。爬罗,爬梳搜罗。剔抉,剔除挑选。

⑬刮垢磨光:刮去污垢,磨出光亮,指培养人才时磨砺而使之高尚纯洁。

⑭"盖有幸"二句:只有才行不高的侥幸获得选拔,谁说才艺多者不被举用呢? 幸,侥幸。扬,举用,荐举。

⑮患:担心,忧虑。

⑯有司:负有专责的部门及其官吏。

⑰言未既:话没有说完。既,完,尽。

⑱列:队列,这里指诸生的行列。

⑲于兹:于今,至今。有年:多年。

⑳口不绝吟:口里不断诵读。六艺:指儒家六经,即《诗》《书》《礼》《乐》《易》《春秋》。

㉑手不停披:手上不停地翻阅。披,翻开,翻阅。百家之编:指儒家经典之外的各学派的著作。编,本指穿连竹简的绳子,这里指书籍、著作。

㉒记事者必提其要:记事的书籍(指史书)一定要将它的要点提摘出来。

㉓纂言者必钩其玄:撰述言论类著作一定要探求其深奥隐微的意义。纂言,纂集古人言论的书,如《论语》《孟子》及诸子百家之书。钩,探求,探索。

㉔贪多务得:贪求很多而志在有收获。

㉕细大不捐:小的大的都不舍弃。捐,丢弃,舍弃。

㉖膏油:油脂,指灯烛。继晷(guǐ):指夜以继日。晷,日影。

㉗恒:经常。兀(wù)兀:勤勉的样子。穷年:全年,一年到头。

㉘抵排异端:抵制、批驳异端邪说。抵排,抵制,排斥。异端,儒家称儒家以外的学说、学派为异端。《论语·为政》:"攻乎异端,斯害也已。"朱熹集注:"异端,非圣人之道,而别为一端,如杨、墨是也。"

㉙攘斥佛老:排斥佛教与道家的学说。攘斥,排斥,驱除。

㉚补苴(jū)罅(xià)漏:弥补事物的缺陷和漏洞。补苴,补缀,缝补,引申为弥补缺陷。苴,鞋中草垫,亦泛指衬垫。罅,裂缝。

㉛张皇幽眇:将精深微妙的道理阐发出来。张皇,显扬,使光大。幽,深。眇,微小。

㉜坠绪:指行将绝灭的学说,这里指衰落的儒学。绪,事业,这里指儒学道统。

㉝远绍:遥远承继。绍,承继。

㉞障百川而东之:防堵纵横奔流的各条川河,引导它们东注大海。障,堵塞,阻隔,阻挡。东之,使之东流。

㉟回狂澜于既倒:挽回那已经倾倒的汹涌波澜,这里指挽回儒家道统。狂澜,汹涌的波浪。

㊱沉浸酖郁:沉浸在浓厚馥郁的经籍中。

㊲含英咀(jǔ)华:咀嚼、体味诗文的精华。英、华,均为"花"的意思。咀,咀嚼,品味,体味。

㊳"作为文章"二句:写起文章来,书写下来的卷册堆满了家屋。

㊴上规姚、姒(sì):向上取法远古虞、夏的著作。姚,虞舜的姓。姒,夏禹的姓。《尚书》中有《虞书》《夏书》。

㊵浑浑无涯:指内容深远而没有边际。浑浑,广大深厚的样子。

㊶周《诰》:指《尚书》中的《大诰》《康诰》《酒诰》《召诰》《洛诰》等篇。殷《盘》:指《尚书》中的《盘庚》三篇。

㊷佶屈:曲折,形容文字艰涩难懂,念不顺畅。聱牙:文词艰涩,念起来拗口。

㊸《春秋》:孔子修撰的鲁国编年体史书,记载十分简略,用词很讲究,往往寓褒贬于一字之中,故称谨严。

㊹《左氏》:即《左传》。鲁国史官左丘明采各国史书作《左传》,以阐述《春秋》正文。《左传》叙事较《春秋》详细,韩愈认为它文辞铺张,不如《春秋》言简意赅,故称浮夸。

㊺《易》奇而法:《易经》奇妙而有法则。《易》,即《易经》。奇,奇妙,指卦的变化而言。法,法则,指它的内在规律而言。

㊻《诗》正而葩(pā):《诗经》内容纯正,而言辞华美。

㊼下逮《庄》《骚》:下及《庄子》《离骚》。逮,及,及至。《庄》,即战国时庄周的著作《庄子》。《骚》,即战国末年屈原的著作《离骚》,这里泛指楚辞。

㊽太史所录:司马迁所著录的。太史,指司马迁,西汉人,曾任太史令,著《史记》。

㊾子云、相如:扬雄和司马相如。两人都是西汉著名的辞赋家。

(50)同工异曲：曲调虽异，演奏得却同样精妙。比喻不同的人的辞章或言论同样精彩，或做法虽不同而效果却一样。

(51)闳（hóng）其中而肆其外：内容宏博而文辞恣肆奔放。

(52)“长通于方”二句：长大之后通晓行事的规矩法度，处理问题左右逢源，无不得心应手。方，义方，旧指行事应该遵守的规矩法度。具宜，俱宜，都合适。

(53)见信：被信任。

(54)见助：被帮助。

(55)跋（bá）前踬（zhì）后：形容进退都有困难。跋，踩。踬，绊。

(56)动辄（zhé）得咎：指做事往往获罪或受到责怪。动辄，动不动。辄，不动，静。咎，罪过，过失。

(57)窜：窜逐，贬谪。南夷：韩愈于贞元十九年（803）任监察御史，冬，上书论宫市之弊，触怒德宗，被贬为连州阳山令。阳山在今广东，故称南夷。

(58)三年博士：韩愈曾在唐宪宗元和元年（806）六月至四年（809）任国子博士。

(59)冗不见治：处于闲散，不见有什么出色的治理成绩。冗，闲散。

(60)头童齿豁：头顶秃了，牙齿掉了。童，山无草木称为童山，形容人头发掉尽了。齿豁，牙齿脱落，齿列露出豁口。

(61)竟死何裨（bì）：到死又有什么益处？裨，补益。

(62)反教人为：却反过来教训别人吗？为，语气助词，表反诘。

(63)宋（máng）：屋梁。

(64)桷（jué）：屋椽。

(65)欂栌（bó lú）：即斗拱，柱顶上承托栋梁的方木。侏（zhū）儒：梁上短柱。

(66)椳（wēi）：门枢臼。闑（niè）：门中央所竖的短木，在两扇门相交处。扂（diàn）：门闩之类。楔（xiē）：门两旁长木柱。

(67)“玉札”四句：玉札，地榆。丹砂，朱砂。赤箭，天麻。青芝，又名龙芝。以上四种都是名贵药材。牛溲（sōu），牛尿，一说为车前草。马勃，一种真菌。败鼓，破鼓。以上两种及“败鼓之皮”都是贱价药材。

(68)登明选公：进用贤明，选拔公正。

(69)杂进巧拙：灵巧的人和拙笨的人都要引进。

(70)纡（yū）余：迂回曲折，引申为人有才气，从容不迫的样子。妍：美。

(71)卓荦（luò）：突出，超群出众。

(72)“辙（zhé）环天下”二句：车轮痕迹遍于天下，最后在奔走游说中老去。

(73)荀卿守正：荀卿遵守正道。荀卿，即荀况，战国后期儒家大师，时人尊称为荀卿。

(74)大论是弘：发扬光大儒家的学说。大论，宏大的论述，指儒家学说。弘，发扬光大。

(75)“逃谗于楚”二句：因避谗言从齐国逃到楚国，后来又被废黜，死在了兰陵。荀况在齐国做祭酒，被人谗毁，逃到楚国，被春申君任做兰陵（今属山东临沂）令。春申君死后，他被废黜，死在兰陵。

(76)“绝类”二句：他们远远超出常人，已达到圣人境地。绝、离，都是超越的意思。类、伦，都是同类、同辈的意思，指一般人。

(77)繇（yóu）其统：奉行道统。繇，通“由”，奉行，遵从。

(78)不要其中：抓不住中心。

(79)不济于用：对实际使用没有帮助。

(80)岁靡廪粟：每年浪费仓库里的粮食。靡，浪费，消耗。廪，仓库。粟，粟米，泛指粮食。

(81)踵（zhǒng）常途之促促：拘谨地跟在常人的后面。踵，脚后跟，引申为跟随、追逐。促促，拘谨局促的样子。

(82)窥陈编以盗窃：到古书里抄袭一些前人的东西。窥，从小孔、缝隙或隐僻处察看。陈编，陈旧的简编，指古旧书籍。

83投闲置散：投放在闲散之处，指不被重用。

84若夫商财贿之有亡：至于计算俸禄的有没有。商，计量，计算。财贿，财货，财物，这里指俸禄。亡，通"无"。

85计班资之崇庳(bì)：计较等级的高低。班资，等级，资格。崇，高。庳，低，低矮。

86忘己量之所称：忘记了自己的才能和什么位置相称。

87指前人之瑕疵：指摘在我前面的人的缺点。前人，指职位在自己前列的人。瑕疵，玉的斑痕，亦比喻人的过失或事物的缺点。

88"是所谓"句：这就是所说的质问工匠为什么不用小木桩做柱子。杙(yì)，小木桩。楹(yíng)，柱子。

89"而訾医师"句：责怪医师把菖蒲当作长寿药，却想推荐猪苓去替代它一样荒谬啊。昌阳，菖蒲，药材名，相传久服可以长寿。狶(xī)苓，又名猪苓，利尿药。

【解读】

本文是韩愈于唐宪宗元和八年(813)，由职方员外郎再次被贬为国子博士之后写的。他仿照汉代东方朔《答客难》、扬雄《解嘲》、班固《答宾戏》的形式，设为问答，借"诸生"之口发泄自己有才有德却被"投闲置散"的不满，表白自己具有远大的抱负和精深的学业，同时以含蓄的反话表达了对当时执政者的批评。

本文以国子先生在太学教诲诸生引出全篇议论。首先提出"诸生业患不能精，无患有司之不明；行患不能成，无患有司之不公"作为教诲诸生"进学"的基本论点。然后假设诸生中有人提出诘难，指出国子先生本人虽然可称是业精行成，却未免取败于有司，于是国子先生回答诘难，进一步肯定业精行成是"进学"的根本目标和方法。至于本人是否遇时，则是不必计较的。作者在文中含蓄地发泄了自己德高学优而不被世人重用的不满，同时又表示自己虽然受到挫折，但对于学业和德行仍然具有矢志不渝的决心，所以牢骚之中又隐含有解嘲之意。

从文字技巧上看，本文成功地吸收了汉赋的某些特点于散文之中，大量的对偶句式和散文句法交替使用，整齐之中又有变化，使文意生动活泼；文中不是通篇用韵，但许多地方用韵，且韵随文意的转换而作变化，读来朗朗上口；使用典故，一概不用原文，用自己的话讲出来，因而文气前后连贯，不受阻隔。由于韩愈炼字造句的功夫很深，本文中如"业精于勤，荒于嬉""贪多务得，细大不捐""回狂澜于既倒"等，都言简意深，成为人们常用的成语和警句。

【点评】

"仿东方朔《客难》、扬雄《解嘲》，气味之渊懿不及，而论道论文二段精实处过之。'《春秋》谨严，《左氏》浮夸，《易》奇而法，《诗》正而葩；下逮《庄》《骚》，太史所录，子云、相如，同工异曲。'韩公于文用力绝勤，故言之切当有味如此。"（[清]曾国藩《求阙斋读书录》）

"《进学解》虽抒愤慨，亦道功力，圆亮出以俪体，骨力仍是散文，浓郁而不伤缛雕，沉浸而能为流转，参汉赋之句法，而运以当日之唐格。或谓'《进学解》仿东方朔《客难》、扬雄《解嘲》，气味之渊懿不及'，祇是皮相之谈。其实东方朔《客难》，以'彼一时也，此一时也'柱意，扬雄《解嘲》则结穴于'亦会其时之可为也'一语，皆以时势不同立论，而《进学解》则靠定自身发挥，此命意之不同也。《客难》瑰迈宏放，犹是《国策》纵横之余，《解嘲》铿锵鼓舞，则为汉京词赋之体，而《进学解》跌宕昭彰，乃开宋文爽朗之意，此文格之不同也。所同者，则以主客之体，自譬自解以抒愤郁耳。"（钱基博《韩愈志》）

送孟东野序 韩　愈

大凡物不得其平则鸣①。草木之无声，风挠之鸣②；水之无声，风荡之鸣③。其跃也，或激之④；其趋也⑤，或梗

154

之⑥；其沸也，或炙之⑦。金石之无声⑧，或击之鸣。人之于言也亦然，有不得已者而后言，其歌也有思，其哭也有怀。凡出乎口而为声者，其皆有弗平者乎？

乐也者，郁于中而泄于外者也⑨，择其善鸣者而假之鸣⑩。金、石、丝、竹、匏、土、革、木八者，物之善鸣者也。惟天之于时也亦然，择其善鸣者而假之鸣。是故以鸟鸣春，以雷鸣夏，以虫鸣秋，以风鸣冬。四时之相推敓⑪，其必有不得其平者乎？

其于人也亦然。人声之精者为言⑫，文辞之于言，又其精也⑬，尤择其善鸣者而假之鸣。其在唐、虞⑭，咎陶、禹其善鸣者也⑮，而假以鸣。夔弗能以文辞鸣⑯，又自假于《韶》以鸣⑰。夏之时，五子以其歌鸣⑱。伊尹鸣殷⑲，周公鸣周⑳。凡载于《诗》《书》六艺，皆鸣之善者也。周之衰，孔子之徒鸣之，其声大而远。《传》曰："天将以夫子为木铎㉑。"其弗信矣乎！其末也，庄周以其荒唐之辞鸣㉒。楚，大国也，其亡也，以屈原鸣㉓。臧孙辰、孟轲、荀卿㉔，以道鸣者也。杨朱、墨翟、管夷吾、晏婴、老聃、申不害、韩非、慎到、田骈、邹衍、尸佼、孙武、张仪、苏秦之属㉕，皆以其术鸣㉖。秦之兴，李斯鸣之㉗。汉之时，司马迁、相如、扬雄㉘，最其善鸣者也。其下魏、晋氏㉙，鸣者不及于古，然亦未尝绝也。就其善者，其声清以浮，其节数以急㉚，其辞淫以哀㉛，其志弛以肆㉜，其为言也，乱杂而无章。将天丑其德莫之顾耶㉝？何为乎不鸣其善鸣者也？

唐之有天下，陈子昂、苏源明、元结、李白、杜甫、李观³⁴,皆以其所能鸣。其存而在下者,孟郊东野始以其诗鸣³⁵,其高出魏、晋,不懈而及于古,其他浸淫乎汉氏矣³⁶。从吾游者,李翱、张籍其尤也³⁷。三子者之鸣信善矣,抑不知天将和其声³⁸,而使鸣国家之盛耶?抑将穷饿其身³⁹,思愁其心肠,而使自鸣其不幸耶?三子者之命,则悬乎天矣。其在上也,奚以喜⁴⁰?其在下也,奚以悲?东野之役于江南也⁴¹,有若不释然者⁴²,故吾道其命于天者以解之。

【注释】

①鸣:鸟兽昆虫叫,引申为发出声响、言说。

②挠(náo):扰乱,阻挠,搅动。

③荡:推,撞,碰,摇动。

④激:阻遏水势,激起波涛。《孟子·告子上》:"今夫水,搏而跃之,可使过颡;激而行之,可使在山。"

⑤趋:疾行,奔跑,指水流得很快。

⑥梗:阻塞。

⑦炙(zhì):烧,烤。

⑧金石:金属和石块,这里指钟磬类乐器。

⑨郁于中而泄于外:某种感情郁积于胸中而在外面发泄出来。

⑩择其善鸣者而假之鸣:选择那些善于发出声响的东西而借助它们发出声音。假,假借,借助。

⑪推敓(duó):推移。敓,"夺"的古字,更替,改变。

⑫人声之精者为言:人类声音的精华是语言。

⑬"文辞"二句:文章在语言中,又是其中的精华。文辞,泛指文章。

⑭唐:尧帝国号。虞:舜帝国号。

156

⑮咎陶(gāo yáo)：舜帝之贤臣，主管刑狱之事。《尚书》有《皋陶谟》篇。咎，通"皋"。

⑯夔(kuí)：舜帝时乐官。

⑰《韶》：舜帝时乐曲名。

⑱五子：夏王太康的五个弟弟。太康耽于游乐而失国，五子作歌告诫。《尚书》载有《五子之歌》。

⑲伊尹：名挚，殷汤时的宰相，曾佐汤伐桀。《尚书》载有他所作《咸有一德》《伊训》《太甲》等文。

⑳周公：名旦，周武王之弟。辅佐武王伐纣灭商，建立周王朝。后又辅佐幼主成王，曾代行政事，制礼作乐。《尚书》载有他所作《金縢》《大诰》等多篇文章。

㉑天将以夫子为木铎(duó)：上天要让孔子做宣扬教化的人。语出《论语·八佾》："天下之无道也久矣，天将以夫子为木铎。"木铎，以木为舌的大铃，铜质。古代宣布政教法令时，巡行振鸣以引起众人注意，后遂以木铎比喻宣扬教化的人。

㉒"其末也"二句：到了周朝末年，庄周用他那汪洋恣肆的言辞来发出声音。庄周，即庄子，战国时宋国人，道家学说的代表人物。荒唐，广大，漫无边际，荒诞。《庄子·天下》说庄周文章有"以谬悠之说、荒唐之言、无端崖之辞，时恣纵而不傥"的特色。

㉓屈原：名平。战国时楚国人。楚怀王时任左徒、三闾大夫，主张联齐抗秦。后遭谗被贬。楚顷襄王时，国事日非。秦兵攻破郢都，屈原投汨罗江自尽。著有《离骚》。

㉔臧孙辰：即春秋时鲁国大夫臧文仲。《左传》《国语·鲁语》载有他的言论。

㉕杨朱：字子居，战国时魏国人。其说重在为我爱己，拔一毛以利天下不为。言论散见于《孟子》《庄子》《荀子》《韩非子》。墨翟(dí)：即墨子。春秋、战国之际宋国人。墨家学说的创始者，主张兼爱、非攻、

尚贤等。其言行主要见于《墨子》。管夷吾：字仲，春秋时齐国人，辅佐齐桓公称霸。后人辑有《管子》一书。晏婴：即晏子，字平仲，春秋时齐景公贤相，以节俭力行，显名诸侯。其言行见于《晏子春秋》。老聃（dān）：即老子。春秋时楚国人。道家学说的始祖，相传五千言《老子》（又名《道德经》）即其所作。申不害：战国时郑国人。韩昭侯时为相十五年，国治兵强。其说本于黄老而主刑名。著有《申子》。韩非：战国时韩国公子，后出使入秦为李斯所杀。著名法家代表，其说见《韩非子》。慎到：战国时赵国人，著有《慎子》。田骈（pián）：战国时齐国人。著《田子》二十五篇，今已佚。邹衍：战国时齐国人，阴阳家的代表人物，时称"谈天衍"。尸佼：战国时鲁国人。著有《尸子》，《汉书·艺文志》列入杂家。孙武：即孙子。春秋时齐国人。著名军事家，著有《孙子兵法》。张仪：战国时魏国人，纵横家的代表人物。秦惠文王时入秦为相，主"连横"说，游说六国与秦结盟，以瓦解"合纵"战略。苏秦：战国时东周洛阳人，著名纵横家。曾游说燕赵韩魏齐楚六国，合纵抗秦，身佩六国相印，为纵约长。

㉖皆以其术鸣：都以他们的学术（主张）发出声音。术，指手段、策略、思想、主张等。

㉗李斯：战国时楚国人。秦始皇时任廷尉、丞相，对秦统一天下起过重要作用。著有《谏逐客书》。

㉘相如：即司马相如，字长卿，西汉著名辞赋家，著有《子虚赋》《上林赋》等。扬雄：字子云，西汉著名辞赋家，著有《甘泉赋》《羽猎赋》《长杨赋》等，又有《太玄》《法言》等专著。

㉙其下魏、晋氏：到了汉以后魏、晋两朝的人物。

㉚其节数（cù）以急：他们的节奏细密而急促。节，节奏，节拍。数，细密，稠密。

㉛其辞淫以哀：他们的言辞靡丽而悲哀。淫，靡丽。哀，悲痛，悲伤。

㉜其志弛以肆：他们的意志松懈而放荡。志，意志，感情。弛，松懈，放纵，松弛。肆，放荡，不受拘束。

㉝将：大概。丑：厌恶，憎恶。莫之顾：指不再眷顾他们。

㉞苏源明：字弱夫，武功（今陕西武功）人，天宝年间进士。诗文散见于《全唐诗》《全唐文》。李观：字元宾，陇西（今甘肃陇西）人。贞元八年（792）与韩愈同登进士第。擅长散文，有《李元宾文集》。

㉟孟郊：字东野，唐代湖州武康（今浙江德清）人，诗人。

㊱其他浸淫乎汉氏矣：其他诗也接近于汉代人的水平了。浸淫，浸润，逐渐渗透，这里有接近的意思。

㊲李翱：字习之，陇西成纪（今甘肃静宁）人，韩愈的学生和侄女婿。著有《李文公集》。张籍：字文昌，苏州（今江苏苏州）人。善作乐府诗，著有《张司业集》。尤：最优秀，亦指最优秀的人或物。

㊳抑不知天将和其声：然而不知道上天是要让他们的声音和顺。抑，然而。和，使声音和顺。

㊴抑将穷饿其身：还是将要让他们穷困饥饿。抑，还是，表示选择。穷饿，穷困饥饿。

㊵奚以喜：有什么可高兴的？奚，犹"何"，何处。

㊶役于江南：指赴溧阳就任县尉。唐代溧阳县属江南道。

㊷有若不释然：好像心没有放开的样子，指有些郁郁不乐。释，放下，解开。

【解读】

本文是赠序。孟郊是中唐著名诗人。他壮年屡试不第，四十六岁才中进士，五十岁被授为溧阳县尉。怀才不遇，心情抑郁。在他上任之际，韩愈写此文加以赞扬和宽慰，流露出对朝廷用人不当的感慨和不满。

本文先声夺人，劈头提出论点"物不得其平则鸣"，硬语盘空，气势甚盛，是韩愈常用的手法。然后具体论述，用大量事例说明"鸣"的各种类型及其性质。论述"鸣"的类型，由物及人，由人及天，再及于人言，一气直下，逐步引出所论主题"文辞"，说"文辞"则由唐虞禹三代，至秦汉，直至本朝。全文溯古论今，以一"鸣"字贯穿，由远至近，排而比之，层层深入，于论述之中寄感慨，在叙说之中寓讽刺，奇而不诡，收放自如，波澜迭起，寓意深刻。另一面，论述"鸣"之中又有"善不善"的性质之分。文中列举唐虞禹三代，"皆鸣之善者"，这是"治世"的"鸣"。周之衰，有孔子的鸣；周末，有庄周的鸣；楚亡，有屈原的鸣；然后诸子百家各其"术"鸣。至于魏、晋而下，则"天丑其德"，使之鸣不善。这些都是"乱世"的"鸣"。"治世""乱世"决定文辞的"善不善"，充分说明国运兴衰对作家、作品具有直接的作用和重要的意义。

文章最后，归结到孟郊等人，指出他们都是优秀的人才，但在当时的情况下，是处于压抑、不得志的状态，他们要作"治世"的鸣，还是作"乱世"的鸣呢？这个决定权不在他们，而在"天"（"悬乎天"）。他们的"在上"或"在下"，对个人来说，无可悲或可喜，因为他们关涉者大，足以见证国运的兴衰。作者在这里很隐晦、很巧妙地将个人的穷通与国家的命运联结在一起，其意在对压抑人才的现状进行有力的抨击，同时讽劝执政者要重视人才，使他们能才尽其用。

文章运用比兴手法，从"物不平则鸣"，写到"人不平则鸣"。全序仅篇末用少量笔墨直接点到孟郊，其他内容都凭空结撰，出人意外，但又紧紧围绕孟郊其人其事而设，言在彼而意在此，因而并不显得空疏游离，体现了布局谋篇上的独到造诣。历数各个朝代善鸣者时，句式极错综变化之能事，被清人刘海峰评为"雄奇创辟，横绝古今"。

【点评】

"此篇凡六百二十余字，'鸣'字四十，读者不觉其繁，何也？句法变化，凡二十九样，有顿挫，有升降，有起伏，有抑扬，如层峰叠峦，如惊涛怒浪，无一句懈怠，无一字尘埃，愈读愈可喜。"（[宋]谢枋得《文章轨范》）

"拉杂散漫,不作起,不作落,不作主,不作宾,只用一'鸣'字跳跃到底,如龙之变化屈伸于天,更不能以逐鳞逐爪观之。"([清]金圣叹《天下才子必读书》)

"《送孟东野序》《送高闲上人序》,凭空发论,妙远不测,如入汉武帝建章宫,隋炀帝迷楼,千门万户,不知所出;而正事正意,止瞥然一见,在空际荡漾,恍若大海中日影,空中雷声。此《庄子》内外篇《逍遥游》《秋水》章法也。《送孟东野序》,以'命于天'者为柱意,而多方取譬,细大不捐,叠以'鸣'字点眼,学《周官·考工记》'梓人'章法,然离合断续,波澜要似《庄子》'荒唐之言,无端崖之辞',迷离惝恍。只是问天将使'鸣国家之盛',将使'自鸣其不幸',而于东野则'奚喜''奚悲'。'在上''在下',自系国家之盛衰,愈写得东野无干,愈抬高东野身分,而今'存而在下',以觇国家之衰,意在言外,妙能含茹。以此知文有文心,有文眼。'命于天者',文心也;叠用'鸣'字,点眼也。"(钱基博《韩愈志》)

送李愿归盘谷序[①]　　　韩　愈

太行之阳有盘谷[②]。盘谷之间,泉甘而土肥,草木丛茂[③],居民鲜少。或曰:"谓其环两山之间,故曰盘。"或曰:"是谷也,宅幽而势阻[④],隐者之所盘旋[⑤]。"友人李愿居之。

愿之言曰:"人之称大丈夫者,我知之矣。利泽施于人[⑥],名声昭于时。坐于庙朝[⑦],进退百官[⑧],而佐天子出令。其在外,则树旗旄[⑨],罗弓矢[⑩],武夫前呵[⑪],从者塞途,供给之人,各执其物,夹道而疾驰。喜有赏,怒有刑。才畯满前[⑫],道古今而誉盛德,入耳而不烦[⑬]。曲眉丰颊[⑭],清声而便体[⑮],秀外而惠中[⑯],飘轻裾[⑰],翳长袖[⑱],粉白黛绿者[⑲],列屋而闲居[⑳],妒宠而负恃[㉑],争妍而取怜[㉒]。大丈夫之遇知于天子，用力于当世者之所为也。吾非恶此而逃之，是有命焉，不可幸而致也㉒。穷居而野处㉔，升高而望远，坐茂树以终日，濯清泉以自洁㉕。采于山，美可茹㉖；钓于水，鲜可食㉗。起居无时，惟适之安㉘。与其有誉于前，孰若无毁于其后㉙；与其有乐于身，孰若无忧于其心。车服不维㉚，刀锯不加㉛，理乱不知㉜，黜陟不闻㉝。大丈夫不遇于时者之所为也，我则行之。伺候于公卿之门，奔走于形势之途㉞，足将进而趑趄㉟，口将言而嗫嚅㊱，处秽污而不羞，触刑辟而诛戮㊲。侥幸于万一，老死而后止者，其于为人贤不肖何如也！”

昌黎韩愈闻其言而壮之㊳。与之酒而为之歌曰：“盘之中，维子之宫㊴。盘之土，维子之稼㊵。盘之泉，可濯可沿㊶。盘之阻，谁争子所㊷？窈而深㊸，廓其有容㊹。缭而曲，如往而复㊺。嗟盘之乐兮，乐且无央㊻。虎豹远迹兮，蛟龙遁藏。鬼神守护兮，呵禁不祥㊼。饮且食兮寿而康，无不足兮奚所望？膏吾车兮秣吾马㊽，从子于盘兮，终吾生以徜徉！”

【注释】

①李愿：号盘谷子，中唐时期隐士，生平事迹不详。盘谷：在今河南济源北二十里。

②太行：太行山。阳：山的南面、水的北面叫阳，这里指太行山南面。

③丛茂：草木繁盛。

④宅幽而势阻：位置幽深而地势阻隔。宅，位置。阻，阻隔，隔绝，

162

形容环境闭塞。

⑤盘旋：迂回，盘桓。

⑥利泽：利益恩泽。

⑦坐于庙朝：坐在宗庙和朝廷上，这里指居于高位的宰相。与下文"树旗旄"的军将并举，即"出将入相"的具体描写。

⑧进退：进用和黜退，这里指升降、任免官员。

⑨旗旄（máo）：注牦牛尾于杆首的旌旗，军将所建。

⑩罗弓矢：罗列弓箭，这里表示威仪。

⑪武夫前呵：武士在前面呼喝开道。

⑫才畯：同"才俊"，才能出众的人。这里指"大丈夫"的幕僚。

⑬入耳而不烦：（阿谀的话）进入耳朵而不觉得厌烦。

⑭曲眉丰颊：眉毛弯曲，脸颊丰满。这里及以下数句指"大丈夫"的姬妾。

⑮清声而便体：声音清脆，体态轻捷。便，灵便，轻捷。

⑯秀外而惠中：外表秀丽，心中聪慧。惠，同"慧"。

⑰裾（jū）：衣服的前后襟。

⑱翳（yì）：遮蔽，掩映。

⑲粉白黛绿：犹"粉白黛黑"。以粉傅面、以黛画眉，指女子修饰容颜。黛，古代女子画眉用的青黑色颜料。

⑳列屋：放置在屋中。

㉑妒宠而负恃：自恃美丽，妒忌别的姬妾得宠。负恃，依仗其可凭借者，有所依恃，这里指依恃自己的色艺。

㉒争妍而取怜：争相比美，求取怜爱。

㉓不可幸而致：不可侥幸得到。致，求取，获得。

㉔穷居而野处：居住在闭塞简陋的山野中。穷居，穷困而居，指隐居。野处，栖息野外，在乡野居住。

㉕濯（zhuó）：洗涤。

163

㉖美可茹：有美味（野果之类）可食。茹，食。

㉗鲜可食：有新鲜的鱼可吃。鲜，小鱼。

㉘"起居"二句：作息没有固定时间限制，只以舒适为原则。适，舒适。

㉙与其……孰若……：相当于"与其……不如……"。孰若，何如，怎么比得上。

㉚车服不维：车舆、礼服都不用。车服，车舆礼服，《尚书·舜典》："敷奏以言，明试以功，车服以庸。"孔传："功成则赐车服以表显其能用。"孔颖达疏："人以车服为荣，故天子之赏诸侯，皆以车服赐之。"维，系，拴缚。

㉛刀锯不加：刑罚不施于身。刀锯，古代刑罚中所用的刀和锯，这里泛指刑具。加，施加。

㉜理乱：指国家的安定与动乱。理，即治，唐人避高宗李治讳，用"理"代"治"字。

㉝黜陟（chù zhì）不闻：官员的升降都不需要听。黜，降职。陟，升职。

㉞形势：权势，权位。

㉟趑趄（zī jū）：想前进又不敢前进的样子，形容疑惧不决，犹豫观望。

㊱嗫嚅（niè rú）：吞吞吐吐，欲言又止的样子。

㊲"处秽污"二句：处于污浊卑下的地位而不觉得羞耻，触犯了刑法就要被诛杀。刑辟（pì），刑法，法律。

㊳壮：在这里为意动用法，以……为壮。

㊴维子之宫：是你居住的房室。维，句首助词，无意义。宫，室，房屋。

㊵稼：种植农作物。

㊶可濯可沿：可以洗涤，也可以顺着它游观。

㊷"盘之阻"二句：盘谷这样与外界阻隔，谁会来跟你争抢这样的

处所。

㊸窈:幽深。

㊹廓其有容:非常宽大,可以容纳许多。廓,广大,宽阔。

㊺"缭而曲"二句:盘谷盘绕曲折,好像往前走却又回到原处。

㊻无央:无尽。央,尽。

㊼呵禁:喝止。

㊽膏(gào):油脂,这里指用油润滑。秣(mò):喂养。

【解读】

本文写于唐德宗贞元十七年(801),当时韩愈三十四岁,离开了徐州幕府,到京城谋职。自贞元八年(792)中进士以来,在将近十年的时间里,韩愈一直为仕途汲汲奔走,却始终没有得到朝廷重用,处境艰难,心情抑郁。因此,借送友人李愿归盘谷隐居之机,写下这篇赠序,一吐胸中的不平之气。

本文共分三部分。第一部分叙写盘谷环境之美及得名由来,点出它是李愿的归隐所在;第三部分也就是文章最后一段,用一首古歌的形式和浓郁的抒情笔调,咏叹、赞美、祝福友人的隐居生活。第二部分是文章的重点所在。在这一部分里,韩愈借李愿的口,描绘出三种人:一是那些"出将入相"的达官贵人,二是"穷居野处"的山林隐士,三是趋炎附势、投机钻营的小人。通过淋漓尽致的铺叙,对志得意满、穷奢极欲的大官僚和卑躬屈膝、攀附权贵之徒进行了辛辣的嘲讽。

本文结构比较简单,笔墨也很洗练,但采用多角度叙述,使行文富于变化;同时,骈散互用,长短错落,音韵铿锵,富有节奏,显示了高超的艺术技巧。

韩愈的赠序非常有名,这篇尤为历代称道。苏轼《跋退之送李愿序》说:"欧阳文忠公尝谓晋无文章,惟陶渊明《归去来》一篇而已。余亦以谓唐无文章,惟韩退之《送李愿归盘谷》一篇而已。平生愿效此作一篇,每执笔辄罢,因自笑曰:'不若且放,教退之独步。'"

165

【点评】

"一节是形容得意人，一节是形容闲居人，一节是形容奔走伺候人，都结在'人贤不肖何如也'一句上。全举李愿自己说话，自说只前数语写盘谷，后一歌咏盘谷，别是一格。"（[清]吴楚材、吴调侯《古文观止》）

"阅《昌黎集》卷十九之二十一，送人序。其中有端凝简峭而如史笔者，如《送幽州李端公序》《送殷员外序》《送石处士序》《送温处士赴河阳军序》《送郑尚书序》《送水陆转运使韩侍御归所治序》，是也；有婀娜摇曳以为多姿者，如《送许郢州序》《送李愿归盘谷序》《送董邵南序》《赠崔复州序》《送王秀才含序》《送杨少尹序》，是也。大抵端凝简峭，斯见劲，王安石以之；婀娜摇曳，则余妍，欧阳修以之。"（钱基博《韩愈志》）

送董邵南游河北序①   韩　愈

燕、赵古称多感慨悲歌之士②。董生举进士③，连不得志于有司④，怀抱利器⑤，郁郁适兹土⑥。吾知其必有合也⑦。董生勉乎哉！夫以子之不遇时⑧，苟慕义强仁者⑨，皆爱惜焉。矧燕、赵之士⑩，出乎其性者哉⑪！然吾尝闻，风俗与化移易⑫，吾恶知其今不异于古所云邪⑬？聊以吾子之行卜之也⑭。董生勉乎哉！吾因子有所感矣！为我吊望诸君之墓⑮，而观于其市，复有昔时屠狗者乎⑯？为我谢曰⑰："明天子在上⑱，可以出而仕矣⑲！"

【注释】

①董邵南：寿州安丰（今安徽寿县）人。即下文的"董生"。

②燕、赵：指战国时燕、赵二国，亦泛指其所在地区，即今河北北部

166

及山西西部一带。感慨悲歌之士：用慷慨激愤的歌声抒发悲壮情怀的豪侠之士。古燕、赵地多游侠，英雄辈出，著名故事如荆轲刺秦王。

③举进士：应举进士，这里指被推举去参加进士科考试。

④有司：这里指礼部主管考试的官。

⑤利器：锐利的武器，这里比喻杰出的才能。

⑥郁郁适兹土：郁闷地到这个地方去，这里指董生去燕赵谋职。适，去，往。

⑦有合：有所遇合，指受到赏识和重用。

⑧以子之不遇时：因为你这样不走运。以，因为，由于。遇时，遇到时机。

⑨苟慕义强（qiǎng）仁者：只要是仰慕正义、力行仁道的人。苟，假如，只要。强，勉力，勉强。

⑩矧（shěn）：何况。

⑪出乎其性：出自他们的本性。

⑫风俗与化移易：风俗跟着教化而改变。与，跟随。易，改变。

⑬"吾恶（wū）知"句：我怎么知道今天那里的风气与古人所说的没有差别呢？恶，怎么。不异，没有差别，等同。

⑭聊以吾子之行卜之也：姑且用你这次的出游去验证一下吧。聊，姑且。吾子，对人亲昵的称呼。卜，推断，预测。

⑮望诸君：即乐（yuè）毅，战国时赵人，辅佐燕昭王击破齐国，接连攻下七十余城。晚年在燕不得志，归赵，被封望诸君。望诸，古泽名，故地在今河南睢县与山东菏泽之间。

⑯屠狗者：以屠狗为职业的人，泛指出身低微者，或位卑的豪杰之士。这里指荆轲与高渐离的朋友。《史记·刺客列传》："荆轲既至燕，爱燕之狗屠及善击筑者高渐离。荆轲嗜酒，日与狗屠及高渐离饮于燕市，酒酣以往，高渐离击筑，荆轲和而歌于市中，相乐也，已而相泣，旁若无人者。"

⑰为我谢曰：替我致敬并问候他们说。谢，致敬，问候。

⑱明天子：圣明的天子，这里指唐德宗。

⑲出而仕：出来做官。

【解读】

本文大约写于唐德宗贞元十八至十九年（802—803）间。文章很短，情节也很简单。作者的朋友董生考进士没有考上，郁郁不得志，想到藩镇割据下的河北一带寻找出路。作者很是担心，于是写了这篇赠序给他，对他委婉地规劝，认为时过境迁，那里也不一定是施展抱负的地方，并通过追怀历史人物，在勉励他建功立业的同时，也告知他要谨慎从事。

文章写忠臣义士，是正面公开写的；写藩镇割据，叛乱之臣，却不是明说，而是很隐晦、很委婉地通过"风俗与化移易，吾恶知其今不异于古所云邪"以及连用"董生勉乎哉"句将字面底下的意思表现出来。董生是孝义之士，过去河北一带也是忠臣义士聚集之地，两者本性相合是肯定的。但今非昔比，现在是被叛贼所据，董生前往，就得非常警惕。作者是主张统一、反对分裂的人，文章提出望诸君（乐毅）、狗屠做榜样，意在要董生到河北后，劝他的主人归顺唐朝，其他豪杰之士也都到唐朝来做事，这是本文的立意所在。同时也含蓄地表明作者的态度，劝董生应留在长安，为当今的朝廷效力。

全文措辞深婉，意在言外，虽仅百余字，但一波三折，起伏跌宕；其"高情远韵，可望不可及"（刘大櫆语），给作品增加了厚重的意味。

【点评】

"文章有短而转折多、气长者，韩退之《送董邵南序》、王介甫《读孟尝君传》是也。"（［宋］李耆卿《文章精义》）

"含蓄不露，曲尽吞吐之妙。唐文惟韩奇，此为韩中之奇。"（［清］过琪《古文评注》）

送温处士赴河阳军序① 　　韩　愈

　　伯乐一过冀北之野②，而马群遂空。夫冀北马多天下，伯乐虽善知马，安能空其群邪？解之者曰："吾所谓空，非无马也，无良马也。伯乐知马，遇其良，辄取之③，群无留良焉。苟无良，虽谓无马，不为虚语矣。"

　　东都④，固士大夫之冀北也。恃才能深藏而不市者⑤，洛之北涯曰石生⑥，其南涯曰温生⑦。大夫乌公以铁钺镇河阳之三月⑧，以石生为才，以礼为罗⑨，罗而致之幕下⑩。未数月也，以温生为才，于是以石生为媒⑪，以礼为罗，又罗而致之幕下。东都虽信多才士⑫，朝取一人焉，拔其尤⑬；暮取一人焉，拔其尤。自居守、河南尹⑭，以及百司之执事⑮，与吾辈二县之大夫⑯，政有所不通，事有所可疑，奚所咨而处焉⑰？士大夫之去位而巷处者⑱，谁与嬉游⑲？小子后生⑳，于何考德而问业焉㉑？搢绅之东西行过是都者㉒，无所礼于其庐㉓。若是而称曰："大夫乌公一镇河阳，而东都处士之庐无人焉。"岂不可也？

　　夫南面而听天下㉔，其所托重而恃力者㉕，惟相与将耳。相为天子得人于朝廷，将为天子得文武士于幕下。求内外无治，不可得也。愈縻于兹㉖，不能自引去㉗，资二生以待老㉘。今皆为有力者夺之，其何能无介然于怀耶㉙？生既至，拜公于军门，其为吾以前所称，为天下贺㉚；以后所称，为吾致私怨于尽取也㉛！

　　留守相公首为四韵诗歌其事㉜，愈因推其意而序之。

【注释】

①河阳军:唐置,治河阳城,在今河南孟州西三十五里,唐德宗建中初(780—783)名怀、郑、汝、陕四州及河阳三城节度使,后分割郑州隶属永平军,以河阳三城怀州为河阳军。

②冀北:冀州北部,今河北、山西一带,相传冀州出产良马。

③辄取之:立即将它挑选了出来。

④东都:指洛阳。唐代首都长安,以洛阳为东都。

⑤恃才能深藏而不市者:指仗恃才能,但隐居不出,不愿为官的人。市,做买卖,贸易。

⑥洛之北涯:洛河的北岸。石生:石洪,字濬川,河南人。有至行,举明经,隐居不出,公卿数荐皆不答。后诏为昭应尉、集贤校理。善属文,工书。

⑦温生:温造,字简舆,曾隐居王屋山及洛阳,后官至礼部尚书。

⑧乌公:乌重胤,字保君,封张掖郡公,后进为邠国公。元和五年(810)任河阳军节度使、御史大夫。鈇钺:斫刀和大斧,特指帝王赐予的专征专杀之权。《礼记·王制》:"诸侯赐弓矢,然后征。赐鈇钺,然后杀。"这里指节度使的身份。

⑨以礼为罗:用礼作为罗致的手段。罗,捕鸟的网,罗网,这里指罗致人才的手段。

⑩幕下:即幕府中。幕,幕府,本指营帐、幕帐。古代军队出征,用幕帐,所以将军的府署称幕府。

⑪以石生为媒:用石生作介绍人。媒,媒介,引荐人。

⑫信多才士:确实有很多有才能的人。信,确实,的确。

⑬拔其尤:拔取其中最优秀的。尤,最优秀的,特异的,突出的。

⑭居守:指东都留守郑余庆。河南尹:河南府的长官。

⑮百司之执事:众多部门的官员。百司,众多官署,众多部门。执事,做事的人,主管事的人,指官员。

⑯二县:指东都城下的洛阳县、河南县。当时韩愈任河南县令,所以称"吾辈二县之大夫"。

⑰奚所咨而处焉:到哪里去咨询从而妥善处理呢?

⑱"士大夫"句:士大夫中辞去官位而闲居里巷的人。

⑲谁与嬉游:和谁去游玩呢?嬉游,游乐,游玩。

⑳小子后生:那些学生,那些晚辈。

㉑于何考德而问业焉:到哪里去研求道德、询问学业呢?

㉒搢绅:插笏于绅带间,旧时官宦的装束,借指士大夫。

㉓无所礼于其庐:也不能到他们的居处去拜访他。礼,以礼相见,拜访。

㉔南面:此处指皇帝。古代以坐北朝南为尊位,故皇帝见群臣时面向南而坐。听:听察,治理。

㉕其所托重而恃力者:他所托重和依靠的人。

㉖縻:牛缰绳,引申为拴缚、束缚、牵制。

㉗引去:引退,辞去。引,收敛,退避。

㉘资二生以待老:依靠石生、温生的帮助直到告老归去。

㉙介然于怀:胸中有间隔,耿耿于怀。

㉚"其为吾"二句:倘若对待他们(石生、温生)是我以前所说的为天子选拔人才,那我为天下向乌公表示祝贺。

㉛"以后所称"二句:倘若是我后面所说的只是为自己幕府罗致人才,那就为我将私下的怨言(即我所依靠的人才都为有力者所夺去)转告给他。后所称,指石生、温生被选走,使河南人才空虚。

㉜留守相公:当指东都留守郑余庆。相公,指宰相。四韵:旧体诗一般为隔句押韵,四韵为八句。

【解读】

唐宪宗元和五年(810)四月乌重胤任怀州刺史兼河阳三城节度使,不久即征聘当地贤士石处士于幕下,冬季又征聘贤士温处士于府中。本文是作者为朋友温处士应召前往赴任时所作的赠序。

作为送友人应征的赠序，一般都会以称颂征辟者的得贤、赞扬被征辟者的才能为题中应有之义。本文自然也是按这一模式来写，但在谋篇布局上，则别出机杼，它不是正面陈述事实，而是劈头提出"伯乐一过冀北之野，而马群遂空"这一典故，直接类比乌公与温处士等的关系，高屋建瓴，气势非凡，陡然将乌形象拔到伯乐的高度，揄扬之意溢于言表。同时称道温处士等，也不作正面叙述，而是多角度转换，一一列举居守河南尹以至两县士大夫、去位而巷处者、考德而问业者、搢绅之东西行过是都者等无所依止，从他人不便的角度凸显温处士非凡的德才，则温处士之为人所重，自在意料中，不用一字赞誉，褒扬之意昭然若揭。最后，照应为天子得人和贤人被得两个方面，加以收束，总结上文，点明主题。

以上形式看似虚写，其翻空腾挪，耸动人心，足见作者谋篇布局之巧妙，构思之奇特，但这仅仅只是从技巧着眼，而实际的立意所在，则更有深层次的思考。韩愈所在的时代，藩镇割据日趋严重，当时人才流向藩镇已成为一个复杂的社会问题。韩愈旗帜鲜明主张统一、反对分裂，自然对藩镇大量吸纳社会人才非常在意，朋友温处士所赴任的地方正是这样一个是非所在，所以作者对乌节度使征聘以及温处士赴任都抱有较多的保留态度。直到最后一段，作者才正面展开陈述，认为天子治理国家，需要将相的鼎力相助，得人才要为天下得，而不能罗致幕府之中，为一己私用。这是关系朝政得失、人才动向的大问题，韩愈关注的中心点也正在于此。到此，作者才真正表达出对失去友人的惋惜，同时流露出对朝廷失掉人才的忧虑，从而立意陡转，使主题得到深化。

【点评】

"此篇前幅是借喻起法。妙在第一句陡然而来，笔势何等迅疾。下分一难一解，此为第一段。中幅记大夫求士、处士应聘，亦妙在第一句。

说东都为士大夫之冀北,联上起下,陡然插入笔势,又何等迅疾。此为第二段。后幅,一段写诸人思慕处士,一段写自己思慕处士,写得如怨如诉,此为第三段。末幅,一句结诸人思慕一段,一句结自己思慕一段,不支不滥,高老绝伦。"([清]孙琮《山晓阁唐宋八大家选·韩昌黎集》)

"全篇以'空群'二字作眼目,所以极写温生之贤也,而其精神命脉在'为天子得人'数句。言得斯人之贤,总为效忠天子耳,非为一己之私也。结句'前所称'即指此段,'后所称'乃指'愈縻于兹'一段,文法自明,读者多混,故及之。"([清]张伯行《唐宋八大家文钞》)

蓝田县丞厅壁记①　　　　　　韩　愈

丞之职②,所以贰令③,于一邑无所不当问④。其下主簿、尉⑤,主簿、尉乃有分职⑥。丞位高而逼⑦,例以嫌不可否事⑧。文书行⑨,吏抱成案诣丞⑩,卷其前⑪,钳以左手⑫,右手摘纸尾⑬,雁鹜行以进⑭,平立睨丞曰⑮:"当署⑯。"丞涉笔占位署⑰,惟谨⑱。目吏⑲,问:"可不可?"吏曰:"得。"则退,不敢略省⑳,漫不知何事㉑。官虽尊,力势反出主簿、尉下㉒。谚数慢㉓,必曰丞,至以相訾謷㉔。丞之设,岂端使然哉㉕!

博陵崔斯立㉖,种学绩文㉗,以蓄其有㉘,泓涵演迤㉙,日大以肆㉚。贞元初㉛,挟其能,战艺于京师㉜,再进再屈千人㉝。元和初㉞,以前大理评事言得失黜官㉟,再转而为丞兹邑㊱。始至,喟曰:"官无卑,顾材不足塞职㊲。"既噤不得施用㊳,又喟曰:"丞哉,丞哉!余不负丞,而丞负余。"则尽枿去牙角㊴,一蹚故迹㊵,破崖岸而为之㊶。

173

丞厅故有记，坏漏污不可读⁴²，斯立易桷与瓦⁴³，墁治壁⁴⁴，悉书前任人名氏⁴⁵。庭有老槐四行，南墙巨竹千梃⁴⁶，俨立若相持⁴⁷，水㶁㶁循除鸣⁴⁸。斯立痛扫溉⁴⁹，对树二松，日哦其间⁵⁰。有问者，辄对曰："余方有公事，子姑去⁵¹。"

考功郎中、知制诰韩愈记⁵²。

【注释】

①蓝田县：唐属京兆府，今为陕西西安市辖县。

②丞：县丞。

③贰：副手，副职，辅佐。令：县令，一县最高长官。唐代制度，京都附近各县称为畿县（蓝田即为畿县），置令一人，丞一人。

④邑：旧时县的别称。

⑤主簿、尉：均为县令、县丞之下的官职。县署内设录事、司功、司仓、司户、司兵、司法、司士七司。主簿领录事司，负诸司总责。尉主地方治安。

⑥分职：各自分别主管的职务。

⑦丞位高而逼：丞的位置高于主簿、县尉，逼近县令。逼，迫近，侵迫。这一句是说县丞如果真的管起来，很容易侵犯县令的权力。

⑧例以嫌不可否事：按照惯例为了避嫌疑而对公事不置可否。不可否事，即对公事不发表意见。

⑨文书行：公文发布（的时候）。行，发布，传布。

⑩成案：已成的案卷。公文由主管各司拟稿，经县令最后判行，成为定案。诣：到。公文经县令签署之后，还要县丞副署。

⑪卷其前：卷起公文的前面部分。意即吏不需要丞知道公文的内容。

⑫钳以左手：用左手夹住（卷起的部分）。钳，用手指夹住。

⑬右手摘纸尾：用右手摘出案卷的末尾部分。这里是签名的地

方。摘,拣出某一块位置的意思。

⑭雁鹜(wù)行以进:像鹅和鸭子那样迈着歪斜的步子走进来。

⑮平立睨丞:与丞并排站着,斜视着丞。这里表示主簿没有把自己当丞的属官看,而是以平等甚至是轻蔑的姿态对待。

⑯当署:这里应当署名。

⑰丞涉笔占位署:丞拿着笔在应署名的地方署上自己的名字。涉笔,动笔,着笔。占位,占的位置,这里指应署名的地方。

⑱惟谨:很谨慎。惟,发语助词。

⑲目吏:看着吏。

⑳略省:稍微检查一下。

㉑漫:茫然的样子。

㉒力势:权力和气势。

㉓谚数慢:俗谚数说闲散官员。数,数说,列举。慢,闲散,多余的官。

㉔訾謷(zǐ áo):攻讦诋毁。

㉕"丞之设"二句:设立县丞一职,难道本意就是如此吗?端,本,开始。

㉖博陵:古县名,在今河北蠡县南。崔斯立:字立之。

㉗种学绩文:培养学识,练习文章。以耕种、纺织比喻崔斯立勤奋好学。绩,缉麻,把麻析成细缕捻接起来。

㉘以蓄其有:以积累学问和文章素养。

㉙泓涵演迤(yǐ):学问渊博,文章意味深长。泓涵,水深广的样子,比喻学问渊博。演迤,绵延不绝的样子,比喻文章气势流转绵长。

㉚日大以肆:每天都在进步、扩展,并且逐渐显露出来。大,指学问领域扩展。肆,显示,铺开。

㉛贞元:唐德宗年号(785—805)。

㉜战艺:以技艺(才能)与人较量,指参加科举考试。

㉝再进：两次应试。崔斯立于贞元四年(788)登进士第,贞元六年(790)中博学宏词科。再屈千人：两次战胜上千号人物。

㉞元和：唐宪宗年号(806—820)。

㉟大理评事：官名,掌刑法,属大理寺,上有卿、少卿、正、丞。言得失：上疏论朝政得失。黜官：被贬官。

㊱再转而为丞兹邑：又经过两次迁谪,到这个县做县丞。

㊲"官无卑"二句：官职不论大小,只是看他的才能称不称职。顾,视,看。塞职,称职。

㊳噤(jìn)：闭口,或指不能出声或不许做声。

㊴栻(niè)去牙角：去掉牙和角。栻,树木被砍伐后留下的根株,这里指砍掉。牙角,动物的牙齿和双角,比喻人的锐气。

㊵一蹑故迹：完全遵循旧规矩,或完全走着老路。蹑,踩,踏。故迹,老路,旧规矩。

㊶破崖岸：打破了他的操守。崖岸,山崖和水岸,引申为操守、节概。"栻牙角"和"破崖岸"都是说磨掉人的锐气和棱角。

㊷坏漏污：墙壁有破坏的地方,有雨水侵蚀的地方,有污浊的地方。

㊸桷(jué)：方形的椽子。

㊹墁治壁：粉饰整治墙壁。墁,泥墙的工具,这里作动词用,指涂抹、粉饰。

㊺悉书：全部写上。名氏：姓名。

㊻千梃：上千竿竹子。梃,植物的干、茎,代指量词枚、竿、棵。

㊼俨立：昂首挺立。俨,整齐,庄重,昂然。相持：双方对立、争持,互不相让。

㊽瀄(guó)瀄：水流急速撞在沟壁上发出的声音。循除鸣：顺着台阶发出响声。除,台阶。

㊾痛扫溉：彻底洒扫。

(50)哦：吟咏。

(51)子姑去：你暂且离开一会儿。姑，姑且，暂且。

(52)考功郎中：官名，唐代尚书省所辖吏部，下置四司，各以郎中主其政。考功郎中，掌内外文武官吏之考课。知制诰：官名，负责起草皇帝下行的诏敕策命，一般由中书省舍人担任。韩愈是以考功郎中兼知制诰。

【解读】

壁记，顾名思义，是刻在墙壁上或嵌挂在墙壁上的记述文字。从唐朝开始，朝廷各官署的办公场所，都有壁记，它主要叙述官署缘起、官秩创置及官员迁授始末，其目的让后任了解前任官员的事迹，让后人加以景仰和推崇。后来，地方也起而效法，州县官署也有壁记。

本文主人公蓝田县丞崔斯立，是韩愈早年的朋友。崔贞元四年(788)进士，六年(790)举博学宏词科；韩愈则贞元八年(792)进士，直到贞元十一年(795)三试博学宏词科皆落第，崔均有书信加以慰勉。韩愈集中现存有《答崔立之书》和赠崔立之的诗篇。本文大约写于元和十年(815)，也就是在他们交游二十多年之后，这时韩愈已官至考功郎中、知制诰，在蓝田县碰到落难的故交，显然感慨万千，于是写下此文。

本文主要描写当时县丞有职无权，形同虚设，还要受到吏胥的欺凌，只能低声下气，使有才能有抱负的人居此亦无所作为，并以崔立之任蓝田县丞的种种境遇为例尽情刻画，含有深刻的讽刺意味。这是势利宦场内幕的一幅缩影。文中场景刻画淋漓尽致，文学语言十分生动，有的地方使用了当时的口语，如："目吏，问：'可不可？'吏曰：'得。'"更是传神，如见其人，如闻其声。韩愈又用厚重的笔墨叙写了崔立之早年高才捷足、临事敢言至晚年"噤不得施用"，从而"枿去牙角""破崖岸"及侘傺无聊的情状，主观上为崔立之处境鸣不平，客观上揭露了当时较有普遍性的县令和县丞之间的不正常关系，有向朝廷讽谏之意,而更进一步则是揭露专制制度下人才不得施展而被屈置扼杀的现实,读来令人痛惜。

全文短小精悍,语言简练,叙事生动,意味深长。

【点评】

"一篇小文,妙在处处写得如画。前幅写县丞不敢可否事,惟吏是命,真画出一个小官奉职、狡吏怠玩光景,活活如生。后幅写斯立为丞,喟然兴叹,对树时吟,又画出一个高才屈抑、困顿无聊光景,活活如生,真是传神阿堵。"([清]孙琮《山晓阁唐宋八大家选·韩昌黎集》)

"县丞一席,论国家设官之意,于一邑无所不当问,及其后有避嫌之例,又于一邑无所当问者也。文书方行,吏抱成案请署景况,不但不如簿、尉,反不如吏,犹应所知矣。至谚以丞为慢语,相訾相謷,不但不成其为有用之官,且不成其为有用之人矣。丈夫当为雄飞,不当为雌伏。到此地位,把毕生之学问气节,俱应一刀两断,付之东流大海。即平日无所短长之人,且不能堪,况崔君乎? 昌黎不便说丞当问邑事,又不便说崔君不当为丞,只痛发丞之职,例不得施用,转入崔君平日有学问、有气节,到此不得不循例而行,即以其两番喟叹之言叙入,则丞原非空设,而崔君不当为丞之意,无不俱见。末叙崔君哦松对人之言,以明其超然于用舍之外,代占却许多地步。细玩结语竟住,此后又加一语不得,真古今有数奇文。"([清]林云铭《韩文起》)

画　记

韩　愈

杂古今人物小画共一卷①。

骑而立者五人,骑而被甲载兵立者十人②,一人骑执大旗前立,骑而被甲载兵行且下牵者十人,骑且负者二人③,骑执器者二人,骑拥田犬者一人④,骑而牵者二人,骑而驱者三人⑤，执羁靮立者二人⑥，骑而下倚马臂隼而立者一人⑦，骑而驱涉者二人⑧，徒而驱牧者二人⑨，坐而指使者一人⑩，甲胄手弓矢铁钺植者七人⑪，甲胄执帜植者十人⑫，负者七人，偃寝休者二人⑬，甲胄坐睡者一人，方涉者一人⑭，坐而脱足者一人⑮，寒附火者一人⑯，杂执器物役者八人⑰，奉壶矢者一人⑱，舍而具食者十有一人⑲，挹且注者四人⑳，牛牵者二人㉑，驴驱者四人㉒，一人杖而负者㉓，妇人以孺子载而可见者六人㉔，载而上下者三人㉕，孺子戏者九人㉖。凡人之事三十有二，为人大小百二十有三，而莫有同者焉。

马大者九匹。于马之中，又有上者、下者、行者、牵者、涉者、陆者、翘者、顾者、鸣者、寝者、讹者、立者、人立者、龁者、饮者、溲者、陟者、降者、痒磨树者、嘘者、嗅者、喜相戏者、怒相踶啮者、秣者、骑者、骤者、走者、载服物者、载狐兔者㉗。凡马之事二十有七，为马大小八十有三，而莫有同者焉。

牛大小十一头，橐驼三头㉘，驴如橐驼之数而加其一焉，隼一，犬羊狐兔麋鹿共三十，旃车三两㉙，杂兵器弓矢、旌旗、刀剑、矛楯、弓服、矢房、甲胄之属㉚，瓶盂、簦笠、筐筥、锜釜饮食服用之器㉛，壶矢博弈之具，二百五十有一，皆曲极其妙。

贞元甲戌年㉜，余在京师，甚无事，同居有独孤生申叔者㉝，始得此画，而与余弹棋㉞，余幸胜而获焉。意甚惜之，以为非一工人之所能运思，盖丛集众工人之所长耳㉟，虽百金不愿易也。明年，出京师，至河阳㊱，与二三客论画品格，因出而观之。座有赵侍御者㊲，君子人也，见之戚然若有感然㊳，少而进曰㊴："噫！余之手摸也㊵，亡之且二十年矣。余少时常有志乎兹事，得国本㊶，绝人事而摸得之㊷，游闽中而丧焉㊸。居闲处独，时往来余怀也，以其始为之劳而凤好之笃也㊹。今虽遇之，力不能为已，且命工人存其大都焉㊺。"余既甚爱之，又感赵君之事，因以赠之。而记其人物之形状与数，而时观之，以自释焉㊻。

【注释】

①"杂古今"句：间杂绘有古今各种人物的小画共一卷。

②被甲载兵：穿着铠甲，扛着兵器。载，负载，承载。

③骑且负者：骑马而且背上背着东西的。

④田犬：猎犬，猎狗。田，同"畋（tián）"，打猎。

⑤骑而驱者：骑马快速行进的。

⑥执羁靮（dí）立者：手拿着马络头和缰绳站立的。羁靮，马络头和缰绳，泛指驭马之物。

⑦"骑而下"句：骑着马下来，靠在马身上，手臂上立着猎鹰站立的一人。隼，鸟名，又名鹘，鹰类中最小者，飞速善袭。猎者多饲之捕鸟兔。

⑧骑而驱涉者：骑马小跑着涉水过河的。涉，徒步渡水，泛指渡水。

⑨徒而驱牧者：步行而驱赶放牧的。

⑩坐而指使者：坐着指挥他人的。指使，差遣，使唤。

⑪甲胄手弓矢铁钺植者：披戴铠甲和头盔，手拿弓箭、斫刀大斧直立的。

⑫甲胄执帜植者：披戴铠甲和头盔，手执旗帜直立的。

180

⑬偃寝休者:躺下休息的。偃寝,仰卧,躺下。

⑭方涉者:正在渡水的。

⑮坐而脱足者:坐着脱鞋袜的。

⑯寒附火者:感觉冷靠着火取暖的。

⑰杂执器物役者:拿着各种器物做活的。

⑱奉壶矢者:手捧投壶用的壶、箭的。壶矢,壶、箭,投壶用具。

⑲舍而具食者:在屋下准备饭菜的。

⑳挹且注者:舀水灌进器皿的。

㉑牛牵者:牵牛的。

㉒驴驱者:赶驴的。

㉓杖而负者:拄着拐杖背着东西的。

㉔妇人以孺子载而可见者:妇女带着幼儿坐在车中可以看见的。

㉕载而上下者:上下车的。

㉖孺子戏者:幼儿在玩游戏的。

㉗"又有上者"句:又有站在高处的,站在低处的,正在行走的,被牵着的,涉水过河的,跳跃的,抬足打算跳的,回头看的,发出啸声的,歇息的,移动的,站立的,高举前两足像人那样站立的,咬嚼的,喝水的,小便的,往高处走的,往低处走的,由于痒靠着树摩擦的,嘘气的,闻气味的,因为高兴在一起嬉戏的,因为发怒相互踢咬的,正在吃草的,被人骑着的,在奔驰的,在小跑的,驮着衣物的,驮着狐狸、兔子的。

㉘橐驼:骆驼。

㉙旃(zhān)车:毡篷车。

㉚弓服、矢房:即弓袋、箭袋。服,同"箙",用竹、木或兽皮制成的盛箭器。

㉛"瓶盂"句:瓶盂、伞笠、方筐圆筥、锜釜一类饮食服用器物。簦(dēng),古代长柄伞,犹今雨伞。笠,笠帽,用竹篾、箬叶或棕皮等编成,可以御暑,亦可御雨。筐筥,筐与筥的并称,方形为筐,圆形为筥,

亦泛指竹器。锜,古代有足的釜。服用,衣着器用。

㉜贞元甲戌年:贞元十年,即公元794年。

㉝独孤生申叔:独孤申叔,字子重,卒年二十六岁。柳宗元有墓志铭,韩愈也为他作哀辞一首。

㉞弹棋:古时一种游戏。现只知其棋局方二尺,中心高,如覆盂,四角微隐起,其他情况已不详。

㉟丛集:聚集。

㊱河阳:今河南孟州。

㊲赵侍御:姓赵的侍御。唐代称殿中侍御史、监察御史为侍御。

㊳戚然:忧伤的样子。有感然:有感触的样子。感,感慨,感触,感伤。

㊴少而进曰:过了一小会儿上来对我说。少,少顷,短暂。

㊵手摸:亲手描摹。

㊶国本:指国家藏本。

㊷绝人事:杜绝人事。绝,杜绝,摒弃。人事,人世间的事。

㊸闽中:古郡名,秦置,治所在冶县(今福州市),辖境相当于今福建全省和浙江宁海及其以南的灵江、瓯江、飞云江流域。丧:丧失,失去。

㊹夙好:素所喜好。笃(dǔ):深厚。

㊺大都:大概。

㊻自释:自行宽解。

【解读】

《画记》作于唐德宗贞元十一年(795),韩愈二十八岁。这是韩愈早期的作品,也是少有的引起后人争议的作品,其极具特色的文学形式,在被后人批为"甲乙账"(流水账)的同时,又为后人提供了新的叙事手法。

本文呈总—分—总架构,分五段。第一段总纲,只一句,笼罩全篇。第二段叙人,第三段叙马,第四段叙杂畜及器物,第五段叙得画由来及写记缘起。第二、三、四段是重点,每段分叙,然后总结。它以简要的文字、朴实的描写、规整的类化记述,化繁为简,在五百余字的篇幅里将一幅长画卷中异常复杂的人、事、物内容全部生动地展示出来,思维严谨,层次分明,条理清楚,笔力十分惊人。

本文备记画中人、马各种动作,其他兽类、车辆、兵器、杂器等,总计为数五百有余,几乎和一本流水账一样,而能使读者不产生厌倦的感觉,是由于组织得法,层次清楚,有主有次,重点突出,以及下语生动活泼,例如叙人事的"骑而下倚马臂隼而立者""甲胄坐睡者""坐而脱足者""寒附火者""把且注者",叙马的"人立者""痒磨树者",都是用极简明极精练的字句写人、马栩栩如生的情状,所以能引人入胜。

这种类型的记叙文字,在中国散文中,并不多见。在唐以前,只有《礼记》中《檀弓》《深衣》《投壶》三篇,加上《周礼》中《考工记》;在唐以后,有宋晁补之《捕鱼图序》仿《画记》形式,叙写捕鱼情状,描摹工整详妍,但笔力已较缓弱。至明,魏学洢《核舟记》同此记文体,所叙人、物、事数量较少,状写更为精妍,但轻巧有余,格局不足,不如韩愈叙写直截、气魄宏大。

【点评】

"从来书画名流,手笔每自矜贵。当其凝神注意,定有绝尘自得之致,振笔立就,过即追之不及矣。侍御之画,申叔得之,退之惜而记之。前半,妙在一句陡然而起,以下记人记马二段,两以'莫有同者'作结,此记画之正文。后半,妙在退之得画先费几许推详,侍御见画说出无数心事,故始之甚惜,而不愿轻易者,卒乃有感,而竟以赠人,此记画之波澜,以绝大手笔,作些小图记,气象自尔不凡。"([清]孙琮《山晓阁唐宋八大家选·韩昌黎集》)

"先有精整,乃有所谓参错,参错而不精整,则杂而无章矣。""此文佳处,全在句法错综,繁而明,简而曲,质而不俚,段与段句法变换,而段之中各句又自为变换，不然，与杂货单何异？何得为文？欧公自谓不能为者，自是不能仿为之意。此种文字，长篇大幅中偶摹效一二句，尚觉生色，若全篇仿此，试问有何趣味？遽谓周人以后无此格力，未免过当，盖无是题耳。且有是题，亦不必作是调耳，非无是文也。"（高步瀛《唐宋文举要》甲编卷三引徐幼铮语）

"《画记》极生峭，却最易学，如罗汉渡海、龙王请斋图记，几于无语不肖，顾依样葫芦，肖亦何益！本文初无他奇，奇在两用'凡'字，一用'皆'字，实庸手所万不能到。入手叙人，其次叙马，又次叙杂畜器物，若无所收束，直是一卷账本，何名为记？文合以上之人马，之之曰：'凡人之事三十有二，为人大小百二十有三，莫有同者焉。'夫人有事也，马属于人，尚有何事？乃以牵、涉、翘、顾、鸣、寝诸态为马之事，复最之曰：'凡马之事二十有七，为马大小八十有三，而莫有同者焉。'文心之妙，能举不相偶之事，对举成偶，真匪夷所思！惟人马之外，尚有杂畜及兵仗之属，此不可凡者也，乃总束之曰'皆曲极其妙'，归入画工好处，即为记中之结束。学文者当从此处着眼，方有把握。若但学其字法句法，殊皮毛耳，胡曰善学！"（钱基博《韩愈文读》引林纾语）

"杂记类，莫古于《礼记》'《檀弓》《深衣》《投壶》'三篇，《檀弓》记杂事，二篇则存古之遗制。《周礼·考工记》亦然。后世惟韩退之《画记》体与近之。故方望溪评之曰：'周人以后，无此种格力。'欧公自谓不能为，所谓晓其深处。"（钱基博《韩愈文读》引姚永朴语）

祭十二郎文[①]　　　　　　　韩　愈

年月日[②]，季父愈闻汝丧之七日[③]，乃能衔哀致诚[④]，使建中远具时羞之奠[⑤]，告汝十二郎之灵：

呜呼！吾少孤[⑥]，及长，不省所怙[⑦]，惟兄嫂是依。中年，兄殁南方⑧，吾与汝俱幼，从嫂归葬河阳。既又与汝就食江南⑨，零丁孤苦，未尝一日相离也。吾上有三兄⑩，皆不幸早世。承先人后者⑪，在孙惟汝，在子惟吾。两世一身⑫，形单影只。嫂尝抚汝指吾而言曰："韩氏两世，惟此而已！"汝时尤小，当不复记忆；吾时虽能记忆，亦未知其言之悲也。

吾年十九，始来京城。其后四年，而归视汝⑬。又四年，吾往河阳省坟墓，遇汝从嫂丧来葬⑭。又二年，吾佐董丞相于汴州⑮，汝来省吾；止一岁，请归取其孥⑯。明年，丞相薨⑰。吾去汴州，汝不果来。是年，吾佐戎徐州⑱，使取汝者始行，吾又罢去，汝又不果来。吾念汝从于东，东亦客也⑲，不可以久，图久远者，莫如西归，将成家而致汝⑳。呜呼！孰谓汝遽去吾而殁乎㉑！吾与汝俱少年，以为虽暂相别，终当久相与处，故舍汝而旅食京师，以求斗斛之禄㉒。诚知其如此，虽万乘之公相㉓，吾不以一日辍汝而就也㉔。

去年，孟东野往。吾书与汝曰："吾年未四十，而视茫茫，而发苍苍，而齿牙动摇。念诸父与诸兄，皆康强而早世。如吾之衰者，其能久存乎？吾不可去，汝不肯来，恐旦暮死，而汝抱无涯之戚也㉕！"孰谓少者殁而长者存，强者夭而病者全乎㉖？呜呼！其信然邪？其梦邪？其传之非其真邪？信也，吾兄之盛德而夭其嗣乎？汝之纯明而不克蒙其泽乎㉗？少者强者而夭殁，长者衰者而存全乎？未可以为信也。梦也，传之非其真也。东野之书，耿兰之报㉘，何为而在吾侧也？呜呼！其信然矣！吾兄之盛德而夭其嗣矣！

汝之纯明宜业其家者㉔,不克蒙其泽矣!所谓天者诚难测,而神者诚难明矣!所谓理者不可推,而寿者不可知矣!虽然,吾自今年来,苍苍者或化而为白矣,动摇者或脱而落矣㉚。毛血日益衰,志气日益微,几何不从汝而死也㉛!死而有知,其几何离㉜;其无知,悲不几时,而不悲者无穷期矣!汝之子始十岁㉝,吾之子始五岁㉞,少而强者不可保,如此孩提者㉟,又可冀其成立邪㊱?呜呼哀哉!呜呼哀哉!

汝去年书云:"比得软脚病㊲,往往而剧㊳。"吾曰:"是疾也,江南之人,常常有之。"未始以为忧也。呜呼!其竟以此而殒其生乎㊴?抑别有疾而至斯极乎?汝之书,六月十七日也。东野云,汝殁以六月二日;耿兰之报无月日。盖东野之使者,不知问家人以月日;如耿兰之报,不知当言月日。东野与吾书,乃问使者,使者妄称以应之耳。其然乎?其不然乎?

今吾使建中祭汝,吊汝之孤与汝之乳母㊵。彼有食可守以待终丧㊶,则待终丧而取以来㊷;如不能守以终丧,则遂取以来。其余奴婢,并令守汝丧。吾力能改葬,终葬汝于先人之兆㊸,然后惟其所愿㊹。

呜呼!汝病吾不知时,汝殁吾不知日;生不能相养以共居,殁不得抚汝以尽哀;敛不凭其棺㊺,窆不临其穴㊻。吾行负神明,而使汝夭;不孝不慈,而不得与汝相养以生,相守以死。一在天之涯,一在地之角;生而影不与吾形相依,死而魂不与吾梦相接。吾实为之,其又何尤㊼?彼苍者天,曷其有极㊽!自今已往,吾其无意于人世矣!当求数顷之田,于伊、颍之上^⑭,以待余年。教吾子与汝子,幸其成^⑮;长吾女与汝女^㊶,待其嫁,如此而已。呜呼! 言有穷而情不可终,汝其知也耶? 其不知也耶? 呜呼哀哉! 尚飨^㊷。

【注释】

①十二郎:韩愈的侄子,名老成,是韩愈仲兄韩介所生,伯兄韩会无子,出继给韩会做子嗣。老成在族中排行十二,所以称十二郎。

②年月日:祭文格式,先交代作祭文的时间。本祭文写作时间,据《文苑英华》作"贞元十九年五月二十六日",但祭文中说十二郎在"六月十七日"曾写信给韩愈,"五"字当误。

③季父:父辈中排行最小的叔父。

④衔哀:心怀哀痛。致诚:表达诚挚的情意。

⑤建中:人名,当为韩愈家中仆人。时羞:应时的鲜美佳肴。羞,同"馐"。

⑥孤:幼年丧父称"孤"。《新唐书·韩愈传》:"愈生三岁而孤,随伯兄会贬官岭表。会卒,嫂郑鞠之。"

⑦怙(hù):依赖,凭恃。《诗经·小雅·蓼莪》:"无父何怙,无母何恃。"后世因用"怙"代父,"恃"代母。失父曰失怙,失母曰失恃。

⑧"中年"二句:代宗大历十二年(777),韩会由起居舍人贬为韶州(今广东韶关)刺史,次年死于任所,年四十三。时韩愈十一岁,随兄在韶州。殁,死,去世。

⑨就食江南:此江南指宣州(今安徽宣城),韩氏置有田宅,所以说就食。唐德宗建中二年(781),中原兵乱,韩愈随嫂迁家避居宣州。

⑩吾上有三兄:三兄指韩会、韩介,还有一位名字不详。

⑪先人:指已去世的父亲韩仲卿。

⑫两世一身:子辈和孙辈均只剩一个男丁。

⑬归视汝:回家看你。视,探视。古时探亲,上对下曰视,下对上曰省(xǐng)。

⑭遇汝从嫂丧来葬:碰上你护送我嫂嫂的灵柩来安葬。韩愈嫂子郑氏卒于贞元九年(793),韩愈有《祭郑夫人文》。贞元十一年(795),韩愈往河阳祖坟扫墓,与奉其母郑氏灵柩来河阳安葬的十二郎相遇。

⑮董丞相:指董晋。贞元十二年(796),董晋以检校尚书左仆射同中书门下平章事任宣武军节度使,汴、宋、亳、颍等州观察使。时韩愈在董晋幕中任观察推官。汴州:治所在今河南开封。

⑯归取其孥(nú):回家迎接妻子、儿女。

⑰薨(hōng):死的别称。自周代始,人之死亡,有尊卑之分,"薨"以称诸侯之死。《礼记·曲礼下》:"天子死曰崩,诸侯曰薨,大夫曰卒,士曰不禄,庶人曰死。"

⑱佐戎:协理军务。

⑲"吾念汝"二句:我想你跟从我到东边,东边其实也是作客。东,指故乡河阳东边的汴州和徐州。

⑳将成家而致汝:等在那里安下家再接你来。致,招引,招致。

㉑孰谓汝遽(jù)去吾而殁乎:谁料到你突然离开我就死了呢。遽,骤然。

㉒"故舍汝"二句:因此离开你而寄食京师长安,以寻求微薄的俸禄。

㉓万乘之公相:拥有万辆兵车的王公宰相。万乘,万辆兵车,古时一车四马为一乘。周制,天子地方千里,能出兵车万乘,因以"万乘"指天子。公相,指公卿、宰相一类的显官。

㉔"吾不以一日"句:我不会离开你一天而去赴任。辍(chuò),舍弃,离开。就,就职,赴任。

㉕无涯:无穷尽,无边际。

㉖夭:夭折,短命,早死。

㉗"汝之纯明"句:纯朴贤明的你却不能承受他们的德泽吗?不克,不能。蒙,承受。泽,恩泽。

㉘耿兰:可能是当时宣州韩氏别业的管家。

㉙宜业其家:应当继承其家业。业,继承。

㉚"苍苍者"二句:花白的头发或许全要变白了,松动的牙齿或许要脱落了。

㉛"几何"句:过不了多久,就会随你死去了。几何,多少(时间)。

㉜其几何离:分离会有多久呢? 意谓死后仍可相会。

㉝汝之子:十二郎有二子,长韩湘,次韩滂。韩滂出嗣十二郎哥哥韩百川为子,十九岁病亡(见韩愈《韩滂墓志铭》)。此当指韩湘。

㉞吾之子:指韩愈长子韩昶,贞元十五年(799)韩愈居符离集时所生,小名曰符。

㉟孩提:幼小,幼年。《孟子·尽心上》:"孩提之童,无不知爱其亲也。"赵岐注:"孩提,二三岁之间,在襁褓知孩笑,可提抱者也。"

㊱冀其成立:希望他们成长自立。冀,希望,希冀。

㊲比得软脚病:近来得了软脚病。比,近日,近来。

㊳往往而剧:常常变得很严重。

㊴殒(yǔn):损毁,死亡。

㊵吊汝之孤:慰问你的儿子。吊,祭奠死者或对遭丧事及不幸者给予慰问。

㊶终丧:指服满父母去世后三年之丧。《孟子·滕文公上》:"三年之丧……自天子达于庶人,三代共之。"

㊷取以来:指把十二郎的儿子和乳母接来。

㊸兆:葬域,墓地。

㊹惟其所愿:才算了却心事。

㊺敛:同"殓"。为死者更衣称小殓,尸体入棺称大殓。

㊻窆(biǎn):下棺入土。

㊼何尤:怨恨谁?

㊽"彼苍者天"二句:意谓那青苍的上天啊,我的痛苦哪有尽头啊。语本《诗经·唐风·鸨羽》:"悠悠苍天,曷其有极。"曷,相当于"何日""何时"。

㊾伊、颍(yǐng):伊水和颍水,均在今河南省境。这里指故乡。

㊿幸其成:侥幸他们能成功。韩愈之子韩昶后中穆宗长庆四年(824)进士,十二郎之子韩湘后中长庆三年(823)进士。

(51)长(zhǎng):抚育,培养。

(52)尚飨:古代祭文结语用辞,意谓希望死者享用祭品。尚,庶几,表示希望。

【解读】

本文写于贞元十九年(803),韩愈三十六岁。十二郎指韩愈的侄子韩老成,他是韩愈次兄韩介的次子,因长兄韩会无子,就被过继给了伯父,死时仅三十三岁。韩愈幼年丧父,由长兄韩会和长嫂郑氏抚养。韩愈与其侄老成年岁相差不大,自幼相守,历经忧患,叔侄间感情十分深厚。后来韩愈的长兄韩会、长嫂郑氏、次兄韩介及他另一个儿子百川都相继离世,子辈和孙辈就只剩下了韩愈和韩老成,二人更是相依为命。只是韩愈成年后步入仕途,奔走南北,二人见面日少,常以为憾,而老成的突然去世,更使韩愈感到异常悲痛,因此撰文悼念,长歌当哭,一泻悲怀。

古代写祭文,主要在称颂死者,辞多浮夸。像韩愈这样文字质朴、感情浓烈的祭文,是很少见的。因此,《祭十二郎文》被后世誉为祭文中的"千年绝调"。

文章一反祭文的老调,不铺排,不张扬,不及溢美之词,而只是追溯死者平昔的生活,与作者的关系,写他们的相聚、分离,写他们天涯海角的离愁别恨,作者仿佛在和死者促膝对语。全文融抒情于叙事,沉郁哀婉,凄楚动人,字字都透露出作者深沉的、无法排遣的哀痛。

古人写祭文一般用骈文或韵文形式,本文一反常规,不追求辞藻、音律、对偶、用典,而是采用自由多变的散体,自然质朴、平易晓畅的生活语言,使得文字全凭感情需要,而任意挥洒,我手写我心,真正实践了其所力主和倡导的古文运动的宗旨。这是本文的一大特点。

【点评】

"情之至者，自然流为至文。读此等文，须想其一面哭一面写，字字是血，字字是泪。未尝有意为文，而文无不工。祭文中千年绝调。"（[清]吴楚材、吴调侯《古文观止》）

"直举胸臆，情至文生，是祭文变体，亦是祭文绝调。祭文诔词，六朝以来无不用韵者，此以散体行之，故曰变体。"（[清]沈德潜《唐宋八大家文读本》）

"《祭十二郎文》，骨肉之痛，急不暇修饰，纵笔一挥，而于喷薄处见雄肆，于呜咽处见深恳，提振转折，迈往莫御，如云驱飙驰，又如龙吟虎啸，放声长号，而气格自紧健。"（钱基博《韩愈志》）

判状二则①　　　　　　　　李　翱

断僧相打判②

夫说法则不曾敷座而坐③，相打则偏袒右肩④。领来向佛前而作偈言：各笞小杖十五⑤，以励三千大千⑥。

断僧通状判⑦

七岁童子，二十受戒⑧。君王不朝⑨，父母不拜。口称贫道⑩，有钱放债。量决十下⑪，牒出东界⑫。

【作者简介】

李翱（772—836），字习之。陇西成纪（今甘肃静宁西南）人。唐朝散文家、思想家。贞元十四年（798）进士，曾任国子博士、史馆修撰、中书舍人、山南东道节度使等职。李翱为韩愈之侄婿，从韩愈学古文，协助推进古文运动。主张"复性",发挥《中庸》"天命之谓性"的思想。其《复性书》三篇,论述"性命之源"等问题,为后来道学的发展奠定了基础。散文平实流畅。有《李文公集》。

【注释】

①判状:犹今之判决书。

②断:判断,判决。

③说法:演说佛法,讲授佛法。敷(fū)座:铺开座位。

④偏袒:解衣裸露一臂。佛教徒穿袈裟,袒露右肩,以表示恭敬,并便于执持法器。

⑤笞:古代的一种刑罚,用荆条或竹板敲打臀、腿或背。小杖:古代刑具之一,用生的荆条制成,长六尺,圆周一寸一分,末端很细。

⑥励:劝勉。三千大千:佛教名词,即三千大千世界,简称"大千世界",指以须弥山为中心,七山八海交绕之,更以铁围山为外郭,是谓一小世界,合一千个小世界为小千世界,合一千个小千世界为中千世界,合一千个中千世界为大千世界,总称为三千大千世界。

⑦通状:旧时下级呈送上级的一种公文。

⑧受戒:佛教信徒出家为僧尼,在一定的仪式下接受戒律。

⑨君王不朝:不朝拜君王。

⑩贫道:僧道自称的谦辞。

⑪量决:酌量裁决。

⑫牒(dié)出东界:发文将和尚驱逐出东部边界。牒,发文,行文。出,驱逐。

【解读】

这是李翱出任地方官对犯事的和尚经过审判后作出的判决词。判状,即现在的判决书,它是一种应用文体。在古代,地方官都是有民事、刑事审判职责的,所以我们现在可以见到古代作家的文集中,有很多判状类的文章。这些文章一般都是骈体文,在辞藻、音律、对仗、用典上都很讲究。而内容则比较严肃枯燥,但也有一些判状比较通俗,甚至很幽默,如本文李翱就和尚犯事写的两则判状,文字很少,读来饶有风趣。

第一则"断僧相打判",就是两个和尚打架,告到官府,本来不是大事,所以李翱的判状也只是以轻刑各责十五小杖断决。这个判词大意是,和尚本来应该是庄严地讲授佛法,你们却打起架来,这在佛来讲,是犯了戒,把你们领来在佛前忏悔改过。判词是:用小杖各打你们十五下,用这个事例劝勉世人都要遵守规矩。

第二则是寺庙将犯戒放债的和尚移送官府,李翱写下的判词。大意是,这个犯事的人七岁到寺庙出家,二十岁受戒成为和尚,逢人口称"贫道",但是其实并不"贫",有私财向他人放债。这明显是违反佛教戒律的,佛教不允许和尚蓄有私财,更不允许借债给他人,所以判决打十大板,将他逐出东部边界。

秋声赋 并序   刘禹锡

相国中山公赋秋声①,以属天官太常伯②,唱和俱绝。然皆得时行道之余兴③,犹有光阴之叹④,况伊郁老病者乎⑤?吟之斐然⑥,以寄孤愤。

碧天如水兮,宵宵悠悠⑦。百虫迎暮兮,万叶吟秋。欲辞林而萧飒⑧,潜命侣以啁啾⑨。送将归兮临水⑩,非吾土兮登楼⑪。晚枝多露蝉之思⑫,夕草起寒螿之愁⑬。

至若松竹含韵⑭,梧楸早脱⑮,惊绮疏之晓吹⑯,堕碧砌之凉月⑰。念塞外之征行⑱,顾闺中之骚屑⑲。夜蛩鸣兮机杼促⑳,朔雁叫兮音书绝㉑。远杵续兮何泠泠㉒,虚窗静兮空切切㉓。如吟如啸,非竹非丝㉔。合自然之宫徵㉕,动终岁之别离㉖。

废井苔合㉗，荒园露滋㉘。草苍苍兮人寂寂，树槭槭兮虫唧唧㉙。则有安石风流㉚，巨源多可㉛，平六符而佐主㉜，施九流而自我㉝，犹复感阴虫之鸣轩㉞，叹凉叶之初堕㉟，异宋玉之悲伤，觉潘郎之么么㊱。

嗟乎！骥伏枥而已老㊲，鹰在鞲而有情㊳。聆朔风而心动㊴，盼天籁而神惊㊵。力将疼兮足受绁㊶，犹奋迅于秋声㊷。

【作者简介】

刘禹锡(772—842)，字梦得。洛阳(今河南洛阳)人。自称汉中山靖王刘胜后裔。唐朝文学家、哲学家，中唐文学的代表人物之一。贞元九年(793)进士，曾任监察御史，主张革新，是王叔文政治改革集团的一员。唐宪宗时，"永贞革新"失败，被贬朗州司马，后历任连州、夔州、和州、苏州、汝州、同州刺史及主客郎中、礼部郎中、集贤学士、检校礼部尚书等职。著有《刘宾客集》。

【注释】

①相国中山公：即李德裕，字文饶。曾在唐文宗、武宗朝两任宰相，故称相国。最初封邑在中山郡，故又称中山公。

②属(zhǔ)：同"嘱"，叮嘱，嘱托，意指请其接续唱和。天官：《周礼》分设六官，以天官冢宰居首，总御百官。唐武后光宅元年(684)改吏部为天官，旋复旧。后世亦称吏部为天官。太常伯：龙朔二年(662)改六部尚书为太常伯。

③得时行道：得到时机推行自己的主张。余兴：未尽的兴致。

④有光阴之叹：发出光阴易逝、人生易老的感叹。

⑤伊郁：忧愤郁结。

⑥吟之斐(fěi)然：吟诵之下，斐然成章。吟，吟咏，诵读。斐然，形

容有文采或发愤的样子。"斐然"两字后应省略了"成章"或"有述作之意"字样。斐然成章,见《论语·公冶长》:"子在陈,曰:'归与!归与!吾党之小子狂简,斐然成章,不知所以裁之。'"斐然有述作之意,见三国魏曹丕《与吴质书》:"德琏常斐然有述作之意。"

⑦窅(yǎo)窅:深邃的样子。悠悠:辽阔无际,遥远。

⑧辞林:告别树林,意指树叶凋落。萧飒:形容风雨吹打草木发出的声音。

⑨潜命侣以啁啾(zhōu jiū):暗中招呼同伴,发出啁啾的声音。潜,暗中。命侣,招呼伙伴。啁啾,虫鸣声。

⑩送将归兮临水:来到水岸边送别将要归去的客人。宋玉《九辩》:"悲哉,秋之为气也!萧瑟兮草木摇落而变衰。憭栗兮若在远行,登山临水兮送将归。"

⑪非吾土兮登楼:登上楼所见到的不是我的故乡。吾土,我的故乡。王粲《登楼赋》:"虽信美而非吾土兮,曾何足以少留。"

⑫露蝉:露水中的蝉。蝉翼被露水打湿,飞行困难。

⑬寒螀(jiāng):即寒蝉,寒天的蝉。

⑭至若:连词,表示别提一事。含韵:保持风韵,蕴含风韵。

⑮梧楸早脱:梧桐和楸树都早早地将叶凋落了。脱,脱落。

⑯惊绮(qǐ)疏之晓吹:惊叹着晓风从镂空的窗户中吹进。绮疏,指雕刻成空心花纹的窗户。绮,有花纹的丝织品,比喻华丽。疏,通,开通,比喻窗户。

⑰堕(duò)碧砌之凉月:看着凉月从天空洒落在青绿色台阶上。

⑱征行:指从军出征的丈夫。

⑲顾:看到。骚屑:凄清愁苦。

⑳夜蛩(qióng):夜间蟋蟀。机杼(zhù)促:织布机发出的声音很急促。机杼,织布机和梭子。

㉑朔雁:指北地南飞之雁。音书绝:音信断绝。

㉒远杵：远处传来捣衣的声音。杵，捣衣的棒槌，唐代妇女每于秋季捣衣。泠(líng)泠：形容声音清越、悠扬。

㉓虚窗：虚掩的窗户。切切：哀怨、忧伤的样子。

㉔竹：笙笛一类管乐。丝：琴瑟一类弦乐。

㉕宫徵(zhǐ)：宫、商、角、徵、羽五音中的两个。宫声低沉，徵声清幽。这里代指音律，指大自然中的声响。

㉖动：触发。终岁：一年到头，整年。

㉗苔合：青苔封合。合，封闭，合拢。

㉘露滋：被露水润泽。滋，润泽，浸染。

㉙槭(sè)槭：风吹叶动声。槭，草木凋落的样子。唧唧：形容凄恻、微弱的虫鸣声。

㉚安石：谢安，字安石。《晋书·谢安传》载，谢安少有重名，累辟官，皆不赴任，放情丘壑，然每游赏，必以妓女从。四十余岁有仕进志，知人善任。官至大都督。

㉛巨源：山涛，字巨源。《晋书·山涛传》载，羊祜执政，山涛出为冀州刺史，甄拔隐屈，搜访贤才，旌命三十余人，皆显名当时。后入为吏部尚书，前后选举，周遍内外，而并得其才。多可：多所许可，多所宽容。嵇康《与山巨源绝交书》："足下傍通，多可而少怪。"

㉜六符：即泰阶六星之符验，也即天象对世事做出的反应。《汉书·东方朔传》："愿陈《泰阶六符》，以观天变，不可不省。"

㉝施：施行。九流：先秦的九个学术流派，即儒、道、阴阳、法、名、墨、纵横、杂、农九家。

㉞阴虫：秋虫，如蟋蟀之类。鸣轩：在窗前鸣叫。

㉟初堕：开始掉落。

㊱潘郎：即潘岳，字安仁，西晋文学家。潘岳著有《秋兴赋》。么么：卑微，细小。

㊲骥(jì)：骏马。枥(lì)：马槽。曹操《步出夏门行》："老骥伏枥，志

在千里。烈士暮年，壮心不已。"

⑧鞴(gōu)：皮做的臂套，用以架鹰。

㊴朔风：北风，寒风。

㊶天籁：自然界的声响，如风声、鸟声、流水声等。

㊷疢(tān)：疲乏，劳累。受绁(xiè)：受束缚。绁，原指牵牲畜的绳子，这里用作拴，缚。

㊸奋迅：奋起迅疾地奔跑，形容鸟飞或兽跑迅疾而有气势。

【解读】

本文作于唐武宗会昌元年(841)，刘禹锡在检校礼部尚书兼太子宾客任上，衰老多病(时年七十岁，又有疾病)，逢秋感怀，在宰相李德裕感慨光阴易逝而作《秋声赋》的启发下，深悲自己以济世安民为务而坎坷一世，卒无所遇，抚今追昔，孤愤难平，因作此赋。

本文是骈体赋，文辞简练，意境高远，对仗、音律、用典、铺排都很到位。赋前小序交代作者创作的缘由和目的。正文分两层，第一层铺写一系列凄凉的秋声，中间穿插各种凄凉秋景的描写和游子、思妇对秋声的凄凉感受。文章融入了作者自己遭受多次迁谪之后感受到的人生体验，并在集中描写秋天景色的过程中，展开联想，扩大境界，结合历史人物典故，使主题意义显得更加深远。第二层，也就是文章最后，以喜爱秋天的老骥、雄鹰自比，表示在秋声里仍要奋迅奔跑，精神状态十分积极，给人一种催人奋进的力量。赋中的感怀写得极为深切沉着，作者的孤愤只在字里行间隐隐透露，而悲凉慷慨之意，足以感动古今。

陋室铭①

刘禹锡

山不在高，有仙则名②；水不在深，有龙则灵③。斯是陋室④，惟吾德馨⑤。苔痕上阶绿，草色入帘青⑥。谈笑有鸿

197

儒⑦，往来无白丁⑧。可以调素琴⑨，阅金经⑩。无丝竹之乱耳，无案牍之劳形。南阳诸葛庐，西蜀子云亭⑪。孔子云："何陋之有⑫？"

【注释】

①陋室：简陋的房子。铭：文体的一种，古代常刻在器物、碑碣等上面用以警诫自己或称述功德。

②名：闻名，著名。

③灵：神奇，灵异。

④斯是陋室：这是简陋的房子。斯，此，这。

⑤惟吾德馨：只有我道德所散发出来的馨香。惟，只。馨，香气远闻，芳香。

⑥"苔痕"二句：碧绿的苔痕爬上台阶，青葱的草色映入窗帘。

⑦鸿儒：大儒，这里指博学的人。

⑧白丁：指不学无术或缺乏知识的人。

⑨调(tiáo)素琴：演奏没有华丽装饰的琴。调，演奏。素琴，不加装饰的琴。

⑩阅金经：阅读佛经。金经，用泥金书写经文的佛经。

⑪"南阳"二句：南阳有诸葛亮的草庐，西蜀有扬子云的亭子。南阳，地名，今河南南阳。诸葛亮在出山之前，曾在南阳卧龙岗中隐居躬耕。扬雄，字子云，西汉蜀郡成都(今属四川)人，汉代著名学者、辞赋家。曾著《太玄》，其在四川成都的住宅遂称草玄堂或草玄亭，亦简称玄亭。

⑫何陋之有：即"有何之陋"，属宾语前置。《论语·子罕》："君子居之，何陋之有？"

【解读】

《陋室铭》中的"陋室"在哪里，有三种说法：一说在和州。和州，古

198

名历阳,隶属于今安徽省马鞍山市,即现在的和县。《历阳典录》:"陋室,在州治内,唐和州刺史刘禹锡建,有铭,柳公权书碑。"一说在今河北省定州南三里庄,定州在唐代称定州,在唐代之前亦称中山,是刘禹锡的郡望,《直隶定州志》卷一《古迹·陋室》:"州南三里庄南,唐刘禹锡筑,有铭。"但据卞孝萱《刘禹锡年谱》考证,前面两种说法都不可靠:一、和州说,在刘禹锡诗文中,未有与柳公权来往的痕迹,说《陋室铭》是柳公权所书,有假托之嫌。二、定州说,在刘禹锡一生中,没有到过中山,说他在定州建筑陋室,也是附会。据刘禹锡《上杜司徒书》云:"小人祖先壤树,在京索间,瘠田可耕,陋室未毁。"可见,陋室是在洛阳附近之荥阳。《通典·州郡七·古荆河州》云:"(荥阳)又有京水、索水。楚汉战于京、索间是也。"

《陋室铭》是一篇托物言志的铭文。全文短短八十一字,主要通过对自己简陋房屋的描绘,抒写屋主人(也就是自己)的心境和生活情趣,同时借赞美陋室以表达自己志行高洁、安贫乐道、不与世俗同流合污的生活态度。文章层次分明,先以山水起兴,点出"斯是陋室,惟吾德馨"的主旨,接着从室外景、室内人、室中事方面着笔,渲染陋室不陋的高雅境界,并引古代俊彦之居、古代圣人之言强化文意,以反问作结,寓意深远而又含蓄。

在语言表达上,主要用骈体句式,句式整齐,文字精练,音律和谐,最后以散文句式结束,运整齐于变化,戛然而止,傲岸不羁,显示出强有力的不凡的格调。

【点评】

"陋室之可铭,在德之馨,不在室之陋也。惟有德者居之,则陋室之中,触目皆成佳趣。末以'何陋'结之,饶有逸韵。"([清]吴楚材、吴调侯《古文观止》)

"通篇总是'惟吾德馨'四字衍出,言有德之人,室藉以重,虽陋亦不陋也。起四句以山水喻人,次言室中之景、室中之客、室中之事,种种不俗，无他繁苦，即较之南阳草庐、西蜀玄亭，匪有让焉，盖以有德者处此，自有不同者在也。末引夫子'何陋'之言，隐藏'君子居之'四字在内。若全引，便著迹，读者皆不可不知。"（[清]林云铭《古文析义》）

"起首四句，兴起室以德重意。'惟吾德馨'一语，道尽陋室增光处，最为简要。以下皆言吾德之能使陋室馨也，是故苔痕草色，无非吾德生意；谈笑往来，无非吾德应酬；调琴无丝竹乱耳，阅经无案牍劳形，愈不问而知为吾德举动矣。吾德之能使陋室馨者如是，虽以是室比诸葛草庐、子云玄亭，无多让焉。末引'何陋'作结，而诵法孔子，其德又何可量耶？室虽陋亦不陋矣。至其词调之清丽，结构之浑成，则文虽不满百字，自具大雅。"（[清]余诚《重订古文释义新编》）

荔枝图序 白居易

荔枝生巴峡间①，树形团团如帷盖②。叶如桂，冬青；华如橘，春荣；实如丹，夏熟。朵如蒲萄，核如枇杷，壳如红缯③，膜如紫绡④，瓤肉莹白如冰雪，浆液甘酸如醴酪⑤。大略如彼，其实过之。若离本枝，一日而色变，二日而香变，三日而味变，四五日外色香味尽去矣。

元和十五年夏⑥，南宾守乐天命工吏图而书之⑦，盖为不识者与识而不及一二三日者云⑧。

【作者简介】

白居易（772—846），字乐天，号香山居士。下邽（今陕西渭南）人。贞元十六年（800）进士，历任左拾遗、左赞善大夫、江州司马、杭州刺史、苏州刺史、太傅等职。唐代伟大的现实主义诗人，诗歌题材广泛，形式多样，语言平易通俗。在诗歌创作理论上，提出"文章合为时而著,歌诗合为事而作"的主张。与元稹共同倡导新乐府运动,世称"元白"。有《白氏长庆集》。

【注释】

①巴峡:指重庆以东江面的石洞峡、铜锣峡、明月峡,即《华阳国志·巴志》所称的巴郡三峡。

②团团:圆圆的。帷盖:车的帷幕和篷盖。

③缯:古代丝织品的总称。

④膜:包在果肉表面的薄皮。绡:薄的生丝织品,轻纱。

⑤醴:甜酒。酪:醋。

⑥元和十五年:公元 820 年。元和,唐宪宗年号。

⑦南宾守:南宾郡太守。治所在临江县(今重庆忠县)。工吏:在官府当差的工匠,这里指画工。图而书之:画好画,题上字。

⑧"盖为"句:是给没有见过荔枝和虽然见过荔枝但没有经历摘下荔枝后一、二、三天味道变化的人看的。

【解读】

荔枝生长于广东、福建等省,唐朝时长江三峡一带也有出产。荔枝不耐久藏,唐玄宗时曾因杨贵妃爱吃,就选用快马,日夜不停地从产地驰送到长安。当时北方人只听得有这样一种珍奇的水果,所以白居易在产地见到,就给它绘图,并作序加以说明。

本文是一篇说明文,着重说明荔枝的形态,尤其是果实的形态和味道,用了很多具体可感知的比喻描绘它的外形、核、壳、膜及内在的瓤肉和浆液,并对采摘后果实色、香、味的变化作了特别介绍,使读者易于获得对荔枝具体而形象的感受。文末简要点明作画时间、作画者、主持人及作序目的。

全文短小精悍,语言简洁,比喻生动,层次清晰,详略得体。

【点评】

"特为荔枝立传,想见太守风流。昔东坡有空寓岭表之叹,对此,真令人恨不生巴峡也。"([清]王符曾《古文小品咀华》)

冷泉亭记①

白居易

东南山水,余杭郡为最②。就郡言,灵隐寺为尤③。由寺观,冷泉亭为甲。亭在山下水中央,寺西南隅。高不倍寻④,广不累丈⑤,而撮奇得要⑥,地搜胜概⑦,物无遁形⑧。

春之日,吾爱其草薰薰⑨,木欣欣,可以导和纳粹⑩,畅人血气。夏之夜,吾爱其泉渟渟⑪,风泠泠⑫,可以蠲烦析酲⑬,起人心情。山树为盖,岩石为屏,云从栋生,水与阶平。坐而玩之者,可濯足于床下;卧而狎之者,可垂钓于枕上。矧又潺湲洁澈⑭,粹冷柔滑,若俗士,若道人,眼耳之尘,心舌之垢,不待盥涤,见辄除去。潜利阴益⑮,可胜言哉⑯!斯所以最余杭而甲灵隐也。

杭自郡城抵四封⑰,丛山复湖,易为形胜。先是领郡者,有相里君造虚白亭⑱,有韩仆射皋作候仙亭⑲,有裴庶子棠棣作观风亭⑳,有卢给事元辅作见山亭㉑,及右司郎中河南元舆最后作此亭㉒。于是五亭相望,如指之列㉓,可谓佳境殚矣㉔,能事毕矣㉕。后来者虽有敏心巧目,无所加焉。故吾继之,述而不作㉖。长庆三年八月十三日记㉗。

【注释】

①冷泉亭:在杭州西湖灵隐寺西南角,唐代杭州刺史元舆所建。

②余杭郡:今浙江杭州。隋大业三年(607),改杭州为余杭郡,治钱塘县。唐武德四年(621)复余杭郡为杭州。天宝元年(742)复名余杭郡,属江南东道。乾元元年(758)又改为杭州,归浙江西道节度。这里作者沿用前称。

③灵隐寺:又名云林寺,位于浙江杭州。东晋咸和元年(326),由印度僧人慧理始建。

④倍寻:两寻。寻,古代长度单位,八尺为一寻。

⑤累丈:两丈。累,重叠。

⑥撮奇得要:聚集了奇妙的景物,选取了重要的地势。

⑦胜概:美景,美好的境界。

⑧物无遁形:美景无所隐藏。指在亭中观赏,美景一览无余。遁,逃遁,隐藏。

⑨薰薰:香气芬芳。

⑩导和纳粹:导引喜悦的情绪,吸纳草木的精华。和,和顺,喜悦。粹,精华,精粹。

⑪淳(tíng)淳:水平静的样子。

⑫泠泠:清凉的样子。

⑬蠲(juān):除去,减免。析:解除。酲(chéng):病酒,指酒醉后神志不清。

⑭矧(shěn):况且。潺湲:水流缓慢的样子。

⑮潜利阴益:暗中的利益,指看不见的好处。

⑯可胜言哉:指好处说不完。

⑰四封:四境。封,边界,疆域。

⑱相里君:相里造,曾任杭州刺史。

⑲韩仆射皋:韩皋,字仲闻,曾任杭州刺史,后官至尚书左仆射。

⑳裴庶子棠棣(dì):太子宫中属官裴棠棣。庶子,为太子属官。

㉑卢给事元辅:给事中卢元辅,字子望,曾任杭州刺史。给事,"给

203

事中"的简称,隋唐以后为门下省要职,正五品上,掌驳正政令之违失。

㉒右司郎中:尚书省官员,从五品上,协助尚书右丞管理兵、刑、工三部十二司之事,位在诸司郎中上。元篙:河南洛阳人,曾任杭州刺史。

㉓如指之列:像五个手指的排列。

㉔佳境殚矣:美好的境界达到极致了。佳境,美好的境界,美好的意境。

㉕能事毕矣:所能做的事也已经全部齐备了。毕,齐备,完成。

㉖述而不作:原意是只阐述前人成说,自己并不创新。《论语·述而》:"述而不作,信而好古。"这里是说只修葺整理,不再做新的建筑。

㉗长庆三年:公元823年。长庆,唐穆宗年号。

【解读】

从穆宗长庆二年(822)起,白居易做了两年杭州刺史。在任期间,他不仅建堤疏井,惠泽百姓,而且在西湖留下了不少诗文,《冷泉亭记》就是其中一篇。

冷泉在杭州灵隐飞来峰下,从一个深潭底下的岩石缝中喷涌而出,在山脚下环绕奔流,是西湖旁边的胜迹。唐朝时,冷泉流过的石门涧(又叫灵隐浦),水道深广,可以通船。冷泉亭筑在水中,是观赏风景的好地方。

本文是一篇风景小品,它围绕冷泉亭"最余杭而甲灵隐"这一论点,用逐层递进的写法,叙写了冷泉亭宜人的景色,并阐发山水佳境有益身心、陶冶性情的美育作用。

全文分两层。第一层强调杭州、灵隐寺本属形胜,指出冷泉亭的位置选择得好,集中抒写在冷泉亭所感受的情趣和所获得的启发。尤其第二段写冷泉亭春日、夏夜的情趣,写它在水中位置所具有的形胜和情怀,以及坐卧其上的异趣,然后归结于情操的潜移默化,最后点明其"最余杭而甲灵隐"的原因。结构简洁,层次清楚,论从景出,情随景生,境与意谐,读来富于情致和理趣。第二层,对五座亭的先后建造者逐一进行介绍，并总收一笔，以为此五亭相望，能事尽毕，后来者无从措手，得体地赞扬了前任政绩。最后以"述而不作"作结，干净利落。

本文构思精巧，描写生动，音韵谐美，句式灵活，情融于景，颇有风神俊爽之致。

桐叶封弟辩 柳宗元

古之传者有言①："成王以桐叶与小弱弟②，戏曰：'以封汝。'周公入贺。王曰：'戏也。'周公曰：'天子不可戏。'乃封小弱弟于唐③。"

吾意不然。王之弟当封耶？周公宜以时言于王④，不待其戏而贺以成之也。不当封耶？周公乃成其不中之戏⑤，以地以人，与小弱者为之主，其得为圣乎？且周公以王之言不可苟焉而已⑥，必从而成之耶？设有不幸，王以桐叶戏妇寺⑦，亦将举而从之乎？凡王者之德，在行之何若。设未得其当，虽十易之不为病⑧；要于其当⑨，不可使易也，而况以其戏乎？若戏而必行之，是周公教王遂过也⑩。吾意周公辅成王宜以道⑪，从容优乐⑫，要归之大中而已⑬，必不逢其失而为之辞⑭。又不当束缚之，驰骤之⑮，使若牛马然，急则败矣⑯。且家人父子尚不能以此自克⑰，况号为君臣者耶！是直小丈夫𡙇𡙇者之事⑱，非周公所宜用，故不可信。

或曰："封唐叔⑲，史佚成之⑳。"

【作者简介】

柳宗元(773—819)，字子厚。河东解县(今山西运城永济)人，世称"柳河东"。唐朝著名文学家、思想家。与韩愈共同倡导古文运动，并称"韩柳"，同列"唐宋八大家"。贞元九年(793)进士，十四年(798)登博学宏词科，授集贤殿正字。后调蓝田尉，十九年(803)入为监察御史里行，两年后任礼部员外郎。参与王叔文集团政治革新，永贞元年(805)九月，革新失败，贬邵州刺史，未至，十一月再贬永州司马，在永州司马任共十年。至元和十年(815)二月回京，三月又出为柳州刺史，后卒于任所。有《柳河东集》。

【注释】

①传者：书传。此指《吕氏春秋·重言》和刘向《说苑·君道》所载周公促成桐叶封弟的故事。

②成王：姬姓，名诵，西周第二位君主，周武王之子。十三岁继承王位，由叔父周公旦摄政。小弱弟：指周成王之弟叔虞。弱弟，幼弟。

③唐：古国名，在今山西翼城、襄汾一带。

④宜以时言于王：周公就应当及时向成王说。

⑤不中之戏：不适当的游戏。

⑥苟：随便，马虎。

⑦妇寺：宫中的妇女和太监。

⑧病：缺点，错误。

⑨要于其当：重要的是它要恰当。要，主要，重要。当，适当，恰当。

⑩遂过：成就其过错。

⑪"吾意"句：我想周公辅佐成王应当按照正确的"道"去引导他。

⑫从容优乐：一举一动，嬉戏和娱乐。从容，举动。优乐，嬉戏和娱乐。

⑬要：应当，必须。大中：指无过与不及的中正之道。《易·大有》："《大有》，柔得尊位大中，而上下应之，曰《大有》。"王弼注："处尊以柔，居中以大。"

⑭为之辞：为他解释、掩饰。

⑮驰骤之：使之驰骋，这里指像控制牛马一样，强迫其奔跑、驰骋。

⑯急则败矣：管束太紧太严就会坏事。急，猛烈，严厉。败，失败。

⑰自克：自我约束。克，克制，约束。

⑱直：只是，只不过。小丈夫：庸俗而见识短的人。缺缺：同"缺缺"，疏薄诈伪的样子。

⑲唐叔：即叔虞。

⑳史佚：周武王时的史官尹佚。史佚促成桐叶封弟的说法，见《史记·晋世家》："武王崩，成王立，唐有乱，周公诛灭唐。成王与叔虞戏，削桐叶为珪以与叔虞，曰：'以此封若。'史佚因请择日立叔虞。成王曰：'吾与之戏耳。'史佚曰：'天子无戏言。言则史书之，礼成之，乐歌之。'于是遂封叔虞于唐。唐在河、汾之东，方百里，故曰唐叔虞。姓姬氏，字子于。"

【解读】

"辩"是古代议论文中的一个支类，主要是一种用于辨析事物的是非真伪而加以判断的论说文体，韩愈的《讳辩》和柳宗元的这篇文章，都是这方面的代表性作品。

此文的重点不在于辨伪，而在辨别是非。由"桐叶封弟"这一故事展开，围绕重臣应如何辅佐君主这一中心发挥议论。君主随便开了一句玩笑的话，臣子却把它当作金科玉律，绝对地予以服从。作者尖锐地批评了这种荒唐现象，指出"凡王者之德，在行之何若"，对统治者的言行，要看它是否正当，不能拘执盲从，"设未得其当，虽十易之不为病"。这在君权至高无上的封建时代，是相当大胆的议论。文章上半篇是驳论，下半篇是立论，观点新颖，结构严谨，论辩反复曲折，波澜起伏，闪耀着深刻的思想光芒。

【点评】

"前幅连设数层翻驳，后幅连下数层断案，俱以理胜，非尚口舌便

便也。读之反覆重叠愈不厌,如眺层峦,但见苍翠。"([清]吴楚材、吴调侯《古文观止》)

"题目既是个辩,就当还他一个辩体。此篇先以当封、不当封二意夹击,见其必不因戏行封。次,复就戏上设言,戏非其人,何以处之,则戏不可为真也明矣。然后把'天子不可戏'五字痛加翻驳,以王者之行止求至当,不妨更易,而周公当日辅导正理,不但无代君掩饰其过之事,亦无箝制其君若牛马之法,则以为天子不可戏,有戏而必为之词者,非周公所宜行又明矣。篇中计五驳,文凡七转,笔笔锋刃,无坚不破,是辩体中第一篇文字。"([清]林云铭《古文析义》)

"桐叶封弟事虽载《史记》及刘向《说苑》,然年远传讹,如此不可信者众矣。宗元辩此,具有确见。至云'王者之德,在行之何若。设未得其当,虽十易之不为病;要于其当,不可使易也',语尤切至。虽然,'要于其当',岂不难哉?非具太公无我之量,实有正心诚意之学,考之诗书,博之史籍,而识古人之所已经,极之民风土俗之不齐、物情事势之屡变,而识今时之所宜称,析之入于锱铢而不爽,挈之举乎六合而不遗,知周乎万物,而怀匹夫匹妇一能胜予之心,道济乎天下,而视尧舜事业若浮云太虚之过者,其孰能事事要乎其当哉?不得其当而不知易,自必又有得其当而妄易之者也。具曰:'予圣谁知,乌之雌雄。'君子所以有终身之忧,而未尝一日以位为乐欤!成王之诗曰:'惟予小子,不聪敬止。日就月将,学有缉熙于光明。'于戏,其庶几乎!"([清]《御选唐宋文醇》)

捕蛇者说

柳宗元

永州之野产异蛇①,黑质而白章②,触草木尽死;以啮人,无御之者③。然得而腊之以为饵④,可以已大风、挛踠、

208

瘘、疠⑤，去死肌，杀三虫⑥。其始，太医以王命聚之⑦，岁赋其二⑧。募有能捕之者，当其租入⑨。永之人争奔走焉。

有蒋氏者，专其利三世矣⑩。问之，则曰："吾祖死于是⑪，吾父死于是，今吾嗣为之十二年⑫，几死者数矣⑬。"言之，貌若甚戚者⑭。余悲之，且曰："若毒之乎⑮？余将告于莅事者⑯，更若役，复若赋，则何如？"蒋氏大戚，汪然出涕，曰："君将哀而生之乎⑰？则吾斯役之不幸⑱，未若复吾赋不幸之甚也。向吾不为斯役⑲，则久已病矣⑳。自吾氏三世居是乡，积于今六十岁矣，而乡邻之生日蹙㉑。殚其地之出，竭其庐之入，号呼而转徙㉒，饿渴而顿踣㉓。触风雨，犯寒暑，呼嘘毒疠㉔，往往而死者相藉也㉕。曩与吾祖居者，今其室十无一焉；与吾父居者，今其室十无二三焉；与吾居十二年者，今其室十无四五焉。非死即徙尔。而吾以捕蛇独存。悍吏之来吾乡，叫嚣乎东西，隳突乎南北㉖，哗然而骇者，虽鸡狗不得宁焉。吾恂恂而起㉗，视其缶㉘，而吾蛇尚存，则弛然而卧㉙。谨食之，时而献焉㉚。退而甘食其土之有，以尽吾齿㉛。盖一岁之犯死者二焉，其余则熙熙而乐㉜，岂若吾乡邻之旦旦有是哉㉝。今虽死乎此，比吾乡邻之死则已后矣，又安敢毒耶？"

余闻而愈悲。孔子曰："苛政猛于虎也㉞。"吾尝疑乎是，今以蒋氏观之，犹信㉟。呜呼！孰知赋敛之毒有甚是蛇者乎！故为之说，以俟夫观人风者得焉㊱。

【注释】

①永州：治所在今湖南永州零陵区。

②黑质而白章:黑色的身体,白色的花纹。质,质地,底子,这里指蛇的身体。章,花纹。

③御:抵挡。

④得:得到,捕获。腊(xī):干肉,这里用作动词,风干,熏干。以为饵:用来做药引。以,用。饵,糕饼,这里指药饵,即药引子。

⑤已:止,治愈。大风:麻风病。挛踠(luán wǎn):手脚弯曲不能伸展。瘘(lòu):脖子肿,即颈部淋巴结核。疠(lì):毒疮,恶疮。

⑥三虫:人体中的三种寄生虫。

⑦王命:帝王的命令、诏谕。聚:聚集,征集。

⑧岁赋其二:每年征缴两次。岁,每年。赋,征收或缴纳赋税。

⑨当:抵充。租入:缴纳的赋税。

⑩专其利:独占这种(捕蛇而不用交税的)利益。

⑪死于是:死在(捕蛇)这件事上。是,代词,此。

⑫嗣:继承。

⑬几:几乎,差点儿。数:屡次,多次。

⑭戚:悲伤。

⑮若毒之乎:你怨恨(捕蛇)这件事吗?若,你。毒,怨恨,憎恨。

⑯莅事:临视,治理。

⑰君将哀而生之乎:你是打算哀怜我让我活下去吗?生之,使我活下去。

⑱斯役:这种差事。

⑲向:从前,过去。

⑳病:困苦不堪。

㉑日蹙(cù):一天天地窘迫。

㉒转徙:辗转迁移。

㉓顿踣(bó):(劳累地)跌倒在地上。踣,向前跌倒,倒毙。

㉔呼嘘毒疠:吐出有毒的疫气。嘘,慢慢地吐气。毒疠,导致疫病

的毒气。

㉕藉：枕，垫，叠压。

㉖隳（huī）突：横行，骚扰。形容官吏到村子里横行冲撞，毁坏财物。隳，毁坏，废弃。突，袭击，冲撞。

㉗恂（xún）恂：小心谨慎的样子，提心吊胆的样子。

㉘缶（fǒu）：瓦罐。

㉙弛然：放心的样子。弛，松懈，松弛。

㉚时：到（规定献蛇的）时候。

㉛"退而"二句：回来后就可以香甜地吃着自己田地里所产的东西，直至过完余生。齿，年齿，年龄。

㉜熙熙：和悦快乐的样子。

㉝旦旦：天天。

㉞苛政：指繁重的赋税。语出《礼记·檀弓下》："夫子曰：'小子识之，苛政猛于虎也。'"苛，苛刻，狠虐。

㉟犹信：还是相信（有这事的存在）。

㊱俟：等待。人风：民风，唐代避李世民讳，用"人"代"民"字。

【解读】

本文是柳宗元被贬到永州以后所作。其构思和立意，直接受到《礼记·檀弓》的影响。《檀弓下》载："孔子过泰山侧，有妇人哭于墓者而哀。夫子式而听之，使子路问之曰：'子之哭也，壹似重有忧者。'而曰：'然。昔者吾舅死于虎，吾夫又死焉，今吾子又死焉。'夫子曰：'何为不去也？'曰：'无苛政。'夫子曰：'小子识之，苛政猛于虎也。'"柳宗元取"苛政猛于虎"之意，根据自己在永州期间的深入观察和生活体验，塑造了一个在赋敛重压下艰难生存的捕蛇者的形象。

本文第一段叙写异蛇之毒及其药用价值之高，因此受到朝廷重视，下令征集，以抵交赋税，永州之人争相奔走应征的情况。第二段是重点，借以捕蛇为业的蒋氏之口，叙述其家三代捕蛇，其祖、其父均死于毒蛇而自己捕蛇十二年几次险遭不测的经历及其乡邻转徙、顿踣的悲惨遭遇，揭示出唐代中期，由于朝廷的横征暴敛，加上地方官员的残暴掠夺，民不聊生，农村破产，以至十室九空，形象地描绘出苛捐杂税给农民带来的巨大痛苦。最后一段，卒章显志，借孔子之言"苛政猛于虎"，指出赋税之毒，比毒蛇猛兽都更厉害，从而控诉了执政者的贪酷和黑暗，表达了对农民的深切同情。

文章从多个角度进行对比，揭示了严重的社会问题。死亡与生存的对比，乡邻六十年来由于苛赋之迫而"非死则徙"的遭遇与蒋氏"以捕蛇独存"的状况作对比，深刻地揭露了赋敛之毒有甚于蛇毒。乡邻的痛苦是"旦旦有是"，而蒋氏"一岁之犯死者二焉"。诸多强烈的对比有力地突出了文章主题。

作者在艺术手法上善用衬托与对比以突出重点；表达方式以叙事为主，辅以议论点明中心，以抒情强化感染力。文章脉络清晰，逐层推进，深沉曲折，波澜起伏，笔锋犀利，文情并茂，堪称散文中的杰作。

【点评】

"犯死捕蛇乃以为幸，更役复赋反以为不幸，此岂人之情也哉？必有甚不得已者耳。此文抑扬起伏，宛转斡旋，含无限悲伤凄惋之态。若转以上闻，所谓言之者无罪，闻之者足以戒。"（［宋］楼昉《崇古文诀》）

"只就'苛政猛于虎'一语，发出一篇妙文。中间写悍吏之催科，赋役之烦扰，十室九空，一字十泪，中谷哀鸣，莫尽其惨。然都就蒋氏口中说出，子厚只代述得一遍。以叙事起，入蒋氏语，出一'悲'字，后以'闻而愈悲'自相叫应。结乃明言著说之旨。一片悯时深思忧民至意，拂拂从纸上浮出，莫作小文字观。"（［清］孙琮《山晓阁选唐大家柳柳州全集》）

"按《唐史》，元和年间，李吉甫撰《国计簿》，上之宪宗。除藩镇诸道外，税户比天宝四分减三；天下兵仰给者，比天宝三分增一。大率二户资一兵，其水旱所伤，非时调发，不在此数。是民间之重敛，难堪可知。而子厚之谪永州，正当其时也。此篇借题发意，总言赋敛之害，民穷而徙，徙而死，渐归于尽。凄咽之音，不忍多读。其言三世六十岁者，盖自元和追计六十年以前，乃天宝六、七年间，正当盛时，催科无扰。嗣安史乱后，历肃、代、德、顺四宗，皆在六十年之内，其下语俱有斟酌，煞是奇文。"（[清]林云铭《古文析义》）

　　"《捕蛇者说》作者意中，先有'苛政猛于虎'句，因借捕蛇立说，想出一'毒'字，为通篇发论之根。或从捕蛇之毒，形出供赋之尤毒。或极言供赋之毒，见得捕蛇之毒尚不至是。至说到捕蛇虽毒，形以供赋之毒亦不敢以为毒，则用意更深更惨。至其抑扬唱叹，曲折低徊，情致正复缠绵也。中间两段，将供赋捕蛇，或对勘，或互说，颠倒顺逆，用笔固极变化，而题意亦透发无余矣。至其前后伏笔，及呼应收束，亦一字不苟。'毒'字为通篇眼目，起处'则曰'以下，已透出'毒'字意矣，却只将'貌若甚戚者'句，虚文按住，而于自己口中说出，此其用笔之变也。以下随作一跌，转处著'大戚'字、'汪然出涕'字，此从自己目中看出'毒'字。中二段，又从捕蛇者口中，形出'毒'字，此其用笔之又变也。前云'余悲之'，后云'余闻而愈悲'，只增一二字，而前后呼应深浅，令阅者心目了然，此又其笔之以不变为变也。"（[清]朱宗洛《古文一隅》）

梓人传①

柳宗元

　　裴封叔之第②，在光德里③。有梓人款其门④，愿佣隙宇而处焉⑤。所职寻引、规矩、绳墨⑥，家不居砻斫之器⑦。问其能，曰："吾善度材⑧。视栋宇之制，高深、圆方、短长之宜，吾指使而群工役焉。舍我，众莫能就一宇。故食于官府⑨，吾受禄三倍⑩；作于私家，吾收其直太半焉⑪。"他日，入其室，其床阙足而不能理⑫，曰："将求他工。"余甚笑之，谓其无能而贪禄嗜货者⑬。

其后，京兆尹将饰官署⑭，余往过焉。委群材⑮，会众工。或执斧斤，或执刀锯，皆环立向之。梓人左持引，右执杖，而中处焉。量栋宇之任⑯，视木之能，举挥其杖曰："斧！"彼执斧者奔而右。顾而指曰："锯！"彼执锯者趋而左⑰。俄而，斤者斫，刀者削，皆视其色，俟其言，莫敢自断者。其不胜任者，怒而退之，亦莫敢愠焉。画宫于堵⑱，盈尺而曲尽其制⑲，计其毫厘而构大厦，无进退焉⑳。既成，书于上栋曰"某年某月某日某建"，则其姓字也。凡执用之工不在列。余圜视大骇㉑，然后知其术之工大矣㉒。

继而叹曰：彼将舍其手艺，专其心智，而能知体要者欤㉓！吾闻劳心者役人㉔，劳力者役于人㉕，彼其劳心者欤！能者用而智者谋㉖，彼其智者欤！是足为佐天子、相天下法矣。物莫近乎此也。彼为天下者，本于人。其执役者㉗，为徒隶㉘，为乡师、里胥㉙。其上为下士㉚，又其上为中士，为上士。又其上为大夫，为卿，为公。离而为六职㉛，判而为百役㉜。外薄四海，有方伯、连率㉝。郡有守，邑有宰，皆有佐政㉞。其下有胥吏㉟，又其下皆有啬夫、版尹以就役焉㊱，犹众工之各有执伎以食力也。

彼佐天子相天下者，举而加焉㊲，指而使焉，条其纲纪而盈缩焉㊳，齐其法制而整顿焉，犹梓人之有规矩、绳墨以定制也㊴。择天下之士，使称其职；居天下之人㊵，使安其业。视都知野，视野知国㊶，视国知天下。其远迩细大㊷，可手据其图而究焉。犹梓人画宫于堵，而绩于成也㊸。能者进而由之㊹，使无所德；不能者退而休之，亦莫敢愠。不衒能⑮，不矜名，不亲小劳⑯，不侵众官⑰，日与天下之英才讨论其大经⑱，犹梓人之善运众工而不伐艺也⑲。夫然后相道得而万国理矣⑳。

相道既得，万国既理，天下举首而望曰："吾相之功也！"后之人循迹而慕曰："彼相之才也！"士或谈殷、周之理者，曰伊、傅、周、召㉑，其百执事之勤劳而不得纪焉，犹梓人自名其功而执用者不列也。大哉相乎！通是道者，所谓相而已矣。其不知体要者反此。以恪勤为公㉒，以簿书为尊，衒能矜名，亲小劳，侵众官，窃取六职、百役之事，听听于府廷㉓，而遗其大者远者焉，所谓不通是道者也。犹梓人而不知绳墨之曲直，规矩之方圆，寻引之短长，姑夺众工之斧斤刀锯以佐其艺，又不能备其工㉔，以至败绩用而无所成也。不亦谬欤！

或曰："彼主为室者，傥或发其私智，牵制梓人之虑，夺其世守而道谋是用㉕，虽不能成功，岂其罪耶？亦在任之而已。"

余曰：不然。夫绳墨诚陈㉖，规矩诚设，高者不可抑而下也，狭者不可张而广也。由我则固，不由我则圮㉗。彼将乐去固而就圮也，则卷其术，默其智㉘，悠尔而去㉙。不屈吾道㉚，是诚良梓人耳。其或嗜其货利，忍而不能舍也；丧其制量，屈而不能守也。栋桡屋坏，则曰："非我罪也！"可乎哉，可乎哉？

余谓梓人之道类于相，故书而藏之。梓人，盖古之审曲面势者㉛，今谓之"都料匠"云㉜。余所遇者，杨氏，潜其名。

【注释】

①梓人:古代木工的一种,专造乐器悬架、饮器和箭靶等,这里泛指木工、建筑工匠。

②裴封叔:名墐,柳宗元的姐夫,曾为长安县令。第:官邸,大的住宅。

③光德里:唐长安坊里名,旧址在今陕西西安西南郊。

④款:叩,敲击。

⑤隟(xì)宇:空闲的房子。

⑥职:使用。寻引:长度单位,八尺为寻,十丈为引,这里指测量工具。规矩:校正圆形的叫规,校正方形的叫矩。绳墨:木工画直线用的墨斗。

⑦居:积存。砻(lóng):磨,磨石。斫(zhuó):斧刃。

⑧善度(duó)材:擅长量度木材。度,丈量,计算。

⑨食于官府:在官府里吃饭,指受官府雇用。

⑩禄:官吏的俸给,这里指报酬。

⑪直:通"值",报酬。

⑫阙:通"缺"。

⑬贪禄嗜货:贪图金钱、财物。货,财物,金钱珠玉布帛的总称。

⑭京兆尹:官名,唐京兆府(治所在今陕西西安)长官。

⑮委群材:堆积各种木材。委,堆积。

⑯栋宇之任:房屋的规模。

⑰趋:奔跑,疾行。

⑱画宫于堵:把房屋的设计图画在墙壁上。宫,房屋。堵,墙壁。

⑲盈尺而曲尽其制:只一尺见方的图样就详尽地描绘出了房屋的规模结构。制,体制,式样。

⑳无进退焉:没有一点出入。进退,出入,差错。

㉑圜视:瞪大眼睛向四周看。

㉒工大:技术精深博大。工,功夫,技术。

㉓体要:体制和要害,指关键。

㉔劳心者役人:劳心的役使别人。劳心,动脑筋,从事脑力工作。役,役使,差遣。

㉕劳力者役于人:劳力的被别人所役使。劳力,干体力活,从事体力工作。

㉖能者用而智者谋:有技能的人使用他的技能,有智慧的人施展他的谋略。

㉗执役:服役,做具体事的人。

㉘徒隶:刑徒奴隶,服劳役的犯人,这里泛指处于社会底层从事各种劳动的人。

㉙乡师:古代的一乡之长。里胥:古代的一里之长。

㉚下士:周朝时期统治阶级中的最低等级。其上有中士、上士、大夫、卿、公等各级官僚,借以指统治阶级中的各级官吏。《礼记·王制》:"王者之制禄爵,公、侯、伯、子、男凡五等,诸侯之上大夫卿、下大夫、上士、中士、下士凡五等。"

㉛离:分析,区分,这里有粗分的意思。六职:指治、教、礼、政、刑、事六种职事,或指王公、士大夫、百工、商旅、农夫、妇功六种职别。

㉜判而为百役:细分为多种职役。判,剖开,区别,这里有细分的意思。

㉝方伯:商周时期一方诸侯之长,后泛称地方长官。连率:连帅,古代十国诸侯之长。

㉞佐政:指郡、县等的副长官。

㉟胥吏:官府中的小吏。

㊱啬(sè)夫:乡官。秦制,乡置啬夫,职掌诉讼、收取赋税,汉晋及南朝宋因之,佐助县令管理赋税、诉讼等事务的乡官。版尹:掌管地方户籍的小吏。版,名册,户籍。

㊲举而加焉:选拔各种官吏,赋予他们各种职务。焉,代词,之,指

各级官吏。

㊳条：整饬，治理之使有条理。纲纪：大纲和要领，法度。盈缩：伸屈，进退，增减。

㊴定制：拟定制度或法式。

㊵居天下之人：安置天下的人民。

㊶国：诸侯王的封地。

㊷远迩（ěr）细大：远近细大的情况。

㊸绩于成：指按房屋设计图实施使工程完成。绩，接续，继续。

㊹能者进而由之：有能力的人推举他们，让他们放手工作。由，任用，使用。

㊺衒（xuàn）能：卖弄才能。衒，同“炫”。

㊻不亲小劳：不亲自去做小事。

㊼不侵众官：不侵夺各官员的权限。

㊽大经：大原则，大法则。

㊾伐艺：自夸技艺。

㊿相道：为宰相之道，当宰相的方法。万国：各诸侯国，泛指天下。

(51)伊：伊尹，商初功臣，曾佐商灭夏。傅：傅说，商王武丁丞相，治理天下很成功。周：周公，周武王之弟，佐武王灭商，后辅佐成王。召：召公，名奭（shì），曾佐武王灭商，后与周公一起辅佐成王。

(52)恪勤：恭谨勤恳，这里指忙碌于烦琐事务。公：通“功”，功绩，功劳。

(53)听（yín）听于府廷：在官府和朝廷上争辩不休。听听，通“龂龂”，争辩的样子。

(54)备其工：完成他们的工作。备，完备，完成。

(55)“夺其”句：夺去梓人已有的成功经验，却随便采用路人的意见。世守，世代所守，这里指已有的成功的经验法则。道谋是用，指听信过路人不负责任的议论。

㊌诚陈：确实已完备。

㊗圮(pǐ)：倒塌。

㊘默：静默，不语，这里指隐藏。

㊙悠尔：远远的样子。

㊚不屈吾道：不改变自己的主张。屈，受压而弯曲，这里指因外力而改变。

㊛审曲面势：审视材料的曲直和向背形势。

㊜都料匠：总管材料和施工的匠人。

【解读】

本文用比兴手法，托物寓意，借亲见的真实人物，即"梓人"的传奇事迹为喻，通过"梓人之道"阐述为相、治国的大道。

本文第一、二段欲扬先抑，先叙写作者从梓人自述中能设计房屋，并根据设计要求选用材料，指挥工匠操作，且收入不菲，得出一个十分能干的工匠形象。但通过作者亲眼所见其家无刀斧，床脚塌了也需请别人修理，前面能干的形象就突然坍塌，而得出坏的印象：这是一个无能却贪图财货的人。第二段，剧情反转，通过装修京兆府官署的现场亲身体验，彻底推翻以前对梓人的认识。文章描写施工现场极简练生动：先写众工匠环立听候吩咐，再写梓人如何持量具居中调度，如何选择材料，如何指挥工匠操作，如何画建筑图于壁间，大不盈尺，曲尽其致，建成房屋不爽分毫，以及房屋建成后独书梓人之名于梁栋……文章以极大的热情描写了梓人的高超技艺。

以上两段是铺垫，曲折回环，但并不是重点，到第三段，才真正进入主题。文章先是对梓人在营造大厦中所发挥的巨大作用进行了高度评价，然后叙述梓人不是单纯靠手工技艺，而是靠脑力指挥别人。这就自然引入梓人与宰相的类比。

第四、五段，是一番关于宰相的大议论。作者指出梓人建筑的技艺与宰相治理天下的道理相通，重点叙述宰相职守是辅佐天子治理天下,要总其大纲,齐其法制,就像梓人那样有规矩绳墨,治国的具体工作则由百官分任,选择才能之士使各尽其职,使天下人各安其业……总之,宰相须识大体,顾全局,选贤任能,不宜躬亲琐事,尤其不能侵夺百官职权,致使陷入事务、文牍的圈子里。这样,才是为相之道。

第六、七两段,叙写假如受主人牵制,其自处之道,梓人与宰相同样都不应贪图货利,而丧其操守。合则留,不合则去,这是圣贤出处的大节。

最后点题,并交代梓人性质、称谓及姓名。以补语作结,呼应前文,戛然而止,干净利落。

本文条理井然,情节曲折,说理透彻;叙事写人,善于抓住人物性格特征,多处采用欲扬先抑手法,精心选择能反映主人公性格的思想言行加以集中表现,生动形象,有波澜起伏之妙。

【点评】

"相臣之道,备于此篇。末段更补出以道事君不可则止意,是古今绝大议论。"([清]张伯行《唐宋八大家文钞》)

"此篇是子厚有托而作,看他前幅写梓人,却句句暗伏相道;后幅细写相道,却又句句回抱梓人;末段又补出人主如何任用宰相、宰相如何自处的两种意思,可见他用意所在了。就文字论,间架宏阔,议论雄俊,首尾次序,章法井井可按,较诸《封建论》,似为过之。至辞意之廉悍劲古处,宋以后恐无此作。"([清]过珙《古文评注》)

三戒 并序①   柳宗元

吾恒恶世之人,不知推己之本②,而乘物以逞③,或依势以干非其类④,出技以怒强⑤,窃时以肆暴⑥,然卒迍于祸⑦。有客谈麋、驴、鼠三物⑧,似其事,作《三戒》。

临江之麋⑨

临江之人，畋得麋麑⑩，畜之。入门，群犬垂涎，扬尾皆来，其人怒怛之⑪。自是日抱就犬⑫，习示之，使勿动，稍使与之戏，积久犬皆如人意。麋麑稍大，忘己之麋也，以为犬良我友，抵触偃仆⑬，益狎⑭。犬畏主人，与之俯仰甚善⑮，然时啖其舌⑯。三年，麋出门外，见外犬在道甚众，走欲与为戏，外犬见而喜且怒，共杀食之，狼藉道上⑰。麋至死终不悟。

黔之驴⑱

黔无驴，有好事者船载以入。至则无可用，放之山下。虎见之，尨然大物也⑲，以为神，蔽林间窥之。稍出近之，慭慭然莫相知⑳。他日驴一鸣，虎大骇远遁，以为且噬己也，甚恐。然往来视之，觉无异能者。益习其声，又近出前后，终不敢搏。稍近益狎，荡倚冲冒㉑。驴不胜怒，蹄之。虎因喜，计之曰㉒："技止此耳。"因跳踉大㘎㉓，断其喉，尽其肉乃去。噫！形之尨也类有德㉔，声之宏也类有能，向不出其技㉕，虎虽猛，疑畏卒不敢取。今若是焉，悲夫！

永某氏之鼠

永有某氏者畏日㉖，拘忌特甚㉗，以为己生岁直子㉘，鼠，子神也，因爱鼠，不畜猫犬，禁僮勿击鼠，仓廪庖厨悉以恣鼠不问㉙。由是鼠相告，皆来某氏，饱食而无祸。某氏室无完器，槤无完衣㉚，饮食大率鼠之余也。昼累累与人兼行㉛，夜则窃啮斗暴㉜，其声万状，不可以寝，终不厌。数岁，某氏徙居他州，后人来居，鼠为态如故。其人曰："是阴类恶物也㉝，盗暴尤甚，且何以至是乎哉！"假五六猫，阖门撒瓦灌穴，购僮罗捕之，杀鼠如丘，弃之隐处，臭数月乃已㉞。呜呼！彼以其饱食无祸为可恒也哉！

【注释】

①三戒：三件应该警惕防备的事。《论语·季氏》言"君子有三戒"，作者借以名篇。

②推己之本：探究自己的实际能力。推，探究，推求。

③乘（chéng）物以逞（chěng）：凭借别的东西来达到自己的目的。乘，利用，凭借。逞，快心，称愿，满意，引申指（坏主意）达到目的。

④干：触犯。非其类：不是它的同类。

⑤怒：激怒。

⑥窃时：窃取时机，趁机。肆暴：滥施暴力，行凶。

⑦迨：及，遭到。

⑧麋（mí）：哺乳动物。毛淡褐色，雄的有角，角像鹿，尾像驴，蹄像牛，颈像骆驼，但从整体来看哪一种动物都不像。性温顺，吃植物。也叫四不像。

⑨临江：唐县名，在今江西樟树。

⑩畋：打猎。麋麑（ní）：幼麋。

⑪怛（dá）：恐吓。

⑫就：亲近，接近。

⑬抵触偃（yǎn）仆：与狗一起头角相抵，在地上翻滚。抵触，用头角相撞。偃仆，翻滚倒仆。偃，仰卧。仆，向前跌倒。

⑭益狎（xiá）：更加亲近。益，更加。

⑮俯仰：低头和抬头。一俯一仰，引申为与之周旋。

⑯唼：吃，舔。

⑰狼藉：纵横散乱，这里指尸体散乱于路上，一片狼藉。

⑱黔（qián）：即唐朝黔中道，治黔州（今重庆彭水苗族土家族自治县）。

⑲龙然：高大的样子。龙，通"庞"。

⑳慭（yìn）慭然：小心谨慎的样子。

㉑荡：摇动，摆动。倚：靠近，斜靠。冲冒：顶撞，冲击。

㉒计之：算计着此事。计，考虑，估计。

㉓跳踉：跳跃。㘎（hǎn）：吼叫。

㉔类有德：好像有德行的样子。类，相似，像。

㉕向：连词，表示假设。

㉖畏日：怕犯日忌。古人迷信，认为某些年、月、日不宜做某种事情，称为日忌。

㉗拘忌：拘束顾忌，禁忌。

㉘生岁直子：出生的年份正逢上农历子年。生在子年的人，生肖属鼠。直，同"值"，遇，逢。

㉙仓廪（lǐn）：粮仓。庖（páo）厨：厨房。悉以恣鼠：全都让老鼠肆意横行。恣，放纵，听凭。

㉚椸（yí）：衣架。

㉛累（léi）累：连续不断的样子。

㉜窃啮（niè）：偷咬东西。斗暴：打架并糟蹋。

㉝阴类：旧时认为属于阴性的物类。

㉞臭（chòu）：古同"臭"。

【解读】

《三戒》是柳宗元写的三篇寓言，作于贬任永州司马期间。前面的小序，点明了文章的主旨，说明了写作动机。

223

《临江之麋》以揶揄的口吻讽喻了社会上"依势以干非其类"的人。"忘己之麋",依仗庇护,习非成是,任性妄为,可当它一旦失去保护,轻而易举地就被外犬"共杀食之"。可悲的是它到死都不明白其中的原因。古往今来,不知推己之本,恃宠骄纵的人很多,这是一种普遍的社会现象。本文是给这些人的一记警钟,提醒他们行事要谨慎小心,始终不要忘记自己的本来面目。

《黔之驴》是对无才无能却又逞能炫耀的"叫驴"式人物的深刻讽刺。作者通过想象、夸张的手法,抓住了驴、虎之物类的特征,刻画出社会中某些人"出技以怒强"的行径,生动形象。同时,这篇寓言也为后人留下"庞然大物(尨然大物)""黔驴技穷"两个成语。

《永某氏之鼠》嘲讽了社会上"窃时以肆暴"这类人。他们抓住侥幸得到的机会肆意胡作非为,以为能够饱食无祸,让人深恶痛绝。这则寓言,深刻有力地讽刺了纵恶逞凶的官僚和猖獗一时的丑类,巧妙地批判了封建社会丑恶的人情世态。

作者借麋、驴、鼠三种动物的可悲结局,对社会上那些倚仗人势、色厉内荏、擅威作福的人进行了辛辣的讽刺,在当时具有现实的针对性和普遍意义。三篇寓言主题统一而又各自独立,语言精练,故事性很强,形象生动,寓意深刻。每篇末用简洁的话语点明主题,有的只一句,却非常耐人寻味,发人深省。

【点评】

"节促而宕,意危而冷。猥而深,琐而雅,恒而警。"([清]浦起龙《古文眉诠》)

"读此文,真如鸡人早唱,晨钟夜警,唤醒无数梦梦。妙在写麋、写犬、写驴、写虎、写鼠、写某氏,皆描情绘影,因物肖形,使读者说其解颐,忘其猛醒。"([清]孙琮《山晓阁选唐大家柳柳州全集》)

愚溪诗序

柳宗元

灌水之阳有溪焉①，东流入于潇水②。或曰："冉氏尝居也，故姓是溪为冉溪。"或曰："可以染也，名之以其能，故谓之染溪。"余以愚触罪③，谪潇水上④。爱是溪，入二三里，得其尤绝者家焉⑤。古有愚公谷⑥，今予家是溪，而名莫能定，土之居者犹龂龂然⑦，不可以不更也，故更之为愚溪。

愚溪之上，买小丘，为愚丘。自愚丘东北行六十步，得泉焉，又买居之，为愚泉。愚泉凡六穴，皆出山下平地，盖上出也⑧。合流屈曲而南⑨，为愚沟。遂负土累石，塞其隘⑩，为愚池。愚池之东为愚堂，其南为愚亭，池之中为愚岛。嘉木异石错置⑪，皆山水之奇者，以余故，咸以愚辱焉⑫。

夫水，智者乐也。今是溪独见辱于愚，何哉？盖其流甚下，不可以灌溉；又峻急，多坻石⑬，大舟不可入也；幽邃浅狭，蛟龙不屑，不能兴云雨，无以利世。而适类于余⑭，然则虽辱而愚之可也。宁武子邦无道则愚⑮，智而为愚者也；颜子终日不违如愚⑯，睿而为愚者也⑰。皆不得为真愚。今余遭有道而违于理⑱，悖于事，故凡为愚者，莫我若也。夫然，则天下莫能争是溪，余得专而名焉⑲。

溪虽莫利于世，而善鉴万类⑳，清莹秀澈，锵鸣金石㉑，能使愚者喜笑眷慕，乐而不能去也。余虽不合于俗，亦颇以文墨自慰㉒，漱涤万物㉓，牢笼百态㉔，而无所避之。以愚辞歌愚溪，则茫然而不违㉕，昏然而同归㉖，超鸿蒙㉗，混希夷㉘，寂寥而莫我知也㉙。于是作《八愚诗》㉚，纪于溪石上。

【注释】

①灌水：湘江支流，在今湖南境内。阳：山的南面，水的北面。这里指灌水北面。

②潇水：在今湖南永州道县北，因源出潇山，故名。

③以愚触罪：因为愚蠢犯罪。柳宗元因参加王叔文"永贞革新"失败，被贬永州。

④谪：指古代官吏因罪而被降职或流放。

⑤尤绝：最独特的。家焉：安家在此。

⑥愚公谷：在今山东淄博西。汉刘向《说苑·政理》："齐桓公出猎，逐鹿而走入山谷之中，见一老公而问之曰：'是为何谷?'对曰：'为愚公之谷。'桓公曰：'何故?'对曰：'以臣名之。'"

⑦龂(yín)龂然：争辩的样子。

⑧盖上出也：意谓泉水是向上涌出的。

⑨合流屈曲而南：泉水汇合后弯弯曲曲地向南流去。

⑩塞其隘：堵住水沟狭窄的地方。塞，堵塞。

⑪嘉木异石错置：美好的树木、奇特的石头，交错布置。

⑫咸以愚辱焉：都因为一"愚"字而遭受委屈。

⑬坻(chí)：水中的高地或小洲。

⑭适类于余：正好像我。适，正好，恰好。

⑮宁武子：春秋卫国大夫宁俞，谥武子。《论语·公冶长》："子曰：'宁武子邦有道则知(智)，邦无道则愚。'"

⑯颜子：即颜回，孔子最得意的门生。不违：依从。《论语·为政》："子曰：'吾与回言终日，不违如愚。退而省其私，亦足以发，回也不愚。'"何晏集解引孔安国曰："不违者，无所怪问，于孔子之言，默而识之，如愚。"

⑰睿而为愚者也：他是通达而表现得很愚笨。睿，通达，明智。

⑱遭有道：遭逢政治清明的时代。

⑲余得专而名焉:我能够独占并给它取名"愚溪"。专,独占,独享。

⑳善鉴万类:擅长映照万物。鉴,映照,照察。万类,万物。

㉑锵鸣金石:像金、石一样发出清越的声音。锵,形容金、玉等撞击声。金石,用金属、石器制成的钟、磬一类乐器。

㉒文墨:指写文章。

㉓漱涤:洗涤。

㉔牢笼:包罗,容纳。

㉕茫然:迷茫的样子。不违:不相违背,指与愚溪融合无间。

㉖昏然:恍惚的样子。同归:指诗与溪同归于愚。

㉗超鸿蒙:超脱于大自然而存在。鸿蒙,指宇宙形成前的一种混沌状态,这里指自然界。

㉘混希夷:语出《老子》第十四章"视之不见名曰夷,听之不闻名曰希"。混同于空寂虚无、不可感知的境界,是道家所指的一种无声无形、形神俱忘的境界。

㉙寂寥而莫我知:空寂无形,也忘了自己身在何处。莫我知,"莫知我"的倒装,不知我,即忘了自己的存在。

㉚《八愚诗》:歌咏永州冉溪丘、泉、沟、池、堂、溪、亭、岛八种事物的诗。今已佚。

【解读】

柳宗元被贬至永州后,曾在风景秀美的冉溪筑室定居,并名之为愚溪。诗、序均作于元和五年(810)。

"愚"字是一篇眼目。围绕"愚"字,作者托物寓意,将愚溪"无以利世"之愚与作者不合俗、不为世用之愚作类比,又将愚溪之"嘉木异石""善鉴万类,清莹秀澈"之美与己之文章"漱涤万物,牢笼百态"内修之美相结合,借古人愚、智二事以印证溪、我之愚其实非真愚,寄托了作者对被弃山水深深的惋惜和同情,同时透露出作者对混浊人世的强烈不满,抒写了自己被弃置、不为世所用的愤懑、无奈和内心深刻的痛苦。

第一段叙述愚溪的地形位置以及它的名字之由来。笔墨十分简约。第二段以愚溪为中心,逐一写出"八愚"的名字。结尾"嘉木异石错置,皆山水之奇者"表明美景堪玩,愚溪不愚。第三段忽起一大跌宕。作者把溪之愚与己之愚相比,又把己之愚与两位古人之愚相比,得出结论是己之愚是真愚,古人之愚乃假愚。其实这也是正话反说。这些自嘲反讽的文字,抒写的是作者遭受贬谪以后矛盾、痛苦的心理。最后一段是全文的高潮,从抑到扬,先从溪和人两方面说,然后合而为一。先赞美溪的"善鉴万类,清莹秀澈,锵鸣金石,能使愚者喜笑眷慕,乐而不能去",接着叙写自己以文墨自慰,"牢笼百态",与天地同归。在这里,溪和人、诗和序,均物我相融,从更深层面抒写出作者高远的情怀和境界。

由于奇山异水为世所弃,即象征着被贬者的悲剧命运,这就必然造成二者之间一种同感共应的关系,必然使得被贬者对被弃山水抱有一种特殊的感情。在著名的《永州八记》中,作者对永州一地的山山水水予以多角度、多层面的描摹、赞美,涧水的清澈寒冽,游鱼的潇洒自由,秀木的参差披拂,泉石的奇伟怪特,无不带有这种特殊的感情烙印。特别在冉溪,作者发现了这种特别契合的主、客体同命运的关系,所以对冉溪的同情和热爱以及自己抱负不能施展的愤郁情绪都全部倾注在对愚溪的叙写描摹中,他从二者皆沦落天涯,故尔同病相怜的感应里,找到了一条悲情宣泄的途径,孤寂的心灵获得了暂时的慰藉。

文章善于布局,结构精绝。在很短的篇幅中,将写景、叙事、议论三者有机地结合起来,写景简练,议论清晰,叙事井然,运变化于整齐之中,婉转纤徐,含意深远。

【点评】

"古来无此调,陡然创为之,指次如画。"又云:"子厚集中最佳处。"

（［明］茅坤《唐宋八大家文钞》）

"王惟夏（昊）曰：借愚溪自写照，愚溪之风景宛然，自之行事亦宛然。善于作姿，善于寄托。"（［清］孙琮《山晓阁选唐大家柳柳州全集》）

"通篇俱就一'愚'字生情，写景处历历在目，趣极。而末后仍露身份。景中人，人中景，是二是一，妙极。盖柳州所长在山水诸记也。"（［清］蔡铸《蔡氏古文评注补正全集》）

"本是一篇诗序，正因胸中许多郁抑，忽寻出一个'愚'字，自嘲不已，无故将所居山水尽数拖入浑水中，一齐嘲杀。而且以是溪当得是嘲，己所当嘲，人莫能与。反复推驳，令其无处再寻出路。然后以溪不失其为溪者代溪解嘲，又以己不失其为己者自为解嘲。转入作诗处，觉溪与己同化归境。其转换变化，匪夷所思。"（［清］林云铭《古文析义》）

始得西山宴游记① 柳宗元

自余为僇人②，居是州③，恒惴慄④。其隙也⑤，则施施而行⑥，漫漫而游。日与其徒上高山，入深林，穷回溪⑦，幽泉怪石，无远不到。到则披草而坐⑧，倾壶而醉；醉则更相枕以卧⑨，意有所极，梦亦同趣⑩。觉而起，起而归。以为凡是州之山有异态者⑪，皆我有也，而未始知西山之怪特⑫。

今年九月二十八日⑬，因坐法华西亭⑭，望西山，始指异之。遂命仆过湘江⑮，缘染溪⑯，斫榛莽，焚茅茷，穷山之高而止⑰。攀援而登，箕踞而遨⑱，则凡数州之土壤皆在衽席之下⑲。其高下之势，岈然洼然⑳，若垤若穴㉑，尺寸千里，攒蹙累积，莫得遁隐㉒。萦青缭白㉓，外与天际㉔，四望如

229

一,然后知是山之特出,不与培塿为类㉕。悠悠乎与灏气俱而莫得其涯㉖,洋洋乎与造物者游而不知其所穷㉗。引觞满酌,颓然就醉,不知日之入。苍然暮色㉘,自远而至,至无所见,而犹不欲归。心凝形释,与万化冥合㉙,然后知吾向之未始游,游于是乎始㉚,故为之文以志。是岁,元和四年也㉛。

【注释】

①西山:据《永州府志》:"西山在(零陵)城西门外,渡潇水二里许,自朝阳岩起至黄茅岭北,长亘数里,皆西山也。"宴游:宴饮游览。

②僇(lù)人:受过刑罚的罪人。作者因"永贞革新"失败,被贬为永州司马,故自称僇人。僇,通"戮"。

③是州:这个州,指永州。

④恒惴慄(zhuì lì):常常恐惧不安,意谓害怕政敌落井下石。惴,恐惧。慄,发抖。

⑤其隙:公事间隙,公事外的空闲时间。

⑥施(yí)施而行:慢慢地行走。施施,慢步缓行的样子。

⑦穷回溪:走到曲折溪流的尽头。穷,尽。回溪,曲折回旋的溪水。

⑧披草:分开草。披,用手分开,拨开。

⑨更相:相继,相互。

⑩"意有所极"二句:心里有要到达的最美境界,梦里也就有(在这种境界中获得的)相同的乐趣。极,至,到达,顶点。

⑪异态:不同状态,奇特形态。态,状态,情状。

⑫怪特:奇怪,特别。

⑬今年:指唐宪宗元和四年(809)。

⑭法华:指法华寺,在原零陵县城东山之上。

230

⑮湘江：应为潇水。潇水流经永州城西，至苹洲入湘江。

⑯缘染溪：沿着染溪。缘，沿着，顺着。染溪，即冉溪，在永州西南，是潇水支流。

⑰穷山之高而止：一直到山的最高处才停止。

⑱箕踞而遨：随意地或坐或游。箕踞，像簸箕一样地蹲坐着，指坐时随意伸开两腿，像个簸箕，是一种不拘礼节的坐法。遨，游。

⑲衽（rèn）席：坐垫，席子。衽，卧席。

⑳岈（xiā）然洼然：高山深邃，深谷低洼。岈，山深之状。洼，低凹。

㉑若垤（dié）若穴：像蚂蚁堆，像洞穴。垤，蚁冢，蚂蚁做窝时堆积在洞口周匝的浮土。

㉒"攒（cuán）蹙"二句：攒聚压缩堆积在一起，没有什么能够逃遁、隐藏。攒，簇聚，聚集。蹙，缩小，收拢。

㉓萦青缭白：青山萦回，白水缭绕。

㉔外与天际：外与天边相接。

㉕不与培塿（lǒu）为类：跟小土丘不一样。培塿，小土丘。

㉖"悠悠乎"句：辽阔浩渺啊与天地间的大气合一而不能得到它的边际。悠悠，辽阔无际，遥远。灏气，弥漫于天地间之气。灏，通"浩"，浩大，广大。涯，边际，极限。

㉗"洋洋乎"句：悠然自得啊和大自然交游而不知它的尽期。洋洋，舒缓自得的样子。造物者，创造万物的天地，指大自然。

㉘苍然：青色的样子，这里形容傍晚的天色。

㉙"心凝"二句：思想停止了，形体消散了，与自然界万物不知不觉地融为一体了。凝，凝结，停止。释，消融，解散。万化，各种变化，指自然界万物。冥合，暗合。

㉚游于是乎始：真正的游从这里开始。

㉛元和四年：公元809年。元和，唐宪宗年号。

231

柳宗元游记有鲜明的特色:第一,他不是客观地欣赏山水,而是把自己的生活遭遇和在政治上失意的心情,寄托到山水中去,反映了身世之感。第二,他在山水的描写上,有细微的观察与深切的体验,语言清丽,形象鲜明。

他被贬到永州后,写了著名的《永州八记》。这八篇游记各自成篇,但前后连贯,构成一个整体。《始得西山宴游记》是第一篇。本文一开篇就写贬官后的忧惧心情,然后写公余结伴游历山水,写在山水之中的乐趣。从第二段起,进入正题,紧扣"始得"二字,写发现、开辟西山之游的经过,登高望远的感受,结尾写出山水之美,使他悠然自得,忘记一切思虑。这很明显是借描写山水来寄托悲愤抑郁的情绪。

本文主要写西山之美,但没有刻意写西山上的景物,却用力来写在山顶上看到的景物及登高望远的境界,使人神往。这种章法安排独具匠心。

本文笔力矫拔,构思精巧,结构严谨。叙事、写景、抒情三者融为一体,饱含了作者的感情色彩,抒写了其寂寞惆怅、孤标傲世的情怀。作者寄情于景,托物寓志,使得文章独具深沉、含蓄之美。

【点评】

"《始得西山宴游记》中多寓言,不惟写物之工。'倾壶而醉',带出'宴'字;'而未始知西山之怪特',反呼'始'字;'始指异之',虚领'始'字;……'苍然暮色'三句,'始'字神理;'心凝神释',破'惴慄';'然后知向之未始游'二句,上句带前一段,下句正收'始'字。李(光地)云:羁忧中一得旷豁,写得情景俱真。"([清]何焯《义门读书记》)

"生意'始得',顿觉耳目一新。摹写情景入化,画家所不到。"([清]汪基《古文喈凤新编》)

"始者,悟辞也。此篇极写山之状态,细按似属悔过之言。子厚负奇才，急欲自见，故失身而党叔文。既为僇人，以山水自放，何必'惴栗'？知'惴栗'，则知过矣。未始知山，即未始知道也。斫莽焚茅，除旧染之污也。穷山之高，造道深也。然后知山之特出，即知道之不凡也。不与培塿为类，是知道后远去群小也。悠悠者，知道之无涯也。洋洋者，挹道之真体也。无所见犹不欲归，知道之可乐，恨己望之未见也。于是乎始，自明其投足之正。全是描写山水，点眼处在'惴栗''其隙'四字，此虽鄙人臆断，然亦不能无似。"（林纾《古文辞类纂选本》）

钴鉧潭西小丘记[①]   柳宗元

　　得西山后八日，寻山口西北道二百步[②]，又得钴鉧潭。潭西二十五步，当湍而浚者为鱼梁[③]。梁之上有丘焉，生竹树。其石之突怒偃蹇[④]，负土而出，争为奇状者，殆不可数。其嵚然相累而下者[⑤]，若牛马之饮于溪；其冲然角列而上者[⑥]，若熊罴之登于山。

　　丘之小不能一亩[⑦]，可以笼而有之[⑧]。问其主，曰："唐氏之弃地，货而不售[⑨]。"问其价，曰："止四百。"予怜而售之[⑩]。李深源、元克己时同游，皆大喜，出自意外。即更取器用[⑪]，铲刈秽草[⑫]，伐去恶木[⑬]，烈火而焚之。嘉木立，美竹露，奇石显。由其中以望，则山之高、云之浮、溪之流、鸟兽之遨游，举熙熙然回巧献技[⑭]，以效兹丘之下[⑮]。枕席而卧，则清泠之状与目谋[⑯]，瀯瀯之声与耳谋[⑰]，悠然而虚者与神谋[⑱]，渊然而静者与心谋[⑲]。不匝旬而得异地者二[⑳]，虽古好事之士[㉑]，或未能至焉。

　　噫！以兹丘之胜[㉒]，致之沣镐鄠杜[㉓]，则贵游之士争买者^㉔，日增千金而愈不可得。今弃是州也，农夫渔父过而陋之^㉕。贾四百^㉖，连岁不能售^㉗。而我与深源、克己独喜得之，是其果有遭乎^㉘！书于石，所以贺兹丘之遭也。

【注释】

①钻鉧(gǔ mǔ)：熨斗。潭的形状似熨斗，故名。潭在湖南永州西山西麓。

②寻：通"循"，顺着，沿着。道：行走。

③湍：水势急而旋。浚：深。鱼梁：拦截水流以捕鱼的设施（如堰、坝之类）。以土石筑堤横截水中，如桥，留水门，置竹笱或竹架于水门处，拦捕游鱼。

④突怒：形容石头突出隆起。偃蹇(yǎn jiǎn)：高耸的样子。

⑤嵚(qīn)然：形容山石突出的样子。相累：互相堆积。

⑥冲(chòng)然：向上或向前突出的样子。角列：指卓然特立。

⑦不能：不及，不到。

⑧笼：占有。

⑨货：卖，出售。售：卖出，这里指卖成功。

⑩怜：爱惜。售：买。

⑪更取器用：轮番拿起工具。更，轮流，轮番。

⑫铲刈(yì)秽草：铲割杂草。秽草，杂草，恶草。

⑬伐去恶木：砍掉长得不周正的树木。恶，不好的，不正的。

⑭"举熙熙然"句：全都欢快地呈巧献技。举，全，都。熙熙然，和乐的样子，繁盛的样子。回巧，迂曲婉转展现巧妙的姿态。

⑮效：效力，贡献，呈现。

⑯清泠(líng)：形容景色清凉明澈。谋：会合，接触。

⑰潆(yíng)潆：象声词，像水回旋的声音。

⑱悠然而虚者：悠远而空旷的。

⑲渊然而静者：幽深而静谧的。

⑳匝(zā)旬：满十天。匝，周。旬，十天为旬。

㉑好(hào)事之士：指有某种爱好的人，这里指爱好山水的人士。

㉒以兹丘之胜：凭着这座小丘优美的景色。胜，指优美的山水或古迹。

㉓"致之"句：把它放到(京都附近的)沣、镐、鄠、杜等这些繁华的地方。沣(fēng)，周代地名，周文王建都处，在今陕西西安鄠邑区东。镐(hào)，镐京，西周都城，周武王建都处，在今陕西西安西北。鄠(hù)，古地名，今陕西西安鄠邑区。杜，春秋时国名，在今陕西西安东南。

㉔贵游之士：指无官职的王公贵族，亦泛指显贵者。《周礼·地官·师氏》："掌国中失之事以教国子弟，凡国之贵游子弟学焉。"郑玄注："贵游子弟，王公之子弟。游，无官司者。"

㉕过而陋之：经过此地而轻视它。陋，鄙视，轻视。

㉖贾：同"价"，价格，价值。

㉗连岁：连年，多年。

㉘是其果有遭乎：这难道是果然有某种际遇吗？其，岂，难道。遭，遭逢，际遇。

【解读】

本文主要记叙作者一行发现、开发钴鉧潭西小丘优美的风景及其游赏的感受和感慨。这个小丘，没有名字，所以只用邻近地区的名字或者方位来说明它的存在。后来柳宗元在《愚溪诗序》中给它取了个名字叫"愚丘"。

本文共分三段记述。第一段，写小丘的基本情况。主要篇幅介绍小丘的景物。钴鉧潭主体是水，但小丘主体则是石，作者着重介绍的是小丘石的奇特，多角度的描写细致生动。第二段，写小丘的遭遇和小丘带给自己的美好感受。主要记述作者购置被唐氏弃置的小丘，经过修整之后,其风景之美得以呈现。置身其中,人与自然契合无间,作者得到了暂时的怡适和宁静。最后一段,作者直抒胸臆,感叹于同样一个小丘,同样秀美的风景,在穷乡僻壤则遭人弃置,倘若置之繁华之地,则身价自然千万倍。其命运的彻底改变在于是否得到有力者的赏识。这难道没有际遇的关系吗? 结尾对小丘的庆贺,实际上暗喻了作者怀才不遇及对自身遭逢命运的不公的深沉感慨。

在柳宗元描绘前,永州山水并不为世人所知。但在柳宗元的笔下,这些偏居荒芜之地的山水景致却表现出别具洞天的审美特征,极富艺术生命力。正如清人刘熙载在《艺概·文概》中所说:"柳州记山水,状人物,论文章,无不形容尽致。其自命为'牢笼百态',固宜。"

【点评】

"子厚游记,篇篇入妙,不必复道。此作把丘中之石,及既售得之后,色色写得生活,尤为难得。末段以贺兹丘之遭,借题感慨,全说在自己身上。盖子厚向以文名重京师,诸公要人,皆欲令出我门下,犹致兹丘于沣镐鄠杜之间。今谪是州,为世大僇,庸夫皆得诋诃,频年不调,亦何异为农夫、渔夫所陋无以售于人乎? 乃今兹丘有遭,而己独无遭,贺丘所以自吊,亦犹起废之答无箦足涎颖之望也。呜呼! 英雄失路,至此亦不免气短矣。读者当于言外求之。"([清]林云铭《古文析义》)

"此篇平平写来,最有步骤。一段先叙小丘,次叙买丘,又次叙辟芜刈秽,又次叙游赏此丘,末后从小丘上发出一段感慨,不挽越一笔,不倒用一笔,妙,妙!"([清]孙琮《山晓阁选唐大家柳柳州全集》)

"于眼前境幻出奇趣,于奇趣中生出静机。使兹丘不遇柳州,特顽土耳。今此文常在,则此丘不朽,曰可贺则诚可贺也。"([清]过琪《古文评注》)

"此等托物而感遇,侯雪苑、魏叔子皆模仿之矣。以山水之状态,会诸耳目心神,自是悟道有得之言。究之名心未净,终以遭遇为言。沣镐鄂杜,朝廷也;贵游之士,执政也;争买者,置之门下也;言弃者,谪居也。《西山记》既云与灏气俱,与造物游,何等心胸!乃此文以小丘逢己,获四百之贱价为遭,则自贬亦甚矣。终竟不如韩、欧立言之得体。然其笔力之峭厉,体物之工妙,万非庸手所及。"(林纾《古文辞类纂选本》)

至小丘西小石潭记

柳宗元

从小丘西行百二十步,隔篁竹①,闻水声,如鸣珮环②。心乐之③。伐竹取道④,下见小潭,水尤清冽⑤。全石以为底⑥,近岸,卷石底以出⑦,为坻为屿,为嵁为岩⑧。青树翠蔓⑨,蒙络摇缀,参差披拂⑩。潭中鱼可百许头,皆若空游无所依⑪。日光下澈,影布石上⑫,佁然不动⑬,俶尔远逝⑭,往来翕忽⑮,似与游者相乐。潭西南而望,斗折蛇行,明灭可见⑯。其岸势犬牙差互⑰,不可知其源。坐潭上,四面竹树环合,寂寥无人,凄神寒骨,悄怆幽邃⑱。以其境过清⑲,不可久居,乃记之而去。

同游者:吴武陵、龚古,余弟宗玄⑳。隶而从者,崔氏二小生㉑,曰恕己,曰奉壹。

【注释】

①篁(huáng)竹:竹丛,竹林。

②如鸣珮环:好像佩环相碰击发出的声音。珮环,指玉质佩饰物。

③心乐之:心里感到很高兴。乐,以……为乐。

④取道:选取经由的道路,开辟道路。

⑤水尤清冽:水格外(特别)清凉。尤,格外,特别。清冽,清澄而寒冷,清凉。

⑥全石以为底：即以全石为底，把整块石头当作底部。

⑦"近岸"二句：靠近岸的地方，石底有些部分翻卷过来露出水面。

⑧"为坻（chí）"二句：成为坻、屿、嵁、岩各种不同形状。坻，水中高地。屿，小岛。嵁（kān），不平的山岩。

⑨翠蔓：翠绿的藤蔓。

⑩"蒙络"二句：覆盖缠绕，摇动联结，参差不齐，随风飘拂。蒙，覆盖，遮蔽。络，缠绕，捆缚。摇，摆动，动摇。缀，缝合，连缀。参差，纷纭不齐的样子。披拂，吹拂，飘动。

⑪皆若空游无所依：都好像在空中游动，没有任何可依托的东西。

⑫"日光下澈"二句：阳光向下直照到水底，鱼的影子映在水底的石头上。澈，穿透。布，分布。

⑬怡（yǐ）然不动：（鱼影）呆呆地一动不动。怡然，痴呆的样子，静止的样子。

⑭俶（chù）尔远逝：忽然间向远处游走了。俶尔，忽然。

⑮往来翕（xī）忽：来来往往，轻快敏捷。翕忽，倏忽，急速快捷的样子。

⑯"斗折蛇行"二句：像北斗七星一样曲折，像蛇一样爬行，弯曲回旋，忽隐忽现。灭，暗，看不见。

⑰犬牙差（cī）互：像狗的牙齿那样互相交错。

⑱"凄神寒骨"二句：使人感到心神凄凉，寒气透骨，幽静深远，弥漫着忧伤的气息。凄、寒，使……感到凄凉，使……感到寒冷。悄怆，忧伤，凄凉。邃，深。

⑲以其境过清：因为那种环境太过凄清。

⑳宗玄：柳宗元堂弟。

㉑"隶而从者"二句：跟着我一同去的，有姓崔的两个年轻人。隶而从，跟着同去的。隶，跟随，随从。崔氏，指柳宗元姐夫崔简。小生，年轻人。

【解读】

本文是《永州八记》中的第四篇。文章抓住小石潭的特色，分两部分来写：一是写潭，二是写潭上景物。写潭，着重写潭水游鱼，没有一笔写到水，但是他对鱼的刻画，寥寥几笔，极其准确地写出潭水空明澄澈的程度和游鱼的形神姿态，其生动传神的笔触、绘声绘影的手段，令人叹为观止。写潭上景物，着力摹写小石潭及其周围幽深冷寂的景色和气氛，从中透露出作者贬居生活中孤凄悲凉的心情。

本文构思新巧，语言精美，描写生动，刻画入微，是一篇情景交融的佳作。

【点评】

"古人游记，写尽妙景，不如不写尽为更佳；游尽妙境，不如不游尽为更高。盖写尽游尽，早已境味索然；不写尽不游尽，便见余兴无穷。篇中遥望潭西南一段，便是不写尽妙景；潭上不久坐一段，便是不游尽妙境。笔墨悠长，情兴无极。"（〔清〕孙琮《山晓阁选唐大家柳柳州全集》）

"极短篇，不过百许字，亦无特别风景可以出色，始终写水竹凄清之景而已。而前言'心乐'，中言潭中鱼与游者相乐，后'凄神寒骨'，理似相反，然乐而生悲，游者常情。大而汾水，小而兰亭，此物此志也。其写鱼云：'潭中鱼可百许头，皆若空游无所依。日光下澈，影布石上，怡然不动，俶尔远逝，往来翕忽。'工于写鱼，工于写水之清也。"（陈衍《石遗室论文》）

"此等写景之文，即王维之以画入诗，亦不能肖。潭鱼受日不动，景状绝类花坞之藕香桥，桥下即清潭，游鱼百数聚日影中，见人弗逝，一举手，则争窜入潭际幽兰花下。所谓'往来翕忽，与游者相乐'，真体物到极神化处矣。""文不过百余字，真是一小幅赵千里得意之青绿山水也。"（林纾《古文辞类纂选本》）

"《小石潭记》则水石合写，一种幽僻冷艳之状，颇似浙西花坞之藕香桥。'坻''屿''嵁''岩'，非真有是物，特石自水底挺出，成此四状。其上加以'青树翠蔓，蒙络摇缀，参差披拂'，是无人管领，草木自为生意。写溪中鱼百许头，'空游若无所依'，不是写鱼，是写日光。日光未下澈，鱼在树阴蔓条之下，如何能见？其'佁然不动，俶尔远逝，往来翕忽'之状，一经日光所澈，了然俱见。'澈'字，即照及潭底意，见底即似不能见水，所谓'空游无依'者，皆潭水受日所致。一小小题目，至于穷形尽相，物无遁情，体物直到精微地步矣。'潭西南而望，斗折蛇行，明灭可见。'此中不必有路，特借之为有余不尽之思。至'竹树环合，寂寥无人'，文有诗境，是柳州本色。"（林纾《韩柳文研究法·柳文研究法》）

小石城山记

柳宗元

自西山道口径北①，逾黄茅岭而下②，有二道。其一西出③，寻之无所得。其一少北而东④，不过四十丈，土断而川分⑤，有积石横当其垠⑥。其上为睥睨、梁欐之形⑦，其旁出堡坞⑧，有若门焉。窥之正黑⑨，投以小石，洞然有水声⑩，其响之激越⑪，良久乃已⑫。环之可上⑬，望甚远。无土壤而生嘉树美箭⑭，益奇而坚⑮。其疏数偃仰，类智者所施设也⑯。

噫！吾疑造物者之有无久矣。及是，愈以为诚有⑰。又怪其不为之于中州，而列是夷狄，更千百年不得一售其伎，是故劳而无用⑱。神者傥不宜如是，则其果无乎⑲？或曰："以慰夫贤而辱于此者⑳。"或曰："其气之灵，不为伟人，而独为是物，故楚之南，少人而多石㉑。"是二者，余未信之。

240

【注释】

①径北:一直向北。径,直接,一直。

②逾:越过,经过。黄茅岭:在永州潇水西岸,今名芝山。小石城山就在黄茅岭西北尽头西坡。

③西出:路向西伸出。

④少北而东:稍向北又折向东。少,稍,略。

⑤土断:黄茅岭从愚溪起向北延伸二三里,至小石城山处山势突然断落,形成陡壁,故谓土断。川分:桃江将它分隔开。川,指桃江。

⑥横当其垠(yín):横着挡在小石城山的尽头。垠,界限,边际。

⑦睥睨(pì nì):同"埤堄",城墙上锯齿形的短墙,女墙。梁欐(lì):房屋的栋梁。欐,屋梁。

⑧旁出堡坞:旁边又出现一座小城堡。堡坞,小城堡,指由山石天然形成的像小城堡一样的山,因此作者称其"小石城山"。

⑨窥之正黑:从洞往里探望迎面一片漆黑。

⑩洞然:象声词,形容石子击水发出的声音。

⑪激越:声音高亢清远。

⑫良久乃已:很久才停止。

⑬环之可上:可以盘绕着登上山顶。环,围绕,盘旋。

⑭嘉树美箭:美丽的树木和竹子。箭,竹子。

⑮益奇而坚:更显得形状奇特、质地坚硬。

⑯"其疏数"二句:那些嘉树美箭,疏密相宜,起伏有致,好像是智者精心设置的。疏,稀疏。数(cù),细密,稠密。偃(yǎn),倒伏。

⑰"及是"二句:到了这,更以为造物者确实是有的。

⑱"又怪"四句:又奇怪造物者不把小石城山安排在中原,反而陈设在这偏僻的蛮夷之地,经历千百年也不能够一展它的风采,这当然是徒劳而无功用的。中州,中原地区。更(gēng),经过,经历。售,出售,这里是显露的意思。伎,通"技",这里指小石城山的景色。

241

⑲"神者"二句：它的神异性倘若不该这样，造物者就真的不存在了吗？神者，神奇，神异。傥（tǎng），通"倘"，倘若，或者。不宜，不应该，不合适。如是，如此，指"不为之于中州，而列是夷狄"的现象。果，真的。

⑳"以慰"句：小石城山是用来慰藉那些贤明却被贬谪到这里的人们的。此句是指有人辩"无用"为"有用"的说法。

㉑"其气"五句：那天地间的灵气，在这一带，不造就伟大的人物，却仅仅造就小石城山这样的景物，所以楚地南部缺少人才而独多奇石。此句是指有人辩"徒劳"为"功劳"的说法。其气之灵，这里指天地的灵气。楚，今湖南、湖北等地，春秋战国时属楚国。少人而多石，指少出贤人而多出奇石。

【解读】

本文是《永州八记》的最后一篇。共分两段，一叙一议。第一段叙写景物，先写发现小石城山的经过，后描绘小石城山的形状、布局，突出其酷似石城的特征，并赞叹山石树木的疏密仰伏，好像高明者有意设计、布置。第二段，由风景之奇异，转入关于"造物者之有无"的议论。山水的命运是否是造物者的安排呢？作者提出这个疑问，其实也是在质疑人生的命运是否也存在着遇合的关系。作者最后以"是二者，余未信之"作结，既是抒发自己受屈遭贬、天涯沦落的不平之鸣，表明自己孤芳自赏、倔强傲岸的坚定意志，同时更流露出渴求摆脱现状以施展才能和抱负的希望。

柳宗元仕途坎坷，他对永州的风景，特别是《永州八记》中记叙的多处瑰奇的天然胜景却几乎被弃置的境遇，都以一种饱含沧桑的怜惜之情抒写，所以在其笔下，情与景的浑然融合使天然的美景得到升华，呈现出一种与心灵相通的丰富而深沉的人文力量。

作者在叙述中所用的写作手法主要是"移步换景"，无论是小石城山方位的描写还是景观的描绘，都是在循序渐进中进行，自然景致随着观赏者的游历渐次展现，这样的笔法使景物描写达到了紧凑而自然流畅的效果。在具体描写小石城山的景状及形势时，却是采用多角度变换笔法，上、下、远、近、旁、正、高、低、疏、密，错落有致，触景成美，绘声绘色，生机盎然，给小石城山笼罩上一层美丽神奇的色彩，增强了文章的吸引力与感染力。

【点评】

"前幅一段，径叙小石城。妙在后幅，从石城上忽信一段，造物有神；忽疑一段，造物无神；忽捏一段，留此石以娱贤；忽捏一段，不钟灵于人，而钟灵于石。诙谐变幻，一吐胸中郁勃。"（［清］孙琮《山晓阁选唐大家柳柳州全集》）

"柳州诸记，多描写景态之奇与游赏之趣，此篇正略叙数语，便把智者施设一句，生出造物有无两意疑案。盖子厚迁谪之后，而楚之南实无一人可以语者，故借题发挥，用寄其以贤而辱于此之慨，不可一例论也。"（［清］林云铭《古文析义》）

"此篇景实欲虚之，文由山出石，由石写城，由城及旁，由旁及门，由门而上，既上而望，因望而异境。其写景处，所谓以虚作实之法也。至其满腔郁结，俱于后段发抒。然脱却本题，空中感慨，又不免有文无题之病。文于写景处，轻轻著'类智者所施设'一句，连用'疑'字、'以为'字、'又怪'字、'傥'字、'则其'字，先言有无之难定，次言无者未必不有，次又言有者未必不无，次又借他人口中言无者毕竟或有，又从自己臆断，见有无毕竟未可定，以见己之贤不应置于此意，所谓实者翻虚之法也。"（［清］朱宗洛《古文一隅》）

"按子厚谪居楚南，郁郁适兹土。地僻人稀，无可与语，特借山水以自遣。玩'贤而辱于此'句，其不平之气，已溢于毫端。"（［清］蔡铸《蔡氏古文评注补正全集》）

243

唐故工部员外郎杜君墓系铭 并序① 元 稹

叙曰②：予读诗至杜子美，而知古人之才有所总萃焉③。始尧舜时君臣以赓歌相和④，是后，诗人继作，历夏、殷、周千余年，仲尼缉拾选练⑤，取其干预教化之尤者三百篇⑥，其余无闻焉⑦。骚人作而怨愤之态繁⑧，然犹去风雅日近⑨，尚相比拟⑩。秦汉以还⑪，采诗之官既废⑫，天下俗谣民讴、歌颂讽赋、曲度嬉戏之词亦随时间作⑬。逮至汉武赋《柏梁》诗而七言之体具⑭。苏子卿、李少卿之徒⑮，尤工为五言，虽句读文律各异⑯，雅郑之音亦杂⑰，而词意简远，指事言情，自非有为而为，则文不妄作⑱。建安之后⑲，天下之士，遭罹兵战⑳，曹氏父子鞍马间为文，往往横槊赋诗㉑，故其遒文壮节、抑扬怨哀、悲离之作尤极于古㉒。晋世㉓，风概稍存㉔。宋齐之间，教失根本㉕，士以简慢歆习、舒徐相尚㉖，文章以风容、色泽、放旷、精清为高㉗，盖吟写性灵、流连光景之文也㉘，意义格力无取焉㉙。陵迟至于梁陈㉚，淫艳刻饰、佻巧小碎之词剧㉛，又宋齐之所不取也。唐兴，学官大振㉜，历世之文，能者互出㉝，而又沈宋之流㉞，研练精切㉟，稳顺声势㊱，谓之为律诗㊲。由是而后，文体之变极焉㊳。然而莫不好古者遗近㊴，务华者去实㊵，效齐梁则不逮于魏晋㊶，工乐府则力屈于五言㊷。律切则骨格不存㊸，闲暇则纤秾莫备㊹。至于子美，盖所谓上薄《风》《骚》㊺，下该沈宋㊻，言夺苏李，气吞曹刘㊼，掩颜谢之孤高㊽，杂徐庾之流丽㊾，尽得古今之体势㊿，而兼昔人之所独专矣[51]。使

244

仲尼考锻其旨要^㉒，尚不知贵其多乎哉^㉓！苟以为能所不能、无可无不可，则诗人以来，未有如子美者^㉔。

时山东人李白，亦以奇文取称，时人谓之李杜。予观其壮浪纵恣^㉕，摆去拘束，模写物象^㉖，及乐府歌诗，诚亦差肩于子美矣^㉗。至若铺陈终始^㉘，排比声韵^㉙，大或千言，次犹数百，词气豪迈而风调清深^㉚，属对律切而脱弃凡近^㉛，则李尚不能历其藩翰^㉜，况堂奥乎^㉝！予尝欲条析其文^㉞，体别相附，与来者为之准^㉟，特病懒未就^㊱。适子美之孙嗣业启子美之枢，襄祔事于偃师^㊲，途次于荆楚，雅知予爱言其大父之为文，拜予为志。辞不可绝，予因系其官阀而铭其卒葬云^㊳。

系曰：晋当阳成侯姓杜氏^㊴，下十世而生依艺^㊵，令于巩。依艺生审言^㊶，善诗，官至膳部员外郎。审言生闲，闲生甫。闲为奉天令。甫字子美，天宝中，献三大礼赋^㊷，明皇奇之，命宰相试文；文善，授率府曹^㊸。属京师乱^㊹，步谒行在^㊺，拜左拾遗^㊻。岁余，以直言失官，出为华州司功，寻迁京兆功曹^㊼。剑南节度使严武拔为工部员外，参谋军事。旋又弃去，扁舟下荆楚间，竟以寓卒^㊽，旋殡岳阳^㊾，享年五十九。夫人弘农杨氏女^㊿，父曰司农少卿怡，四十九年而终。嗣子曰宗武，病不克葬⁵¹¹，殁，命其子嗣业⁵²²。嗣业以家贫无以给丧⁵³³，收拾乞匃⁵⁴⁴，焦劳昼夜，去子美殁后余四十年，然后卒先人之志⁵⁵⁵，亦足为难矣。

铭曰：维元和之癸巳⁵⁶⁶，粤某月某日之佳辰⁵⁷⁷，合窆我杜子美于首阳山之前⁵⁸⁸。呜呼！千岁而下，曰：此文，先生之古坟。

【作者简介】

元稹(779—831),字微之,河南(府治今河南洛阳)人。唐朝著名诗人、文学家。北魏宗室鲜卑族拓跋部后裔。少时即有才名,与白居易同科及第,二人共同倡导新乐府运动,世称"元白",诗作号为"元和体"。有《元氏长庆集》。

【注释】

①故:死亡,去世。古代常在死者称呼前加"故"字,如"故严亲""故慈亲"等。工部员外郎杜君:即杜甫,字子美。唐代著名诗人。曾任检校工部员外郎,世称"杜工部"。系:世系,谱系。铭:这里指墓志铭,刻在石上埋入坟中的文字。

②叙:同"序"。作为书籍的序言,早期多写作"叙",后期多写作"序"。

③总萃:汇集,聚集。

④赓(gēng)歌相和:相互酬唱和诗。《尚书·虞书·益稷》:"乃赓载歌曰:'元首明哉,股肱良哉,庶事康哉!'"赓,继续,连续。

⑤仲尼缉拾选练:孔子收集编次、挑选提炼,这里指孔子整理编辑《诗经》。缉,聚集。拾,捡取,收拾。

⑥干预:关涉,关系。教化:政教风化。尤:这里指最优秀的篇章。

⑦其余无闻焉:其他的就不为人知了。无闻,没有名声,不为人知。

⑧"骚人"句:屈原《离骚》的兴起,诗歌作品中怨愤的情绪和形态就多起来。骚人,因屈原作《离骚》,所以称屈原或《楚辞》作者为骚人。作,兴起。

⑨去风雅日近:距离风雅的时间比较近。风雅,指《诗经》中的《国风》和《大雅》《小雅》,这里指代《诗经》。

⑩尚相比拟:相互之间还较为对称。比拟,比配,与之相类。

⑪秦汉以还：秦朝和汉朝以来。以还，以后，以来。

⑫采诗之官：采诗官，周朝设有专门的采集诗歌的官员，巡游各地，采集民间歌谣，以体察民俗风情、政治得失。《诗经》中大部分诗歌都出于此。

⑬俗谣民讴：民谣民歌。歌颂：指歌功颂德的诗文。讽赋：讽刺劝谕的诗赋。曲度嬉戏之词：以讲究节拍、音调为主以及游戏玩乐的诗作。随时间作：随着时代交替兴起。

⑭《柏梁》：汉武帝在柏梁台和群臣共赋的七言诗，人各一句，句句用韵，后来此诗体被称为"柏梁体"或"柏梁台体"。

⑮苏子卿：即苏武，字子卿。西汉天汉元年（前100）持节出使匈奴，被扣留。匈奴多次威胁诱降，甚至被流放北海（今贝加尔湖）牧羊，但苏武历尽艰辛，留居匈奴十九年持节不屈。李少卿：即李陵，字少卿。西汉名将。天汉二年（前99）出征匈奴，率五千步兵与八万匈奴兵作战，因寡不敌众兵败投降。相传匈奴以李陵与苏武友善，命劝降苏武，两人遂作诗唱和，今存十多首。

⑯句读文律：文辞的节奏和格律。

⑰雅郑：雅乐和郑声。古代儒家以雅乐为正声，以郑声（郑国的诗歌）为淫邪之音，因以"雅郑"指正声和淫邪之音。

⑱"自非"二句：倘若不是有意为之，那么他们的文字就不会随意发表出来。有为，有所为，有一定目的或缘故。妄，胡乱，随便。

⑲建安：东汉末年汉献帝年号（196—220）。这一时期东汉朝廷政治大权主要由曹操所掌握，文学方面形成了以曹氏父子（曹操、曹丕、曹植）为代表的建安文学。

⑳遭罹：遭遇，遭受。兵战：战争。

㉑横槊（shuò）赋诗：横着长矛赋写诗歌，指豪迈的英雄气概。槊，古代兵器，即长矛。

㉒遒文：雄健的文章。壮节：壮烈的志节。抑扬：声音高低起伏。

怨哀:怨恨悲伤。悲离:悲痛离别。尤极于古:相较于古代,更是达到了顶点。

㉓晋世:晋朝(265—420),上承三国下启南北朝,分西晋、东晋两个时期。

㉔风概:犹风骨,指诗文所体现的雄健有力的风格。

㉕"宋齐之间"二句:在南朝刘宋与萧齐时,国家政教失去根本。指南朝名士之风盛行,重庄老玄学,名教(儒教)式微。

㉖士以简慢歘习、舒徐相尚:士人都崇尚简慢、旷达、从容的言行。这种风气是承魏晋时期的名士之风而来,那时士人厌弃礼法,注重个性,崇尚自由,所以行为都很简慢旷达。简慢,轻忽怠慢。歘习,放荡,狎习。舒徐,从容不迫。

㉗风容:文采。色泽:颜色和光泽,比喻华丽的辞采。放旷:豪放旷达,不拘礼俗。精清:纯净高洁。

㉘"盖吟写"句:大概是吟咏抒写内心世界、耽游于风光的文字。性灵,内心世界,泛指精神、思想、情感等。光景,光阴,风光,景象。

㉙意义格力无取:不追求诗文的意义和格力。格力,诗文的格调、气势。取,选取,追求。

㉚陵迟至于梁陈:这种风气败坏一直到梁朝、陈朝。陵迟,衰败,颓靡。宋、齐、梁、陈是承接东晋,在南方建立以建业(今江苏南京)为都城的四个汉人政权,总称南朝。

㉛淫艳:奢华,艳丽。刻饰:雕刻装饰,比喻过分修饰润色。佻巧:轻佻浮巧。小碎:短小零碎。

㉜学官:指学校。

㉝能者互出:有能力的人并出。

㉞沈宋:初唐武后时期宫廷诗人沈佺期、宋之问的合称。他们所创作的五言、七言近体诗标志着五言、七言律体已趋于定型。

㉟研练:研究练习。精切:精当贴切。

㊱稳顺:使之妥帖和谐。声势:特指文章的声韵气势。

㊲律诗:又称格律诗,近体诗的一种。起源于南北朝,成熟于唐初。分五言律诗、七言律诗两种,简称五律、七律。格律要求严格,以八句为定格,中间四句除特殊情况外必须对偶。句数在八句以上者称排律。

㊳文体之变极焉:文章体裁的变化就达到了极致。体,指体裁,诗文的风格。极,达到顶点。

㊴好古者遗近:喜欢古代的人遗落了近代。遗,遗失,遗漏。

㊵务华者去实:致力于外部浮华的人去掉了实质。实,实质,实在内容。

㊶"效齐梁"句:仿效齐、梁淫艳刻饰风格,文章风力就比不上魏晋。

㊷"工乐府"句:精通乐府诗,那么五言诗就做得不好。这里的五言诗,指苏武、李陵及建安风骨的诗。乐府,诗体名,初指乐府官署所采制的诗歌,后将魏晋至唐可以入乐的诗歌,以及仿乐府古题的作品统称乐府。力屈,力竭。

㊸"律切"句:格律精切,诗歌的骨力品格就不存在了。骨格,骨气,品格。

㊹"闲暇"句:诗歌追求闲淡从容,就不具备纤巧、艳丽的风格。纤,指艺术风格上的细巧柔弱。秾,艳丽,华丽。

㊺上薄《风》《骚》:往上迫近《诗经》《离骚》。薄,迫近,逼近,靠近。

㊻下该沈宋:往下包容沈佺期、宋之问。该,包容,包括。

㊼"言夺苏李"二句:文辞压倒苏武、李陵,气势吞下曹植、刘桢。夺,压倒,超过。曹,指曹植,曹操之子、魏文帝曹丕之弟,三国时期著名文学家,建安文学的代表人物之一与集大成者。刘,指刘桢,三国时魏名士,"建安七子"之一,所作五言诗,风格遒劲,语言质朴,重名于世。

㊽掩颜谢之孤高：盖过了颜、谢的孤傲高洁。掩，遮没，盖过。颜谢，指南朝宋诗人颜延之、谢灵运。《宋书·颜延之传》："延之与陈郡谢灵运俱以词彩齐名，自潘岳、陆机之后，文士莫及也，江左称颜谢焉。"

㊾杂徐庾之流丽：杂有徐、庾的流畅华美。徐，指徐陵，南朝陈著名宫体诗人和文学家。庾，指庾信，南北朝时期北周著名文学家，其骈文、骈赋代表了南北朝文赋的最高成就。二人齐名，并称"徐庾"，诗文皆以轻靡绮艳见称。

㊿尽得古今之体势：占尽了古今诗文的全部体裁和样式。尽，全部。体势，体裁样式。

(51)兼昔人之所独专：兼有了过去人所独擅的技巧。

(52)考锻其旨要：考查研究他诗文的要旨。

(53)"尚不知"句：还不知道是不是以他的多项才能为贵呢？贵，意动用法，以……为贵。

(54)"苟以为"三句：假设认为能做他人所不能做、各种体裁和风格都不受拘束，那么可以说，从有诗人以来，没有能超过杜甫的。无可无不可，指对人对事不拘成见。这里承上文而言，杜甫对于诗文的多种体裁和风格都能运用自如，不受拘束。

(55)壮浪纵恣：豪壮浪漫，肆意放纵。

(56)模写物象：描写物体形象。

(57)诚亦差肩于子美：确实也差不多跟杜甫并肩。

(58)至若铺陈终始：至于铺叙、陈述事物的发生演变的全过程。终始，从开头到结局，事物发生演变的全过程。

(59)排比声韵：排列连比诗歌的声韵格律。

(60)风调清深：风情格调清峻深刻。

(61)属对：指诗文的对仗。脱弃凡近：抛弃平庸浅薄。

(62)藩翰：藩篱，领域。

⑥堂奥：厅堂和内室，指更高深的水平或境界。

⑥条析：细致剖析。

⑥"体别"二句：按照体裁，分别归类，给后来的人作一个标准（或范本）。

⑥病懒未就：因为疾病和懒散才没有做成功。

⑥襄祔事于偃师：完成其在偃师合葬祖父母的事。襄，完成。祔，合葬。

⑥"予因"句：我因此整理了他的官职和门第，并为他的完葬撰写铭辞。系，连缀，联属，这里指整理，编成世系。卒，尽，完毕。

⑥晋当阳成侯：晋代当阳侯杜预。杜预，字元凯，京兆杜陵（今陕西西安东南）人。西晋时期著名的政治家、军事家和学者。西晋灭吴，因功封当阳县侯。著有《春秋左氏经传集解》等。

⑦"下十世"句：杜预以下十代生杜依艺。

⑦审言：杜审言，字必简，襄阳（今湖北襄阳）人，累官修文馆直学士。与李峤、崔融、苏味道并称"文章四友"，是唐代近体诗奠基人之一。

⑦三大礼赋：玄宗天宝十载（751），杜甫四十岁，在长安进三大礼赋：《朝献太清宫赋》《朝享太庙赋》《有事于南郊赋》。玄宗奇之，命待制集贤院。

⑦授率府曹：授予杜甫右卫率府胄曹参军一职。本职为正八品下。

⑦京师乱：天宝十五载（756）六月，安禄山攻陷长安，京师大乱，玄宗奔蜀。杜甫四十五岁。

⑦步谒行在：徒步到凤翔谒见肃宗皇帝。发生在唐肃宗至德二年（757）五月。行在，即行在所，专指天子巡行所到之地。

⑦左拾遗：唐代谏官名。分左右，左拾遗属门下省，右拾遗属中书省。

⑦"以直言失官"三句：肃宗乾元元年(758)，杜甫四十七岁，因直言疏救房琯，外贬为华州司功参军，不久调任京兆功曹参军。

⑧"扁舟"二句：乘船顺流而下，漂泊在湖南、湖北一带，最终在流寓生活中死去。竟，终了，终于。寓，寄居。

⑨旅殡(bìn)岳阳：临时将灵柩放在岳阳。旅，临时。殡，死者入殓后停柩以待葬。

⑧弘农：在今河南灵宝南四十里。

⑧病不克葬：由于有病不能将父亲运回原籍安葬。

⑧命其子嗣业：将这事交代给儿子杜嗣业。

⑧无以给丧：没有力量操办安葬的事。给，供给，供应。丧，哀葬死者的礼仪。

⑧收拾乞匄：经过点滴积攒，加上寻求帮助。收拾，收聚，收集。乞匄，同"乞丐"，乞求，讨取。

⑧卒先人之志：完成了先人的遗愿。

⑧维：助词，用于句首或句中。

⑧粤：助词，用于句首，表示审慎的语气。

⑧合窆(biǎn)：合葬。窆，将棺木葬入圹穴。

【解读】

本文是元稹于唐宪宗元和八年(813)为著名诗人杜甫撰写的墓志铭。文中，元稹首倡李杜优劣论，抑李扬杜，影响甚远。元稹纵观自孔子删《诗》以来的诗歌发展历史，批判了六朝的浮靡诗风，确立了唐诗的重要地位。对唐代诗歌，他又首推杜甫，认为杜诗自《诗经》《离骚》以下，于苏李之高古，曹刘之气骨，颜谢之孤高，徐庾之流丽，沈宋之律切，莫不旁搜博采，"尽得古今之体势，而兼昔人之所独专"，是一位空前的集大成诗人。这个评价应当说是确实而中肯的。

元稹接着又将杜甫与李白进行了比较，他认为在唐代诗坛，堪与杜甫比肩的唯有李白，视李杜为唐代诗歌创作的两座高峰。但是，元积肯定李白，只限于他"摆去拘束"奔放不羁的诗风、"模写物象"的技巧及其所擅长的乐府歌行，至于说成为唐代近体诗标志的律诗特别是铺陈排比、属对律切的长律，李于杜则望尘莫及，"尚不能历其藩翰"。这个评价不免有失其公允之处。当然，这和元稹为杜甫写墓志的身份有关，同时也反映了元稹个人酷爱长律，并代表了他那个时代一些诗人的审美趣尚。

尽管如此，这种言论的影响却是广泛的。后世历代文人多因个人偏好、时代风尚等诸种不同因素，发表了许多有关李杜抑扬的言论。赞同元稹者，如刘昫《旧唐书·杜甫传》、翁方纲《石洲诗话》等都很有代表性。但李杜双峰并峙，为有唐一代诗坛之双璧已成公论。唐人中就有杨凭、韩愈、白居易、杜牧、李商隐等力倡李杜并称论者。后世如元好问对元稹此说质疑的也大有人在。不管怎么说，由于李杜在唐诗乃至中国诗歌史上的重要地位，李杜并称或李杜抑扬已构成历代唐诗研究中的重要论题之一。

按：李杜优劣论，其实主要是就才气与学力的关系问题展开的。才气固然纵横浩瀚，但缺了学力，就不可以持久；学力固然渊深广博，而无才气，则易成土砖木偶。两者之间，非唯不可分，且紧密连续，相辅相成。李白天姿英发，偏重才气，但他也下过苦功学习，学力十分深厚。李白文章中所灌注的精神气脉一方面脱胎于庄老玄学，另一方面于"风雅"及"楚辞"也都是深造有得。李白具浩瀚的才气，辅之以深厚学力，方能如大鹏之展翅太空，飞翔万里，庄子云："风之积也不厚，则其负大翼也无力。"信然。反之，杜甫偏重学力，他于诗歌的各种体裁及样式均精而通之，如本文所说，"上薄《风》《骚》，下该沈宋，言夺苏李，气吞曹刘，掩颜谢之孤高，杂徐庾之流丽，尽得古今之体势，而兼昔人之所独专"，这是一个全能的诗歌创作者，学力之浑厚固无待言，但若仅只如此，而无才气之开发，那也只是钝刀切物，劳而无功。事实上，从杜甫那许多优秀的篇章中可以看到，无一不是裹挟着非凡的才气而来,所以杜甫的诗既沉浑厚实,又"词气豪迈而风调清深",学才兼美,千百年来传诵不绝。

【点评】

"元稹作李、杜优劣论,按此是工部墓志,非论也。先杜而后李。韩退之不以为然,诗曰:'李杜文章在,光焰万丈长。不知群儿愚,何用故谤伤。蚍蜉撼大木,可笑不自量。'为微之发也。"([宋]魏泰《临汉隐居诗话》)

"排比铺张特一途,藩篱如此亦区区。少陵自有连城璧,争奈微之识珷玞。"([金]元好问《论诗三十首》)

"微之、少游尊杜至极,无以复加。而其所以尊之之由,则徒以其包众家之体势姿态而已。于其本性情,厚伦纪,达六义,绍三百者,未尝一发明也,则又何足以表洙、泗无邪之旨,而允为列代诗人之称首哉!元遗山云:'少陵自有连城璧,争奈微之识珷玞。'所见远矣。"([清]潘德舆《养一斋诗话·李杜诗话》)

"然而,微之之论,有未可厚非者。诗家之难,转不难于妙悟,而实难于'铺陈终始,排比声律',此非有兼人之力、万夫之勇者,弗能当也。"([清]翁方纲《石洲诗话》)

长安雪下望月记　　舒元舆

今年子月月望[①],长安重雪终日[②],玉花搅空[③],舞下散地[④]。予与友生喜之[⑤],因自所居南行百许步,登崇冈[⑥],上青龙寺门。门高出绝寰埃[⑦],宜写目放抱[⑧]。今之日尽得雪境[⑨],惟长安多高,我不与并[⑩]。日既夕,为寺僧道深所留,遂引入堂中。

初夜有皓影入室[⑪],室中人咸谓雪光射来,复开门偶立⑫，见沍云驳尽⑬，太虚真气，如帐碧玉⑭。有月一轮，其大如盘，色如银，凝照东方⑮，辗碧玉上征，不见辙迹⑯。至乙夜，帖悬天心⑰。予喜方雪而望舒复至⑱，乃与友生出大门恣视⑲。直前终南⑳，开千叠屏风，张其一方㉑，东原接去，与蓝岩骊峦，群琼含光㉒，北朝天宫。宫中有崇阙洪观，如甃珪叠璐，出空横虚㉓。

此时定身周目㉔，谓六合八极㉕，作我虚室。峨峨帝城㉖，白玉之京㉗。觉我五藏出濯清光中㉘，俗埃落地㉙，涂然寒胶，莹然鲜著，彻入骨肉㉚。众骸跃举，若生羽翎㉛，与神仙人游云天汗漫之上㉜，冲然而不知其足犹蹋寺地㉝，身犹求世名㉞。二三子相视，亦不知向之从何而来，今之从何而遁。不讳言㉟，不嘻声㊱，复根还始㊲，认得真性㊳。非天借静象，安能辅吾浩然之气若是邪㊴？且冬之时凝沍有之矣㊵，若求其上月下雪，中零清霜㊶，如今夕或寡㊷。某以其寡不易会㊸，而三者俱白，故序之耳。

【作者简介】

舒元舆(？—835)，字升远。婺州东阳(今浙江东阳)人。唐元和八年(813)进士，初授鄠县县尉，以干练知名。宰相裴度荐为兴元书记，累迁监察御史、刑部员外郎。文宗时，官同中书门下平章事。因与李训、郑注谋诛宦官，事机不密，于甘露之变中遇难。工诗善文。有《舒元舆集》。

【注释】

①子月：农历十一月。月望：满月，指农历每月十五日。
②重雪：大雪。重，分量重，大。

③玉花搅空:白玉一样的雪花搅动天空。

④舞下散地:飞舞下来散落在地上。

⑤友生:朋友。《诗经·小雅·常棣》:"虽有兄弟,不如友生。"

⑥崇冈:高冈,高大的山岭。崇,高,高大。

⑦门高出绝寰(huán)埃:门高得超出凡尘。绝,断,与凡尘相隔绝。寰埃,指人世间。

⑧宜写目放抱:适合放眼远眺,使心胸开阔。写目,指尽目力之所及,纵情观览。放抱,放开怀抱。抱,胸怀,心情。

⑨今之日尽得雪境:今天观赏的尽是雪景。雪境,雪景,雪的境界。

⑩"惟长安"二句:只是长安可以登高的地方很多,我没能都去。

⑪初夜:初更,相当于晚上七时至九时。有皓影入室:有白色的光影映入房间内。

⑫偶立:并排站着。

⑬见冱(hù)云驳尽:看见寒云散尽。冱云,寒云。驳,同"剥",削,脱落,指阴云散开。

⑭"太虚"二句:空气弥漫,像帐幕一样笼罩着白玉般的雪地。太虚,天空。真气,天地的精气,这里指空中大气。

⑮凝照:静静地映照。

⑯"辗碧玉"二句:(像车轮一般)碾压着碧玉般的雪地往上升入天空,但看不见轮辙的痕迹。

⑰"至乙夜"二句:到了二更时分,(月亮)粘挂在天空中央。乙夜,指二更时候,约为晚上十时。帖,贴,粘。

⑱"予喜"句:我喜欢这刚刚下雪而明月又升起的景色。望舒,神话中为月驾车的神,借指月亮。

⑲恣视:尽情观赏。恣,放肆,尽情。

⑳直前终南:一直走到终南山前。前,向前行进。

㉑"开千叠"二句:(崇山峻岭)就像展开了一千层屏风,在这一方土地上伸展。

㉒"东原接去"三句:(终南山)东面的平原,接着绵延而去,与蓝田山和骊山打成一片,群山如美玉一般都蕴含光彩。原,宽广平坦之地。琼,美玉。

㉓"宫中"三句:宫中有高大的城阙和壮美的景观,像是美玉层层叠起的井壁,高耸入云,横贯虚空。阙,宫门、城门两侧的高台,中间有道路,台上起楼观。洪观,大观,盛大壮观的景象。甃(zhòu),以砖瓦等砌的井壁。珪(guī),"圭"的古字,瑞玉,常作祭祀、朝聘之用。璐,美玉。

㉔定身周目:站定身子,环视四周。

㉕六合:天地四方。八极:八方之极。四方和四隅合称八方。东南西北称为四方,东南、西南、东北、西北称为四隅。

㉖峨峨:高峻的样子。

㉗白玉之京:白玉筑就的京城,比喻虚无缥缈神仙所居的地方。

㉘"觉我"句:感觉我的五脏都从清亮的光辉里洗涤出来。五藏,五脏,指心、肝、脾、肺、肾。

㉙俗埃落地:凡尘俗物都落在了地上。

㉚"涂然寒胶"三句:全身被寒气冻住,(身上的雪花)晶莹剔透,像给我穿上了闪亮的衣装,寒气深深地渗入我的骨肉。

㉛"众骸(hái)跃举"二句:全身充满活力,好像长出了翅膀。骸,骨头,指身体。跃举,跳跃起来。羽翎,鸟的羽毛,指翅膀。

㉜汗漫:广大,漫无边际。

㉝冲然:空虚的样子。蹋(tà):同"踏"。

㉞世名:世上的名声。

㉟讳言:因顾忌而不敢说。

㊱嘻声:咧开嘴发出笑声。

㊲复根还始:回复到本原。

㊳认得真性:认识了我的天性。

㊴"非天借静象"二句:不是上天借这宁静景象,怎么能像这样帮助我增长、充满浩然之气呢!

㊵凝冱:结冰,冻结。

㊶中零清霜:中间降落清霜。零,降落。

㊷如今夕或寡:像今天晚上这种景象或许就很少。

㊸某以其寡不易会:我因为这样的机会很少、不易碰到。某,自称之词,我。以,因为。会,相遇,碰到。

【解读】

文中所写是唐代长安雪后夜景。

共三段。首段记作者在农历十一月月半大雪之夜,登上青龙寺去观雪景。其中"门高出绝寰埃,宜写目放抱"两句为文中眼目,下文所写雪景、所抒感想都是从这两句生发出来的。

第二段具体描写作者雪下望月所见美景。先渲染气氛,写出一派寒云散尽、天宇澄澈的美景,接着写银盘似的月轮,从东方冉冉升起,悄无声息,碾压着雪地向空中移动,然后悬贴在天的中央。寥寥数语,通过一个贴切的比喻,将一轮雪后明月完全写活了。最后写群山和皇宫,如"开千叠屏风""群琼含光""如甃珪叠璐,出空横虚",不仅生动地描画出了一幅人间仙境图,同时赋予了山岭、楼观一种动态的美感。

末段写雪下望月的感受和作记的原因。作者先描写整个宇宙都变作自己空旷的屋宇;再写自己五脏都经过清光的洗涤,从而精神得到净化;接着幻想与神仙一起在太空漫游,顿时忘记了现境和世俗名利,回复到了万物的本原。这就是在现境中悟道忘机,使文章境界得到了升华。

本文层次清楚,用词新颖,描写形象生动,行文清新秀逸,情在景中,充满了哲理性的思考,达到了较高意境。

玉箸篆志^①

舒元舆

秦丞相斯变苍颉籀文为玉箸篆^②，体尚太古^③，谓古若无人^④。当时议书者皆输伏之^⑤，故拔乎能成一家法式^⑥。历两汉、三国，至隋氏^⑦，更八姓无有出其右者^⑧。呜呼！天意谓篆之道不可以终绝^⑨，故受之以赵郡李氏子阳冰^⑩。阳冰生皇唐开元天子时^⑪，不闻外奖^⑫，躬入篆室^⑬，独能隔一千年而与秦斯相见^⑭，可谓能不孤天意矣^⑮。当时得议书者亦皆输伏之，且谓之其格峻^⑯，其力猛，其功备^⑰，光大于秦斯有倍矣。此直见上天以字宝瑞吾唐矣^⑱，不然何绵更姓氏而寂寞无人^⑲。

某道不工篆而识其点画^⑳，常有意求秦丞相真迹，会秦丞相去久，闻其有八字刻在荆玉^㉑，有洪碑树峄山岭^㉒。今荆璧为玺^㉓，飞上天矣，固不可得而见也；洪碑留在人间，往往有好事者跻巅得见^㉔。某亦常问得去峄山道路，异日将裹足观之^㉕。未去，间行长安^㉖，会同里客有得阳冰真迹遗在六幅素上者^㉗，遂请归客堂张之，见虫蚀鸟步痕迹^㉘，若屈铁石陷入屋壁^㉙，霜昼照著^㉚，疑龙蛇骇解^㉛，鳞甲活动，皆欲飞去。齐目视之^㉜，分明睹文字之根植吾堂中，然后知向之议者谓冰愈于斯，吾虽未登峄山，观此可以信其为深于篆者之言也。试以手拂拭，其烟颜尘容^㉝，侵暴日久，摄刍坼裂^㉞，玉箸欲折^㉟。予以亵慢让其主^㊱，主曰："此易致耳，岂当其如是爱邪^㊲？"予曰："今世人所以重秦斯之迹^㊳，非能尽辨别之，以其秦古矣，斯邈矣^㊴。向使秦斯与子比肩，子

259

能贵之乎㊵？曩吾尚欲苦辛登峄山之巅。缩在子掌握中，今且犹不为子贵㊶，子不过生于唐而得与冰同为唐人。吾知冰殁二三十年㊷，其踪迹流于人间固不甚少，得为子目数见㊸，故易之若此㊹。使冰生于秦时，子又安得使造次而见遗尘邪㊺？是子贱目也㊻。世人皆然。嗟吁㊼！冰既即世㊽，是字宝入地矣，后人思孜孜求之，今且遭不知者忽易㊾。想生笔下日有新迹㊿，固为门户见睹之物矣，冰虽欲求沽售(51)，不独弃为粪土，必遭其诟怒也(52)。”主闻之，其愧色见于颜眉间，欲卷而退。知其退也，必因循而不信(53)，强止留之，引笔书其志行下(54)，以保明其为字宝也不谬(55)。词曰：

斯去千年，冰生唐时。冰复去矣，后来者谁？后千年有人，谁能待之(56)？后千年无人，篆止于斯(57)。呜呼主人，为吾宝之。

【注释】

①玉箸篆：篆书的一种。箸，即筷子。清陈澧《摹印述》云："篆书笔画两头肥瘦均匀，末不出锋者，名曰'玉箸'，篆书正宗也。"此种书体的笔法出自秦李斯《泰山刻石》，点画谨严，字体修长，字形大小一样，章法纵横有序，别具姿态。其书写笔道，圆润温厚，形如玉箸，故名。

②秦丞相斯：秦朝丞相李斯。秦代著名的政治家、文学家和书法家。苍颉：一般作"仓颉"。古代传说中的汉字创造者。《史记》据《世本》以为是黄帝时的史官。《荀子·解蔽》："好书者众矣，而仓颉独传者一也。"汉许慎《说文解字序》："黄帝之史仓颉，见鸟兽蹄迒之迹，知分理之可相别异也，初造书契。"籀文：我国古代书体的一种，也叫"籀书""大篆"。因著录于《史籀篇》而得名。春秋、战国间通行于秦国，与篆文近似。今存石鼓文即这种字体的代表。

③体尚太古:字体尊尚远古。体,指字体,字的形状结构。尚,尊崇。太古,上古,远古。

④谓古若无人:以为古代或者是没有人才吧。若,似乎。

⑤"当时"句:当时讨论书法的人都对他很佩服。输伏,同"输服",有认输、佩服之意。

⑥"故拔乎"句:所以他的篆体就超出众多字体,能够创成一种书法范式。拔,超出,突出。法式,标准,模式。

⑦至隋氏:到隋朝。

⑧"更八姓"句:更换了八个王朝都没有能超过他的人。八姓,八个姓氏,估计作者是指汉、三国、晋、宋、齐、梁、陈、隋。古代政治是家天下体制,每个朝代都一姓相承。

⑨"天意"句:上天认为篆书的方法不可以最终断绝。绝,断绝,消失。

⑩赵郡李氏:汉朝至隋唐时期的世家大族。开基始祖为秦太傅李玑的次子李牧。南北朝时讲究士族门第,赵郡李氏史载人物尤多,为第一等的高门大族。至唐代,在全国郡姓中位居前列的七宗五姓里,李姓占了两家,即赵郡李氏与陇西李氏。

⑪皇唐开元天子时:指唐玄宗开元年间(713—741)。皇唐,大唐。

⑫不闻外奖:没有听说有外部奖励。

⑬躬入篆室:私自进行篆书的研究。篆室,学习和研究篆书的场所。

⑭秦斯:秦朝李斯。

⑮不孤天意:不辜负上天的意思。孤,同"辜",辜负。

⑯其格峻:他的品格高峻。格,品格,格调。

⑰其功备:他的功绩完备。功,功绩,功夫。备,完美,齐备。

⑱"此直见"句:这正显示出上天把字宝当作祥瑞送给我们大唐呢。直,正。见,同"现",显现,显示。字宝,珍贵的书法真迹,这里指

李阳冰的篆书真迹。

⑲绵更姓氏而寂寞无人：连续更换几代王朝都一直沉寂着，没有使用、研究它（篆书）的人才出现。

⑳"某道"句：我不钻研篆书，但是认识篆体的点画。点画，文字之点与横竖等笔画。

㉑荆玉：荆山之玉，即和氏璧。传说和氏璧为秦始皇所得，他命工匠刻制成印玺，上书八个大字："受命于天，既寿永昌。"这就是秦国的传国玉玺。秦始皇死后，此玺下落不明。

㉒"有洪碑"句：有大石碑立在峄山的顶上。洪碑，大石碑，即峄山碑，秦始皇二十八年（前219）东巡时所刻，是秦刻石中最早的一块，内容为歌颂秦始皇统一天下，废分封，立郡县的功绩。峄山，又名东山，与泰山南北对峙，孟子所称"孔子登东山而小鲁，登泰山而小天下"的东山即指峄山。原石为北魏太武帝推毁，今已不存。

㉓今荆璧为玺：现在荆山和氏璧已被刻成印玺。

㉔跻巅：登上山顶。

㉕"异日"句：打算以后带着行李盘缠前往观赏峄山碑。将，欲，打算。裹足，指行李盘缠。

㉖间行长安：得空到长安。

㉗"会同里客"句：适逢有一位在长安作客的同乡得到了李阳冰留在六幅白色生绢上的篆书真迹。会，恰巧，适逢。幅，布帛的宽度，古制一幅为二尺二寸。素，白色生绢。

㉘"见虫蚀"句：看见虫爬过、鸟踏过的痕迹，这里形容李阳冰写的篆体字形状。蚀，侵蚀，蛀蚀。

㉙"若屈铁石"句：就像弯曲的铁和石块深深刺入房屋的墙壁。

㉚霜昼照著：在寒冷有霜的白天，阳光照在上面。

㉛疑龙蛇骇解：怀疑是龙和蛇从蛰眠的状态被惊起分开。骇，受惊，惊起。解，分开，分解。

㉜齐目：平视。

㉝烟颜尘容：烟熏的颜色，布满灰尘的容貌。

㉞"侵暴（pù）日久"二句：侵蚀曝晒的时间长了，（白色生绢提在手上）就像手抓着草要将它撕裂开的样子。摄，拿，执持。刍，草。

㉟玉箸欲折：那些玉筷子样的篆字都快要被折断了。

㊱予以褻慢让其主：我责备它的主人过于轻慢。褻慢，轻慢，不庄重。

㊲"此易致"二句：这容易弄到，难道应当像这样去爱惜它吗？致，招致，求取，获得。邪，同"耶"，用于句末或句中，表疑问。

㊳重秦斯之迹：重视秦朝李斯的篆书真迹。

㊴"以其"二句：认为那秦朝太古了，李斯也太远了。邈，遥远。

㊵"向使"二句：假使秦朝李斯与你在同一个位置（时代），你能看重他的篆书吗？向使，假使，假令。比肩，并列，居同等地位。

㊶今且犹不为子贵：今天尚且还不为你所看重。

㊷殁：死，去世。

㊸得为子目数（shuò）见：能够被你的眼睛多次见到。数，屡次，多次。

㊹故易之若此：所以像这样轻慢对待它。

㊺"子又安得"句：又怎么能使你随随便便见到它遗留下来的真迹呢？安，表疑问，相当于"怎么""岂"。造次，随便，轻率。遗尘，指前人行动所留的痕迹。

㊻是子贱目：这是你轻视眼前所见。

㊼嗟吁：感叹词，表伤感长叹。

㊽冰既即世：李阳冰既然已经去世。即世，去世。

㊾忽易：忽略，忽视。

㊿想生笔下日有新迹：想象李阳冰在生时每天都有新的篆书字迹出现。

263

(51)沽(gū)售:出售。沽,卖。

(52)"不独"二句:不但被丢弃当作粪土,而且也一定会遭受他人的怒骂。不独,不但,不仅。诟怒,怒骂。

(53)必因循而不信:一定会犹豫不想依我的话。因循,犹豫,保守。

(54)引笔书其志行下:提笔在李阳冰篆书绢帖下写下这个《玉筯篆志》。志,记载,记录。

(55)"以保"句:用来保证并申明这是真的非常珍贵的篆书真迹。保,担保,保证。不谬,不谬误,真的。

(56)"后千年有人"二句:假如再过千年后有人继起,又有谁能等到那个时候?

(57)"后千年无人"二句:假如再过千年后,无人继起,那么,篆书就只到这为止了。

【解读】

玉筯篆,就是形状像玉筷子一样的篆体,这是对李斯创立的小篆的一种形象的称呼。本文记叙了玉筯篆从秦朝李斯创作起,一直到唐朝李阳冰的再发展以及观赏李阳冰玉筯篆书法真迹的一个过程。夹叙夹议,感情真挚。作者认为李阳冰在李斯的基础上,发扬光大了玉筯篆书法,形成了自己的风格,这是一件大事,是上天给唐朝的祥瑞。

第二段是重点。叙述作者在长安碰到一位同乡手持李阳冰篆书真迹,所以请求拿回家里观赏。那是一幅写在六幅生绢素上的玉筯篆书,初见之,是"虫蚀鸟步痕迹",像弯曲的铁线或石块直接刺进墙壁,力度之惊人,比我们平时所说"入木三分"还要过之,给人印象深刻。"龙蛇骇解,鳞甲活动",这两句描写将李阳冰书法刻画得生动至淋漓尽致。李阳冰的玉筯笔法,谓之"铁线描",以瘦劲取胜,结体修长,线条遒劲平整。在唐代篆书中,他的成就最高,所以清孙承泽云:"篆书自秦、汉而后,推李阳冰为第一手。今观《三坟记》,运笔命格,矩法森森,诚不易及。然予曾于陆探微所画《金滕图》后见阳冰手书,遒劲中逸致翩然，又非石刻所能及也。"所以，一见之下，作者惊之为"字宝"。但篆书的主人对此并不十分珍惜，绢素上有的地方将要断裂，有的地方被烟尘所侵蚀，说明主人并没有好好珍惜，所以遭到作者严厉的责备。但篆书的主人不以为意，以为得之容易。作者就此发表议论，认为正是因为李阳冰是本朝人，去世不久，其书法真迹比较常见，所以才这样轻忽它。倘若换了跟李斯是同时代人，则其真迹岂是常人所得见？因此，作者认为字的主人是犯了"贱目"的错误，并慨叹李阳冰去世后，"字宝"也跟着到了地下，将来真迹会越来越少，后人也会像求李斯的真迹一样去求他的书法。篆书的主人听了十分惭愧，要将它卷起来带走。作者强行将真迹留下来，提笔在绢素上写下了一篇文字，证明这幅字确实是"字宝"，希望能好好珍藏它。

最后，作者写下了几句特别警拔有力且风神俊爽的铭词，对李阳冰和他的书法作了高度评价。

本文用词很有特点，新颖中含重拙，别致中具风韵。行文感情真挚，气势豪健，在唐代散文中自成一格。

贻诸弟砥石命 并铭①   舒元舆

昔岁吾行吴江上②，得亭长所贻剑③。心知其不莽卤④，匣藏爱重⑤，未曾亵视⑥。今年秋在秦⑦，无何发开⑧，见惨翳积蚀⑨，仅成死铁。意惭身将利器⑩，而使其不光明之若此，常缄求淬磨之心于胸中⑪。

数月后，因过岐山下⑫，得片石，如绿水色，长不满尺，阔厚半之⑬。试以手磨，理甚腻，文甚密⑭。吾意其异石⑮，遂携入城，问于切磋工⑯，工以为可为砥，吾遂取剑发之⑰。初数日，浮埃薄落⑱，未见快意⑲。意工者相绐⑳，复就问之㉑，工曰："此石至细，故不能速利坚铁㉒，但积渐发之㉓，未一月，当见真貌。"归如其言，果睹变化，苍惨剥落㉔，若青蛇退鳞，光劲一水，泳涵星斗㉕。持之切金钱三十枚，皆无声而断。愈始得之利数十百倍㉖。

吾因叹，以为金刚首五材㉗，及为工人铸为器，复得首出利物。以刚质铓利㉘，苟暂不砥砺，况质柔铓钝㉙，而又不能砥砺，当化为粪土耳，又安得与死铁伦齿耶㉚！以此益知人之生于代，苟不病盲聋喑哑㉛，则五常之性全㉜；性全则豺狼燕雀亦云异矣㉝。而或公然忘弃砺名砥行之道，反用狂言放情为事，蒙蒙外埃㉞，积成垢恶，日不觉癠㉟，以至于戕正性，贼天理㊱，生前为造化剩物㊲，殁复与灰土俱委㊳，此岂不为辜负日月之光景耶！

吾常睹汝辈趋向㊴，尔诚全得天性者㊵。况夙能承顺严训㊶，皆解甘心服食古圣人道㊷，知其必非雕缺道义㊸，自埋于偷薄之伦者㊹。然吾自干名在京城㊺，兔魄已十九晦矣㊻。知尔辈惧旨甘不继㊼，困于薪粟㊽，日丐于他人之门㊾。吾闻此，益悲此身使尔辈承顺供养至此㊿，亦益忧尔辈为穷窭而斯须忘其节[51]，为苟得眩惑而容易徇于人[52]，为投刺牵役而造次惰其业[53]。日夜忆念，心力全耗，且欲书此为戒，又虑尔辈年未甚长成，不深谕解[54]。

今会鄂骑归去[55]，遂置石于书函中[56]，乃笔用砥之功[57]，以寓往意[58]。欲尔辈定持刚质[59]，昼夜淬砺[60]，使尘埃不得间发而入[61]，为吾守固穷之节[62]，慎临财之苟[63]，积习肆之业[64]，上不贻庭闱忧[65]，次不贻手足病[66]，下不贻心意愧[67]。

欲三者不贻,只在尔砥之而已,不关他人。若砥之不已,则向之所谓切金涵星之用,又甚琐屑,安足以谕之⑱?然吾固欲尔辈常置砥于左右,造次颠沛,必于是思之⑲,亦古人韦弦铭座之义也⑳。因书为《砥石命》,以勖尔辈㉑,兼刻辞于其侧曰:

剑之锷㉒,砥之而光;人之名,砥之而扬。砥乎砥乎,为吾之师乎! 仲兮季兮,无坠吾命乎㉓!

【注释】

①贻:赠送,给予。砥石:磨刀石。命:告诫。

②昔岁:往年。吴江:吴淞江,在今江苏苏州。

③亭长:秦汉时十里一亭,设有亭长。唐朝无此制,这里大约是指吴江驿站的主管人员。

④莽卤(lǔ):粗劣,粗钝。

⑤匣(xiá)藏:装在匣里藏起来。匣,盛物器具,大的叫箱,小的叫匣,一般呈方形,有盖。

⑥亵视:轻易打开看。亵,轻慢,轻易。

⑦秦:指现在的陕西省。

⑧无何:没有什么,多指没有什么事。发开:打开。

⑨惨翳积蚀:颜色暗淡,锈蚀很深。惨,指浅色。翳,用羽毛做的华盖,这里指剑的外表。

⑩意惭:心里惭愧。将:携带。

⑪缄(jiān):闭藏,藏着。淬磨:磨砺,砥砺。淬,锻造时,把烧红的锻件浸入水中,急速冷却,以增强硬度。

⑫岐山:山名,在今陕西省岐山县境。

⑬阔厚半之:宽和厚是它的一半。

267

⑭"理甚腻"二句：质地很细腻,纹路很细密。腻,润泽细致。

⑮吾意其异石：我猜想它是一块奇特的石材。意,估计,猜想。

⑯切磋(cuō)工：器物加工工人。切磋,器物加工的工艺名称。切,切削。磋,打磨。

⑰取剑发之：拿剑来打磨。发,开发,这里是打磨之意。

⑱浮埃薄落：表面上的铁锈稍微落掉了一些。浮埃,附着在物体表面上的尘土,这里指铁锈。薄,厚度小,略微。

⑲快意：快人心意,指心情爽快舒适。

⑳绐(dài)：欺诳。

㉑复就问之：又过去问他。

㉒速利坚铁：迅速地将坚硬的铁器磨得锋利。

㉓积渐：逐渐。

㉔苍惨剥落：苍青暗淡的铁锈脱落下来了。剥落,附在物体表面的东西一片片地脱落下来。

㉕"光劲一水"二句：它的光芒映射在水里,显得非常坚劲有力;剑气直冲上天,将天上星斗的光芒也笼罩在内了。相传晋朝张华看见天上斗牛之间有股紫气,原来是丰城(今江西丰城)地下埋藏的宝剑的剑气直冲上天("泳涵星斗"),后来在那里发掘出"龙泉""太阿"两柄宝剑,把剑搁在水盆上,水光和剑光相照,十分耀眼("光劲一水")。泳涵,沉浸,包涵。

㉖"愈始得"句：胜过刚得到时的锋利程度几十甚至上百倍。愈,胜过,超过。

㉗金刚首五材：矿物的刚硬度在五种材料中排第一。五材,金、木、水、火、土。

㉘以刚质铓(máng)利：凭它坚硬的质地和锋口的锐利。铓,刀剑等的尖锋。

㉙况质柔铓钝：何况是质地柔弱、锋口滞钝。

㉚与死铁伦齿：和废铁相提并论。

㉛"苟不病"句：假如不患上视障、听障、言语障碍的疾病。喑（yīn）哑，口不能言。

㉜五常之性全：五常的本性都是完备的。五常，即五伦，旧指君臣、父子、兄弟、夫妻、朋友之间五种伦理关系。《孟子·滕文公上》："使契为司徒，教以人伦：父子有亲，君臣有义，夫妇有别，长幼有序，朋友有信。"全，完备。

㉝"性全"句：本性完备，那么就和豺狼燕雀这些鸟兽有了区别。

㉞蒙蒙外埃：模糊不清的外部尘埃。

㉟日不觉寤：一天天下去，不加以觉醒。

㊱"以至于"二句：以至残杀纯正的禀性，伤害上天的法则。戕（qiāng），杀害，残害。正性，自然的禀性，纯正的禀性。天理，天道，自然法则。

㊲生前为造化剩物：生前是天地间的废物。造化，指天地。剩物，多余的东西。

㊳殁复与灰土俱委：死了又和尘土一起被丢弃。委，舍弃，丢弃。

㊴吾常睹汝辈趋向：我经常察看你们的志趣方向。

㊵尔诚全得天性者：你们确实是能保全天性的人，指能具备五常之性。

㊶况夙能承顺严训：况且早就能够遵奉顺从父亲的教导。

㊷"皆解"句：都懂得从心里愉快地接受消化古代圣人传下来的道理。解，懂得，明白。

㊸雕缺道义：使道义残破缺损。雕，使凋残，使残破。

㊹自埋于偷薄之伦：自己置身于苟且浮薄的一类人中。埋，埋藏。

㊺干名：求取名位。

㊻兔魄已十九晦矣：已经有十九个月了。兔魄，月亮的别称。古代神话传说月中有白兔捣药。魄，月魄，是指月初生或圆而始缺时不

明亮的部分。晦,暗。阴历月底,看不到月光,所以说兔魄晦。

㊼惧旨甘不继:害怕不能继续奉养父母。旨甘,美好的食物,常指养亲的食品。《礼记·内则》:"昧爽而朝,慈以旨甘;日出而退,各从其事;日入而夕,慈以旨甘。"

㊽困于薪粟:为柴米劳累,指为生计所困。

㊾日丐于他人之门:天天乞讨于别人的门前。丐,乞讨,乞求。

㊿"益悲"句:自己在外,把承顺供养父母的担子完全放在兄弟们肩上,所以更加觉得可悲。

51"亦益"句:也更加担心你们因为贫穷会在某个片刻忘记人的节操。穷窭(jù),贫穷。斯须,片刻,须臾。

52"为苟得"句:被不当得而得的利益迷惑心志而轻易依从别人。徇,依从,顺从。

53"为投刺"句:为投递名帖之事所拖累而轻率荒废了学业。投刺,投送名帖,指求见他人。牵役,为俗务所拖累。惰,懈怠,懒惰。

54不深谕(yù)解:不能深刻地领会。谕,领会,明白。

55今会鄂骑归去:今天恰逢鄂州的驿车回去。鄂,鄂州,治所在今湖北武汉。

56书函:装书信的匣子。

57乃笔用砥之功:于是记下用砥石磨剑的功用。

58以寓往意:用来寄寓我从前的那些心意。

59欲尔辈定持刚质:希望你们坚定地保持刚硬的质地。

60昼夜淬砺:日夜磨砺自己。淬砺,淬火磨砺,激励。

61不得间发而入:不得有一丝一毫间隙进入。间发,像头发丝一样细小的空隙。

62固穷:信守道义,安于贫贱穷困。《论语·卫灵公》:"子曰:'君子固穷,小人穷斯滥矣。'"朱熹集注:"程子曰:'固穷者,固守其穷。'"

63慎临财之苟:遇到财物,必须十分小心,不能随便贪取。语出

《礼记·曲礼上》:"临财毋苟得,临难毋苟免。"

○64习肄:学习,练习。

○65上不贻庭闱忧:在上不给父母留下忧虑。庭闱,内舍,多指父母居住处,这里借指父母。

○66次不贻手足病:其次不给兄弟留下担忧。手足,喻兄弟。

○67下不贻心意愧:最后不给自己内心留下愧疚。

○68"若砥之不已"四句:如果你们不断地在进德修业上进行砥砺,那么刚才所说的剑的锋利能断金、剑气能笼罩星斗的功用,又都是很琐屑的小事,区区剑的比喻怎能够说明它呢?

○69"造次颠沛"二句:不论遇到什么急迫和艰难的情况,一定要在这上面进行思考。造次,仓促,急迫。颠沛,倒仆,困顿挫折。

○70韦弦:韦,皮绳。弦,弓上的弦。《韩非子·观行》:"西门豹之性急,故佩韦以自缓;董安于之性缓,故佩弦以自急。故以有余补不足,以长续短之谓明主。"后因以"韦弦"比喻外界的启迪和教益,用以警戒、规劝。铭座:座右铭,刻写在座位旁边的格言。

○71以勖(xù)尔辈:用来勉励你们。

○72锷(è):剑刃。

○73"仲兮季兮"二句:二弟、三弟啊,不要忘记我的告诫呀!

【解读】

本文用的是比兴手法。作者先写得剑及之后的锈蚀情况,然后写无意中得到了一块磨刀石,此石纹理细密,被用来磨那把锈蚀的剑。不到一月,那剑的锋芒就恢复了,"苍惨剥落,若青蛇退鳞,光劲一水,泳涵星斗",持之切金,都无声而断。作者由此联想到,人的进德修业也是如此。如果不经常砥砺,那人的五常之性也会蒙尘,到积成垢恶,就会变成废人。因此,作者突然想到在家中的几位弟弟,虽然他们为了承顺父母,为了生计,要奔波颠沛,有时不得已抛荒了德业,但还是不管如何造次颠沛,也要对德业常加以砥砺,这样才能保持节操,不至于沦落。所以在有驿车回鄂州时，他便让人将磨刀石带了回去，劝勉弟弟将此石当作座右铭，常加以警醒，加以砥砺。

最后，作者写了几句铭词，这是一篇文章的中心。作者认为，人的名誉是要靠砥砺发扬的，这块砥石就是老师，希望弟弟们时刻砥砺自己，不要忘了自己的劝诫。

由剑及人，这是个哲理上的类比。进德修业，是每个人所必须从事并不断加强的人生必修课程，尤其青少年时期是人生观奠定的重要时段，在这个时段树立正确的人生观，并时刻加以砥砺和保持，对于其成人、成材都具有深远影响，这也是本文具有深刻的教育意义之所在。

阿房宫赋[①]　　　杜　牧

六王毕[②]，四海一；蜀山兀，阿房出[③]。覆压三百余里[④]，隔离天日[⑤]。骊山北构而西折，直走咸阳[⑥]。二川溶溶[⑦]，流入宫墙。五步一楼，十步一阁；廊腰缦回[⑧]，檐牙高啄[⑨]；各抱地势[⑩]，钩心斗角[⑪]。盘盘焉，囷囷焉，蜂房水涡[⑫]，矗不知乎几千万落[⑬]。长桥卧波，未云何龙[⑭]？复道行空，不霁何虹[⑮]？高低冥迷[⑯]，不知西东。歌台暖响，春光融融[⑰]。舞殿冷袖，风雨凄凄[⑱]。一日之内，一宫之间，而气候不齐[⑲]。

妃嫔媵嫱[⑳]，王子皇孙[㉑]，辞楼下殿，辇来于秦[㉒]。朝歌夜弦，为秦宫人。明星荧荧，开妆镜也[㉓]；绿云扰扰，梳晓鬟也[㉔]；渭流涨腻，弃脂水也[㉕]；烟斜雾横，焚椒兰也[㉖]；雷霆乍惊，宫车过也[㉗]；辘辘远听，杳不知其所之也[㉘]。一肌一容，尽态极妍[㉙]；缦立远视[㉚]，而望幸焉[㉛]。有不得见者三十六年㉜。

燕、赵之收藏㉝，韩、魏之经营㉞，齐、楚之精英㉟，几世几年，剽掠其人㊱，倚叠如山。一旦不能有，输来其间㊲。鼎铛玉石，金块珠砾㊳，弃掷逦迤㊴。秦人视之，亦不甚惜。

嗟乎！一人之心，千万人之心也。秦爱纷奢㊵，人亦念其家。奈何取之尽锱铢，用之如泥沙㊶！使负栋之柱㊷，多于南亩之农夫㊸；架梁之椽，多于机上之工女；钉头磷磷，多于在庾之粟粒㊹；瓦缝参差，多于周身之帛缕㊺；直栏横槛，多于九土之城郭；管弦呕哑，多于市人之言语。使天下之人，不敢言而敢怒。独夫之心㊻，日益骄固㊼。戍卒叫㊽，函谷举㊾，楚人一炬，可怜焦土㊿。

呜呼！灭六国者，六国也，非秦也；族秦者(51)，秦也，非天下也。嗟夫！使六国各爱其人(52)，则足以拒秦；秦复爱六国之人，则递三世可至万世而为君(53)，谁得而族灭也(54)？秦人不暇自哀(55)，而后人哀之；后人哀之而不鉴之，亦使后人而复哀后人也。

【作者简介】

杜牧(803—853)，字牧之，号樊川居士。京兆万年(今陕西西安)人。唐文宗大和二年(828)进士，授弘文馆校书郎。曾入江西观察使、淮南节度使幕等，历膳部、比部、司勋员外郎，黄州、池州、睦州刺史等职。晚年居长安城南樊川别墅，世称“杜樊川”。诗英发俊爽，多切经世之物，在晚唐成就颇高。有《樊川文集》。

【注释】

①阿房宫：秦始皇所建宫殿，遗址在今陕西西安阿房村。

②六王毕：六国灭亡了。齐、楚、燕、韩、赵、魏六国的国王，即指六国。毕，完结，指为秦国所灭。

③"蜀山兀"二句：四川的山光秃了，阿房宫出现了。兀，山高而上平，光秃，这里形容山上树木已被砍伐净尽。出，出现。

④覆压三百余里：（从渭南到咸阳）覆盖了三百多里地。这是形容宫殿楼阁接连不断，占地极广。覆压，覆盖。

⑤隔离天日：把天和太阳都隔离开了。这是形容宫殿楼阁的高大，遮蔽了天日。

⑥"骊山"二句：（阿房宫）从骊山北边建起，折而向西，一直通到咸阳（古咸阳在骊山西北）。走，趋向。

⑦二川溶溶：渭水、樊川浩浩荡荡流淌。二川，指渭水和樊川。溶溶，河水宽广而缓慢流动的样子。

⑧廊腰缦（màn）回：走廊长而曲折。廊腰，连接高大建筑物的走廊，好像人的腰部。缦，萦绕。回，曲折。

⑨檐牙高啄：（突起的）屋檐（像鸟嘴）向上嚓起。檐牙，屋檐突起，犹如牙齿。高啄，高耸似禽鸟在仰首啄物。啄，鸟用嘴取食。

⑩各抱地势：各自随着地形。这是写楼阁各随地势的高下向背而建筑的状态。

⑪钩心斗角：指宫室结构的参差错落，精巧工致。钩心，指各种建筑物都向中心区攒聚。斗角，指屋角互相对峙。

⑫"盘盘焉"三句：盘旋，屈曲，像蜂房，像水涡。楼阁依山而筑，所以说像蜂房，像水涡。盘盘焉，盘旋的样子。囷（qūn）囷焉，屈曲、曲折回旋的样子。

⑬矗不知乎几千万落：矗立着不知它们有几千万个居所。矗，形容建筑物高高耸立的样子。下文"杳不知其所之也"的"杳"，用法与此相同。落，居所，村落。

⑭"长桥卧波"二句：长桥卧在水上，没有云怎么出现了龙？《易·

274

乾卦》："云从龙，风从虎。"这里用故作疑问的话，形容长桥似龙。

⑮"复道行空"二句：复道飞跨天空中，不是雨后刚晴，怎么出现了彩虹？复道，楼阁间架空的通道，也称阁道。霁，雨后天晴。

⑯冥迷：阴暗迷茫。

⑰"歌台暖响"二句：在台上唱歌，歌声和乐声响起，充满着暖意，如同春光那样融和。融融，和乐。

⑱"舞殿冷袖"二句：在殿中舞蹈，舞袖飘拂，带来寒气，如同风雨交加那样凄冷。

⑲气候不齐：气候都不一样。齐，相同，一样。

⑳妃嫔媵嫱(yìng qiáng)：统指六国王侯的宫妃。她们各有等级。妃的等级比嫔、嫱高，媵是陪嫁的女子，也可成为嫔、嫱。

㉑王子皇孙：这里指六国王侯的子孙。

㉒"辞楼下殿"二句：辞别(六国的)楼阁宫殿，乘辇车来到秦国。

㉓"明星荧荧"二句：明亮的星星闪烁，是(宫人)打开梳妆的镜子。荧荧，光闪烁的样子。

㉔"绿云扰扰"二句：绿色的云彩纷纷扰扰，那是宫女们清晨在梳理发鬓。扰扰，纷乱、烦乱的样子。

㉕"渭流涨腻"二句：渭水涨起一层油腻，那是宫女们泼弃了的胭脂水。

㉖"烟斜雾横"二句：烟霭斜升云雾横绕，那是宫女们燃起了椒兰在熏香。椒兰，花椒与木兰，皆芳香之物，故以并称。

㉗"雷霆乍惊"二句：雷霆突然震响，那是皇帝乘坐的宫车驶过。

㉘"辘辘远听"二句：辘辘的车声越听越远，无影无踪，也不知道要去什么地方。杳，深远，不见踪影。

㉙"一肌一容"二句：任何一部分肌肤，任何一种姿容，都娇艳美丽极了。态，仪态。妍，美丽。

㉚缦(màn)立：延伫，长久地站立。

㉛而望幸焉：希望皇帝前来临幸。幸，古代称帝王亲临。

㉜"有不得见"句：有三十六年都没有见到皇帝的宫女。这里指秦始皇在位三十六年，有些宫女连秦始皇的面都没有见过。

㉝燕、赵之收藏：燕国和赵国收藏的金玉珍宝。

㉞韩、魏之经营：韩国和魏国所苦心经营的东西。

㉟齐、楚之精英：齐国和楚国最精粹、最美好的东西。

㊱剽(piāo)掠其人：从人民那里抢劫掠夺得来。

㊲"一旦"二句：一旦国破家亡，这些再也不能占有了，都运送到这阿房宫里来。

㊳"鼎铛(chēng)玉石"二句：宝鼎被当作铁锅，美玉被当作顽石，黄金被当作土块，珍珠被当作砂砾。铛，古代用金属或陶瓷制成的锅，有耳和足。

㊴弃掷逦迤(lǐ yǐ)：一路被随便丢弃。弃掷，抛弃，丢弃。逦迤，曲折连绵的样子。

㊵纷奢：纷繁奢侈。

㊶"奈何"二句：怎么夺取来的时候一锱一铢都搜刮殆尽，使用的时候竟像对待泥沙一样不去珍惜。锱铢(zī zhū)，古代重量名，一锱等于六铢，一铢为一两的二十四分之一。这里比喻微小的数量。

㊷负栋之柱：承担栋梁的柱子。

㊸南亩：指农田。南坡向阳，利于农作物生长，古人田土多向南开辟，故称。

㊹"钉头磷磷"二句：密密麻麻的钉头，比粮仓里的粟米颗粒还多。磷磷，形容物体有棱角，这里形容突出的钉头。庾(yǔ)，露天的谷仓。

㊺"瓦缝参差"二句：屋瓦的接缝参差不齐排列着，比全身丝绸的丝线还多。瓦缝，屋瓦的接缝。参差，不齐的样子。帛，古代丝织品的通称。缕，线。

㊻独夫：指残暴无道、众叛亲离、极端孤立的统治者，这里指秦始

276

皇。《尚书·泰誓》:"独夫受,洪惟作威,乃汝世雠。"孔传:"言独夫,失君道也。"蔡沈集传:"独夫,言天命已绝,人心已去,但一独夫耳。"

㊼骄固:骄纵,顽固。

㊽戍卒叫:戍守边疆的士兵一声叫喊,指秦末陈胜、吴广起义。

㊾函谷举:函谷关就被攻占了。这里指刘邦于公元前206年率军入咸阳,推翻秦朝统治,并派兵守函谷关。举,攻克,占领。

㊿"楚人一炬"二句:楚国人放了一把火,可惜阿房宫就烧成了一片焦土。这里指项羽于公元前206年进入咸阳后,焚烧秦的宫殿,大火三月不灭。楚人,项羽为楚将项燕之后,故称。

(51)族秦者:族灭秦国的。

(52)使六国各爱其人:假使六国都各自爱护本国的人民。

(53)"则递三世"句:那么皇位传到三世后还可以传到万世做他们的皇帝。递,传递,这里指皇位顺着次序传下去。秦始皇统一中国后,秦帝国至灭亡,共传三代,秦始皇嬴政、秦二世嬴胡亥、秦三世嬴子婴。

(54)谁得而族灭也:谁能够将他们灭族呢?

(55)不暇:没有时间,来不及。哀:悲痛,悲伤。

【解读】

本文被选入《古文观止》卷七,编选者指出这篇作品"为隋广(隋炀帝)、叔宝(陈后主)等人炯戒,尤有关治体",虽然不为无见,但据作者在《上知己文章启》中说:"宝历(唐敬宗年号)大起宫室,广声色,故作《阿房宫赋》。"这是作者真实的意思。

阿房宫是历史上有名的建筑物。秦始皇三十五年(前212)开始营造,征用劳动力七十余万人。前殿东西五百步,南北五十丈,庭院中可坐上万人,规模之阔大,修饰之奢华,为前所未有。秦朝灭亡后,宫殿被项羽烧毁。

这篇短赋表面上是写秦始皇,实际是讽刺唐敬宗的大修宫室。作者在具体描写阿房宫的形势、规模、气魄和内部楼阁胜况的同时,也表达了对于这种骄奢淫逸的统治者的愤怒。后半篇阐述秦朝暴取民财、不施仁爱终至覆亡的道理,为当时最高统治者提供了深刻的教训和警示。

本文熔叙事、抒情、议论于一炉,层次清楚,叙述简练,描写生动,抒情强烈,兼之骈散相间,错落有致,词采奇丽,音韵铿锵,一气贯通,情理融会,既富于形象性,又具有雄健豪放的气势,在艺术上具有很高的价值。

【点评】

"《阿房宫赋》,赋也。前半篇造句犹是赋,后半篇议论俊发,醒人心目,自是一段好文字。赋文本体,恐不如此。以至宋朝诸人之赋,大抵皆用此格。"([元]祝尧《古赋辨体》)

"东坡在雪堂,一日读杜牧之《阿房宫赋》凡数遍,每读彻一遍,即再三咨嗟叹息,至夜分犹不寐。有二老兵,皆陕人,给事左右,坐久甚苦之。一人长叹,操西音曰:'知他有甚好处? 夜久寒甚不肯睡,连作冤苦声。'其一曰:'也有两句好(西人皆作吼音)。'其人大怒曰:'你又理会得甚底?'对曰:'我爱他道天下人不敢言而敢怒。'叔党卧而闻之,明日以告,东坡大笑曰:'这汉子也有鉴识!'"([宋]佚名《道山清话》)

"此等题目,止要形容得壮丽无比,亏他起手单刀直入,便把阿房点出,不用闲话,遂趁笔写得如许高大。若徒然高大,何足为奇? 乃其中之结构处,则有楼阁,其多已如彼;空阔处,则有长桥复道,其雄又如此。抑何如壮丽也! 然宫中无可为乐,亦觉减价,乃稽其歌舞之人,皆含六国之殊色,接应不暇,即有可为乐矣。使奇珍不列于前,亦非全美,乃稽其充牣之宝,皆兼六国之厚积,视犹粪壤。则阿房之旷古无比也,岂不信哉! 但其创作,非出鬼输神工,皆竭民之财力而为之。民心既失,岂能独乐,则天下之族秦,竟为秦灭六国之续,可谓千古永鉴矣。蜀山费尽斩伐,末后止还他一片焦土。盛极而衰,理本如此。篇中十三易韵,末以感慨发垂戒意,千古仅作。"([清]林云铭《古文析义》)

李贺小传①　　　　　　　李商隐

京兆杜牧为李长吉集序②，状长吉之奇甚尽③，世传之④。长吉姊嫁王氏者，语长吉之事尤备⑤。

长吉细瘦，通眉，长指爪⑥，能苦吟疾书⑦。最先为昌黎韩愈所知。所与游者王参元、杨敬之、权璩、崔植为密⑧。每旦日出，与诸公游，未尝得题，然后为诗，如他人思量牵合⑨，以及程限为意⑩。恒从小奚奴⑪，骑距驴⑫，背一古破锦囊，遇有所得，即书投囊中。及暮归，太夫人使婢受囊出之⑬，见所书多，辄曰："是儿要当呕出心始已耳⑭。"上灯与食⑮，长吉从婢取书，研墨叠纸，足成之⑯，投他囊中。非大醉及吊丧日，率如此⑰，过亦不复省⑱。王、杨辈时复来探取写去⑲。长吉往往独骑，往还京雒⑳，所至或时有著，随弃之㉑，故沈子明家所余四卷而已㉒。

长吉将死时，忽昼见一绯衣人㉓，驾赤虬㉔，持一版㉕，书若太古篆㉖，或霹雳石文者㉗，云："当召长吉。"长吉了不能读㉘，欻下榻叩头㉙，言："阿婆老且病㉚，贺不愿去。"绯衣人笑曰："帝成白玉楼，立召君为记㉛。天上差乐㉜，不苦也。"长吉独泣，边人尽见之㉝。少之㉞，长吉气绝。尝所居窗中勃勃有烟气㉟，闻行车嘒管之声㊱。太夫人急止人哭，待之，如炊五斗黍许时㊲，长吉竟死。王氏姊非能造作谓长吉者㊳，实所见如此。

呜呼！天苍苍而高也，上果有帝耶？帝果有苑囿、宫室、观阁之玩耶㊴？苟信然㊵，则天之高邈，帝之尊严，亦宜有人物文彩愈此世者⑪，何独番番于长吉而使其不寿耶⑫？噫！又岂世所谓才而奇者，不独地上少，即天上亦不多耶？长吉生二十四年，位不过奉礼太常中⑬，当世人亦多排摈毁斥之，又岂才而奇者，帝独重之而人反不重耶？又岂人见会胜帝耶⑭？

【作者简介】

李商隐(813—858)，字义山，号玉谿生。怀州河内（今河南沁阳）人。唐文宗开成二年(837)进士，曾任秘书省校书郎、弘农尉等职。因卷入"牛李党争"而备受排挤，一生困顿不得志。擅诗，骈文成就亦高。有《樊南甲集》二十卷、《樊南乙集》二十卷、《玉谿生诗》等，部分作品已佚。

【注释】

①李贺：字长吉，唐朝诗人，福昌（今河南宜阳西）人。唐宗室后裔，家世没落，仕途坎坷，仅曾官奉礼郎。写诗善用神话传说，创造新奇瑰丽的境界，文采华美，艺术性很独特。英年早逝，年仅二十七岁。

②京兆杜牧：京兆人杜牧。京兆，古都西安及其附近地区的古称。杜牧，字牧之，唐文学家。诗与李商隐齐名，并称"小李杜"；文有《阿房宫赋》等。

③状长吉之奇甚尽：描写李长吉奇特的地方很详尽。

④世之：当时人都传诵它。

⑤尤备：格外详细。尤，尤其，格外。

⑥"长吉细瘦"三句：长吉身材细小瘦弱，两眉相连，指甲很长。

⑦苦吟疾书：苦心作诗，写得很快。苦吟，反复吟咏，苦心推敲，言作诗极为认真。疾书，很快地书写。

⑧所与游者：所与他交往的人。王参元：进士，有才学，与柳宗元

是好朋友。杨敬之:字茂孝,文章曾受韩愈称赞。权璩(qú):字大圭,曾任中书舍人等职。崔植:字公修,博学通经史,曾任宰相。为密:最为亲密。

⑨思量牵合:想出些句子去凑合。思量,考虑,忖度。牵合,牵强凑合。

⑩程限为意:把体裁、韵脚、时间等限制放在心上。程限,程式界限,期限(指时间)。

⑪恒从小奚奴:经常让小书童跟着。奚奴,《周礼·天官·叙官》"奚三百人",汉郑玄注:"古者从坐男女没入县官为奴,其少才知以为奚,今之侍史官婢。或曰:奚,宦女。"后因称奴仆为"奚奴"。

⑫距驉(xū):或作"距驴""驉驴"。兽名,似驴、骡,可供乘骑。这里指驴。

⑬受囊出之:接过锦囊,把诗稿取出来。

⑭"是儿"句:这小孩是要将自己的心呕出来才肯罢休。

⑮上灯与食:点上灯,给他东西吃。上灯,点灯,也用以指入夜时。

⑯足成之:把它写成完整的作品。足成,补足完成。

⑰率如此:一概如此。率,一概,都。

⑱过亦不复省:过后也不再察看。

⑲时复:时常。

⑳往还京雒:往返在长安和洛阳之间。京,当时的首都长安。雒,通"洛",古邑名,即今河南洛阳。

㉑随弃:随手丢弃。

㉒沈子明:李贺的朋友,曾任集贤殿学士,现存的《李长吉歌诗》四卷就是沈子明传写保存的。

㉓忽昼见一绯(fēi)衣人:忽然白天看见一个穿着红衣服的人。绯,红色。

㉔驾赤虬(qiú):骑着赤色的龙。赤虬,赤色虬龙,神话中仙人的坐

281

骑。赤,浅朱色,亦泛指红色。

㉕持一版:手持一块图版。

㉖书若太古篆:上面书写的像是远古的篆字。

㉗霹雳石文:雷击后石上留下的文字。

㉘了不能读:都不能读懂。了,与否定词连用,完全,皆。

㉙欻(xū):忽然。

㉚婆(mí):唐代山东人称呼母亲为婆。李贺学语时呼母为阿婆。

㉛立召君为记:立刻召唤你去写一篇记。

㉜天上差乐:天上也是比较快乐的。差,比较,略微。

㉝边人:在旁边的人。

㉞少之:少顷,过了一会儿。

㉟尝所居:曾经所住的房子。

㊱嘒(huì)管:形容吹奏的管籥声音。

㊲炊五斗黍许时:煮熟五斗小米左右的时间。

㊳造作:捏造,伪造。

㊴苑囿:古代畜养禽兽供帝王玩乐的园林。观(guàn)阁:城阙楼阁。

㊵苟信然:如果是真的这样。

㊶"亦宜"句:也应当有杰出的人物、华美的文章超过人世间的。愈,超过,胜过。此世,这个世间,人世间。

㊷番番:烦扰,由"一次又一次"之义引申而来。

㊸奉礼太常:太常寺属奉礼郎,是从九品上的小官。

㊹人见:世人的见解。

【解读】

本文是小传,因此它只选取李贺生平的一两件逸事和人物的生活习性来进行刻画,从侧面烘托出李贺的身份、性格,并反映出其创作诗歌的过程和特点,表达了作者对李贺英年早逝的惋惜和同情。

本文篇幅虽小，信息量却很大。文章以一"奇"字统领全篇，先叙杜牧为李贺作品集作序"状长吉之奇甚尽"，接着直叙李贺姊"语长吉之事尤备"，其中所叙之"奇"更是详尽具体。由诸多奇事奇状，叙写入微，情景相生，构成李贺传奇而短暂的一生，也揭示其诗歌创作风格奇崛的特点。

第二段是重点，也正是李贺姊叙述的内容。首先，几笔勾勒出传主的外貌特征，简练而传神。其次，交代与之交游的人物，如韩愈、王参元、沈子明辈，均非等闲，间接反映出李贺不俗不凡的品位。接着通过若干小片段的叙述，归纳出李贺诗歌创作的几个特点：一是不为文而文，也就是文中所说，不以"程限为意"，不"得题然后为诗"，更不"思量牵合"，反映出诗人独具一格和严谨的创作态度；二是在生活中及时捕取灵感，并且将当时灵感忽现刹那间所得及时记录；三是作进一步的修改整理；四是用心苦吟，一丝不苟，不达到最佳结果不罢休。这些叙述，让我们对李贺诗歌创作的经过，以及诗歌成就的取得有了直观的了解。

"长吉将死时"一段，通过天帝使者前来召李贺作记一事，对李贺和他母亲举止言行的描写也十分生动到位，它把李贺临终前的眷恋、不甘与母亲的悲痛和无奈刻画得淋漓尽致。

末段，作者发表了对李贺的议论和观感：一方面，借题抒发对李贺的惋惜和同情；另一方面，从曲折的文字中，体现了作者较强的代入感，这也是作者写作此文的真正意图之一。像李贺这样"才而奇者"世所罕见，遭到世人排斥，却为天帝所重，作者接连发出六个质问，层层推进，到第五问，感情达到高潮，对命运不公的愤懑和愤怒跃然纸上，这不仅是对李贺的同情和惋惜、对世人的质疑和责难，也寄寓着作者同样怀珠韫玉、沦落下僚、遭逢不偶的无尽感慨。

全篇集叙事、议论、抒情于一体，构思巧妙，内容朴实，语言精练，描写生动，融情于景，富有意趣。

论画六法

张彦远

昔谢赫云[1]:"画有六法,一曰气韵生动[2],二曰骨法用笔,三曰应物象形,四曰随类赋彩,五曰经营位置,六曰传模移写。自古画人罕能兼之。"彦远试论之曰:"古之画,或能移其形似而尚其骨气,以形似之外求其画,此难可与俗人道也。今之画,纵得形似而气韵不生,以气韵求其画,则形似在其间矣。上古之画,迹简意澹而雅正,顾、陆之流是也[3];中古之画,细密精致而臻丽[4],展、郑之流是也[5];近代之画,焕烂而求备;今人之画,错乱而无旨[6],众工之迹是也。夫象物必在于形似,形似须全其骨气,骨气、形似皆本于立意[7],而归乎用笔,故工画者多善书。然则古之嫔擘纤而胸束[8],古之马喙尖而腹细,古之台阁竦峙[9],古之服饰容曳[10],故古画非独变态有奇意也,抑亦物象殊也?至于台阁、树石、车舆、器物,无生动之可拟,无气韵之可侔,直要位置向背而已。顾恺之曰:'画人最难,次山水,次狗马,其台阁一定器耳,差易为也。'斯言得之。至于鬼神、人物,有生动之可状,须神韵而后全。若气韵不周,空陈形似;笔力未遒[11],空善赋彩,谓非妙也。故韩子曰[12]:'狗马难,鬼神易。狗马乃凡俗所见,鬼神乃谲怪之状[13]。'斯言得之。至于经营位置,则画之总要。自顾、陆以降,画迹鲜存,难悉详之。唯观吴道玄之迹[14],可谓六法俱全,万象毕尽,神人假手[15],穷极造化也[16]。所以气韵雄状,几不容于缣素[17];笔迹磊落,遂恣意于墙壁[18]。其细画又甚稠密,此神异也。至

284

于传模移写,乃画家末事⑲。然今之画人,粗善写貌,得其形似,则无其气韵;具其彩色,则失其笔法。岂曰画也? 呜呼! 今之人,斯艺不至也。宋朝顾骏之常结构高楼⑳,以为画所,每登楼去梯,家人罕见。若时景融朗,然后含毫;天地阴惨,则不操笔。今之画人,笔墨混于尘埃,丹青和其泥滓,徒污绢素,岂曰绘画! 自古善画者,莫匪衣冠贵胄、逸士高人㉑,振妙一时,传芳千祀,非闾阎鄙贱之所能为也㉒。"

【作者简介】

张彦远(815—907),字爱宾。蒲州猗氏(今山西临猗)人。唐代画家、绘画理论家。出身宰相世家,高祖张嘉贞、曾祖张延赏、祖父张弘靖皆担任过宰相。曾任舒州刺史、左补阙、祠部员外郎、大理寺卿。家藏法书名画甚丰,精于鉴赏,擅长书画。有《历代名画记》《法书要录》《彩笺诗集》等。

【注释】

①谢赫:南朝齐画家,长于肖像画,是六朝时期画坛巨擘,提出的"画有六法"成为后世画家所遵循的原则。

②气韵生动:绘画的最高标准。指绘画的内在神气和韵味,达到一种鲜活的生命之洋溢的状态,就是思想感情、体态行动活跃在画面上,使画有生气、有风韵,一切都像活的有生命的东西,而不是毫无思想感情,呆板拘滞的样子。"气韵生动"是"六法"的灵魂。

③顾、陆:东晋画家顾恺之与南朝宋画家陆探微的并称。顾恺之,字长康,晋陵无锡(今江苏无锡)人。多才,工诗赋,善书法,尤精绘画,时人称"才绝、画绝、痴绝"。其画线条连绵流畅,如"春蚕吐丝"。著有《论画》《魏晋胜流画赞》和《画云台山记》三本绘画理论书籍,提出"传神写照,正在阿堵中"的传神理论。陆探微,吴(治今江苏苏州)人。南

朝宋明帝时宫廷画家,画多为宫廷贵族写照。

④臻丽:极尽艳丽。

⑤展、郑:隋朝画家展子虔、郑法士的并称。展子虔,渤海(今山东阳信)人。其人物描法非常细致,以色晕染面部,神采如生,为唐代人物画法开辟途径。其山水画《游春图》笔致凝练,色彩艳丽,尤其是空间透视安排合理,证明在隋朝,中国的山水画已经解决了空间处理问题。郑法士,吴(治今江苏苏州)人。师法张僧繇,善画人物,尤工楼台。

⑥无旨:无意义。

⑦立意:构思,主题思想。

⑧嫔:宫廷女官名,天子诸侯姬妾。这里是妇人之美称。擘(bò)纤(xiān):手指纤细。擘,大拇指,这里指手指,或指手。纤,细小。

⑨竦(sǒng)峙:高耸矗立。竦,高耸;峙,相对耸立。

⑩容曳:宽松舒展的样子。古人衣服宽大,拖在身后。

⑪遒(qiú):劲健,强劲。

⑫韩子:即韩非子,战国时法家代表人物,杰出的思想家、哲学家和散文家。所著《韩非子·外储说左上》:"客有为齐王画者,齐王问曰:'画孰最难者?'曰:'犬马最难。''孰易者?'曰:'鬼魅最易。'夫犬马,人所知也,旦暮罄于前,不可类之,故难。鬼魅无形者,不罄于前,故易之也。"

⑬谲(jué)怪:奇异怪诞。谲,奇异,变化。

⑭吴道玄:即吴道子,又名道玄,唐代著名画家,后世尊为画圣。阳翟(今河南禹州)人。

⑮神人假手:好像神人借吴道玄的手画出来。假,借。

⑯穷极造化:对于自然界研究极深,表现得淋漓尽致。造化,自然界的创造者,亦指自然。

⑰几不容于缣(jiān)素:绢帛几乎都不能容纳它。意指气韵跃然

纸上。缣，双丝织的浅黄色细绢。素，白色生绢。两者均可供书画。

⑱恣意于墙壁：在墙壁上肆意地画出来。吴道子壁画画了三百间。

⑲画家末事：画家不重要的事。画家以创作为主，一旦自立，临摹自然成为次要。

⑳顾骏之：南朝宋人。工画，以张墨为师。善人物。相传曾构高楼为画所，登楼去梯，不见他人。胸融全景，然后下笔。

㉑衣冠贵胄（zhòu）：文人学士，达官贵人。衣冠，衣和冠。古代士以上戴冠，因用以指士以上的服装，代称缙绅、士大夫。贵胄，贵族的后裔。

㉒闾阎：里巷内外的门，后多借指里巷。闾，里巷的大门。阎，里巷内的门。

【解读】

南朝齐谢赫在归纳概括了前人古画理论后，列出了"六法"的条目，几乎成为中国绘画的根本法则。但是谢赫对于"六法"并没有具体的解释。作出具体解释的，张彦远是第一人。

本文对"六法"的解释，并不是逐条加以解说，而是概括了"六法"的全部精神，分别轻重，并且将"六法"作为一个有机整体来处理。他首先把"六法"分成三类：

一、精神方面：气韵生动，骨法用笔，以气韵为主。

二、形体方面：应物象形，随类赋彩，以形似为主。

三、实践方面：学习—传模移写—画家末事；创作—经营位置—画之总要。

作者在文章中反复阐明气韵与形似的关系，以为形似是作画的手段，气韵是作画的目标：只有形似没有气韵，算不得好画；只求气韵不讲形似，那气韵也不免落空。顾恺之说"以形写神"，形和神是一个事物的两面，虽似相反而实相成，合则两美，离则俱伤。但形神之间，仍以神为主，形为副。形是为神服务的，也就是形似为气韵服务。至于怎样才能达到有气韵，作者认为画前的立意和构思最为重要。

画是画家思想的表现，所谓"诚于中，形于外"，本身没有高明的立意，技巧虽然很熟练，也画不出优美、生动的画来，所以吴道子气韵的雄壮、笔迹的磊落，是极为作者所推崇的。

气韵不仅在画家的本身，也不仅在画家的用笔技巧，所画的物象也是有气韵的。画家善于表现物象的气韵，也就是顾恺之所最注意的"传神"。"六法"本是为画人物而设，所以把气韵生动摆在第一位，至于其他没有生命的东西，他认为是容易画的，只要位置向背画得不错就行了。由此可见，画家主观的气韵生动、对象客观的气韵生动与画面上用笔的气韵生动，三者是统一的。

至于经营位置的慎重，文章也作了说明。传模移写，则是在没有成为画家之前，学习时该重视的事，研讨历代画家的遗产，吸收他们的技法，那是非经过传模移写的阶段不可。至于已成了画家，则主要从事创作，摹写就成了"末事"，变得不重要了。

"六法"对于画家和绘画作品来说，是全面的最高的要求。我们了解掌握"六法"，便于理解古人品评绘画的标准和着眼点，从而客观地对待祖国的美术遗产，以及在我们欣赏传统的中国绘画时，会从中获得某种启示。

书何易于①

孙 樵

何易于尝为益昌令，县距刺史治所四十里，城嘉陵江南②。刺史崔朴尝乘春自上游多从宾客③，歌酒泛舟东下，直出益昌旁。至则索民挽舟④，易于即腰笏引舟上下⑤。刺史惊问状⑥，易于曰："方春⑦，百姓不耕即蚕⑧，隙不可夺⑨。

易于为属令⑩,当其无事,可以充役。"刺史与宾客跳出舟,偕骑还去。

益昌民多即山树茶⑪,利私自入⑫。会盐铁官奏重榷管⑬,诏下所在不得为百姓匿⑭。易于视诏曰:"益昌不征茶,百姓尚不可活,矧厚其赋以毒民乎⑮!"命吏划去⑯。吏争曰:"天子诏所在不得为百姓匿,今划去,罪愈重,吏止死⑰,明府公免窜海裔耶⑱?"易于曰:"吾宁爱一身以毒一邑民乎?亦不使罪蔓尔曹⑲。"即自纵火焚之。观察使闻其状⑳,以易于挺身为民,卒不加劾㉑。

邑民死丧,子弱业破㉒,不能具葬者㉓,易于辄出俸钱,使吏为办。百姓入常赋㉔,有垂白偻杖者㉕,易于必召坐食,问政得失。庭有竞民㉖,易于皆亲自与语,为指白枉直㉗。罪小者劝,大者杖。悉立遣之㉘,不以付吏。治益昌三年,狱无系民㉙,民不知役。改绵州罗江令㉚,其治视益昌㉛。

是时故相国裴公刺史绵州,独能嘉易于治㉜。尝从观其政㉝,导从不过三人㉞,其全易于廉约如此㉟。

会昌五年㊱,樵道出益昌㊲,民有能言何易于治状者。且曰:"天子设上下考以勉吏㊳,而易于考止中上。何哉?"樵曰:"易于督赋如何㊴?"曰:"止请常期,不欲紧绳百姓㊵,使贱出粟帛㊶。""督役如何㊷?"曰:"度支费不足,遂出俸钱㊸,冀优贫民㊹。""馈给往来权势如何㊺?"曰:"传符外一无所与㊻。""擒盗如何?"曰:"无盗。"樵曰:"余居长安,岁闻给事中校考㊼,则曰:'某人为某县,得上下考,某人由上下考得某官。'问其政,则曰:'某人能督赋,先期而毕㊽。某人能督役，省度支费。某人当道(49)，能得往来达官为好言。某人能擒若干盗，反若干盗(50)。'县令得上下考者如此。"邑民不对，笑去。

樵以为当世在上位者，皆知求才为切(51)。至于缓急补吏(52)，则曰："吾患无以共治(53)。"膺命举贤(54)，则曰："吾患无以塞诏(55)。"及其有之，知者何人哉！继而言之，使何易于不有得于生(56)，必有得于死者(57)，有史官在。

【作者简介】

孙樵(生卒年不详)，字可之。关东(函谷关以东)人。散文学皇甫湜。唐宣宗大中九年(855)进士，官至中书舍人。唐僖宗广明时，黄巢入长安，随僖宗奔岐陇，授职方郎中，上柱国，赐紫金鱼袋。有《经纬集》三卷。

【注释】

①何易于：唐文宗大和年间(827—835)益昌(今四川广元南)县令，为官清正廉洁、勤政爱民。《新唐书·循吏列传》有记载。

②城嘉陵江南：城建在嘉陵江的南岸。

③尝乘春：曾经乘着春光明媚的时候。多从宾客：带了很多宾客。

④索民挽舟：索取民夫拉船。挽，拉，牵引。

⑤腰笏(hù)：腰带上插着手板。笏，古代臣朝见君时所执的狭长板子，用玉、象牙、竹木制成。也叫手板。后世惟品官执之。

⑥问状：查问情况。

⑦方春：正是春天。

⑧不耕即蚕：不是在耕田，就是在养蚕。

⑨隙不可夺：农时不可侵夺。隙，空隙，空闲，喻时间。夺，侵夺，强取。

⑩属令：所属县令。

⑪即山树茶：就着山栽种茶树。树，种植，栽种。

⑫利私自入：所得收益归入自己。

⑬盐铁官：专管盐铁的官。榷（què）管：对盐铁等物实行专管专卖。榷，专卖，专利。

⑭诏下所在：诏书下达的地方。匿：隐藏，隐瞒。

⑮矧（shěn）：况且。厚其赋：增加他们的税额。

⑯划（chǎn）：同"铲"，削除。

⑰止死：不过一死。

⑱明府公免窜海裔耶：您能避免流放到海边去吗？明府公，对地方长官的敬称，唐以后多用"明府"专称县令。窜，流放，放逐。

⑲使罪蔓尔曹：使罪名连累到你们。蔓，蔓延，牵连。

⑳状：情由，情状。

㉑卒不加劾（hé）：最终没有对他进行揭发查处。劾，揭发过失或罪行。

㉒业破：家业破败。

㉓不能具葬：不能备办葬礼。具，备办，准备。

㉔入常赋：缴纳固定的常规赋税。

㉕垂白偻（lǚ）杖：年老白发下垂，身体弯曲拄着拐杖。指老年人。

㉖竞民：打官司的人。竞，争竞，争执。

㉗指白枉直：指出来让他们明白哪是曲、哪是直。枉直，曲与直，比喻是非、好坏。

㉘立遣之：立即打发他们回去。

㉙系民：被监禁的百姓。系，拴缚，引申为拘囚、拘禁。

㉚绵州：州治在今四川绵阳东。罗江：县名，在今四川绵阳西南。

㉛其治视益昌：他的治理方法跟在益昌时一样。视，比照，效法。

㉜嘉易于治：赞赏何易于的治理办法。

㉝从观其政:亲自跟在易于后面看他施政的情况。

㉞导从:随从。古时帝王、贵族、官僚出行时,前驱者称导,后随者称从,因谓之导从。

㉟其全易于廉约如此:他就是像这样来成全何易于的清廉俭约的。

㊱会昌五年:公元845年。会昌,唐武宗年号。

㊲道出:路过。

㊳上下考:唐朝分上、中、下三等九级考核官吏,分别为上上、上中、上下、中上、中中、中下、下上、下中、下下。

㊴督赋:催缴赋税。

㊵紧绳:严厉约束。

㊶贱出粟帛:低价卖掉粮食和丝帛。指缴税的期限急促,百姓需钱纳税,只好忍痛低价出卖农产品。

㊷督役:催督服役。

㊸俸钱:官吏所得的薪金。

㊹冀优贫民:希望对贫困的百姓有所宽缓。优,宽缓。

㊺馈给:供给,馈赠以满足需要。往来权势:来来往往路过的有权有势的人。

㊻传(zhuàn)符:通行的凭证。传,驿站供应的车马,或指使用驿站车马的凭证。符,凭证。一无所与:其他的一点都不供应。

㊼校(jiào)考:核实考察官吏功过。

㊽先期而毕:在限期以前完成。

㊾当道:正当交通要道。

㊿反若干盗:让若干强盗回去做了良民。反,还归,回。

○51皆知求才为切:都知道搜求人才是最急迫的事。切,急迫,急切。

○52至于缓急补吏:至于有急事发生必须补充吏员。缓急,指危急之事或发生变故之时。

㊾吾患无以共治:我担心没有适当的人才来共同治理。

㊿膺命举贤:接受命令举荐贤能。

㊄吾患无以塞诏:我担心没有真正的人才来满足诏书的要求。塞,满足,应答。

㊅不有得于生:在生时没有收获。

㊆必有得于死:一定会在死后有收获。意指一定有美名流传。

【解读】

本文主要叙述了益昌县令何易于的几件事:

一、开门见山,叙述何易于益昌县令任上为刺史拉纤。有一次,春暖花开,刺史崔朴携宾客出游,至益昌县境,索取民夫"挽舟",而何易于担心征调民夫会侵夺农时,于是独自前往,腰插手板,给刺史拉纤,当场给了刺史难堪。

二、益昌盛产茶叶,老百姓采茶赚点零用钱。不料,此事被朝廷所知,下了诏书要征税,并明令地方官不得隐瞒。何易于顶住了压力,说老百姓生活很不容易,益昌县不征茶税,命令手下划去诏令相关内容。手下吏员认为这是公然违诏,是死罪,不敢执行,于是何易于挺身而出,烧毁了诏书。此事得到了观察使的认可,并未加罪何易于。

三、叙述何易于日常行政的具体细节,如有民贫父母死丧不能具葬,何易于出俸钱代为办理;百姓前来交税,只要是年老的人,他都请他们坐并给他们饮食,从而询问为政得失的情况;百姓有打官司的,他为之分辨曲直,"罪小者劝,大者杖",干脆利索当场给处理掉,所以益昌县的监狱没有被关押的犯人,老百姓也不知道有为政府服役的事等。他后来改任罗江县令,其治理手法一如益昌。何易于的清廉俭约作风,得到了"故相国裴公"绵州刺史的赞赏,他曾轻车简从亲自到罗江考察何易于施政的情况。

通过以上事件的叙述,作者讴歌了益昌县令何易于廉洁奉公、勤政亲民、不畏强御的高尚品德。在过去,像何易于这样的县令,清廉勤政,能为百姓着想,给他们减少负担的官员不多。可是考绩仅为中上,甚至在勤政过程中,还有因违抗诏书而被查处的危险。相反,那些考绩在上等的,却都是些朘削百姓、奉迎上司的官员。本文通过何易于个人的故事,反映出晚唐政治的实况,隐含着作者对当时政治的愤慨和对人民的同情。在写法上,记何易于在益昌的几件事是实写详写,记在罗江的情况是虚写略写,虚实详略结合,平中见奇,十分生动形象。

杞菊赋 并序 陆龟蒙

　　天随子宅荒少墙,屋多隙地①,著图书所,前后皆树以杞菊②。春苗恣肥③,日得而采撷之④,以供左右杯案⑤。及夏五月,枝叶老硬,气味苦涩,旦暮犹责儿童拾掇不已⑥。人或叹曰:"千乘之邑⑦,非无好事者家,日欲击鲜为具以饱君者多矣⑧,君独闭关不出⑨,率空肠贮古圣贤道德言语,何自苦如此?"生笑曰:"我几年来忍饥诵经,岂不知屠沽儿有酒食耶⑩?"退而作《杞菊赋》以自广云⑪:

　　惟杞惟菊,包寒互绿。或颖或茗⑫,烟披雨沐。我衣败绨⑬,我饭脱粟⑭。羞惭齿牙,苟且粱肉⑮。蔓延骈罗⑯,其生实多。尔杞未棘⑰,尔菊未莎⑱。其如予何,其如予何?

【作者简介】

　　陆龟蒙(? —约881),字鲁望,别号甫里先生、天随子。姑苏(今江苏苏州)人,唐代农学家、文学家。曾任湖州、苏州刺史幕僚,后隐居松江甫里(今苏州甪直镇)。散文现实针对性强,议论也颇精切。与皮日休齐名,并称"皮陆"。有《笠泽丛书》《甫里集》等。

①隙地:空闲之地。

②树:种植。杞菊:枸杞与菊花。

③春苗恣肥:春天枸杞和菊花的苗尽情生长得很肥壮。恣,放肆,尽情。

④采撷:采摘。

⑤杯案:泛指杯盘。

⑥拾掇:收罗,拾取。

⑦千乘:战国时诸侯国,大者称万乘,小者称千乘。这里指吴郡。

⑧击鲜:宰杀活的牲畜禽鱼。具:备办食物。

⑨闭关:闭门谢客,断绝往来。指不为尘事所扰。

⑩屠沽儿:屠户和卖酒者,以喻俗鄙之人。《后汉书·祢衡传》:"或问衡曰:'盍从陈长文、司马伯达乎?'对曰:'吾焉能从屠沽儿耶?'"

⑪自广:自宽,自我安慰。

⑫颖(yǐng):禾尾,带芒的谷穗,这里指杞、菊的叶尖。苕(tiáo):芦苇的花,这里指杞、菊的花。

⑬败绨(tì):破衣服。绨,比绸子粗厚的纺织品。

⑭脱粟:粗粮,糙米,只去皮壳、不加精制的米。《晏子春秋·杂下》:"晏子相齐,衣十升之布,脱粟之食。"

⑮粱肉:以粱为饭,以肉为肴。指精美的膳食。粱,粟(谷子)的优良品种的总称。

⑯骈罗:骈比罗列。

⑰棘(jí):酸枣,丛生,有刺。此句言枸杞不像酸枣那样干硬。

⑱莎(suō):莎草,叶硬茎空。此句言菊花不像莎草那样枯涩。

【解读】

杞、菊,枸杞与菊花,其嫩苗均可食用。味苦涩,近于药,易生长,

295

即便在经济贫困的时代,一般人都不乐食,作者却十分喜爱。五月之后,枝叶老硬,作者仍采以供食,宁忍饥受冻,足亦不踏权贵之门。这颇能表现出作者的个性。作者生当朝政腐败、唐朝统治江河日下之时,其避居乡里,不出为仕,固然是固穷抗俗,傲视权贵,也是向统治者表达一种不同流合污的态度。

作者闭关读圣贤书,表示志趣的高尚;对人世的不苟且,体现了践行圣贤的道理,并表达其"穷则独善其身"的情操。序与赋相为表里,也相互补充。序明白通率,赋简达劲健。两者相得,意蕴丰富。

招野龙对

陆龟蒙

昔豢龙氏求龙之嗜欲^①,幸而中焉^②,得二龙而饮食之。龙之于人固异类^③,以其若己之性也^④,席其宫沼^⑤,百川四溟之不足游^⑥;甘其饮食^⑦,洪流大鲸之不足味^⑧。施施然,扰于其爱弗去^⑨。一旦值野龙^⑩,奋然而招之曰^⑪:"尔奚为者^⑫?茫洋乎天地之间^⑬,寒而蛰^⑭,阳而升^⑮,能无劳乎?诚能从吾居而宴安乎^⑯?"野龙矫首而笑之曰^⑰:"若何龊龊乎如是耶^⑱?赋吾之形,冠角而被鳞^⑲;赋吾之德,泉潜而天飞^⑳;赋吾之灵,嘘云而乘风;赋吾之职,抑骄而泽枯^㉒。观乎无极之外^㉓,息乎大荒之墟^㉔,穷端倪而尽变化^㉕,其乐不至耶^㉖?今尔苟容于蹄涔之间^㉗,惟沙泥之是拘^㉘,惟蛭蟥之与徒^㉙,牵乎嗜好^㉚,以希饮食之余^㉛,是同吾之形,异吾之乐者也^㉜。狎于人,啖其利者扼其喉、戴其肉可以立待^㉝。吾方哀而援之以手^㉞,又何诱吾纳之陷阱耶^㉟?尔不免矣^㊱。"野龙行未几,果为夏后氏之醢^㊲。

【注释】

①豢(huàn)龙氏:古代传说中饲养龙的人。豢,饲养牲畜。求龙之嗜欲:探求龙的嗜好与欲望。求,探求,寻找。

②幸而中(zhòng)焉:侥幸得到了。

③固异类:本来是不同种类。固,原来,本来。

④以其若己之性:以为它像自己的习性。

⑤席其宫沼:在它们居住的水池上建房子并铺上坐卧用具。席,用作动词,指铺上席子。沼,池沼,水池。

⑥百川四溟之不足游:百川四海都不值得游。四溟,四海,四方之海。不足,不值得,不必。

⑦甘其饮食:给它们提供美味的饮食。

⑧洪流大鲸之不足味:浩瀚大海中巨大的鲸鱼也不值得它们尝味。味,尝味,吃。

⑨"施施然"二句:它们在主人的精心照料下,享受着美味细软,非常高兴,渐渐地习惯了主人的爱护,从未想到要离开。施施,喜悦自得的样子。扰,指受人财物、饮食,驯养。

⑩一旦值野龙:一天碰到一条野龙。野龙,野生的龙,与家龙(驯养的龙)相对,指其放浪不羁,不受约束。

⑪奋然而招之:骄矜地邀请它。奋,骄矜,矜夸。招,打招呼,邀请。

⑫尔奚为者:你为什么那么做啊?奚,为何,为什么。

⑬茫洋:遨游驰骋、行动自如的样子。

⑭寒而蛰(zhé):天冷了要蛰伏。蛰,动物冬眠,潜伏起来不食不动。

⑮阳而升:天暖和了要起来。

⑯宴安:安逸快乐。

⑰矫首:昂首,抬头。

297

⑱若何齪齪乎如是耶：你为什么要这样拘谨地居住着呢？齪齪，拘谨、谨小慎微的样子。

⑲"赋吾之形"二句：上天赋予我们的形体，是头上长角，身上披着鳞甲。

⑳"赋吾之德"二句：上天赋予我们的本领，是在水里潜游，在天上飞翔。德，道德，品德，这里有功能的意思。

㉑"赋吾之灵"二句：上天赋予我们的灵性，是要吞云吐雾乘风而行。

㉒"赋吾之职"二句：上天赋予我们的职责，是要抑制骄横润泽干枯。

㉓观乎无极之外：观察无穷无尽之外的太空。无极，无穷尽，无边际。

㉔息乎大荒之墟：休息在荒远苍凉的大山之上。大荒，荒远的地方。墟，大丘，山。

㉕穷端倪而尽变化：穷尽事物的原委和变化规律。端倪，边际，事物的始末。

㉖乐不至耶：快乐不是达到极致了吗？

㉗苟容于蹄涔(cén)之间：苟且容身在像野兽蹄印那么大点儿的积水之中。蹄涔，语本《淮南子·氾论训》："夫牛蹄之涔，不能生鳣鲔。"高诱注："涔，雨水也，满牛蹄迹中，言其小也。"后以"蹄涔"指容量、体积等微小。

㉘惟沙泥之是拘：只局限在泥沙里。拘，局限，限制。

㉙惟蛭蟥(yǐn)之与徒：只跟水蛭、蚯蚓作伴。蛭，俗称蚂蟥，生活在淡水或湿润处，能吸人畜的血。蟥，蚯蚓。

㉚牵乎嗜好：被嗜好所牵制。嗜好，喜好，特殊的爱好。

㉛希饮食之余：希望得到人类饮食的那点剩余。

㉜"是同吾"二句：这是跟我的形体相同，却跟我的快乐不一样啊。

㉝扼其喉、䐧(zì)其肉可以立待：马上就可以等到将它的喉咙扼住、将它的肉剁成大块这种事的发生。䐧，切成大块的肉。

㉞吾方哀而援之以手：我正为你感到悲哀，准备向你伸出救援之手。

㉟"又何诱吾"句：你怎么还想诱惑我堕入陷阱呢？

㊱尔不免矣：你逃不掉了。

㊲"野龙行未几"二句：野龙走后不久，那两条被豢养的龙果然被杀，成了夏后氏桌上的肉酱。夏后氏，指禹受舜禅而建立的夏王朝，称夏后氏。

【解读】

本文是根据《左传》中关于豢龙氏的记载，而别出心裁写的一则寓言。

《左传·昭公二十九年》载："秋，龙见于绛郊。魏献子问于蔡墨曰：'吾闻之，虫莫知(智)于龙，以其不生得也，谓之知，信乎？'对曰：'人实不知，非龙实知。古者畜龙，故国有豢龙氏，有御龙氏。'献子曰：'是二氏者，吾亦闻之，而不知其故。是何谓也？'对曰：'昔有飂叔安，有裔子曰董父，实甚好龙，能求其耆(嗜)欲以饮食之，龙多归之，乃扰畜龙，以服事帝舜，帝赐之姓曰董，氏曰豢龙，封诸鬷川，鬷夷氏其后也。故帝舜氏世有畜龙。及有夏孔甲，扰于有帝，帝赐之乘龙，河、汉各二，各有雌雄。孔甲不能食，而未获豢龙氏。有陶唐氏既衰，其后有刘累，学扰龙于豢龙氏，以事孔甲，能饮食之。夏后嘉之，赐氏曰御龙，以更豕韦之后。龙一雌死，潜醢以食夏后。夏后飨之，既而使求之。惧而迁于鲁县，范氏其后也。'"

这个故事只是讲豢龙氏的来历及职守内容，陆龟蒙在其基础上，加以想象、构思，注入尊崇自由天性的思想，通过叙写豢龙与野龙的不同志向及其遭遇，以寓言的形式揭示了两种不同的命运，从而给我们以警示，即使是龙，如果依附他人，贪图安逸舒适，丧失其本性，终不免遭人屠杀的结局。作者托物寓意,彰显了自己的人格,其笔锋之犀利,深得庄子寓言的精神意趣。

大儒评

陆龟蒙

世以孟轲氏、荀卿子为大儒①,观其书,不悖孔子之道,非儒而何?然李斯尝学于荀卿②,入秦,干始皇帝③,并天下④,用为左丞相,一旦诱诸生聚而坑之⑤,复下禁曰⑥:"天下敢有藏百家语⑦,诣守尉烧之⑧;偶语诗书者弃市⑨。"昔孔子之于弟子也,自仲由、冉求以下⑩,皆言其可使之才⑪,及其仁,则曰不知也⑫。斯闻孔子之道于荀卿,位至丞相,是行其道、得其志者也,反焚灭诗书,坑杀儒士,为不仁也甚矣。不知不仁,孰谓况贤⑬?知而传之以道,是昧观德也⑭。虽斯具五刑,而况得称大儒乎⑮?吾以为不如孟轲。

【注释】

①孟轲氏、荀卿子:即孟子和荀子。详见韩愈《原道》注释。

②李斯尝学于荀卿:李斯早年为郡小吏,后从荀子学帝王之术,学成入秦。曾劝说秦王政灭诸侯、成帝业。秦统一天下后,被任为丞相。他建议拆除郡县城墙,销毁民间兵器;反对分封制,坚持郡县制;又主张焚烧民间收藏的《诗》《书》等百家语,禁止私学,以加强中央集权的统治。还参与制定了法律,统一车轨、文字、度量衡制度。李斯政治主张的实施奠定了中国两千多年集权政治制度的基本格局。秦始皇死后,他与赵高合谋,伪造遗诏,迫令始皇长子扶苏自杀,立少子胡亥为二世皇帝。后为赵高所忌,于秦二世二年(前208)被腰斩于咸阳市,并夷三族。

③干始皇帝:求见秦始皇帝。干,干谒,对人有所求而请见。

④并天下:兼并天下。指秦始皇兼并其他六国(韩、赵、魏、楚、燕、齐),统一天下。

⑤"一旦"句:一天之间将众多儒生聚集起来予以坑杀。这里讲的是"焚书坑儒"中"坑儒"之事,事在始皇三十五年(前212)。

⑥复下禁:又下达禁令。事在始皇三十四年(前213),为"焚书坑儒"中"焚书"之事。

⑦百家语:诸子百家的著作。

⑧诣守尉烧之:到郡守和郡尉那里烧掉。

⑨偶语:两个人以上相聚议论或私语。偶,双数,两个。弃市:《礼记·王制》:"刑人于市,与众弃之。"本指受刑罚的人皆在街市示众,民众共同鄙弃之,后以"弃市"专指死刑。

⑩仲由:字子路,又字季路,春秋末鲁国卞(山东济宁)人。"孔门七十二贤人"之一,"孔门十哲"之一。以政事见称。为人伉直,好勇力,跟随孔子周游列国。冉求:字子有,通称"冉有",尊称"冉子",春秋末鲁国人。"孔门七十二贤人"之一,"孔门十哲"之一。以政事见称。多才多艺,尤擅长理财,曾担任季氏宰臣。

⑪皆言其可使之才:都说他们有可使用的才能。

⑫"及其仁"二句:但讲到他们是否"仁",就说我也不知道。"仁"是中国古代一种含义极广的道德范畴,本指人与人之间相互亲爱。孔子把"仁"作为最高的道德原则、道德标准和道德境界,形成了以"仁"为核心的伦理思想结构,它包括孝、弟(悌)、忠、信、礼、义、廉、耻等内容。其中孝悌是"仁"的基础。

⑬"不知"二句:假使荀子不知道学生李斯不仁,那谁能说荀况(即荀子)是贤人呢?

⑭"知而"二句:如果荀子明知道李斯不仁,却还传授给他道术,这是昧于观察其德行啊。昧,昏暗,目不明。观德,观察德行。

⑮"虽斯具五刑"二句：即使李斯备历五种酷刑，受到应有的惩罚，但是荀况能称得上"大儒"吗？《史记·李斯列传》："二世二年（前208）七月，具斯五刑，论腰斩咸阳市。"五刑，五种轻重不等的刑罚。秦以前为墨、劓、剕（刖）、宫、大辟（杀）。秦汉时为黥、劓、斩左右趾、枭首、菹（zū）其骨肉。

【解读】

本文属于议论文体的一个支类。议论是作者对客观事物进行分析、评论、说服，以表明自己的见解、主张、态度的表达方式，通常由论点、论据、论证三部分构成。作者在这篇短文中，要说明的一个主旨，就是孟子和荀子的高下。作者认为，作为"大儒"，荀子是不如孟子的，这是本文的论点。

本文不是从学术层面上进行论证，而是从实践上加以说明。作者举了一个例子，那就是荀子的学生李斯。荀子本是赵国人，五十岁游学齐国，因学问了得，三次任稷下学宫祭酒。后来遭谗至楚，春申君任他为兰陵令。韩非和李斯都是他的入室弟子。李斯是楚国上蔡人，从荀子学帝王之术，后来入秦，求见始皇帝，为之出谋划策，直至兼并天下，统一中国，以功任左丞相。在位期间，为加强中央集权，出台了一系列政策，采取了许多恐怖措施，其中有两件事是作者作为重点列举出来的：一、始皇三十五年（前212），"诱诸生聚而坑之"，这是历史上著名的"坑儒"；二、始皇三十四年（前213），"天下敢有藏百家语，诣守尉烧之；偶语诗书者弃市"，这是历史上著名的"焚书"。两者合言之，就是"焚书坑儒"。

焚书坑儒的后果，大家都知道，那就是导致中国大量文化典籍被焚毁，许多学术失传，使中国文化在汉初形成了断层，造成中国文化近乎毁灭性的打击，正如《史记·儒林列传》指出的："及至秦之季世，焚诗书，坑术士，六艺从此缺焉。"所以李斯在中国历史上，特别在文化史上，做了名副其实的罪人，是极为不"仁"的人，这个说法是没有问题的。

　　作者认为，荀子是大儒，儒家的核心思想是"仁"。以大儒教出来的学生其行为体现出大不仁，那么可以判断，荀子缺乏知人之明，其"贤"就是有问题的了。假如李斯在做学生时，荀子看出了他不仁的天性，却还要教他道术，虽然荀子主张"性恶"，强调可以通过后天的教育改过迁善，但对李斯的教育实践却完全没有体现出改正的痕迹，所以作者很愤怒，直斥荀子重才不重德，那不是糊涂到极点了吗？怎么称得上"大儒"呢？从这一点，足可以得出"荀子不如孟子"的结论。

　　本文的论据很典型，很有分量，论证也很充分、合理。

说天鸡　　　　罗　隐

　　狙氏子不得父术[①]，而得鸡之性焉[②]。其畜养者，冠距不举[③]，毛羽不彰[④]，兀然若无饮啄意[⑤]。洎见敌则他鸡之雄也[⑥]，伺晨则他鸡之先也[⑦]，故谓之天鸡。

　　狙氏死，传其术于子焉。且反先人之道[⑧]，非毛羽彩错觜距铦利者[⑨]，不与其栖[⑩]，无复向时伺晨之俦、见敌之勇[⑪]。峨冠高步[⑫]，饮啄而已。吁[⑬]！道之坏也有是夫！

【作者简介】

　　罗隐（833—910），字昭谏，杭州新城（今浙江杭州市富阳西南）人。晚唐诗人、文学家。曾十举进士不第。黄巢起义后，避乱归乡。晚年依吴越王钱镠，任钱塘令、谏议大夫等职。著有《谗书》及《两同书》等，思想属于道家，其书乃在力图提炼出一套供天下人使用的"太平匡济术"，是乱世中黄老思想复兴发展的产物。

【注释】

①狙(jū)氏：古代善养猕猴的人。狙，猕猴。父术：父亲的技术。

②鸡之性：鸡的习性。

③冠距不举：鸡冠和鸡爪都不突出。距，雄鸡、雉等腿的后面突出像脚趾的部分。举，举起，突出。

④毛羽不彰：羽毛不鲜艳。彰，文采美盛鲜明、显著。

⑤兀然：昏沉的样子。饮啄：饮水啄食。

⑥洎(jì)见敌：到看见敌人。洎，至，到。他鸡之雄：为群鸡中的强者。雄，指强有力者，杰出者，为首者。

⑦伺晨：等待天明，指报晓。他鸡之先：比别的鸡报晓早。

⑧且反先人之道：就违背他父亲的方法。且，即，就。

⑨彩错：指色彩交错。觜距：禽鸟的嘴和爪甲。铦(xiān)利：锋利，锐利。

⑩不与其栖：不给它栖身。栖，禽鸟歇宿。

⑪"无复"句：不再有过去那样报晓比其他鸡早，见到敌人比其他鸡勇敢的情形了。俦(chóu)，比，同类。

⑫峨冠高步：高耸鸡冠，阔步前行。

⑬吁(xū)：叹词，表示惊怪、不然、感慨等。

【解读】

本文叙写狙氏父子养鸡。先说父亲养的鸡虽然长相不好，呆若木鸡，但见敌则强雄，伺晨则先鸣，因此被称作"天鸡"。父亲死后，儿子却反其道而行之，所选择的鸡都是亮丽光鲜者，但仅此而已，见敌则无复有以前之勇，报晓也不见以前那样叫得早，完全丧失了精神和斗志。文字十分简短，寥寥数笔，便勾勒出了那种徒有其表而实质无用的鸡的形象。

这是一篇讽刺晚唐现实的寓言。它写狙公家一代不如一代。祖辈能驯猴,父辈只能养天鸡,儿子辈连天鸡也不能畜养,只能畜养外形美丽而实质无用的鸡。文章最后以"吁!道之坏也有是夫!"点明文章主旨,这正是作者所要揭示的晚唐政治日益衰落的实质,是统治者以貌取人、埋没真才所致,也讽刺了那些金玉其外、败絮其中的官僚士大夫。当然,其中也深深包含着作者遭逢不偶的身世之感。

文章明显受到《列子》《庄子》寓言的影响,二书中有"朝三暮四""纪渻子为王养斗鸡"的故事,可参看。

画山水赋 荆　浩

凡画山水,意在笔先。丈山尺树,寸马豆人,此其格也[①]。远人无目,远树无枝[②];远山无皴[③],高与云齐;远水无波,隐隐似眉。此其式也[④]。山腰云塞[⑤],石壁泉塞,楼台树塞,道路人塞。石分三面,路有两蹊[⑥],树观顶颔[⑦],水看岸基[⑧]。此其法也[⑨]。

凡画山水,尖峭者峰,平夷者岭,峭壁者崖,有穴者岫[⑩],悬石者岩[⑪],形圆者峦[⑫],路通者川[⑬],两山夹路者壑[⑭],两山夹水者涧[⑮],注水者溪[⑯],通泉者谷[⑰],路下小土山者坡,极目而平者坂[⑱]。若能辨别此类,则粗知山水之彷彿也[⑲]。

观者先看气象[⑳],后辨清浊[㉑]。分宾主之朝揖[㉒],列群峰之威仪[㉓]。多则乱,少则慢[㉔]。不多不少,要分远近。远山不得连近山,远水不得连近水。山腰回抱[㉕],寺观可安;断岸颓堤[㉖],小桥可置。有路处人行,无路处林木;岸断处古渡[㉗],山断处荒村;水阔处征帆[㉘],林密处店舍[㉙]。悬崖古木,露根而藤缠㉚;临流怪石,嵌空而水痕㉛。

凡作林木,远者疏平㉜,近者森密㉝。有叶者枝柔,无叶者枝硬。松皮如鳞㉞,柏皮缠身㉟。生于土者,修长而挺直;长于石者,拳曲而伶仃㊱。古木节多而半死,寒林扶疏而萧森㊲。春景则雾锁烟笼㊳,树林隐隐,远水拖蓝,山色堆青;夏景则林木蔽天,绿芜平坂㊴,倚云瀑布㊵,行人羽扇,近水幽亭;秋景则水天一色,簌簌疏林㊶,雁横烟塞㊷,芦袅沙汀㊸;冬景则树枝雪压,老樵负薪,渔舟倚岸,水浅沙平,冻云黯淡,酒帘孤村。

风雨则不分天地,难辨东西,行人伞笠,渔父蓑衣。有风无雨,枝叶斜披;有雨无风,枝叶下垂。雨霁则云收天碧,薄霭依稀㊹,山光浅翠㊺,网晒斜晖㊻。晓景则千山欲曙㊼,雾霭霏霏,朦胧残月,晓色熹微㊽。暮景则山衔残日,犬吠疏篱㊾,僧投远寺,帆卸江湄㊿,路人归急,半掩柴扉。或烟斜雾横,或远岫云归,或秋江远渡,或荒冢断碑㊶。如此之类,须要笔法布置,更看临期㊵。山形不得犯重㊶,树头不得整齐。山借树为衣,树借山为骨。树不可繁,要见山之秀丽;山不可乱,要显树之精神。若留意于此者,须会心于玄微㊶。

【作者简介】

荆浩(约850—?),字浩然。沁水(今山西沁水)人。晚唐五代时期画家。因避战乱,常年隐居太行山洪谷,自号洪谷子。擅画山水,为北方山水画派之祖。所著《笔法记》为古代山水画理论的经典之作,提出气、韵、景、思、笔、墨的绘景"六要"。

【注释】

①"丈山尺树"三句：一丈的山，一尺的树，一寸的马，一颗豆子大的人，这是山水画的规格（相对比例）。

②"远人无目"二句：画很远的人不须画眼睛，画很远的树不须画枝条。

③远山无皴(cūn)：画很远的山不须画出山的脉络纹理。

④此其式也：这是山水画的样式（规则）。

⑤山腰云塞：山腰要填（画）上云。塞，填塞，填补。

⑥蹊(xī)：小路。

⑦树观顶颎(nǐng)：树要观察它的顶部。顶颎，头顶。

⑧岸基：水岸的基脚。

⑨此其法也：这是山水画的画法（技法）。

⑩有穴者岫(xiù)：有洞穴的就是岫。岫，山洞，有洞穴的山。

⑪悬石者岩：石头悬空的就是岩。岩，崖岸，山或高地的边。

⑫形圆者峦(luán)：形状圆的就是山峦。峦，顶端圆形的山。

⑬路通者川：道路相通的就是平川。川，平川，原野。

⑭两山夹路者壑(hè)：两座山中间夹一条路的就是山谷。壑，山谷。

⑮两山夹水者涧(jiàn)：两座山中间夹一条溪的就是涧。涧，两山间的水沟。

⑯注水者溪：有水注入的就是溪。注，流入，灌入。

⑰通泉者谷：有泉水流通的就是谷。谷，两山中间的流水道。

⑱极目而平者坂(bǎn)：视线最远且平坦的就是坡。极目，尽目力所及最远处。坂，山坡，斜坡。

⑲彷佛：梗概，大略。

⑳先看气象：先看画的气韵格局。

㉑后辨清浊：然后再分辨它的优劣高下。

㉒分宾主之朝揖（cháo yī）：指山水画中主次关系。宾主，宾客与主人，指主次。朝揖，朝拜和回礼。朝，臣对君、下对上、晚辈对长辈的朝见、拜访。揖，拱手行礼。

㉓列群峰之威仪：排列出众山峰高低远近的布局。威仪，本指庄重的仪容举止或服饰仪表，这里指山水画中关于山的安排布置。

㉔少则慢：山布置太少就显得过于简略。慢，简略，闲散，松弛。

㉕山腰回抱：山腰环抱之处。回抱，环抱，围绕。

㉖断岸颓堤：江边的绝壁，倒塌的堤岸。

㉗岸断处古渡：河岸断绝的地方设置古渡口。

㉘水阔处征帆：水面宽阔的地方有远行的船帆。

㉙林密处店舍：树林密集的地方布置上旅店房舍。

㉚"悬崖古木"二句：悬崖上的古树，要画出它根部露出以及藤蔓缠绕的样子。

㉛"临流怪石"二句：下临水流的怪石，要画出它凹陷的形状及水流的波纹。

㉜疏平：疏淡平齐。

㉝森密：繁盛密集。

㉞松皮如鳞：松树的皮像鱼鳞。

㉟柏皮缠身：柏树的皮缠绕着树身。

㊱拳曲而伶仃：卷曲而瘦长。伶仃，形容瘦弱或细长。

㊲寒林扶疏而萧森：秋冬的林木枝叶分披，已渐渐凋零。扶疏，枝叶繁茂分披的样子。萧森，草木凋零衰败的样子。

㊳雾锁烟笼：被雾气掩蔽，被烟岚笼罩。

㊴绿芜平坂（bǎn）：绿色的草地，平坦的山坡。芜，丛生的草。坂，斜坡，山坡。

㊵倚云瀑布：贴近浮云的瀑布。倚，依偎，贴近。

㊶籁籁疏林：籁籁颤动的稀疏的林木。籁籁，坠落的样子，颤动的

样子。

㊷雁横烟塞：雁阵横空，烟雾弥漫。

㊸芦袅（niǎo）沙汀（tīng）：芦苇在水边沙洲上摇曳。汀，水之平，引申为水边平地、小洲。

㊹薄霭（ǎi）：薄薄的烟雾。霭，云气，烟雾。

㊺山光浅翠：山上的光线映照出淡淡的青绿色。

㊻网晒斜晖：渔网在斜阳里晾晒着。

㊼千山欲曙（shǔ）：群山都要明亮起来。曙，明亮。

㊽熹微：光线淡弱的样子。

㊾犬吠疏篱：狗在稀疏的篱笆里叫着。

㊿帆卸江湄：船桅上的帆在江岸边降落。湄，岸边。

(51)荒冢（zhǒng）断碑：荒凉的坟墓，断裂的碑石。

(52)更看临期：更要看临场发挥。临期，临到其时，到时。

(53)山形不得犯重（chóng）：山的形状不能犯画得完全相同的错误。重，重叠，重复。

(54)会心于玄微：在深远微妙中领悟。

【解读】

《画山水赋》的作者和文章标题都颇有争议。关于作者，《四库全书总目提要》云"旧本题唐荆浩撰"，这是比较公认的说法。又有认为乃王维所作，"或云李成作"；有的干脆说这都是后人依托，真正的作者待定。而文章标题，有改为《山水论》或《山水赋》的，也有另名《山水诀》《画山水录》《山水授受真诀》的，总之，都是同一篇文章，文字内容略有不一。

本文名之为赋，按《四库全书总目提要》的说法："考荀卿以后，赋体数更，而自汉及唐，未有无韵之格。此篇虽用骈辞，而中间或数句有韵，数句无韵，仍如散体，强题曰赋，未见其然。"不过，本文是一篇非常精彩的谈山水画技巧心得的文章，对中国山水画的创作和鉴赏都具有重要的指导作用。

文章第一段首先从布局、样式和技法方面对山水画作了总结性的概括。特别起首两句"凡画山水，意在笔先"，为画中第一要诀。高屋建瓴，一语提挈全篇。"丈山尺树，寸马豆人，此其格也"等，以精到的笔法概括出山水画的基本布局、样式和技法，非常具有启发和指导意义。第二段对山、水的形状作概略式叙述，语言简练。第三段先总写山水整体布局，再分别详写具体内容安置及其注意事项，层次清楚。第四段写山水中内容的装饰，如林木、春夏秋冬四季之景的安排，不乏细节的描写。第五段写气候变化中山水画中人物、树木的细节及各色景致的情状，经验老到，描画生动。最后作者予以总结，他说笔法布置固然很重要，但作者临场发挥更加重要，强调了临场的作用。同时又说明画山与树的具体要求及相依存的重要性，"山借树为衣，树借山为骨。树不可繁，要见山之秀丽；山不可乱，要显树之精神"，都是很警策的语言。作者认为，倘若画家留意山水的创作，须在深远微妙的境界中去悉心体悟。

文章语言比较通俗，有些描写是作者作为一个大画家独到的体悟，显得非常警拔，且富有指导意义，值得悉心领会。

【点评】

"秘省名画充栋，与同馆日取一二种展玩，方知古人'意在笔先'之妙，总当于无笔墨处领取。云烟过眼，此事渐疏，偶阅前贤《授受真诀》，为之怃然。学者从有笔墨处求法度，从无笔墨处求神理，更从无笔无墨处参法度，从有笔有墨处参神理，针线细密，脉缕精微，早作夜思，心摹手追，如是一二十年，不患不到能手地位，以言乎神与妙则未也。若或规模一二名迹，露其所长，掩其所短，自以为能，并题前人款识，以求售于世，欺世欺人，直欺己耳；欺人欺己，直欺天耳。后生辈慎勿蹈之。"（[清]秦祖永《画学心印》）

310

花间集叙①

　　镂玉雕琼②,拟化工而迥巧③;裁花剪叶,夺春艳以争鲜。是以唱云谣则金母词清④,挹霞醴则穆王心醉⑤。名高白雪⑥,声声而自合鸾歌⑦;响遏行云⑧,字字而偏谐凤律⑨。杨柳、大堤之句⑩,乐府相传;芙蓉、曲渚之篇⑪,豪家自制⑫。莫不争高门下,三千玳瑁之簪⑬;竞富樽前,数十珊瑚之树⑭。则有绮筵公子⑮,绣幌佳人⑯。递叶叶之花笺⑰,文抽丽锦⑱;举纤纤之玉指⑲,拍按香檀⑳。不无清绝之辞㉑,用助娇娆之态㉒。自南朝之宫体㉓,扇北里之倡风㉔,何止言之不文㉕,所谓秀而不实㉖。

　　有唐已降,率土之滨㉗。家家之香径春风,宁寻越艳㉘;处处之红楼夜月,自锁常娥㉙。在明皇朝则有李太白之应制《清平乐》词四首㉚,近代温飞卿复有《金荃集》㉛。迩来作者㉜,无愧前人。

　　今卫尉少卿㉝,字弘基,以拾翠洲边㉞,自得羽毛之异㉟;织绡泉底㊱,独殊机杼之功㊲。广会众宾,时延佳论㊳。因集近来诗客曲子词五百首㊴,分为十卷,以炯粗预知音㊵,辱请命题㊶,仍为叙引㊷。昔郢人有歌《阳春》者㊸,号为绝唱,乃命之为《花间集》,庶使西园英哲㊹,用资羽盖之欢㊺;南国婵娟㊻,休唱莲舟之引㊼。广政三年夏四月大蜀欧阳炯叙㊽。

【作者简介】

　　欧阳炯(约896—971),益州华阳(今四川成都)人。青年时事前蜀

311

后主王衍,为中书舍人。蜀亡,归后唐,为秦州从事。又仕后蜀,曾任翰林学士等职。后随孟昶归宋,历翰林学士,转左散骑常侍。工诗文,长于词,又善长笛,是花间派重要作家。所作词今存四十八首,见《唐五代词》。

【注释】

①花间集:五代十国时期编纂的一部词集,也是文学史上的第一部文人词选集,由后蜀赵崇祚编辑。该书收录了温庭筠、韦庄等十八位花间词派词人的经典作品,共五百首,分十卷。

②镂玉雕琼:言刻画之工。镂,雕刻。琼,赤玉,美玉。

③拟化工而迥巧:效法自然的造化而极尽巧妙。拟,效法,模仿。化工,造化之工,指大自然创造化育万物的功力。迥,高,远,极尽。

④云谣:即《白云谣》。《穆天子传》:"乙丑,天子觞西王母于瑶池之上。西王母为天子谣曰:'白云在天,丘陵自出。道里悠远,山川间之。将子无死,尚复能来。'"金母:即西王母。五行代表方位,西方为金,所以金母就是西王母。

⑤挹:酌。《诗经·小雅·大东》:"维北有斗,不可以挹酒浆。"霞醴:仙酿。此承上言穆王既饮好酒,又听西王母之歌,所以心醉。

⑥白雪:古名曲。战国宋玉《对楚王问》:"宋玉对(楚王)曰:'客有歌于郢中者,其始曰《下里》《巴人》,国中属而和者数千人;其为《阳阿》《薤露》,国中属而和者数百人;其为《阳春》《白雪》,国中有属而和者,不过数十人。'"

⑦鸾歌:鸾鸣,鸾鸟鸣唱。

⑧响遏行云:歌声高昂嘹亮,连浮云都被阻止了。《列子·汤问》:秦青善歌,能"声振林木,响遏行云"。

⑨凤律:《吕氏春秋·古乐》:"(伶伦)次制十二筒,以之阮隃之下,听凤皇之鸣,以别十二律,其雄鸣为六,雌鸣亦六,以比黄钟之宫,适合。黄钟之宫,皆可以生之,故曰黄钟之宫,律吕之本。"后世因以"凤

律"指音律。

⑩杨柳:乐府曲名。《乐府诗集》引《唐书·乐志》曰:"梁乐府有
《胡吹歌》云:'上马不捉鞭,反拗杨柳枝。下马吹横笛,愁杀行客儿。'"
郭茂倩云:"此歌辞元出北国,即鼓角横吹曲《折杨柳》是也。"《乐府诗
集》收此曲作者二十余家,当为六朝隋唐之间,所习唱者。大堤:乐府
曲名,与《襄阳乐》同出一源。《乐府诗集》引《古今乐录》云:"襄阳乐
者,宋随王诞之所作也。诞始为襄阳郡……仍为雍州刺史,夜闻诸女
歌谣,因而作之。"郭茂倩云:"又有《大堤曲》,亦出于此。"

⑪芙蓉、曲渚:《古诗十九首》其六起句云:"涉江采芙蓉,兰泽多芳
草。"南朝梁何逊《送韦司马别诗》起句云:"送别临曲渚,征人慕前侣。"
二诗皆古之名篇。芙蓉、曲渚当即本此。

⑫豪家:指有钱有势的人家。自制:自己制作。

⑬三千玳瑁之簪(zān):三千宾客均用珍贵的玳瑁绾插发髻。《史
记·春申君列传》:"赵平原君使人于春申君,春申君舍之于上舍。赵
使欲夸楚,为瑇瑁簪,刀剑室以珠玉饰之,请命春申君客。春申君客三
千余人,其上客皆蹑珠履以见赵使,赵使大惭。"玳瑁,同"瑇瑁",爬行
动物,形似龟,甲壳黄褐色,有黑斑和光泽,可做装饰品。这里指用其
壳制成的装饰品。簪,古人用来绾定发髻或冠的长针。

⑭数十珊瑚之树:几十株名贵的珊瑚树。《晋书·石崇传》:"崇与
贵戚王恺争豪,"武帝每助恺,尝以珊瑚树赐之,高二尺许,枝柯扶疏,
世所罕比"。以上"玳瑁""珊瑚"句指豪门竞相斗富。

⑮绮筵:华丽丰盛的筵席。

⑯绣幌(huǎng):锦绣装饰的帘幔,这里指华美的闺房。

⑰递:传递。此随"则有绮筵公子"句,言以花笺传递其词。花笺:
精致华美的笺纸。笺,供题诗词或写信用的纸页。

⑱文抽丽锦:优美的文辞就像华美的锦绣一样被抽引出来。抽,
抽绎,抽引。丽锦,华丽的丝织品,常用来引申和比喻优美华丽的

文章。

⑲纤纤:柔细的样子。

⑳拍按香檀:用芬芳的檀板打着节拍。此承"绣幌佳人"句,言以檀板按其声。按,敲击,弹奏。

㉑清绝之辞:清丽绝俗(或绝伦)的辞藻。

㉒用助:用来增添。娇娆:柔美妩媚的样子。郑畋《题缑山王子晋庙》:"西城要绰约,南岳命娇娆。"

㉓宫体:南朝梁简文帝(萧纲)时形成的一种描写宫廷生活的绮艳诗体。《梁书·简文帝纪》:"余七岁有诗癖,长而不倦。然伤于轻艳,当时号曰宫体。"

㉔扇(shān)北里之倡风:兴起北里的歌伎音乐,使传唱宫体艳词成为风气。扇,煽动,传播,兴起。北里,又称平康里,在长安城北,故称北里。其地为歌舞伎所在地。倡,古代表演歌舞、杂戏的艺人。

㉕言之不文:谓语言不加修饰,这里指语言不合雅正。《左传·襄公二十五年》:"仲尼曰:'志有之,言以足志,文以足言。不言,谁知其志?言之无文,行而不远。'"

㉖秀而不实:光开花抽穗不结果,指华而不实。《论语·子罕》:"子曰:'苗而不秀者有矣夫!秀而不实者有矣夫!'"

㉗率土之滨:指四海之内。《诗经·小雅·北山》:"溥天之下,莫非王土;率土之滨,莫非王臣。"《毛传》:"率,循;滨,涯。"孔颖达疏:"言率土之滨,举其四方所至之内,见其广也。"

㉘宁寻越艳:岂要寻找越地的艳丽?宁,岂,难道。越艳,古代美女西施出自越国,故以"越艳"泛指越地美貌女子。

㉙常娥:俗作"嫦娥",古代神话传说中后羿妻。

㉚明皇:唐玄宗(李隆基)谥至道大圣大明孝皇帝,后世诗文多称为明皇。应制:应诏而作。唐宋人诗题之称应制者,皆言受帝命而作,谓之应制体。按李白《清平乐》词共五首,均见于《尊前集》。这里所说

314

的四首,是因为李白所作非一时。

㉛飞卿:温庭筠之字。温庭筠有《握兰集》三卷,又《金荃集》十卷,是词家有专集之始,今并散亡。

㉜迩来:近来。

㉝今卫尉少卿:《四库全书总目提要》:"《花间集》十卷,后蜀赵崇祚编。崇祚,字宏基,事孟昶为卫尉少卿,而不详其里贯。《十国春秋》亦无传。案蜀有赵崇韬,为中书令廷隐之子,崇祚疑即其兄弟行也。"

㉞拾翠:拾取翠鸟羽毛以为首饰,后多指妇女游春、寻芳。语出三国魏曹植《洛神赋》:"或采明珠,或拾翠羽。"此指选集新词言。

㉟自得羽毛之异:自然收获了很多优异的作品。羽毛,羽毛使鸟兽有文彩,因以喻人的声誉,或作品富有文采。

㊱织绡泉底:蛟人在海底纺织轻纱,这里比喻编辑精妙的词集。《博物志》:"鲛人水居如鱼,不废织绩。"南朝梁任昉《述异记》:"南海出鲛绡纱,泉室潜织,一名龙纱,其价百余金。以为服,入水不濡。"

㊲独殊机杼之功:这里指编辑词集中的佳作有独到的功夫。机杼,指织机,泛指纺织,比喻诗文创作中的新巧构思和布局。

㊳时延佳论:时常引述好的评论。延,接引,引入,引发。

㊴诗客曲子词:唐五代时,词的名称不一,或称曲子词,或今曲子、曲子、乐府、诗余、长短句等。曲子词前加"诗客"二字,表示与民间的鄙俗曲词不同。宋孙光宪《北梦琐言》:"晋相和凝,少年时好为曲子词,布于汴洛。洎入相,专托人收拾焚毁不暇。"近人龙沐勋《词体之演进》:"'曲子词'之上,加'诗客'二字,以别于淫哇鄙俚之曲。"

㊵粗预知音:略懂音律。粗,略微。预,参与,参加。知音,通晓音律。

㊶辱请命题:承蒙请我为这个词集命名。辱,谦辞,承蒙。

㊷叙引:序言,引言。

㊸郢人:指善唱歌的人。宋沈括《梦溪笔谈·乐律一》:"世称善歌

者,皆曰'郢人'。郢州至今有白雪楼,此乃因宋玉《问》曰:'客有歌于郢中者,其始曰《下里》《巴人》,次为《阳阿》《薤露》,又为《阳春》《白雪》,引商刻羽,杂以流徵。'遂谓郢人善歌。"

㊹西园:园林名,在今河北临漳,传为曹操所建。三国魏曹植《公宴诗》:"清夜游西园,飞盖相追随。"魏曹、刘诸子,尝游西园,饮酒赋诗,盛极一时。英哲:才能和识见卓越的人,这里指由英哲写出来的词作。

㊺用资羽盖之欢:这里指用乐词音律佐助宴游的欢乐。资,资助,供给。羽盖,古时以鸟羽为饰的车盖,或船上饰以鸟羽的伞盖。

㊻南国:南朝,指梁宫。婵娟:姿态美好的样子,喻美人。

㊼休唱莲舟之引:不再唱《采莲曲》。《采莲曲》,乐府中曲调名,自梁武帝以下君臣作者颇多,为旧时流行曲调。此处不说"采莲",而说"莲舟",是为了与上句"羽盖"对偶。引,曲。这句话是承上文而来,即有了《花间》新声,可以不唱《采莲》旧曲了。

㊽广政三年:公元 940 年。广政,后蜀孟昶年号。

【解读】

晚唐至五代,填词风气十分盛行。后蜀(934—965),是当时政治环境较安定,社会经济文化较发达的地区。唐代文人为避战乱,纷纷进入四川,填词风气也因此由中原带入后蜀。

《花间集》是后蜀赵崇祚编辑的一部词集,也是我国第一部文人词集。它集中收录了晚唐至五代十八位词人的作品,共五百首,分十卷。十八位词人中,除温庭筠、皇甫松、和凝外,其余十五位都活跃于五代十国的后蜀。他们模仿温庭筠艳丽香软的词风,描绘闺中妇女日常生活情态,互相唱和,形成了花间词和花间词派。花间词规范了词的文学体裁和美学特征,最终确立了词的文学地位,对宋元明清词人的创作产生了深远影响。

本文是为《花间集》作的序言。作者用华丽的辞藻勾勒出《花间集》在我国早期词史上文人词创作的主体取向、审美情趣、体貌风格和艺术成就,真实地体现了早期词由民间状态向文人创作转换、发展过程的梗概。

全文主要分三段,第一段讲述唐五代文人曲子词的艺术技巧以及它的起源和发展。在作者看来,唐五代兴起的文人曲子词是一种极讲究雕镂辞藻("拟化工而迥巧")、用以合乐的、具有创新性的("夺春艳以争鲜")的语言音乐艺术。其前身则是魏晋南北朝以来的乐府诗,如杨柳、大堤之类,但发展到后来,则豪家贵族争奇斗艳,为了配合奢靡的宴饮活动,旧的曲调已经不能满足他们的需要,所以就自制新词,这个就是与"绮筵公子""绣幌佳人"相关的"不无清绝之辞,用助娇娆之态"的南朝宫体诗产生的背景。宫体诗始于梁简文帝萧纲。萧纲为太子时,常与文人墨客在东宫相互唱和,其内容多是宫廷生活及男女私情,形式上则追求辞藻靡丽绮艳,时称宫体,也称艳情诗。但宫体诗趣味低俗,作者认为,它"扇北里之倡风","言之不文""秀而不实",从而对它作了否定性的评价。

第二段,作者叙述了唐五代文人曲子词的成就。唐朝两百余年,社会稳定,经济富足,文化生活也有极大提高,所以,"家家之香径春风""处处之红楼夜月",加上唐明皇的喜爱和提倡,诗歌与音乐获得空前的发展;延续到五代,文人曲子词的迅猛发展已经不是一个孤立的现象,而是文人宴饮活动必需的一个重要内容。因此作者观察并总结了自李白应制而作的《清平乐》词以至温庭筠词专集《金荃集》的诞生,以及《花间集》的编定,认为其成就之高,用寥寥八个字足以概括:"迩来作者,无愧前人"。这是对花间词及花间词派充分而有力的肯定。

第三段,作者对编选的经过、内容以及作叙的缘起和期望作了一个梗概性叙述。

有学者认为,本文"是关于'艳词'的一篇'宣言'或'自供'","正是《花间集》和欧叙共同确立了'词为艳科'的新传统"(杨海明《唐宋词史》)。

舟　赋

常　晖

　　昔者帝轩①，君臣道叶②，刳木为舟，剡木为楫③。洪水以之径度④，大川于焉利涉⑤。疑夏日之初莲，似秋风之落叶⑥。动而必利其物，居而必虚其心⑦。善兰桂之得性⑧，恶泥滓之陆沉⑨。清流澈影，岸狭波深。直容与而孤运⑩，非轨辙之能寻⑪。动而何极⑫，居而不测⑬。以谦虚而受盈⑭，尚朴素而思饰⑮。为而不有⑯，质而能力⑰。不以克己辞于功⑱，不以利物矜其德⑲。

　　夫潜行不离于水⑳，有似智焉；虚己以济于物㉑，有似仁焉。不畏蛟龙之浦㉒，不耻鱼鳖之泉。任规模于匠者㉓，随物理之推迁㉔。横不测之流，无惭于勇决；指送归之路，有类于神仙。

　　尔其渡辽按甲㉕，伏波受命㉖，绝岛如云，长川似镜。值冲风之飒起㉗，引孤帆而高映㉘。榜人奇唱㉙，棹声不一。赴海凌川㉚，箭驰风疾㉛。临地角而长逝，望天涯而迥出㉜。飘飘画鹢㉝，决孤影而排风㉞；迢递樯乌㉟，转危竿而就日㊱。

　　且夫履有常道㊲，济无不通。嘉守义于共伯㊳，惭弃仁于卫公㊴。安而不倾，得性江湖之上㊵；悠哉独运㊶，托质浮沉之浪㊷。为用也大，为德也广。操楫则津女轻歌㊸，画土则廪君孤往㊹。襄城带其宝剑㊺，神亭飞乎银仗㊻。惟傅岩之版筑㊼，临巨川而长想㊽。

【作者简介】

常晖，唐朝人。生平事迹不详。

【注释】

①帝轩:指黄帝轩辕氏。

②君臣道叶(xié):君臣相处之道融洽。叶,同"协",和洽,相合。

③"刳(kū)木"二句:挖空树木,用以做舟;砍削木头,用以做楫。《易·系辞下》:"刳木为舟,剡木为楫,舟楫之利,以济不通,致远以利天下。"孔颖达疏:"舟必用大木刳凿其中,故云刳木也。"刳,挖空。剡(yǎn),削,削尖。楫,船桨,短曰楫,长曰棹。上文四句,为中国古代传说,舟是由黄帝的两个臣子共鼓、货狄发明的,语见《世本》。

④洪水以之径度:大水凭借它径直渡过。

⑤大川于焉利涉:大河从此顺利渡越。于焉,从此,于此。利涉,顺利渡河。

⑥"疑夏日"二句:看样子,它类似夏天刚开的莲花,又像秋风吹下来的落叶。疑,类似。

⑦"动而"二句:运动起来,必定是有利益于人和物(指可以载人和载物);停息下来,一定要将船舱空着。居,停息。

⑧善兰桂之得性:以兰木、桂木得以发挥它们的特性为善。古人制作舟和桨,喜用兰木和桂木。兰木,材质优良,纹理直,结构细,适合制作船只。桂木,质地坚硬,适合制作桨。南朝梁任昉《述异记》:"鲁班刻木兰为舟。"古诗文中常见"兰舟""桂棹"字样,如《楚辞·九歌·湘君》:"桂棹兮兰枻,斫冰兮积雪。"宋柳永《雨霖铃》:"都门帐饮无绪,留恋处,兰舟催发。"

⑨恶(wù)泥滓之陆沉:讨厌像泥渣一样沉入水底。

⑩直容与而孤运:笔直地顺随水波独自穿行而过。容与,随水波起伏动荡的样子。

⑪非轨辙之能寻:指船过无痕,寻找不到它的轨迹。轨辙,车轮碾过的痕迹,这里指船行过的痕迹。

⑫何极:用反问的语气表示没有穷尽、终极。

319

⑬不测:难以意料,不可知。

⑭以谦虚而受盈:因为船舱是空的,所以它能装满人和物。

⑮尚朴素而思饰:这是拟人化的手法,意思是船用木料制成,是朴素的,为了经久耐用以及观赏作用,所以船也想着要涂饰或装饰。

⑯为而不有:舟的作为,不是为了据为己有。

⑰质而能力:质地朴实,能够为人尽力。质,朴实,淳朴。力,役使,尽力。

⑱不以克己辞于功:不因为它没有私欲,就不在功用上努力。克己,指克制私欲。辞,推辞,拒绝。

⑲不以利物矜其德:不因为它有益于人和物而自夸功德。矜,自夸,自恃。

⑳潜行:指游泳时人体在水下游动。这里指舟在水上行走,舟身下潜,有如人游泳。

㉑虚己以济于物:指船舱空着是用来帮助人和物的。济,渡河,引申为救助。

㉒浦(pǔ):注入大河的川流。

㉓任规模于匠者:它的规模大小任由工匠处置。

㉔物理:事物的道理、规律。推迁:推移变迁。

㉕尔其:辞赋中常用作更端之词,相当于"至于""至如"。渡辽按甲:渡过辽水,按兵不动。按甲,按兵,屯兵。指隋唐时期多次东征辽东之事。

㉖伏波受命:伏波将军接受命令。伏波,汉将军名号。西汉路博德、东汉马援都受封为伏波将军。

㉗冲风:暴风,猛烈的风。《楚辞·九歌·河伯》:"与女游兮九河,冲风起兮横波。"飒(sà):迅疾的样子。

㉘引:牵引,拉。映:照耀,映射。

㉙榜人奇唱:船夫唱着奇特的歌。榜人,船夫,舟子。

㉚赴海凌川:奔赴大海,渡过河川。

㉛箭驰风疾:像射箭那样奔驰,像暴风那样迅疾。

㉜"临地角"二句:看到天涯远远地在眼前出现,抵达地的尽头,遂长眠于此。这里指战士出征极边远的地方而为国捐躯。迥,遥远。这两句是倒装句,为了押韵。

㉝飘飖画鹢(yì):船在海中起伏动荡。画鹢,《淮南子·本经训》:"龙舟鹢首,浮吹以娱。"高诱注:"鹢,大鸟也。画其像著船头,故曰鹢首。"后以"画鹢"为船的别称。

㉞决孤影而排风:顶着风冲破孤单的影子。排风,迎风,顶风。

㉟迢递樯乌:高峻的乌形风向仪。迢递,高峻的样子。樯乌,桅杆上的乌形风向仪。

㊱转危竿而就日:指向太阳的方向,转动桅杆。危竿,同"桅杆",船上挂帆的柱杆。

㊲履:鞋,借喻行走。

㊳嘉守义于共伯:赞许卫共伯之妻遵守节义。嘉,嘉许,赞许。《诗经·鄘风·柏舟序》:"卫世子共伯早死,其妻守义,父母欲夺而嫁之,誓而弗许。"

㊴惭弃仁于卫公:惭愧于为了求生而抛弃仁。弃仁,即"害仁",伤害仁。卫公,指卫灵公。《论语·卫公》:"子曰:'志士仁人,无求生以害仁,有杀身以成仁。'"

㊵得性:《诗经·小雅·鱼藻》:"鱼在在藻。"毛传:"鱼以依蒲藻为得其性。"后以"得性"指合其情性。

㊶独运:独立运行,独自运行。

㊷托质:寄身,托体。

㊸操楫则津女轻歌:讲的是《越人歌》的故事。操楫,执持船桨。津女,水上的女子,指越女。刘向《说苑》:鄂君子皙,泛舟于新波之中,乘青翰之舟,张翠盖,会钟鼓之音,榜枻越人拥楫而歌。鄂君子皙曰:

321

"吾不知越歌,子试为我楚说之。"于是乃译之曰:"今夕何夕兮,搴洲中流;今日何日兮,得与王子同舟。蒙羞被好兮,不訾诟耻;心几顽而不绝兮,得知王子。山有木兮木有枝,心说君兮君不知。"于是鄂君子皙乃揄修袂,行而拥之,举绣被而覆之。

㊹画土则廪(lǐn)君孤往:讲的是巴族人先祖廪君务相画土为船、征伐领地的故事。《太平广记》:"又以土为船,雕画之,而浮水中。曰:'若其船浮者为廪君。'务相船又独浮,于是遂称廪君。乘其土船,将其徒卒,当夷水而下,至于盐阳。水神女子止廪君曰:'此鱼盐所有,地又广大,与君俱生,可无行。'廪君曰:'我当为君,求廪地,不能止也。'"

㊺襄城带其宝剑:讲的是季札赠剑的故事。吴王余祭四年(前544),季札受命出使北方各大国。在去鲁国的途中,经过徐国,会见徐君,徐君看中了季札所佩带的宝剑。季札因使命在身,无法立即满足对方的要求,但心里已默许出使归来将宝剑送给他。季札从晋国返回吴国,途经襄城时,得知徐君已死于楚国,葬于襄城,于是以剑悬徐君墓树而去。

㊻神亭飞乎银仗:讲的是太史慈的故事。详见《三国志·吴志·太史慈传》:太史慈与吴国孙策遇于神亭,两相搏斗,孙策刺击太史慈的马,而揽得其项上手戟,太史慈亦得孙策兜鍪。后太史慈在安徽泾县被孙策所俘,孙策亲解其缚,提起神亭相斗,两人均有惺惺相惜之感。于是孙策不顾部下反对,将招降泾县以西重任相付,太史慈果信守诺言,不辱使命。仗、弓、矛、剑、戟等兵器的总称,这里指太史慈与孙策各取对手的手戟、兜鍪。

㊼惟傅岩之版筑:相传商代贤士傅说为奴隶时版筑于傅岩。《尚书·说命上》:"说筑傅岩之野,惟肖。爰立作相,王置诸其左右。命之曰:'朝夕纳诲,以辅台德。若金,用汝作砺;若济巨川,用汝作舟楫。'"《史记·殷本纪》:"得说于傅险中。是时,说为胥靡,筑于傅险。"《集

322

解》引徐广曰:"《尸子》云傅岩在北海之洲。"

㊽临巨川而长想:讲的是傅说在北海之洲,面临大海,时作遐想。参见《淮南子·说林训》:"临河而羡鱼,不如归家织网。"长想,追思,遐想。

【解读】

唐朝的赋,已经逐渐摆脱《楚辞》和汉赋的影响,它的风格以取法或继承六朝骈体赋为主,所以讲究音律、对仗的和协,句势也很整齐。本文是典型的骈体小赋,以叙写和说明为主。文字很朴实,用典则很丰赡。

本文分四段,条理清晰。第一段,叙写舟的发明、制作、功能、形状及特点。作者认为舟是黄帝的两位臣子发明的,制作方式是挖空树木,功能是帮助人渡江过河,形状如"初莲""落叶",描写极其生动。其主要特点是作者着力描写的:一是动而利物,二是居必虚心,三是用上等木材制作,四是单独行动,五是船过无痕,六是中空容物,七是人为雕饰,八是所有作为它都不据为己有,九是为人尽力,十是毫无私欲,十一是不自夸功德。第二段,叙写舟具有智、仁、勇三德,且屈伸自如,一任自然。第三段,叙写舟所遇极端的情境,主要描写它所亲临的战争场景,如历史上东渡辽水、南征百越诸役,战士为国捐躯,意象极其悲壮。第四段,总结舟所具有的仁民济物的功用以及众多品德,且用事例加以说明。讲到功用,既有《越女歌》之"拥楫而歌",勇敢地表达情感的爱慕,同时也有巴族首领廪君为了开拓疆土,一往无前的豪迈;讲到德,除了以上智、仁、勇的表述,还有信和义的弘扬,信有季子赠剑等的类比,义有卫共伯之妻守节的榜样。文字十分简练,表意则很曲折,含义也异常丰富。可以看出,作者写舟,其实也是在写人。最后,举傅说版筑的故事,引出"临渊羡鱼,不如退而织网"的结论,就是要求人与其羡慕舟的功用和品德,不如回去努力造就自己。

碧落赋①

翟楚贤

　　散幽情于曩昔,凝浩思于典坟②。太初与其太始③,高下混其未分。将视之而不见,欲听之而不闻。爰及寥廓④,其犹橐籥⑤,轻清为天而氤氲⑥,重浊为地而盘礴⑦。尔其动也,风雨如晦,雷电共作;尔其静也,体象皎镜⑧,是开碧落。其色清莹,其状冥寞⑨,虽离娄明目兮⑩,未能穷其形;其体浩瀚,其势渺漫⑪,纵夸父逐日兮⑫,不能穷其畔⑬。浮沧海兮气浑,映青山兮色乱。为万物之群首,作众材之壮观⑭。至妙至极,至神至虚,莫能测其末,莫能定其初。五石难补⑮,九野环舒⑯。星辰丽之而照耀⑰,日月凭之而居诸⑱。非吾人之所仰,实列仙之攸居。

　　尔乃遗尘俗,务遐躅⑲,养空栖无⑳,惩忿窒欲㉑,陵清高而自远㉒,振羽衣以相属㉓。七日王君,永别缑山之上㉔;千年丁令,暂下辽水之曲㉕。别有怀真俗外㉖,流念仙家㉗,抚龟鹤而增感㉘,顾蜉蝣而自嗟㉙。乃炼心清志㉚,洗烦荡邪㉛,凝魂于秘术㉜,驰妙于餐霞㉝。云梯非远㉞,天路还赊㉟。情恒寄于绵邈㊱,愿有托于灵槎㊲。

【作者简介】

翟楚贤,唐朝人。生平事迹不详。

【注释】

　　①碧落:道家称东方第一层天。因碧霞满空,故称。后来泛指天空。

②典坟:即"三坟五典"的简称,原指传说之中三皇五帝的书籍,后泛指各种书籍。晋陆机《文赋》:"伫中区以玄览,颐情志于典坟。"

③太初:天地未分之前的混沌元气。《列子·天瑞》:"太初者,气之始也。"太始:古代指天地开辟、万物开始形成的时代。《列子·天瑞》:"太始者,形之始也。"张湛注:"阴阳既判,则品物流形也。"

④爰(yuán):助词,无义,用在句首或句中,起调节语气作用。寥廓:空旷深远,古代谓宇宙的元气状态。

⑤橐籥(tuó yuè):古代鼓风用的袋囊,就像现代的风箱,或者鼓风机。老子将其比喻为天地宇宙乾坤变化之象。橐,盛物的袋子。籥,鼓风吹火的竹器。《老子》第五章:"天地之间,其犹橐籥乎?"吴澄注:"橐籥,冶铸所用嘘风炽火之器也。为函以周罩于外者,橐也;为辖以鼓扇于内者,籥也。"

⑥轻清为天:指元气轻而清澈上浮的称作天。《淮南子·天文训》:"宇宙生气,气有涯垠。清阳者薄靡而为天,重浊者凝滞而为地。"氤氲(yīn yūn):烟气、烟云弥漫的样子。古代指阴阳二气交汇和合之状。

⑦重浊为地:指元气浓重浑浊下沉的称作地。盘礴:广大的样子。以上两句是中国古人关于宇宙生成的学说。

⑧体象皎镜:身体形象有如明镜。皎,洁白,明亮。

⑨冥寞:幽深静默的样子,广漠无际的样子。

⑩离娄:传说中视力特强的人。《孟子·离娄上》:"孟子曰:'离娄之明,公输子之巧,不以规矩,不能成方圆。'"焦循正义:"离娄,古之明目者,黄帝时人也。黄帝亡其玄珠,使离朱索之。离朱,即离娄也,能视于百步之外,见秋毫之末。"

⑪渺漫:广远。

⑫夸父逐日:夸父拼命追赶太阳。夸父,神话人物。《列子·汤问》:"夸父不量力,欲追日影,逐之于隅谷之际。渴欲得饮,赴饮河渭。

河渭不足,将走北饮大泽。未至,道渴而死。"

⑬畔:界限,疆界。

⑭众材:各种材木。

⑮五石:五种石料,即五色石,古代神话所说女娲炼的补天石。《淮南子·览冥训》:"往古之时,四极废,九州裂,天不兼覆,地不周载,火爁炎而不灭,水浩洋而不息,猛兽食颛民,鸷鸟攫老弱,于是女娲炼五色石以补苍天,断鳌足以立四极。"《抱朴子·金丹》:"五石者,丹砂、雄黄、白矾、曾青、慈石也。"

⑯九野:九天。《吕氏春秋·有始览》:"天有九野,地有九州。"《列子·汤问》:"八纮九野之水,天汉之流,莫不注之。"张湛注:"九野,天之八方中央也。"环舒:向四周展开。环,周遍。舒,伸展,展开。

⑰星辰丽之:星辰附着在它上面。丽,附丽,附着。

⑱日月凭之:日月依托着它。凭,依托,倚靠。居诸:指来往。

⑲务:从事,致力。遷躅(zhú):远足,道路遥远的徒步旅行。躅,足迹,踪迹。

⑳养空:涵养空灵的心性。栖无:投身在虚无的境界。

㉑惩忿窒欲:克制愤怒,抑制嗜欲。惩,惩戒。忿,愤怒。窒,抑止。欲,嗜欲。

㉒陵:凌驾。

㉓振:振动,抖动。羽衣:以羽毛织成的衣服,为道士或神仙所着。相属:相接连,相继。

㉔"七日王君"二句:化用传说中周灵王太子晋(即王子乔)升仙后曾乘白鹤显圣于缑山事。汉刘向《列仙传》:"王子乔者,周灵王太子晋也。好吹笙,作凤凰鸣。游伊洛之间,道士浮丘公接以上嵩高山三十余年。后求之于山上,见桓良曰:'告我家,七月七日待我于缑氏山巅。'至时,果乘白鹤驻山头,望之不得到,举手谢时人。数日而去。"

㉕"千年丁令"二句:晋陶潜《搜神后记》:"丁令威,本辽东人,学道

于灵虚山。后化鹤归辽，集城门华表柱。时有少年，举弓欲射之。鹤乃飞，徘徊空中而言曰：'有鸟有鸟丁令威，去家千年今始归。城郭如故人民非，何不学仙冢累累。'遂高上冲天。"曲，水流曲折处。

㉖怀真：怀抱本真。真，本原，本性。俗外：尘俗之外。

㉗流念：流注念想。流，水或其他液体移动，流注，扩散。

㉘龟鹤：龟和鹤。古人以为长寿之物，因用以比喻长寿。晋葛洪《抱朴子·对俗》："知龟鹤之遐寿，故效其道引以增年。"

㉙蜉蝣：虫名。幼虫生活在水中，成虫褐绿色，有四翅，生存期极短。《诗经·曹风·蜉蝣》："蜉蝣之羽，衣裳楚楚。"毛传："蜉蝣，渠略也，朝生夕死。"

㉚炼心清志：修炼人的精神，洁净人的志向。炼，修炼，陶冶。

㉛洗烦荡邪：清除烦恼，荡涤邪恶。

㉜凝魂：神思专注。秘术：秘密的方法或法术。

㉝驰妙：追逐精微。妙，精微，奥妙。餐霞：餐食日霞，这里指修仙学道。

㉞云梯：传说中仙人登天之路。《文选·郭璞〈游仙诗〉之一》："灵溪可潜盘，安事登云梯。"李善注："云梯，言仙人升天，因云而上，故曰云梯。"

㉟天路还赊(shē)：天上的路还很遥远，这里指修炼成仙。赊，同"赊"，距离远，高。

㊱绵邈：辽远，悠远。

㊲灵槎(chá)：能乘往天河的船筏。晋张华《博物志》："近世有人居海渚者，年年八月有浮槎去来，不失期，人有奇志，立飞阁于查上，多赍粮，乘槎而去。"

【解读】

唐代以诗赋取士，作诗作赋是读书人的必修课目，所以名篇所在多有。本篇是赋体，围绕天而作颂赞，在《文苑英华》中排天象门，卷一,是第二篇,很容易被注意到。

本文分两段,第一段叙天象,第二段叙修仙。

第一段,起首两句是叙引,追思往昔,从典籍中寻找天地起源的线索。接着以古人的宇宙生成理论,对天象的起源及情状作描述,古人认为宇宙起源之初,是一团元气,元气分清浊轻重,轻清者上浮为天,重浊者下凝为地,这就是天地的形成。然后着重叙天象的变化,有动有静,动则风雨雷电,静则一碧如镜。这个就是本文的中心——"碧落"——道家所说的东方第一重天。然后叙述这一重天的状态和体势,用两句"未能穷其形""不能穷其畔",极写天的冥寞幽深和浩瀚广远。又叙天之功用,气浮沧海,色映青山,又附丽着星辰、日月,为万物之首,是神仙之所居。"列仙"二字,遂引入道家修炼的内容。

前面均是铺叙,极写天的神妙,而这样神妙的地方,只有神仙能够居住。神仙在中国民间是具有神通变化、上天入地、逍遥自在、长生不老的一类人,是世人所景仰的对象,也是很多修道者所追寻的目标,所以第二段,叙写修道者修炼的情形。"遗尘俗,务遐躅",到清远幽深高妙的地方去修炼,并引两位仙人的事迹,证明神仙的不虚,希望世人引起注意,兴起"流念仙家"之心志。"抚龟鹤而增感,顾蜉蝣而自嗟"是慨叹人生短暂,从而勉励修道的人要"炼心清志",穷究道术,以求有朝一日能够登天成仙,得以长生。

春秋时道家创始人老子姓李,名耳,唐朝统治者追认老子为其始祖。所以有唐一代,帝王们都崇尚道学。开元二十九年(741),唐玄宗正式下令在科举考试中设置道举,并设崇玄馆,教习《老子》《庄子》《文子》《列子》等。考试形式与明经科相同,合格及第者称道学举士。由于帝王的提倡,修道在当时便成为风尚。本文赋天象,求修仙,也是当时思潮的一种反映。

图书在版编目（CIP）数据

唐文选读 / 伍恒山编著 . -- 武汉 ：崇文书局，
2023.9
　（中华诗文选读丛书）
　ISBN 978-7-5403-7411-2

　Ⅰ . ①唐… Ⅱ . ①伍… Ⅲ . ①古典散文－散文集－中
国－唐代 Ⅳ . ① I264.2

　中国国家版本馆 CIP 数据核字（2023）第 174250 号

出 品 人：韩　敏
选题策划：曾　咏　张　弛
责任编辑：郭晓敏
封面设计：杨　艳
责任校对：董　颖
责任印刷：李佳超

唐文选读
TANGWEN XUANDU

出版发行：长江出版传媒｜崇 文 书 局
地　　址：武汉市雄楚大街 268 号 C 座 11 层
电　　话：(027)87677133　　邮政编码：430070
印　　刷：湖北新华印务有限公司
开　　本：880×1230　　1/32
印　　张：10.75
字　　数：240 千
版　　次：2023 年 9 月第 1 版
印　　次：2023 年 9 月第 1 次印刷
定　　价：39.00 元
（如发现印装质量问题，影响阅读，由本社负责调换）